D1831182

त्रिमाया

मनीषा कुलश्रेष्ठ

वाणी प्रकाशन

प्रकाशन के उत्कृष्टतम 62 वर्ष

vaniprakashan.com

पेपरबैक पहला संस्करण : जनवरी, 2025
पेपरबैक दूसरा संस्करण : अक्टूबर, 2025

वाणी प्रकाशन
4695, 21-ए, दरियागंज, नयी दिल्ली-110 002
फ़ोन : + 91 11 23273167, 23275710
शाखाएँ
अशोक राजपथ, पटना-800 004, बिहार
कॉफ़ी हाउस कैम्पस, महात्मा गांधी मार्ग, प्रयागराज-211 001, उत्तर प्रदेश
महात्मा गांधी अन्तरराष्ट्रीय हिन्दी विश्वविद्यालय, वर्धा-442 001, महाराष्ट्र
sales@vaniprakashan.in
vaniprakashan@gmail.com

Trimaya
by Manisha Kulshreshtha

ISBN : 978-93-6944-013-9
Novel

मूल्य : ₹ 399

जी.एस. ऑफ़सेट, दिल्ली-110 095 में मुद्रित

वाणी प्रकाशन का लोगो मक़बूल फ़िदा हुसैन की कूची से

समर्पण

माँ को, 'तीस्ता' को रचते हुए

जिनकी छवि

लगातार बनी रही।

प्राक्कथन

'त्रिमाया' बेहद रोचक उपन्यास है। इसने मुझे बाँधे रखा और पाठकीय आनन्द से भर दिया। मैं इस पर साहित्यिक टिप्पणी का अधिकारी तो नहीं मगर अपने अध्ययन और शोध के विषय मानव-विज्ञान के दृष्टिकोण से अपनी राय रख रहा हूँ और वह भी इसलिए कि यह उपन्यास न सिर्फ़ मेरे विषय से जुड़ा है बल्कि इसमें ऐन्थ्रोपॉलॉजी शब्द भी कई बार आया है। इसे पढ़ते हुए 'ऐन्थ्रोपोमेट्री' शब्द भी इस उपन्यास में मिला तो मैं और भी चौंका क्योंकि यह शब्द बाहरी दुनिया के लिए अपरिचित शब्द है।

त्रिमाया में हाथियों, नायरों और खासी समुदाय से जुड़ी मातृसत्तात्मक/मातृवंशी व्यवस्था का बहुत जीवन्त वर्णन है और दिलचस्प बात यह है कि इसमें हिन्दूधर्म को अपना चुके गारो जनजातीय गाँव नर्तयांग (मेघालय) भी आया है। नायर समाज के बारे में इस उपन्यास में आये विवरणों से मुझे ब्रिटिश मानव-विज्ञानी 'कैथलीन गफ़' के एक प्रसिद्ध शोध-पत्र की याद आ गयी जिसमें नायर समाज में प्रचलित विवाह की परिभाषा पर विचार किया गया था और एक बूढ़ी महिला जिसने अपनी दादी से मातृवंशीय प्रणाली के बारे में सुना था, उसके साक्षात्कार के आधार पर मातृवंशीय नायरों के वृत्तान्त को पुनःसृजित किया था। इस उपन्यास में भी नायर इतिहास से जुड़े थारवाड़, सम्बन्धम और नायर-नम्बूदरी सम्बन्धों के विवरण और कथा में आये सन्दर्भ सटीक और सजीव हैं।

मातृवंशीय प्रणाली ने मानव-विज्ञानियों को हमेशा आकर्षित किया है। बाखॉफ़ेन (Johann Jakob Bachofen) ने काल्पनिक आधार पर अनुमान किया था कि मातृसत्तात्मक व्यवस्था का जन्म सामाजिक जीवन में व्यवस्था लाने के आरम्भिक प्रयास के क्रम में हुआ होगा; तब से आज तक मानव-विज्ञानी इस जीवन-व्यवस्था के उद्भव के कारकों पर शोध करते आ रहे हैं। जी.पी. मर्डोक ने 250 संस्कृतियों का अध्ययन किया जिनमें 51 मातृसत्तात्मक थीं। अपने तुलनात्मक अध्ययन में

उन्होंने यह निष्कर्ष निकाला कि इन मातृसत्तात्मक संस्कृतियों में आपस में ऐसा कुछ भी समान नहीं था जिसे इस प्रथा से जोड़ा जा सके।

इस उपन्यास में यह बड़ी स्पष्टता के साथ आया है कि भारतीय समाजों की मातृसत्तात्मक व्यवस्थाएँ किस तरह से पितृसत्तात्मक व्यवस्था में बदलती चली गयीं, इस बदलाव के बावजूद यह ठोस तथ्य इस उपन्यास में आया है कि खासी और नायर समुदाय की महिलाएँ भारत में किसी भी विशिष्ट पितृसत्तात्मक समाज की महिलाओं की तुलना में अधिक सशक्त हैं। वैसे सच तो यही है कि मानव जाति में मातृसत्तात्मक व्यवस्था अब कहीं नहीं रही। पिता नहीं तो मामा ही सही, कोई न कोई पुरुष तो है वहाँ भी। मनुष्य के बरअक्स हाथियों का ही समाज है जहाँ आप वास्तविक मातृसत्ता और अल्फ़ा मादा की उपस्थिति देख सकते हैं।

इस उपन्यास में जो मातृसत्तात्मक प्रणालियों का सुन्दर, स्पष्ट और यथार्थवादी चित्रण है, वह लेखक का कौशल है। यह सघन अनुभव और गहन शोध के बिना सम्भव न हुआ होगा। विषय-चयन, गहन शोध और मानव-विज्ञान के तत्त्वों के निर्दोष साहित्यिक उपयोग के लिए मैं उपन्यासकार मनीषा कुलश्रेष्ठ की हृदय से सराहना करता हूँ।

-पी.सी. जोशी

पूर्व कुलपति एवं विभागाध्यक्ष (मानव-विज्ञान)

दिल्ली विश्वविद्यालय, दिल्ली

...त्रिमाया तक

मातृसत्ता बहुत मोहक और यूटोपियन शब्द है जिसने मुझे हमेशा आकर्षित किया। इतिहास में पढ़ा भी करते थे कि नवपाषाण युग से अब तक इतिहास ने बहुत से मूर्त प्रमाण 'सफल मातृसत्तात्मक समाजों' के बारे में जुटाये हैं। नृतत्व-शास्त्रियों ने इसकी तरह-तरह से व्याख्या की है। नवपाषाण युग में जब 'परिवार' संस्था अपने प्रारम्भिक चरण में होगी तो इसकी स्थापना एक समूह के रूप में सुरक्षा, आवास और भोजन के लिए स्त्री ने की होगी। इसलिए उनके लिए मातृ के साथ 'सत्ता' शब्द का अर्थ शासन नहीं सहयोग रहा है। जबकि पितृसत्ता के साथ ऐसा नहीं है।

भारत सहित कई देशों में आज भी आदिवासी जनजातियों में मातृसत्तात्मक और मातृवंशीय समाज हैं। मोसुओ, चीन का बचा हुआ अन्तिम मातृसत्तात्मक समाज है। मिनांग्काबाउ, इंडोनेशिया के पश्चिमी सुमात्रा में पचास लाख से अधिक आबादी वाला दुनिया का सबसे बड़ा मातृसत्तात्मक समाज है। और भी उदाहरण हैं–ब्रिब्री, कोस्टारिका की यह जनजाति पैंतीस हज़ार लोगों के समूह से बनी है, और इसमें महिलाओं को पवित्र माना जाता है। उमोजा, 1990 में यौन उत्पीड़न से बची महिलाओं ने केन्या के इस गाँव की स्थापना की थी। ये भौगोलिक आँकड़े और इतिहास मेरी रुचि का विषय ज़रूर रहे लेकिन मैं एक कथाकार हूँ 'जीवन' लिखती आयी हूँ इसलिए यह ज़रूर बताना चाहूँगी कि यह उपन्यास किसी एक विचार से नहीं, जीवन की लम्बी यायावरी से जन्मा है।

विवाह के बाद वायुसेना अधिकारी पति की पहली ही पोस्टिंग असम थी, जहाँ चाय बागान, जंगल और वायुसेना परिसर एक त्रिकोण बनाते थे। हाथियों के ग्रामीण बाज़ार-हाटों पर हमलों के क़िस्से, कुम्भीग्राम वायुसेना परिसर में हाथियों का चले आना रोज़मर्रा की बातें थीं। हाथियों के व्यवहार, उनके डर, सामूहिकता और हथिनियों के नेतृत्व में बड़े-बड़े झुण्डों को मैंने देखा। इसी दौरान मुझे पूर्वोत्तरी आदिवासी स्त्रियों को जानने का अवसर मिला, अभाव के बावजूद उदात्त और

स्वतन्त्र जीवन-शैली। मेघालय और मिजोरम के बाज़ारों में दुकानों की मालकिनों के तौर पर महिलाएँ बहुतायत में थीं। उन्हें देखकर सुखद आश्चर्य होता था कि वे आराम से बच्चों को स्तनपान कराते हुए सौदा बेच रही हैं, ग्राहक से हँसी-मज़ाक़ कर रही हैं और क़ीमत तय कर रही हैं। पुरुष या तो खेत-खलिहान सँभाल रहे हैं या अन्य काम। इस तरह खासी-गारो मातृवंशी समाजों से मेरा प्रथम परिचय हुआ। आगे भी जीवन में दो और पड़ाव मेघालय और दुआर्स के जंगलों के बीच गुज़रे। तब फिर से इन मातृवंशी समाजों के समानांतर हथिनियों को अपने झुण्डों की देखभाल करते देखा। लैला नाम की हथिनी से मैं जलदापारा में मिली जो 'एलीफेंट सफारी' करवाती थी, और रेस्क्यू सेंटर में क़रीब दस अनाथ बच्चों की कुलमाता थी।

इसके बाद जब अंशु की अन्तिम पोस्टिंग त्रिवेन्द्रम हुई तो नायर समाज के मातृवंशीय इतिहास से परिचित हुई। हालाँकि केरल में नायरों के अलावा भी कई मातृवंशी समाज थे। इस मरुमक्कथायम प्रणाली का पालन पारम्परिक रूप से नायर, नंब्यार और कुछ नम्बूदिरी ब्राह्मण परिवारों द्वारा किया जाता था लेकिन थालास्सेरी, नादापुरम और कुट्टियाडी क्षेत्रों के कुछ मुस्लिम परिवार भी जो नायर से मुस्लिम हुए थे, वे भी इसी प्रणाली का पालन करते थे। लेकिन नायरों ने मातृवंशी व्यवस्था पर मानवशास्त्रीय जगत में एक अद्वितीय प्रतिष्ठा हासिल की। भले विडम्बना यह रही हो कि इसे विक्टोरियन नैतिकता और आधुनिक समाज से उपजी कुछ व्यावहारिक जटिलताओं के चलते रानी सेतु लक्ष्मी बाई ने 1925 में त्रावणकोर से और 1975-76 में केरल संयुक्त हिन्दू परिवार प्रणाली उन्मूलन अधिनियम के तहत मरुमक्कथायम अधिनियम पूरा निरस्त कर दिया गया।

जब हम लेखक इतिहास, भूगोल या नृतत्त्वशास्त्र पढ़ते हैं, जीवन सामने आ खड़ा होता है। मैंने इस उपन्यास को लिखते हुए इतिहास के अलावा भी बहुत कुछ पढ़ा, सिद्धान्त की रोशनी आयी तो जीवन के विरोधाभास अलग ढंग से खुले। कुछ ऐसा अनूठा भी संयोग से मेरे सामने आ गया जिसने मेरे इस उपन्यास को समृद्ध किया जैसे 1905 की वह ऐतिहासिक और सत्य घटना, धात्री कुट्टी सावित्री का स्मार्तविचारम, जिसके साक्ष्य आज भी आर्काइव्ज़ में उपलब्ध हैं। इस तरह मेरे भीतर बरसों से संचित मगर ओझल आब्ज़र्वेशंस अलग ढंग से प्रकट होने लगे, और फिर कथा की यात्रा शुरू हुई। लमहे, प्रसंग और जीवन के स्लाइसेज भीतर से बाहर आकर एक-दूसरे से जुड़ने लगे, और यह यात्रा अब उपन्यास 'त्रिमाया' के कलेवर में पूरी विनम्रता के साथ, आपके सामने है। मैं इसमें कहाँ तक सफल रही हूँ यह पाठक ही बतायेंगे।

मैं आभारी हूँ, देश के मानव-विज्ञान के बड़े अध्येता और विद्वान डॉ. पी.सी. 'जोशी जी की जो दिल्ली विश्वविद्यालय के पूर्व कुलपति एवं विभागाध्यक्ष (मानव-विज्ञान) रहे हैं। इतनी व्यस्तता में भी जोशी सर ने 'त्रिमाया' कि पाण्डुलिपि पढ़कर अपनी राय प्रकट की। आभारी हूँ तंकमणि अम्मा की जिनसे त्रिवेन्द्रम प्रवास में हमेशा मार्गदर्शन मिला।

'त्रिमाया' लिखे जाने की चार बरस लम्बी प्रक्रिया में बहुत से 'आभार' बनते हैं मगर वो सब मेरे इतने अपने हैं कि वे 'प्रकट' औपचारिकता से परे हैं। फिर भी बड़ी बेटी कनुप्रिया का 'कवर' बनाने में जो सहयोग रहा है वह मेरे लिए अनूठा है, नन्हा-सा आभार कियानू का भी कि उसने अपनी माँ को इतना समय निकाल लेने दिया। पर्यावरण वैज्ञानिक बेटी अवनि का आभार, हाथियों को और बेहतर ढंग से समझने में सहायता करने के लिए।

27 दिसम्बर 2024 **–मनीषा कुलश्रेष्ठ**

जयपुर

1

विलक्षण माया

"वसन्त अभी नया आया है और घास लम्बी होने से पहले हमें लम्बा सफ़र तय करना है। सब तैयार हैं न?" मैंने मन्द्र गर्जन कर झुण्ड को कहा। उत्तर में बाईस हथिनियों ने गर्जन किया। दोपहर हो चली थी, हमारी आबनूसी पीठें गरम होने लगी थीं मगर हमारे खेल-बावरे बच्चे अब भी पानी में खेल रहे थे। कीचड़ उनका प्रिय खिलौना है।

"सामने जंगल दिख रहा है? वह पतली चमकती पानी की धार? उसके उस पार एक छोटी-सी खाई है, जो यहाँ से नहीं दिखेगी। मैंने बचपन में कभी माँ को इधर से जाते देखा था। इस खाई को हमारे पुरखों ने अपने पैरों से झाड़ियों को पीटकर बनाया था। उन्होंने इस खाई के ज़रिये पानी के पास जाने का छोटा और सुरक्षित गलियारा बना लिया था, हम इसका इस्तेमाल करेंगे ताकि जल्दी उधर पहुँच जायें। मैं कह नहीं सकती वह अब भी चलने लायक है या नहीं। नहीं होगी तो हम बनायेंगे। ठीक है?" बाईस हथिनियों के सामूहिक गर्जन ने मुझमें ताक़त और हौसला जगा दिया। आख़िरकार, मैं हाथियों के इस विशाल झुण्ड की नेत्री हूँ।

मैं माया हूँ, यह मेरी कथा है। आप मेरी कथा-भूमि में पधारे हैं। आपका स्वागत है!

माना कि हम धरती पर विचरने वाले सबसे बड़े प्राणियों में से एक हैं मगर हम तुम लोगों से अलग तो नहीं। हमारी दीवारें आपस में जुड़ी हैं, बस अगल-बग़ल ही। सच कहो तो लगभग दर्पण की छाया-सी। तुम्हारी तरह ही मेरी उत्पत्ति भी इस संसार में एक स्नेह भरे परिवार के बीच हुई है। मेरे जन्म पर भी मेरी माँ ने पहले पीड़ा सही और फिर ख़ुशी से भर उठी। मेरा बचपन भी शोर, मिट्टी और पानी में तरह-तरह के मज़ेदार खेलों से भरा था। हमारे यहाँ भी ख़ास मौक़ों पर मौसियाँ और बहनें और उनके बच्चे, तमाम रिश्तेदार, परिवार के मित्रों के परिवार इकट्ठे होते

रहते हैं। तुम लोगों की तरह मेरा भी एक वृहत्तर परिवार है। जिनसे हम साल भर में कई आनन्द और उत्सव के मौक़ों पर मिलते-जुलते हैं। खाना बहुतायत में हो तो साथ जश्न मनाते हैं, जम कर खाते-पीते हैं। जब अभाव के दिन आते हैं, खाने की कमी के और हाँ पानी की कमी के भी...या कोई अनजान ख़तरा, तब भी हम समूह में सहन करते हैं। हम ख़ुद को तैयार रखते हैं। आगे बढ़ते जाते हैं अपनी-अपनी ज़िम्मेदार माँओं की सावधान पुकारों के पीछे-पीछे। तुम लोगों की तरह ही हम भी अपने दिवंगतों का शोक मनाते हैं और नवजन्मों का उत्सव। हमारी अपनी ख़ूब पुरानी समृद्ध भाषा है। हम अपने होने का इतिहास जानते हैं। हम ख़ुद को पहचानते हैं। हम अपने अतीत, वर्तमान और भविष्य का अन्तर जानते हैं। हम याद रखते हैं, जीते हैं और आगत निर्धारित करते हैं और उसकी चिन्ता भी करते हैं। हम बख़ूबी जान रहे हैं कि हमारे साथ क्या हो रहा है। हम मनुष्यजनित ख़तरे को भाँप रहे हैं, मगर हम उनको भी पहचानते हैं जो हमारे अस्तित्व के लिए सहायक हैं। मैं जीवन और जंगल के इस विशाल लैंडस्केप में एक मज़बूत खम्भा हूँ। मैं माया हूँ। एक प्राचीनतम मातृसत्तात्मक समाज की ज़िन्दा प्रतीक। मेरे साथ समय में पीछे लौटना चाहोगे? तो, अपनी आँखें बन्द करो और जंगल के बारे में सोचो! लगभग बीस साल पहले के जंगल। हाँ मुझे मोटा-मोटा अन्दाज़ है अपने अतीत का, भले हमारे पास कैलेंडर ना हों मगर मौसमों की गिनती हमें आती है।

मेरा जन्म जलदापारा में हुआ था। कभी यहाँ तरह-तरह के पेड़ थे। तमाम तरह की वनस्पतियों और छोटे-बड़े जीवों से रचा-बसा यह एक आदिम स्वर्ग था। मेरी याददाश्त में सब कुछ वैसे का वैसा है जैसे बस अभी कल की बात हो। मैं इसी आदिम स्वर्ग में जन्मी थी अपनी माँ की तरह और उनकी माँ भी। मेरा नामकरण 'माया' फॉरेस्ट ऑफ़िसर वापी बर्मन ने किया था। सच पूछिए तो यहाँ के सभी हाथियों के नामकरण वे ही करते आये हैं। एक समय वे युवा रेंजर थे, फिर इस जंगल के बड़े अफ़सर बने, रिटायर हुए, अब काफ़ी बूढ़े हो गये हैं। अब भी किसी भी हाथी का जन्म हो उन्हें इत्तिला की जाती है। वे अपनी पुरानी जीप लिए, भूरा टोप लगाये, अपनी लम्बी-दुबली देह पर खाकी पतलून और कमीज़ पहने चले आते हैं। वे इस जंगल के अघोषित मगर स्थायी संरक्षक हैं। जब मैंने जन्म लिया था तब मैं बहुत कमज़ोर थी। मेरी माँ से यह बर्दाश्त नहीं हो रहा था कि मैं जन्म लेने के बाद ख़ून के छोटे कुण्ड के बीच अचेत रहूँ। मेरी नाल अभी उनसे अलग होकर ख़ून टपकाती लटक रही थी। माँ के साथ झुण्ड की अन्य मादाएँ भी मुझे खड़ा करने की कोशिश में थीं। मौसियों ने प्लेसेन्टा का लोथड़ा तुरन्त भारी खुरों की सहायता से

मिट्टी में दबा दिया ताकि शिकारी जानवर यह नवप्रसूति की गन्ध न सूँघ लें। गर्रगर्र की धीमी आवाज़ निकलती हुई माँ मुझे बहुत देर तक सूँड़ से हिलाती-डुलाती रही फिर उसने चिंघाड़-चिंघाड़ कर जंगल सर पर उठा लिया था। तब फॉरेस्ट ऑफ़िसर वापी बर्मन किसी डॉक्टर को लेकर आये थे, मुझे माँ से अलग अस्पताल में रखा गया। दो दिन की देखभाल और कुछ इंजेक्शन लगे थे और मुझे माँ को लौटा दिया गया था। उन्होंने मुझे माँ को सौंपते हुए कहा था।

"तीस्ता, यह लो तुम्हारी माया! इस जंगल में इसकी नानी अलकनन्दा की कहानियाँ दोहराई जाती हैं, वह बहुत बहादुर लीडर थी। मैंने उसे दो बार देखा है, अहा यह वैसी ही है, लम्बी सूँड़, चौड़ा मस्तक। इसे भी उसके जींस मिले हैं।" माँ ख़ुशी से चिंघाड़ी थी और मुझे सूँड़ से अपने से लिपटा लिया था। फिर मुझे मौसियों ने धूलिस्नान करवाया था। लेकिन मुझे बस नींद चाहिए थी माँ के गले के मांसल वलय के कोमल घेरे में। लेकिन हाथियों में छोटे बच्चों तक को लम्बा सोना आसानी से मयस्सर नहीं होता। माँ से लिपटकर बस मैं चार घण्टे सोयी होऊँगी। मैंने ऊपर नीले आसमान और नीचे हरी दुनिया को बस निहारा भर था कि माँ ने झुण्ड को गड़गड़ाहट कर संकेत दिया–हमें चलना होगा। पानी की दिशा में, कुछ पौष्टिक भोजन की तलाश में।

यह वह बरस था जब हम लोगों के लिए इन्सानी दख़ल के चलते जंगल में हालात बिगड़ना शुरू हुए ही थे। उन दिनों हमारा रहवास, विशाल सुन्दर छायादार पेड़ों की घाटियों और एक विस्तृत साफ़ और ठण्डी नदी के साथ कई एकड़ हरे-भरे चरागाहों में था। हम आनन्द से रह रहे थे। अचानक वह ज़मीन जंगल से लेकर बाग़ान मालिकों को सुपुर्द कर दी गयी थी। हमें तब पता चला जब एक रोज़ हम शान्ति से नदी किनारे आराम कर रहे थे कि अचानक दर्जनों इन्सान आ गये और उन्होंने ज़मीन साफ़ करना शुरू कर दिया। हम कुछ नहीं कर सके। जैसे ही चारों ओर खड़े विशाल पेड़ कट-कट कर ज़मीन पर गिरे, माँ ने झुण्ड के सभी हाथियों को इकट्ठा किया और सब उदास होकर बच्चों को लेकर वहाँ से निकल पड़े। मैं बस सात महीने की थी अपनी माँ के पैरों के बीच चलती रही। भूख के चलते घास की तलाश में समूह धीमा पड़ गया था। नींद की कमी और संक्रमण से मेरी आँखें कीचड़ से भरी थीं। जल्दी ही हमें चारों ओर कुल्हाड़ियों के शोर के बीच आसपास एक नया घर ढूँढ़ना था। मेरी माँ ने खोजे कई अस्थायी ठिकाने और एक स्थायी रिज़र्व फॉरेस्ट।

मैंने माँ तक अपनी बात पहुँचाने के लिए कान हिलाना सीखा, ध्वनियाँ निकालने में मैं अभी कच्ची थी। पहले ही महीने कितने पाठ पढ़ लिए थे। दूध पीना, सूँड़ से काम लेना, परिवार को जानना-समझना, क्योंकि हम हाथियों का परिवार ही एक मज़बूत क़िला है। सबसे ज़रूरी पाठ जो सीखा वह था, ज़रूरत पड़ने पर अनवरत चलते रहना। हम तोर्सा-तीस्ता की सन्तानें हैं घर और रास्ते बदलते रहना हमारी नियति है। पिछले डेढ़ सौ वर्षों में ख़ुद तोर्सा नदी ने कई बार अपना मार्ग बदला है, और अपने पीछे परित्यक्त नदी तलों के साथ मृत जलधाराओं का जाल छोड़ गयी है। बस यही थी मेरे जन्म की कथा। मैं अपनी तीन बड़ी बहनों, दो भाइयों, एक गोद लिए भाई से छोटी और सबसे छोटे भाई से बड़ी थी। मेरी शैशवावस्था माँ की गुनगुनी सुरक्षा में बहुत जल्दी बीत गयी। मेरे आसपास मेरी बहनों, मौसियों के शिशु कुकुरमुत्तों की तरह जन्मे। फिर मेरा छोटा भाई गुरु भी, तमाम बदलावों के बीच हमारा कुनबा ख़ूब बढ़ने लगा। फिर मैं किशोरी हुई...

वह देख रहे हैं आप? एक विशाल चट्टान पर, अपनी लम्बी पूँछ, ऊँचे मस्तक और चौड़े कान के साथ, वह एशियाई हाथी यानी 'एलीफ़स मेक्सीमस इंडीकस' का एक दुर्जेय किशोर बच्चा, अपने पिछले पैरों पर किस शान से खड़ा है और देखिए उसने अपने सम्मान में ख़ुद ही ज़ोर से अपनी सूँड़ उठाकर तुरही बजाई। अब तक वह हम बच्चों के झुण्ड का नेता था और मेरा प्यारा मौसेरा भाई नेपच्यून। वह बारह का हो गया है, अफ़सोस कि जल्दी ही झुण्ड से उसे विदा कर दिया जायेगा। उससे मैंने काफ़ी दाँव-पेंच और तैरना सीखा है। मुझे इसकी याद आयेगी। उम्मीद है जीवन में आगे ज़रूर मिलेंगे हम। हमारे मातृसत्तात्मक समाज में यही रवायत है। नर-बच्चे किशोर से युवा हुए नहीं कि झुण्ड से बाहर, फिर वे अकेले भटकते हैं, या कुछ नर मिल कर। केवल प्रजनन के लिए हथिनियों के समूहों के आसपास आते हैं। हथिनियाँ कुल में, नानियों, मौसियों, बहनों और बेटियों और शिशु-किशोर हाथियों संग।

उस 'अंजीर' के पुराने पेड़ के नीचे आप तीन नन्ही सूँड़ों को आपस में लिभड़ते हुए देख पा रहे हैं न? भरपेट भोजन के बाद का आनन्द है यह। वे मेरे नन्हे मौसेरे भाई-बहन हैं। और वह जो अपनी सूँड़ चूस रहा है, मेरा नन्हा भाई। जब मैं बड़ी होने लगी–मेरी ड्यूटी थी इनकी देखभाल करना। यह ठीक वैसा है जैसे लड़कियाँ पॉकेटमनी कमाने के लिए 'बेबी सिटिंग' करें। हम किशोर हथिनियाँ कुलमाता को ख़ुश रखने, माँ बनने के अनुभव को सीखने के लिए यह काम करती हैं। कभी-कभी ये तीनों मेरी नाक में दम भी कर देते हैं। लड़कों की तुलना में लड़कियाँ कहना

मानती हैं...समझदार होती हैं। लड़कों को मनुष्यों की सीमाओं की तरफ़ भागने में जाने क्या मज़ा आता है। नैपच्यून को मनुष्यों के पैरों के चिह्न मिल जाते कभी जंगल में तो वह उनके पीछे चलता जाता। मेरे साथ इन तीनों का न केवल उसका आकार और वज़न बढ़ रहा था, बल्कि ये आने वाले समय के पलायन के लिए मांसपेशियाँ बना रहे हैं। मुझे भी अपनी सूँड़ और पैरों को मज़बूत करने के लिए बहुत अधिक मांसपेशियों की आवश्यकता होगी। माँ समझाती है, बड़े होते बच्चों को अब गूलर, साल, पाकड़ के तने के गूदे को खाना सीखना होगा। घास साल भर तो नहीं रहती है।

जंगल में, हाथियों के बच्चों को प्यार के कोकून में पाला जाता है। माताएँ और सहायिकाएँ अपनी सूँड़ बच्चे के पेट के चारों ओर, उसके कन्धे के ऊपर, उसकी गर्दन के नीचे लपेटे रखती हैं, अक्सर लाड़ से उसके मुँह को छूती हैं। यह एक सुन्दर, आनन्ददायक, ममतामय व्यवहार है। बदले में ये बच्चे भी ख़ूब प्रेम देते हैं। हम भाई-बहनों को आपस में तैरना, चिंघाड़ना और पुकारना और ख़तरे भाँपना सीखते हैं। लेकिन कुछ नियति के बिगड़े मूड का शिकार भी हो जाते हैं। इन बच्चों से पहले मैंने 'नूर' की देखभाल की थी। वह बचपन से ही कुछ कमज़ोर थी और एक दिन...। माफ़ कीजिए दुःख से शुरू नहीं करना चाहती थी...यह कहानी। मगर मुझे 'नूर' की बेतहाशा याद आती है। पता नहीं आप जानते हैं कि नहीं प्रकृति ने शिशु हाथियों को आकार में भले विशाल रखा है मगर अन्य जीवों की तुलना में सबसे अधिक नाज़ुक भी बनाया है। बड़े होने से पहले ये झुण्ड से अलग एकदम सुरक्षित नहीं रह सकते। सच पूछिए 'नूर' की गड्ढे में गिर कर मौत होने में मेरी ग़लती नहीं थी। वह कमज़ोर थी, वह अपनी माँ का दूध पीकर उसकी सूँड़ के साथ खेल रही थी। मैं कुछ दूर पर घास चर रही थी। अचानक एक उत्तेजित नर हाथी हमारे झुण्ड में चला आया, जब उसकी माँ कमला उस नर हाथी से बचने के लिए भागी तो वह उसके नीचे थी, घिसटकर, लुढ़ककर कीचड़ और पानी भरे गड्ढे में गिर गयी। जब तक मैं पहुँची गड्ढे का कीच उसकी सूँड़ में भर गया था। वह दो दिन साँस लेने में संघर्ष करती रही, तीसरे दिन वह मर गयी। नूर कमला मौसी की दूसरी और आख़िरी सन्तान थी। लेकिन माँ जानती थी वह मेरी ग़लती नहीं थी। उन्होंने मुझे उदास पाकर प्यार से सहलाया था।

मेरी माँ अपनी लम्बी बरौनियोंवाली आँखों और सूँड़ हवा में लहराकर बहुत कुछ भाँप लेने की माहिर थी। बाघ की गन्ध, गुलदारों के हाँफने की आवाज़, मौसम का पता, ज़मीन के नीचे पानी भाँप लेने जैसे गुण उन्होंने मुझे सिखाये। मेरी बहन लैला को भी माँ ने बहुत कुछ सिखाया मगर उसे उपदेश पसन्द नहीं थे। उलझनों

में फँसकर या मुक़ाबले पर बन आती वह तब ही सीखती। तुम सोचते हो तुम्हारे अलावा किसी के पास संवाद की भाषा नहीं होती? हमारे पास भाषा नहीं होती तो किसी कुलमाता का इतने बड़े कुल को लेकर चलना, अपनी रणनीति तय करना कैसे सम्भव होता? हम हाथी आपस में इंफ्रासोनिक आवाज़ों से बतियाते हैं जो तुम मनुष्यों को सुनाई नहीं देतीं। हम भी अपनी यात्राओं के कार्यक्रम, रास्ते और पड़ाव कई-कई दिन पहले से तय कर लेते हैं। बच्चों की सुरक्षा और पानी के स्रोत, घास की उपलब्धता, ख़तरे की स्थिति और शिकारी की मौजूदगी को ख़याल में रख कार्यक्रमों और पड़ावों में बदलाव भी। हमारे पास रूमानियत की भी कमाल की भाषा है। मिलन की पुकारों के नाज़ुक गीत हैं। तुम नहीं समझोगे, वैसे हम तो तुम्हारी भी भाषा की कई ध्वनियाँ पकड़ लेते हैं। मसलन हमारे वे नाम जो तुमने दिये हैं और पुकारें। हम सब वापी बर्मन की पुकार, रेंजर झा की डाँट, वन रक्षकों की भोजन के लिए पुचकारें जानते हैं। उन दुष्ट मनुष्यों की चीख़ें जो घृणा और क्रोध और भय की हैं वे भी पहचानते हैं। मैं कुछ कुटिल शिकारियों की आवाज़ें और आहटें पहचानती हूँ। यक़ीन मानिए हम आवाज़ों में फ़र्क़ कर लेते हैं।

मुझे याद है वापी बर्मन जब आवाज़ लगाते थे–"तीस्ता!" माँ घास खाना छोड़ देती और जवाब देती दूर से...उनकी आवाज़ पूरी तलहटी में गूँज जाती। वे जान जाते झुण्ड सुरक्षित है। माँ अन्य झुण्डों के सम्पर्क में भी रहतीं। मेरी माँ तीस्ता जलदापारा से मानस तक फैले कॉरीडोर में फैले पाँच विशाल झुण्डों में से एक की कुलमाता थी। वे पचपन-साठ वर्ष तक जीवित रही, वह और अधिक जीवित रह सकती थी, अपने अन्त समय में वह एक तीखे ढलान से फिसलकर चोटिल न हुई होती तो। उसमें विकट क़िस्म की जिजीविषा थी। वह एक सच्ची राजवंशीय कुलमाता थी और अपने झुण्ड की अमोघ नेत्री थी, क्योंकि उन्होंने कई कठिन मौसमों में झुण्ड को लेकर लम्बी-लम्बी यात्राएँ की थीं। बाढ़, आग, तूफ़ान, पानी की कमी को सफलता से झेला था और झुण्डों के बाहरी आन्तरिक संघर्षों का अहिंसक निपटारा किया था। भीषण काली और सर्द रातों में हमारी माँ ने अदृश्य पगडंडियों का पता लगाया जो पानी के किनारे से वापस की ओर जाती थीं। वे मुझे अक्सर लकड़ी, कटे हुए पेड़ों के ठूँठों, चट्टानों का निरीक्षण करते मिलतीं। जब मैं कुलमाता बनी तब मुझे पता चला कि वे जंगल में हर कहीं पर पुरखों के छोड़े दाँतों के निशानों पर ध्यान दिया करती थीं। प्रत्येक दाँत अपना विशिष्ट हस्ताक्षर छोड़ता है, और सरल-सुगम रास्तों, भरपूर भोजन, ख़तरों के चिह्न बनाता है। आप इन निशानों को हमारा लिखित इतिहास मान सकते हैं, पढ़ सकते हैं बशर्ते यह नष्ट न किया जाये।

मुझे ख़ूब साफ़-साफ़ याद है, भीषण गर्मियों का समय था, घास सूख चुकी थी, हम सूखी छाल खाकर काम चला रहे थे। मुझे सूखी छाल एकदम पसन्द नहीं थी। तब माँ ने एक बार मुझे और लैला को बुलाकर बताया था कि तालाब के गीले, घासवाले किनारे में एक विशेष अदृश्य खाई जैसी पगडंडी है। जिसे कभी किसी ने नहीं देखा था मगर माँ ने खोज निकाला था। उन्होंने गरगराकर हमें कुछ निशान दिखाये थे, "देखो यहाँ से एक नर बूढ़ा हाथी आया-जाया करता था। उसने चट्टान पर हाथियों के चिह्नों में एक गुप्त रास्ते का नक़्शा बना छोड़ा था। इसके पहले हम सभी सोचते थे कि नर हाथियों का सामाजिकता से क्या लेना?" मैंने माँ से सीखा कि बहुत से लम्बी उम्रवाले, अनुभवी बुज़ुर्ग नर हाथी भी अपने अर्जित अनुभवों को आने वाली पीढ़ी के लिए छोड़ना चाहते हैं। उन्हें भी अपने बच्चों की चिन्ता रहती है। इन गूढ़ चिह्नों को लैला के साथ माँ ने मुझे पढ़ना क्यों सिखाया होगा? लैला तो ठीक है, निश्चित ही वह भविष्य में मुखिया बनने लायक थी मगर मैं? क्या माँ पढ़ती थीं, अतीत के चिह्नों की तरह भविष्य के संकेत भी? आह मेरी माँ तीस्ता, उनका चौड़ा मस्तक और लम्बी सूँड़ और होंठ से हल्के बाहर झाँकते उनके दाँत। वे नानी जितनी कद्दावर नहीं थीं कि किसी नर हाथी के क़द को मात दें। फिर भी वे ख़ूब मज़बूत थीं। उनकी लम्बी पलकों के नीचे सुन्दर भूरी आँखें थीं, विशाल पंखे से कान जिन्हें वे ममता से भी हिलातीं और ग़ुस्से से भी। वे कान जो मीलों दूर की भी आवाज़ें सुन सकते थे।

मेरी माँ तीस्ता और तोरसा के बीच फैले जंगलों की सच्ची बेटी थीं। 'तीस्ता' पन्ना के रंग की यह नदी पश्चिम बंगाल और सिक्किम की पनीली सीमा के रूप में बहती है, और भूरी मटमैली तोरसा तिब्बत से निकल भूटान, भारत, और बांग्लादेश में बहती है। हमारे जलदापारा नेशनल पार्क का प्राण है, तोरसा। मेरी माँ ठहरी यायावर! दुआर के जंगलों से भी बहुत आगे मानस के जंगलों तक वह समूह को लेकर यात्रायें करती थी। वह टिक कर रहने में विश्वास नहीं करती थी। मेरी माँ का नाम तीस्ता यूँ ही तो नहीं था, वह तीस्ता सी ही लम्बे, टेढ़े-मेढ़े रास्तों पर चलना–चलते रहना पसन्द करती थी। मेरी माँ तीस्ता की तरह जीवनदायिनी भी थी। उन्होंने हमारे कुल की युवा माताओं की आकस्मिक मृत्यु के बाद उनके अनाथ शिशुओं को भी दुलार से पाला था। और 'किशन'! वह तो अनाम कुलनाम था, न जाने कहाँ से भटककर आया था और भूख से बेहाल जंगलवालों को डामरदार काली गरम सड़क पर घायल मिला था। उसे फॉरेस्ट ऑफ़िसर वापी ने माँ के सामने ला खड़ा किया। माँ ने उसे सूँघा, गररर की आवाज़ निकालकर बाक़ी समूह से कुछ पूछा और

एक सामूहिक गड़गड़ से प्रस्ताव पास हो गया था। आख़िर माँ की बात कौन टाल सकता था? माँ ने किशोर होने तक उसे अपने बेटे की तरह पाला। किशन ने भी झुण्ड के प्रति सुरक्षा का अपना कर्तव्य अक्सर कठिन अवसरों में निभाया।

मैं तब की बात कर रही हूँ जब जलदापारा से मानस और आगे नेपाल की सीमाओं तक के विशाल इलाक़े में बीस से ज़्यादा हाथियों के विशालकाय झुण्ड थे। उनकी कुलमाताएँ माँ से जब भी टकरातीं बड़े दोस्ताना ढंग से पेश आतीं। वे आपस में एक-दूसरे का, इलाक़ों का सम्मान करती थीं। दो कुलों को मैंने कभी भोजन, स्थान, रास्ते के लिए लड़ते नहीं देखा, बल्कि कई बार पलायन के लिए मेरी माँ दूसरी कुलमाताओं राधा और मिनती के समूह को भी अपने साथ लेकर मीलों संग चली हैं। हाँ, हम हाथी भी आजीवन मित्रताएँ निभाते हैं। मित्रता ही वह है जो हमें विपरीत परिस्थितियों में बचाये हुए है। बस झुण्ड के बच्चे सुरक्षित रहें तब तक हथिनियाँ हिंसक नहीं होतीं। मिलन के मौसम में नर हाथियों की हथिनियों के लिए आपसी हिंसक और ख़ूनी लड़ाइयों को छोड़ दें तो हम हाथी शान्त और भीरु हैं। उन लड़ाइयों में हम बच्चे अक्सर दूर भाग जाते थे और दूर से देखा करते थे वह मदान्ध पागलपन। मुझे बड़ा डर लगता था, पूरे समूह में कोलाहल मच जाता, ताज़ा युवा हुए छड़े हाथियों पर ज़्यादा जोश चढ़ता, वे हर उम्र की हथिनियों के पीछे भागते। बड़ी उम्र के वयस्क जानते थे हथिनियाँ उन्हें चुनेंगी। युवा आपस में लड़ते रह जाते, यह लड़ाई हल्की, चंचल धक्का-मुक्की से लेकर भयंकर लड़ाई और मौत तक हो सकती है। यूँ भी नर हाथियों के पास निठल्ले होने के लिए बहुत समय होता है, एक दाँत पर सूँड़ लटकाकर आराम करने के सिवा काम क्या इन्हें? इन्हें झुण्ड नहीं सँभालना, बच्चे नहीं देखने, शेरों और बाक़ी शिकारियों से झुण्ड की रक्षा नहीं करनी। इन पर शिकारी जानवर भी हमला नहीं करते, बस मैंने बन्दूक़धारी आदमियों के बारे में गूँजी नानी से सुना है जो इनके इन्हीं सुन्दर दाँतों के चलते...छोड़ो बहुत ख़तरनाक है वह सब।

मेरी माँ के लिए अपना कुनबा सर्वोपरि था। वे शान्त रहकर निर्णय लेने में विश्वास रखती थीं, दुविधा में रहती तो दायें से बायें सर हिलाती। एक निर्णय ले लेती तो ऊपर से नीचे सर हिलाती, एक गम्भीर गर्जना करती और आगे बढ़ जाती। कोई उनके निर्णय पर फिर आशंका नहीं कर सकता था। उनके साथ की सबसे पुरानी एक याद, जब मैं उनके साथ बाढ़ में फँस गयी थी और एक मगरमच्छ से मुठभेड़ हो गयी थी। बारपेटा की बात है यह, जलदापारा में भोजन की कमी के चलते हम सब मीलों लम्बी यात्रा के बाद मानस के जंगलों में एक नदी के रास्ते घुसे

थे। यह मानस नदी की सहायक नदी है हाकुआ जो बरसातों में बाढ़ ले आती है, मगर उसके आसपास उगी लम्बी सवाना घास के मीठे स्वाद का लालच हम सबको अक्सर वहाँ ले जाता है। हाँ, तो हम हाकुआ के एक तट पर पानी पी रहे थे, मेरे भाई-बहन पानी से खेल रहे थे, अपने ऊपर कीचड़ मल रहे थे। तभी ऊपरी रॉयल मानस के जंगलों में भारी बारिश के कारण वन-नदियों में पानी का स्तर बढ़ने लगा था। ऊपरी हिस्सों से सभी जानवर भाग कर नीचे आने की कोशिश कर रहे थे। हम अभी सुरक्षित जगह पर थे लेकिन माँ जानती थी बरसात के दिनों में हाकुआ नदी का मिज़ाज भाँपना मुश्किल हो जाता है। पतली धार कब ग़ुस्सैल नदी में बदल जाती है...कोई पहले से जान नहीं पाता। उत्तर के भूटानी पहाड़ों से गड़गड़ाहट सुनाई दे रही थी। आकाश गहरा रहा था। उनकी सूँड़ की चार लाख तन्त्रिकाओं ने भाँप लिया कि हवा में ख़तरा है। उनके गद्देदार पैरों को नदी किनारे की धरती से सौ मील दूर की आहटें भी ट्रांसमिट हो रही थीं। माँ ने सर हिलाया, फिर कानों को पीछे कर समूह को गड़गड़ाकर बच्चों को तुरन्त बाहर निकाल लाने का आदेश दिया।

"नीमा, लैला, लीला अजानू और सनी तुम लोग तुरन्त दौड़ो, दक्षिणी रेतीले तटों की तरफ़।" गूँजी नानी छोटे बच्चों को लेकर पानी से बाहर आयीं। मैं बहुत छोटी थी और माँ के पैर से चिपकी थी। उत्तरी पहाड़ी ढलान की तरफ़ कगार टूट-टूट कर बह रहे थे। मौसी कमला मेरे ही हमउम्र अपने बच्चे शिवम के साथ उस दिशा में ही भागी और कगार की मिट्टी के साथ नदी के बहाव में गिर गयी। माँ मुझे छोड़कर उधर दौड़ी। इधर बहाव बढ़ता हुआ मेरी तरफ़ आ रहा था, मैंने ख़ुद को बाढ़ के पानी में फँसते और ज़मीन से पैरों को उठते हुए पाया। मैं छोटी थी पर जानती थी, विकल्प दो ही हैं–डूबना मैं चाहती नहीं थी, तैरना मुझे आता नहीं था। फिर भी मैंने कोशिश की मेरे शरीर का अधिकांश पानी के नीचे था, केवल साँस लेने के लिए मेरी सूँड़ और मुँह पानी के ऊपर था। मैं तैरने लगी...बाढ़ का पानी अभी भी बढ़ रहा था। माँ ने पहले मौसी और उनके नवजात को सहारा देकर सही दिशा में भेजा। फिर मेरी बारी आयी तो मैं माँ को दिखी नहीं। मैं माँ से दूर अकेले ही लगभग दक्षिणी किनारे की तरफ़ पहुँचने को थी तभी देखा पानी में बहती झाड़ियों और तनों के बीच में एक अजीब सा जानवर मेरी ओर तैर रहा था। दाँत और आँख न दिखे होते तो मैं उसे एक सड़ा हुआ तना ही समझ लेती पर उसने मेरे पास आकर जबड़ा खोला और एक अजीब-सी महक मेरी सूँड़ में भर गयी। मैं चिंघाड़ी और माँ का ध्यान मेरी तरफ़ गया। माँ ने मेरी ओर तेज़ी से तैरना शुरू किया। उसने इसी बीच उछलकर अपने घिनौने बड़े जबड़ों के बीच मेरी सूँड़ को पकड़ना चाहा, मैं डरकर कीच भरे

पानी में गड़प हो गयी। कुछ देर साँस रोककर ऊपर आयी तो देखती हूँ माँ दाहिना पैर उठाकर उसे कुचलने की कोशिश में है वह हवा में अपना पूरा जिस्म पलटा कर दूर उछल गया। मगर माँ अब ताव में थीं। उनकी सूँड़ से ख़ून बह रहा था। माँ उसकी तरफ़ बढ़ीं और उसके जबड़े पर अपने पैरों से प्रहार किया। वह निश्चय ही चोटिल हुआ होगा, कुछ पल बाद मुझे उसकी कँटीली दुम पानी में तेज़ी से तैरती दिखी और वह उफान की तरफ़ भागा और हम अपनी सूँड़ ऊपर कर तैरकर बाहर आये जहाँ झुण्ड खड़ा था। मेरे भाई और बड़ी बहनों ने हमें घेर लिया। गूँजी नानी तेज़ी से चलती हुई आयी और माँ को बताने लगी–"ये मगरमच्छ तो बरसों हुए यहाँ नहीं दिखे। लगा था कि ये इस इलाक़े से ग़ायब ही हो गये हैं। यह कहाँ से आ गया? हाथियों के लिए ये बड़े ख़तरनाक होते हैं। पहले इधर नदियाँ इनसे भरी रहती थीं और नदियाँ पार करना यानी बच्चों को गँवाना होता था।" पूरा झुण्ड सकते में था, सब एक सुर में गर्जन करने लगे–'हम्म म ग र मच्छ हम्म!'

लम्बा चलते हुए माँ और झुण्ड जब सुरक्षित जगह पर पहुँच गये, तब माँ ने मुझे अपनी सूँड़ से दुलराया। उनकी विशाल काया के नीचे कीचड़ में लिथड़ी हुई मैं खड़ी थी। मैं बुरी तरह थक गयी थी। मेरे किशोर भाइयों ने गैंडों को भगा दिया और हम समतल घास के एक मैदान में जा डटे थे। जब रात ढली, जब पूरा झुण्ड सुस्ताने लगा तब गूँजी नानी के भीतर का क़िस्सागो जाग उठा। गूँजी नानी ख़ून के रिश्ते में हमारी कुछ नहीं थी। कोई नहीं जानता वे कब किन परिस्थितियों में झुण्ड में शामिल हुईं। कहते हैं वे अलकनन्दा नानी की मित्र थीं और उन्हें कभी कोई सन्तान नहीं हुई। उनकी उम्र का भी किसी को कुछ नहीं पता। उनकी पीली त्वचा और झुर्रियों को देखते हुए, उनसे हाथी समाजों के क़िस्से सुनते हुए माँ तक ने अपनी आधी उम्र बिता दी थी। गूँजी नानी कभी माँ को सलाह नहीं देतीं, जैसी स्थिति होती थीं, बस वैसे या उससे जुड़े क़िस्से सुनातीं, उन क़िस्सों से जो जैसा सबक लेना चाहे।

"हमारी कुलमाता की माँ 'अलकनन्दा' का झुण्ड पचास हथिनियों और अनगिनत बच्चों का झुण्ड था, उसमें आठ-दस तो हम अनाथ बच्चे थे जो उस बरस की आगजनी के बाद आ मिले थे।"

"कैसी आगजनी नानी! सुनाओ न!" हम सब सुरक्षित मैदानों में लेटे थे, चाँद यूँ चमक रहा था मानो ठण्डा हो गया सूरज हो, उससे सुनहरा चूर्ण रोशनी बन झर रहा था। माँ थककर उनींदी थीं मगर भीतर कहीं सजग थीं। मैं दिन में मुझ पर बीती उस बुरे सपने-सी घटना को उनके स्तनों से खेल कर भुलाना चाह रही थी। बच्चोंवाली हथिनियाँ थककर खुर्राटे मार रही थीं। हमारी जवान बहनें, किशोर भाइयों

को गूँजी नानी की कथा सुननी थी। नानी तो यूँ भी अनिद्रा की मारी सो ही कब पाती है? पाकड़ के पेड़ों पर बगुले, जाँघिल पक्षी (पेंटेंड स्टॉर्क) सोते हुए यूँ लग रहे थे मानो किसी धोबिन ने सफ़ेद और रंगीन कपड़ों को पंक्तिबद्ध उस ऊँचे पेड़ पर सुखा दिया हो। कभी-कभी नानी गूँजी की गरर-गरर कथा के बीच गंजा उल्लू हुंकारा देने को बोल पड़ता 'ऊ ...हां...हूंक'।

"जानते हो मेरे नन्ही सूँड़वाले बच्चो, मानस नदी के तट उन मज़बूत हाथियों के रहवास हैं, जिन्होंने बहुत बार मुश्किल हालत में मौत को हराया और अपने अस्तित्व को बचाया है। इन जंगलों का इतिहास हमलों और भीषण आगजनी का इतिहास है। एक समय ऐसा था जब यहाँ स्वर्ग था। हर जानवर के लिए अपनी माकूल जगह थी। यहाँ जितनी तरह की ज़मीन मिलती है ना, उतनी कहीं नहीं मिलती। कहीं सदाबहार हरे जंगल, कहीं पतझड़ी जंगल, नदियों के पास रेतीले इलाक़े और आगे फैले सवाना घास के मैदान। दलदली ज़मीनें और बीच-बीच में बाँस और बेंत के जंगल भी शामिल हैं। यहाँ हर बरस बाढ़ आती है, आग लगती है, कई बार लगायी जाती है। इससे बचते-बचाते मानस के जंगलों के जीव बहुत मज़बूत हो चुके हैं।

लेकिन एक बार इस स्वर्ग को ऐसी बुरी नज़र लगी दो पैरवाले मनुष्यों की कि पूछो मत। जहाँ तक हम समझे उनकी आपसी रंजिशों में यह स्वर्ग तबाह हो गया। वे अजीब से आग उगलने वाले हथियार लेकर आये एक-दूसरे पर झोंकने लगे। अजीब से धमाके हुए मानस का यह विशाल जंगल जगह-जगह आग की लपटों में घिर गया। हमेशा यह होता है कि एक जगह आग लगने पर हम दूसरी दिशाओं में भाग कर जान बचाते हैं मगर उस बार तो हर जगह आग के गुच्छे, धुआँ! सब पगडंडियाँ भस्म! तब मैंने अजीब नज़ारे देखे। काले तेंदुए और जंगली भैंसे एक साथ उत्तरी पहाड़ों पर भागे जा रहे हैं। बाघ और हिरण अजीब सकते में अगल-बग़ल ख़ामोश खड़े हैं। घास में रहने वाले फ़्लोरिकन पक्षी जले पंख लिए नदियों में कूद रहे हैं। पानी के मगर और घड़ियाल तक ज़मीन पर रेंग रहे हैं। हाथियों का तो पूछो मत बहुत से झुण्ड मारे गये। जो भूटानी पहाड़ों पर चढ़ने में सफल हुआ वह बच गया। जो दलदलों में साँस ले सका वह बच गया। मैं बस तभी झुण्ड से बिछड़ी थी। एक काला तेंदुआ जिस दिशा में दौड़ा था मैं उसी दिशा में चल दी। वह मानो मुझे राह दिखाता हुआ चल रहा था। मैं रुकती वह भी मेरे लिए रुक जाता, मुड़कर देखता दोस्ताना ढंग से गुर्राता–कि जल्दी चढ़ो! हम सख़्त चढ़ावों पर चढ़ते गये। भूखे-प्यासे हम अनजान पहाड़ी जंगल में जा पहुँचे जहाँ आग नहीं थी, हमारी नदी-

सी ही एक साफ़ सुन्दर नदी बह रही थी। पेड़ों के पीछे छिपी थी मैं, वहाँ के लोग इस नदी को अमो-चू नाम से पुकार रहे थे। तब मुझे नहीं पता था वह भूटान में बह रही अपनी तोरसा ही थी। उस पर एक रस्सी से बना पुल था। काला तेंदुआ उस पुल के पार चला गया, उस पार से उसने मुझे मुड़कर देखा था। पुल मेरा भार कहाँ उठाया पाता? मैंने बस शुक्राने की गर्जन की और इस पार ही रुक गयी। जहाँ पानी और घास थे...ख़तरों का उस समय मुझे अन्दाज़ न था। उस वक़्त बस आग-धुएँ से मुक्ति और भरपेट पानी और खाना चाहिए था। मैं महीनों अकेली भटकी। वहाँ भी हाथियों के अजनबी झुण्ड थे, उन्होंने मुझे खदेड़ भगाया। मैं छिप-छिपाकर भटकती रही और मुझे अपना जंगल मानस याद आता रहा। महीनों बीत गये। एक रोज़ मैंने क्या देखा? देखा कि पुल पार कर जंगली भैंसों का एक झुण्ड आकर ढलान के पास इकट्ठा हो रहा है। जब वे दर्जनों हो गये तो ढलान की तरफ़ उतरने लगे। जहाँ नीचे हमारा जला हुआ स्वर्ग था। हिरणों के झुण्ड भी कुलाँचे मारते लौटने लगे। मैं बेकल होकर उनके पीछे चल पड़ी। आख़िरकार मैं अपने स्वर्ग मानस में थी। जंगल पूरा जला हुआ था, नदी के तट सूने थे। कुछ मनुष्य गश्त लगा रहे थे, आग बुझ चुकी थी, घास में नयी कोंपलें ज़रूर फूट रही थीं। भैंसे झुण्डों में और गैंडे अकेले घूम रहे थे। मैंने बहुत खोजा मुझे मेरा झुण्ड नहीं मिला। एक मन्मत्त हाथी ने ज़रूर मुझ पर आक्रमण कर दिया। मेरा मन टूट गया था। मेरा दिमाग़ इतनी यातनाओं के बाद जगह पर नहीं था। दर्द, अकेलेपन, भूख, डर, थकान और तनाव ने मुझे अर्धविक्षिप्त कर दिया था। मैं अकारण चलने लगी, मीलों काली डामर की सड़क पर जहाँ विशाल मशीनें शोर मचाती चलती हैं। वहीं मुझे अलकनन्दा मिली, बारपेटा में अपने विशाल झुण्ड के साथ डामर की सड़क पार करते हुए। क्या तो चौड़ा माथा, चमकीली काली त्वचा, तेज़ आँखें, मज़बूत मांसपेशियों वाली सूँड़ और साहसिक आत्मा। पचास हथिनियों, पन्द्रह किशोर-किशोरियों और आठ नन्हे बच्चोंवाले उस झुण्ड को देख मैं हैरत में पड़ गयी। मुझे कुछ नहीं करना था, बस रेवड़ में शामिल होना था। अलकनन्दा ने मुझे देर तक परखा, सूँड़ से मेरे घायल और अनवरत चले सूजे हुए खुर सूँघे और गम्भीर गर्जन की और आगे चल दी। बस तभी से यह झुण्ड मेरा घर रहा। तीस्ता तब किशोरी थी सबसे समझदार बच्ची झुण्ड की। अलकनन्दा ने परख लिया था और आश्वस्त हो गयी थी कि उसका विशाल झुण्ड और उसकी विरासत 'तीस्ता' सँभाल लेगी।" अपनी माँ के स्तन से खेलते हुए, गूँजी नानी का क़िस्सा सुनते हुए मैंने जाना था अपनी नानी अलकनन्दा के बारे में। हम बच्चे हँसते थे गूँजी नानी अमृत-फल खायी हुई है क्या? क्योंकि किशोरी होते-होते गूँजी नानी से मैंने भी

सीखा कि हर जंगल का इतिहास होता है। हर जंगल के अपने नियम और रहस्य होते हैं उन्हें एक सबक की तरह सीखना और याद रखना होता है। हमें एक-दूसरे की महीन से महीन आवाज़ पर गौर करना चाहिए, झुण्ड की एक-दूसरे पर निर्भरता, भरोसा और एक-दूसरे को सुनने से ही बनता है हाथी समाज।

लेकिन बचपन में हम एकदम से अपने बड़ों की कब सुनते हैं? जब मैं छोटी थी मुझे जंगल का हर जानवर प्यारा और दोस्ती के क़ाबिल लगता था। ख़ासतौर पर भूरे ख़रगोश, फाँदते हुए सुनहरे हिरण। मैं बड़ी हो रही थी और बेहद जिज्ञासु भी। माँ मुझे हर चीज़ को सूँड़ से छूकर चेक करने से रोकती थी, मसलन सड़े हुए तनों के नीचे उगे मशरूम जो ज़हरीले हो सकते थे। एक बार मैंने बहुत बड़ी मूर्खता कर दी थी।

एक विशालकाय पेड़ था जिसकी कई साल पहले सर्दियों की किसी आँधी में जड़ें उखड़ गयी थीं, और उसका तना आधा रह गया था। वह आधा अब भी ज़मीन में दफ़न था और उस खोखले स्थान पर जहाँ पेड़ की जड़ें थीं, एक बड़ी झाड़ी उग आयी थी। वहाँ एक खोखल था जिसमें चमकदार सूरज की रोशनी का एक टुकड़ा अन्दर आ रहा था। मैंने देखा इस सूखी, गर्म गुहा के बीच में एक रंगीन पीली और काली धारियोंवाली गोल चीज़ पड़ी है। इस खिलौने ने मुझे अजीब तरह से आकर्षित किया और मैं धीरे-धीरे अपनी सूँड़ उसके नज़दीक ले गयी। सूरज की रोशनी पड़ी और मुझे अचानक पता चला कि इस अजीब कुण्डली में एक तिकोना छोटा सिर था, जिसमें दो मोती जैसी आँखें! उन बिना पलकवाली आँखां में एक भयानक ठण्डी, सम्मोहक क्रूरता थी, जिसका मुझ पर अजीब असर हुआ। मुझे ऐसा महसूस हुआ जैसे मेरा जिस्म ठण्डा पड़ गया है, मैं हिल नहीं सकती। अचानक एक काँटेदार जीभ लपलपायी और कुण्डली में तरंगित होने लगी। मैंने सूँड़ को तुरन्त खोखल से बाहर किया और भागने को मुड़ी और मैं कँटीली झाड़ियों में गिर गयी। वह रंगीन चीज़ सरसराकर मेरे पैर के पास से भागी। लौटकर मैंने यह भयावह घटना माँ को सुनाई और पीठ पर उनकी सूँड़ का मुक्का खाया और अन्तहीन डाँट।

"वह एक ज़हरीला साँप था!" उसने डर और गुस्से से काँपते हुए कहा था। "अगर इसने तुम्हें काट लिया होता, तो तुम सूर्यास्त से पहले ही मर जातीं। तुम मेरे क़रीब रहो, माया।" तब से मैं हर रेंगती हुई चीज़ से डर जाती हूँ।

उस दिन सूर्य चमक रहा था। जंगल की ज़मीन और आसमान के बीच अन्तर बिल्कुल स्पष्ट नज़र आ रहा था। पास में ही एक अमलताश के पेड़ पर फूल लगे थे, जिन पर जंगली मच्छर और मक्खियाँ भिनभिना रहे थे। मच्छर जो जंगल की

ज़मीन पर बहुत कम थे, हवा में ज़्यादा। उन्होंने हमें तंग करना शुरू कर दिया। यह ऐसी जगह थी जहाँ हम बहुत अच्छी तरह अपनी सुरक्षा कर सकते थे। घने पेड़, पहाड़ी ढलान, जलधार...। चारों ओर कई तरह के पक्षी थे, जिनमें एक बड़ा बाज़ भी शामिल था, जो पास की एक डाल पर बैठा था। उसे हमारी उपस्थिति का क़तई ख़याल नहीं था। तभी हमें अजीब-सी तड़ातड़ आवाज़ें आयीं और एक चिंघाड़ से दिगन्त गूँज गया। माँ ने तुरन्त पूरे झुण्ड को इकट्ठा किया और सारी हथिनियाँ हम छोटे बच्चों का घेरा बनाकर खड़ी हो गयीं। मैं समझ नहीं पायी थी कि मामला आख़िर क्या था? मैंने माँ के चेहरे पर बदहवासी पहली बार देखी थी। गूँजी नानी एक झुरमुट से निकालकर आयी थी–"ये वही आग उगलने वाली नलियाँ हैं। यह चिंघाड़ उस नर की है जो कुछ दिनों पहले अपने जंगल में ब्रह्मपुत्र की तरफ़ से अपने विशाल ख़ूबसूरत दाँत लिए आया है। फिर इतिहास दोहराया जायेगा क्या?"

"तीस्ता को परेशान मत करो गूँजी!" मेरी सबसे बड़ी मौसी ने गर्जन किया। लेकिन माँ बेचैन थी। उसकी सेल्यूलर मेमोरीज़ में इन आग उग़लती नलियों की याद थी। जब क़रीब तीस हाथियों का उनके दाँतों के लिए सामूहिक संहार हुआ था। जिसमें उसके पिता, उसके भाई-बहनों के पिता, मौसियों के साथी सभी थे। ये आवाज़ें अनगिनत दिनों तक आती रही थीं और जंगल नरों से लगभग ख़ाली हो गया था। माँ का डर व्यर्थ नहीं था। अक्सर ऊँचाई पर मँडराते गिद्ध ही जंगल में मौत की ख़बर लाते हैं। हम सब दूर खड़े देख रहे थे। अपनी चार जीपों में जैसे ही वनरक्षकों का एक दल उस स्थान पर पहुँचा, जिसके ऊपर गिद्ध मँडराते थे, सड़ते मांस की दुर्गन्ध के कारण वे भी पलट गये। एक टीले पर एक नर हाथी का शरीर ज़मीन पर एक ढेर की तरह पड़ा था, उसका चेहरा ख़ून से लथपथ था। उसकी सूँड़ ख़ून से लथपथ पड़ी थी। उसके मुँह के पास दो सफ़ेद ठूँठ ही बचे थे, दाँत कोई ले गया था। उसके माथे से बन्दूक़ की गोली के घाव से ख़ून बह रहा था। यह ब्रह्मपुत्र की तरफ़ से आया नर नहीं था, यह हमारे ही जंगल का अधेड़ हाथी 'वनवासी' था। वनरक्षकों का दल वनवासी हाथी की मौत को रिकॉर्ड करने और चार टन मांस को कंकाल में बदलने तक इसे तेंदुओं-सियारों और फिर गिद्धों के भरोसे छोड़ने के अलावा कुछ नहीं कर सकते थे। हाँ, फिर वनरक्षकों की गश्त बढ़ गयी थी। माँ उस रोज़ मेरे छोटे-बड़े भाइयों को ही सहलाती नज़र आयी। मानो वे उनके भविष्य की चिन्ता में परेशान हों। उसके बाद माँ का दुलार मानो भाइयों तक सीमित हो गया। ये वही दिन थे जब किशन को झुण्ड से निकलकर अपने लिए राह चुननी थी। माँ को मैं बूढ़ा होते देख रही थी।

उस दिन पहली बार झुण्ड पूरे दिन माँ के बिना रहा था। वह जाने कहाँ जा छिपी थीं, शायद मैं जानती थी, वे चीलापेटा के राजा नल के क़िले के खँडहरों पर ही झुण्ड से अलग हुई थीं। हर बार वजह कोई रोमांस या नर होता था, मगर अब वह किसी भी जिस्मानी मिलन की चाह से उबर गयी हैं। वे बूढ़ी हो रही हैं। वे किशन को लेकर उदास थीं। मैंने उनकी आँखों को बहते कम ही देखा है मगर उस दिन...किशन भी माँ को अन्तिम विदा के लिए यहाँ-वहाँ खोजता रहा फिर गोधूली के धुँधलके में उसने अपने विशालकाय शरीर को झटका दिया और दक्षिण की तरफ़ अपनी पतली पूँछ और विशाल नितम्बों को हिलाता हुआ भूरी धूल के गुबार में गुम होने के लिए निकल पड़ा। उस पतले गलियारे को देखते हुए हम पलट ही रहे थे कि एक गर्जन सुनाई दी यह माँ थी किशन का ध्यान अपनी ओर खींचती। किशन ने धड़ मोड़ा था और गर्दन हिलाकर माँ को देख चिंघाड़ा और कुछ क़दम पास आया, सूँड़ उठाई और मुड़कर चल दिया। यह दृश्य मन को बींधने वाला था। अब उसे अकेले ही भटकना था, भोजन खोजना था, प्रेम खोजना और प्रजनन करना था। ख़ुद को बचाना था नलीदार हथियारों से।

उसका ग्यारह साला सुरक्षित बचपन जो हमारे संग ख़त्म हुआ था, मैं और किशन हमउम्र थे। वह अनाथ ज़रूर था मगर बहुत संजीदा और मेरी माँ का लाड़ला बेटा था। हाथियों में अनाथ होना, आपको अलग खड़ा कर देता है। या तो आप मारे जाते हो या फिर रेस्क्यू सेंटर में पाले जाकर 'कुली' हाथी बनते हो। कोई झुण्ड आपको अपने साथ नहीं लेता, ले भी लेता है तो आपकी अक्सर दुर्गति होती है। कुलमाता आपको अक्सर असुरक्षित छोड़ देती है। मगर मेरी माँ अलग थीं। हम सब किशन के जाने से बहुत उदास थे, कुलमाता तीस्ता ने उस दिन भोजन ही नहीं किया। हम सब अनमने घने जंगल में ढलती शाम को आते देख रहे थे। झाड़ियों में जुगनुओं ने उड़ना शुरू ही किया था कि गूँजी नानी ने अपना क़िस्सों का पिटारा खोल लिया। हम सब बहल गये।

"जानते हो नन्ही सूँड़ों? तुम सबकी परनानी अलकनन्दा ख़ुद किशन की तरह अनाथ थी। उसे गोरे-लाल मनुष्यों ने चाय-बाग़ानों में पाला था।"

"गोरे-लाल कैसे नानी?"

"अलकनन्दा बताती थी वो तीस्ता तट के सुनहरे बन्दर हैं न वैसे मनुष्य होते थे। बहुत पुरानी बात है। वह समय मैंने भी देखा नहीं बस सुना भर।" गूँजी नानी अलकनन्दा कुलमाता की कहानी कहती तो मुझे लगता कि वह हमारे संसार की कोई मिथकीय गाथा जैसी है। वह एक जन्म से ही चमत्कारिक नेता थी।

"ए, माया! क्या सोच रही है? सुन गौर से। हाँ तो, अनाथ होने के कारण वह बचपन में मनुष्यों संग पली-बढ़ी थी। वे मनुष्य उस पर सवारी किया करते और उस पर बैठकर अन्य जानवरों को मारा करते। वह मनुष्यों की भाषा समझती थी और एक नया नज़रिया हाथियों में लेकर आयी थी कि हर मनुष्य दुश्मन नहीं है तो हर मनुष्य दोस्त भी नहीं है। मैं उसके जीवन की पूरी कहानी सुनाने बैठूँ तो कई महीने लग जायेंगे। आज बताऊँगी वह कुलमाता कैसे बनी। हुआ यूँ कि उसे अपने अहाते में बँधा छोड़कर वो गोरे मनुष्य अचानक चले गये। वह कुछ दिन भूखी-प्यासी चिंघाड़ती रही। फिर उसने अपनी ताक़त आजमायी और साँकल तोड़ डाली और दीवार फोड़ कर बाहर आ गयी। बोझा ढोने वाले छोटे-बड़े हाथियों के झुण्ड आदिवासी इलाक़ों में अफरा-तफरी मचा रहे थे। वे मनुष्य मज़दूर मशालें लेकर हाथियों को जंगल की तरफ़ धकेल रहे थे। पहली बार अलकनन्दा ने ख़ुद को देखा कि वह एक विशालकाय हथिनी है, उसके पास ताक़त है, स्वतन्त्रता है। उसने पहली बार जंगल देखा। सूखी भूरी घास, पेड़ों पर बहुत कम पत्ते, तालाबों की जगह कीच भरे दलदल। उसे गुड़ और रोटी, गन्ने और ताज़ा घास खाने की आदत थी। यहाँ खाना क्या होगा? उसने एक जंगली हाथी को पेड़ की छाल चीर कर खाते देखा वह सहम गयी। सूँड़ को पानी में डाला तो कीच हाथ आयी। वह बीती सदी का चौथा दशक था। तब दुआर्स के अधिकांश हिस्से में भयानक सूखा पड़ा हुआ था, जंगली हाथियों तक को भोजन और पानी की तलाश में भारी संघर्ष करना पड़ रहा था।

अलकनन्दा क्योंकि शुरू से अनाथ थी और उसे कभी भी परिवार के बड़े सदस्यों से ज्ञान प्राप्त करने का अवसर नहीं मिला था। हाँ, मनुष्य से उसे सूझ-बूझ ज़रूर मिली थी। उसने किसी तरह सभी भूखी हथिनियों, बच्चों को इकट्ठा किया और पलटकर चाय-बाग़ानों की तरफ़ कूच किया, उसे पता था एक बँगला था जहाँ एक पक्का तालाब था, जिसमें मनुष्य तैरा करते थे, बग़ीचा था जिसमें घास थी और हरे पेड़ थे। वे सभी आदिवासी मनुष्यों को ललकारते बँगले में पहुँच गये जहाँ से गोरे-सुनहरे मनुष्य जा चुके थे। उन्होंने जी भर कर पानी पिया, घास खायी। जब जी भर गया वे लौट आये। अब उसने जंगल से सीखना शुरू किया, शुरू से। वह अपने झुण्ड के साथ उस भीषण सूखे से निकल आने में कामयाब रही, जिसने कुछ ही महीनों में चार सौ से अधिक जंगली हाथियों की जान ले ली थी। झुण्ड के अन्य बुज़ुर्ग सदस्य नानी अलकनन्दा की नेतृत्व करने और उन महत्त्वपूर्ण निर्णय लेने की क्षमता से प्रभावित हुए बिना न रह सके। और वह अनेक कुलनाम-हीन हथिनियों और

बच्चों की मुखिया बन गयी। मैं भी बाद में आ जुड़ी।" गूँजी नानी कहानी से शिक्षा नहीं निकालकर पेश करती वह हमें ख़ुद करना होता है। बाक़ी सब गोरे मनुष्य, तालाब और अलकनन्दा की बहादुरी की बात कर रहे थे। मैं सोच रही थी–निर्णय की क्षमता!

निर्णय ही तो है जो किसी झुण्ड के लिए ज़िन्दगी या मौत का सवाल हो सकता है। प्रत्येक सफल हाथी राजवंश के पीछे एक बुद्धिमान कुलमाता होती है जो कुछ हटकर सोचती है, ख़तरा उठाना जानती है, हर कहीं से सीखे ज्ञान को दिमाग़ के ख़ज़ाने में डालती जाती है।

मेरी माँ तीस्ता उन्हीं की बेटी हैं। माँ जागी हुई थी और एक चट्टान से पीठ खुजाते हुए उन्होंने गूँजी नानी को पुकारा।

"और वह सूखा गूँजी अम्माँ भूल गयीं? जब हमने असम की दिशा में, तीस्ता के किनारे-किनारे हर दिन पचास किलोमीटर से अधिक की यात्रा की। बाक़ी झुण्ड यहाँ-वहाँ रुक गये थे। लेकिन अलकनन्दा के नेतृत्व में हम सभी बावन सदस्य डटे रहे। मेरी इस आलसी हो चुकी बहन दुर्गा सहित, यह तब पैदा ही हुई थी और माँ के पैरों तक भी नहीं आती थी। मगर तब भी चली ख़ूब चली जब हम एक सुरक्षित इलाक़े में जा टिके तब राहत मिली। वहाँ हाथियों के दूसरे झुण्ड भी थे।" कहकर माँ चुप हो गयीं और आकाश में सितारों को देखने लगीं। क्या कोई गज-नक्षत्र खोजती थीं? बहुत गरिमामय हैं माँ, वह नहीं बतायेंगी मगर मैं जानती हूँ। मुझे लैला ने बताया था। वहीं मेरी माँ को मिले थे मेरे पिता 'मिस्टर लोहित'। पहली बार 'ऋतुस्नान' का अनुभव और प्रेमनिमन्त्रण? वे डर गयी थीं विशालकाय मिस्टर लोहित को देख। वे उनसे दूर ही रहीं, जबकि मेरी मौसियाँ उनके लिए झुण्ड से निकलकर उनसे मिलने और आकर्षित करने जंगल जाती रहीं। लेकिन मिस्टर लोहित ने इसे दिल का मामला बना लिया था। वे माँ का दिल जीतने में कामयाब हुए। और यह रिश्ता लैला, लीला, जम्बो, पुरू, गोलू, जया, लम्बोदर, रुद्र, नैना और मेरे होने तक एकनिष्ठ बना रहा। वे जहाँ रहे, मेरी माँ से मिलने आते रहे। हमारा कुटुम्ब बढ़ता रहा। मैंने अपने पिता को देखा है दूर से हमें देखते हुए, वे जानते थे हम उनकी सन्तानें हैं। गूँजी नानी बताती हैं हर सन्तान के जन्म पर वे झुण्ड के आसपास आकर, एक दूरी से बच्चे को देखकर चिंघाड़ कर लौटे हैं।

"एक अच्छे-कुलीन नर का यही लक्षण है।"

फिर एक रोज़...माँ ने हासीमारा-कूचबिहार वाले रेलवे ट्रैक पर उन्हें घायल और मरणासन्न पाया। तीन दिन वे वहीं बैठी रहीं, चौथे दिन वे वहीं शान्त हो गये। उनका विशाल शरीर कुछ मनुष्य काट-काट कर टोकरियों में भर कर ले गये। आह! मेरी

स्मृतियों में है उनकी छवि धीर-गम्भीर और विशालकाय। मुझे गर्व है मेरे शरीर में उनके गुणसूत्र और मस्तिष्क में माँ और नानी की सेल्यूलर मेमोरीज़ हैं।

किशन को गये कुछ दिन बीते ही थे। माँ भी सहज हो रही थीं। लैला गर्भवती थी। वे उसका ध्यान रख रही थीं। वह एक साफ़ धूप भरा दिन था जो बीतने को था। अबाबीलें सर पर गोल चक्कर काट रही थीं, हरी पहाड़ी पर बीतते दिन की छायाएँ सरक रही थीं। सेमल के विशाल पेड़ धूप में पवित्र दानवों की तरह खड़े थे। झुण्ड के खिलंदड़े बच्चों का शोर मेरे कान में मधुमक्खी की गुनगुन बन गया था। मेरे कान सुन्न हो गये थे। जीभ पर ततैये के से डंक की चुभन थी। पेट ऐसे दुःख रहा था जैसे कोई कँटीली झाड़ी निगल ली हो। कुछ ही देर में मैंने ख़ुद की टाँगों को ख़ून से सने पाया। यह देखकर मुझ पर हताशा तारी हो गयी। जैसे ही लैला ने देखा, वह मेरे पास आ गयी। उसने मुझे सूँड़ से सहलाया और मेरी ख़ून से तर योनि को सूँघा। फिर मेरे मस्तक पर अपनी सूँड़ रख दी।

"लैला!"

"तुम बड़ी हो गयी हो माया!"

"मगर! किन्तु, लेकिन...मुझे अपने जिस्म में किसी क़िस्म का 'ख़ून-ख़राबा' नहीं चाहिए। नहीं चाहिए कि अधेड़, युवा-नर मेरे पीछे चिंघाड़ते घूमें। यह...यह एकदम वाहियात बात है।" मैं सर हिलाकर चिंघाड़ ही रही थी कि माँ मेरे पास आयीं। उनका धीमा और गम्भीर मन्द्र गर्जन किसी अनुष्ठान के श्लोक सा था।

"माया! माया! यह प्रकृति है। इसका आदर करो। भूमि, जल, वायु, पहाड़ियाँ-पर्वत, जंगल, नदियाँ, महासागर, पेड़-पौधे, जड़ी-बूटियाँ, झाड़ियाँ, यहाँ तक कि ग्रह-नक्षत्र एवं तारे भी...एक चक्र का हिस्सा हैं। दिव्य जल जो नदियों में सदा गमनशील हैं, यह रक्त उसी का तत्त्व है। यह धरती तुम्हारी रक्षा करे। तुम इसे नयी सन्तति दो।" माँ के इस अनूठे मन्द्र श्लोक सुन सभी बड़ी-बूढ़ियाँ मेरे आसपास आ गयी और सूँड़ में घास, धूल, जल मुझ पर फेंकने लगी। मुझे योनि से रिसता ख़ून इतना चिपचिपा लग रहा था कि मैं चट्टान से ख़ुद को रगड़ कर साफ़ करने लगी। मुझे किसी ने ऐसा करने से रोका तो नहीं पर उचटी निगाह डाल कर सब चली गयीं। झिंगुरों की मादाओं की आवाज़ तक मैं सुन पा रही थी...एक शिकरा सेमल की फुनगी पर बैठा, अपनी चोंच तीखी कर रहा था...उस पर भूरी-भूरी मखमली कलियों का झुण्ड था और...नारंगी पंखुरियों की कमनीय झलक। अचानक मैंने देखा आधे चाँद के किनारे भी लाल हो गये थे। सपनों में भी लाल नदी बहती रही। बहुत बुरे दिन थे वो मैं पूरे झुण्ड से अलग-थलग बनी रही। एलोमदरिंग की अपनी ड्यूटीज़

भी नहीं की। बच्चे मेरे पास खेलने आये तो घुड़ककर मैंने भगा दिया। कितना अजीब लगा था तब बड़े होना। आज हँसी आती है।

अपनी माँ की छत्रछाया में मुझे जो इकलौता दु:ख था वह यही कि जब मैं बड़ी हो रही हूँ और मुझे माँ की सबसे ज़्यादा ज़रूरत है तब माँ बूढ़ी होने लगी हैं। वे जितनी उम्रदराज हो रही थीं शान्त होती जा रही थीं। विकट स्थिति में और दूसरी मौसियों को निर्णय लेने देती थीं। मानस की तरफ़ की उनकी बेवजह यात्राएँ बहुत कम हो गयी थीं। वे चलते हुए थककर चट्टानों से टिकने लगी थीं। उनका चेहरा प्रभावी गुलाबी चकत्तों से और देह ढीली त्वचा से भर गयी थी। मुझे याद है वह हफ़्ता! कैसे भूल सकती हूँ। महीने-भर से माँ ने ख़ुद को झुण्ड से अलग-थलग करना शुरू कर दिया था। मैं अपने सबसे छोटे भाई 'गुरु' की देखभाल में अपना दिन बिताती थी। गुरु का पिता कोई अनाम जंगली हाथी था, जिसे हममें से किसी ने नहीं देखा। माँ ने भी कोई संकेत नहीं दिया था। बस एक रोज़ बुढ़ापे में उन्होंने 'गुरु' को पैदा कर दिया। मरती-मरती बची थीं वे। तब से गुरु को मैंने सँभाला है। वह अभी दो साल का ही था और उसे सँभालना मेरी मौसियों के बस का एकदम नहीं था।

कैसे भूल सकती हूँ वह दिन हम सब दिन उगने से पहले ही कमला मौसी के नेतृत्व में तोर्सा के उत्तरी किनारों से उतरती पगडंडी से समतल मैदानों की मीठी घास चरने के लिए निकले थे। माँ ने आधी दूरी भी तय नहीं की थी और उसकी ताक़त लगभग ख़त्म हो गयी थी। ढलती रात और भोर के बीच आधे रास्ते में वह एक सँकरी धार के सफ़ेद रेतीले किनारे पर पहुँचकर रुक गयी। माँ ने आगे उतरने में असमर्थता दिखाई और वह पगडंडी से नीचे उतरते हुए डर रही थी। अपनी बुद्धिमान और मज़बूत माँ को ऐसे देखना हम सब के लिए बहुत कठिन था। उसकी गहरी आँखें जंगल के अपार विस्तार को तटस्थता से देख रही थीं और उसके बड़े पैर मृत पत्तियों पर धीरे-धीरे पड़ रहे थे। फिर वह एक रेतीले ढूह से टिककर खड़ी हो गयी। हम सब बेमन से उतर गये। मेरा छोटा भाई गुरु, माँ के स्तन टटोल रहा था। हमारा झुण्ड उस रोज़ मीठी घास का आनन्द न ले सका। फिर भी झुण्ड को दोपहर तक घास चर कर पेट तो भरना ही है। दोपहर ढलने लगी थी मैं सोच में डूबी हुई बेमन से अपनी सूँड़ से घास तोड़कर मुँह में भर रही थी, तभी मेरी अधेड़ मौसी कमला भारी सर को हिलाते हुए मेरे पास आयी। आख़िर मैं माँ की सबसे छोटी बेटी जो थी। बाक़ी मेरी बहनें अपने बच्चे सँभालने में व्यस्त थीं, कमला मौसी ने मेरे पास आकर खुर से ज़मीन खोदी और मुझे अपने साथ आने को कहा। हम उधर की ओर तेज़ी से चले जहाँ हाथी घास के झुरमुटों में एक टूटे विशाल पेड़

के तने से सटी तोरसा की एक जलधार के पास माँ लेटी थी। कमला मौसी ने चिंघाड़कर उस पर पानी की बौछार मारी। माँ लगभग अचेत थी और बहुत अजीब ढंग से वहाँ पसरी हुई थी। एकबारगी मैं उन्हें पहचानी ही नहीं, इतनी असहाय और तीस्ता! गुरु उनसे सूँड़ लिपटाकर स्तब्ध खड़ा था। पहले हमने उसे अलग किया। तब तक झुण्ड की बाक़ी हथिनियाँ आ गयीं। देर तक हमने उसे उठाने की सामूहिक कोशिश की, उसकी सूँड़ हिली और एक कराह निकली। मैं हतप्रभ सूँड़ से उसकी उसी कोमल सूँड़ को उठा रही थी जिससे उलझाकर अपनी सूँड़ को मैंने बचपन के खेल खेले थे, धीरे चलने पर पीठ पर चपत भी खायी थी, नहलाई गयी थी। वह गुनगुना स्पर्श एकदम ठण्डा और निर्जीव था। मेरे पेट में कोई गुबार उमड़ा–त्या त्यान ति भौं...आई टों..!

वह नदी के पास गिरे हुए खोखले पेड़ की ओर लुढ़क गयी, जिसे झुण्ड के बच्चों ने एक रोज़ बेवजह गिरा दिया था। गूँजी नानी और मौसियों ने उन्हें अपनी सूँड़ से सूँघा और पैर से छुआ। मगर मैं उन्हें अब भी उठाकर खड़ा कर देना चाह रही थी। मैं हल्का-हल्का गर्जन कर रही थी–माँ थोड़ी तो कोशिश करो। मेरी ज़िद के आगे बस वे अपनी सूँड़ हिला सकीं, बाक़ी शरीर सुन्न था। कोई स्पन्दन नहीं। वे आख़िरी बार लुढ़क गयीं पेड़ की तरफ़। उन्होंने मुझे बेबसी से देखा।

दोपहर से शाम कब हुई पता नहीं चला, चाँद भी उस रोज़ समय पहले ही उग आया था, और सफ़ेद ढलानें ठण्डी रोशनी में चमक रही थीं, छोटी घाटी में ऊपर और नीचे उगे स्याह झाड़ों और गहरे हरे पेड़ों के विपरीत और भी सफ़ेद लग रही थीं। ऐसे तिलिस्मी माहौल में क्या 'तीस्ता' जंगल की अपनी इस दुनिया से आहिस्ता-आहिस्ता विदा ले रही थी? क्या वो जान रही थीं कि उनके परिवार को लेकर दायित्व, संघर्ष और सभी दबाव ख़त्म होने वाले हैं? वह फिर सूँड़ भी नहीं उठा सकीं, और जैसे-जैसे रात घिरती गयी, जंगलों में अँधेरा छा गया। सन्नाटे में उनकी बची हुई साँसों की गिनती गूँजने लगी और उसी अँधेरे में आत्मा विलीन होने लगी। कमला मौसी, माँ की लगभग अचेत देह के तीन चक्कर काटकर उसकी खुली और आसमान पर टिकी पुतलियों को देखती रही, उसके उलटकर साल के सूखे पत्ते से कानों में कुछ बुदबुदाकर झटके से मुड़कर चल दी। मुझे आवाज़ दी ...टां ऽऽऽ ओं। मेरा मन माँ की देह पर लोटकर अपनी चीख़ों से जंगल गुंजा देने का था। मगर यह बहुत अव्यावहारिक होता। बाघ और तेंदुओं के झुण्ड को पता मिल जाता। मैं दुःख और अनजान रोष से भरी अपने चारों पाँवों से लगभग अटपटी चाल में तेज़-तेज़ चली। हम बत्तीस सदस्यों का बाक़ी परिवार सावधानी से कुछ

दूर जाकर आराम करने लगा। परिवार ने नदी के किनारे रात बितायी और अगली सुबह ही वापस लौटे। माँ ने भी सुबह की पहली रोशनी में तोर्सा के पानी और जंगल को देखा और आँखें बन्द कर लीं और साँसों की डोर तोड़ दी। गुरु असमंजस में यहाँ से वहाँ घूम रहा था। माँ अब माँ नहीं थी, कुलनेत्री तीस्ता भी नहीं थी। ज़मीन पर पड़ी महज़ एक मृत देह थी जिसे नोचने के लिए जल्दी ही कुत्ते, लकड़बग्घे, गिद्ध चले आयेंगे, माँ का रौबीला चेहरा कीड़ों से भर जायेगा। यह विशाल देह बस मांसपिंड बनकर रह जायेगी। मेरा शरीर सिहर गया। तभी मैंने अपनी सबसे बड़ी बहन लैला को अपने भारी-भरकम स्वस्थ शरीर के साथ दूसरी दिशा से आते देखा, उसके साथ उसका चार महीने का बेटा था। लैला और मेरी कम ही बनती है मगर उसने इस पल मेरे माथे पर सूँड़ रखी और गरिमामय शोक के साथ माँ के शव की दिशा में चल पड़ी।

"आह! माँ...सबसे शुभ यही था आपकी मृत्यु नितान्त प्राकृतिक थी, यह आपके अस्तित्व की सफलता है।" लैला अपने मज़बूत शरीर और रौबीले माथे को उठाये बुदबुदा रही थी। नदी के नीले जल में बादलों की गुलाबी छाया धीरे-धीरे गुज़र रही थी।

"लैला!?" मैं उसके तेवर देखकर चौंकी।

"आज के समय में झुण्ड को सन्तोष करना चाहिए कि उनकी प्राकृतिक मौत हुई है। गुरु को सँभालो और अब चलो जंगल की तरफ़।" वह मुड़ी और एक रानी की तरह चलने लगी। दोनों बच्चे सँभालते हुए उसके पीछे मैं भी झुण्ड में लौट आयी। झुण्ड कमला मौसी को घेरकर खड़ा था। अपने अवचेतन में भीतर कहीं मैं भी यही चाहती थी कि झुण्ड का नेतृत्व अब कमला मौसी सँभाले लैला नहीं। पता नहीं माँ क्या चाहती होंगी? सबने देखा था जब लैला माँ के शव के पास से लौट रही थी, उसके चेहरे पर दृढ़ आत्मविश्वास था। गुरु अब उसके साये में चल रहा था। उसका बेटा 'यदु' गुरु के पीछे। न जाने मुझे उसमें क्यों माँ की छवि दिखाई दी, मेरी बाक़ी की बहनें सूँड़ बढ़ाकर उसकी अगवानी को बढ़ीं। उसकी देह से माँ की महक आ रही थी। वह उसकी देह को उलट-पुलटकर उस पर लोटकर आ रही है यानी संकेत स्पष्ट था वह झुण्ड का नेतृत्व लेना चाहेगी। लेकिन हाथियों का अनलिखा क़ानून कि शोक के उस अन्तराल तक तो सब शान्त रहेंगे। जब तक कि माँ की देह हड्डियों में नहीं बिखर जाती और धूलि-संस्कार पूरे नहीं हो जाते। क़रीब पैंतालीस दिन, एक विशाल मादा हाथी की देह है आख़िर। मिट्टी में मिलते-मिलते मिलेगी नहीं तो जंगल के स्केवेंजर्स धीरे-धीरे खा ही लेंगे। लकड़बग्घे, जंगली सियार, चीलें, फिर चींटियाँ।

माँ की मृत्यु से मैं सबसे अधिक व्याकुल थी। इस व्याकुलता से कोई हल नहीं निकलना था। पूरा झुण्ड व्याकुल होगा। कमला या लैला? झुण्ड में बहुत से बदलाव आयेंगे। पद सूचियाँ बदलेंगी। अपने प्रिय-अप्रिय लोगों के हिसाब से। कमला मौसी सहिष्णु हैं, उम्रदराज हैं। सबको यही डर था कि लैला को अगर मुखिया बनाया गया तो वह सबसे पहले बहुत से युवा होते किशोरों को खदेड़ेगी जंगल में। ख़ासतौर पर जिन्होंने लैला के नये लम्पट प्रेमी 'मोहन' को खदेड़कर तोरसा पार के मैदान में भेज दिया था। यूँ तो माँ भी इस साल उन्हें झुण्ड से आज़ाद करती ही, वे बड़े जो हो रहे थे लेकिन प्यार से, एक सुन्दर अलविदा के साथ। उन्हें नींद में सोता छोड़कर या खदेड़ कर नहीं। लेकिन दूसरी ओर यह तय था कि कमला मौसी, तीस्ता की सभी बेटियों यानी मेरी तीनों बहनों लैला, लीला और नैना और मुझे निचली पायदान पर उतार देंगी। आगे झुण्ड के नेतृत्व में मौसियों की बेटियों को तवज्जोह मिलेगी। ख़ैर यह बदलाव तो प्राकृतिक नियम है। मेरे लिए तो दोनों ही स्थितियाँ प्रिय-अप्रिय दोनों थीं। मौसी मुझे पसन्द करती हैं मेरे शान्त व्यवहार और सूझबूझ के कारण। लैला शुरू से ही मुझसे चिढ़ती है, मुझे मिले माँ के दुलार और परवाह के कारण। लीला अपने बच्चों को मुझ पर छोड़कर प्रेमियों के पीछे भागा करती है। और नैना वह तो अपने एकान्त में प्रसन्न, कल्पना लोक में रहने वाली है। उसे कोई फ़र्क़ नहीं पड़ेगा झुण्ड का नेता कोई हो।

मैं हर रोज़ वहाँ जाती रही जहाँ माँ का शव अब मज्जा और हड्डियों में अलग हो चला था। उनका मांस छोड़ता मस्तक वहाँ लुढ़का पड़ा था मैंने उसे अपने खुरों से नम मिट्टी में दबा दिया। हफ़्ते भर में अब समूचे अवशेष सूख जायेंगे। उनकी माथे की हड्डियों को झुण्ड का ही नहीं जंगल का हर गुज़रता हाथी छूकर देखेगा। थामेगा सूँड़ में, धूल उड़ायेगा और शिशु हाथी एक साथ अपनी सूँड़ अनवरत हिलायेंगे। तब शोकअवधि पूरी हो जायेगी। फिर जल्दी ही गर्मियाँ आयेंगी, भोजन कम होता जायेगा। तब जंगल की सीमाओं से बाहर निकलने और पूर्व में मीलों आगे जाने का समय आ जायेगा। तब न जाने कौन नेतृत्व करेगा? लैला या कमला मौसी। हमारे झुण्ड की परम्परा में आक्रामक और रोब जमाने वाली कुलमाता कभी नहीं हुई है। यहाँ ज्ञान और विवेक काम आता है, थोड़ी लोकप्रियता भी। भले हम लोग नर हाथियों की तरह झगड़ती नहीं हैं मगर सर्वसम्मति ज़रूरी है जिसकी क्षमताओं में हमें पुख़्ता यक़ीन होता है जिसे सारी हथिनियाँ चुनती हैं उसका शान्त और अनुभवी

होना ज़रूरी है। कोई यहाँ ख़ुद को नियुक्त नहीं कर सकता। चाह कर भी नहीं। यह कोई फूलों की सेज नहीं। समूचे झुण्ड की ज़िम्मेदारी के बदले क्या मिलता है? कुछ नहीं! कुछ भी अतिरिक्त नहीं, बल्कि रातों की नींद जाती है, सुकून खो जाता है।

बसन्त तो शोक में ही बीता और जल्दी ही गर्मियाँ आ गयीं। मेरा भाई गुरु-माँ के बिना तेज़ी से बड़ा हो रहा था, उसके सिर पर खड़े-खड़े काले बाल सुन्दर लगते थे जो कि इस बात का प्रमाण थे कि वह एक अद्‌भुत दुर्जेय बच्चा था। लेकिन हाथियों की शैशवावस्था बहुत असुरक्षित होती है। माँ की मृत्यु के चलते उसका दूध जल्दी ही छूट गया था। जड़ी-बूटियाँ और बाँस की पत्तियाँ हाथियों के बच्चों के विकास के लिए सर्वोत्तम थीं मगर इस ओर की घास और बूटियाँ सूखने लगी थीं। वह दिन आना ही था जब लम्बी यात्रा का निर्णय लेना था। हम सब प्रतीक्षा में थे, लैला या मौसी के नेतृत्व की। आख़िरकार कमला मौसी ने कूच की तुरही बजायी। हम सब हथिनियाँ शिशुओं को चलने के लिए तैयार करने लगीं। गुरु की ज़िम्मेदारी पूरी तरह मेरी थी। किशोर हाथी और हथिनियाँ उत्साह में थे यात्रा के। वयस्क मादाओं ने अपने क़द अनुसार जगह ले ली।

यह हम सब जानते थे कि दुआर्स के पश्चिम में रहने वाले जलदापारा के हाथियों के झुण्ड या तो पूर्वी दुआर्स की दिशा में चलकर भूटान की घाटी की तरफ़ 'मानस' जाते हैं या तलहटी के रास्ते से होकर बक्सा टाइगर रिज़र्व, कूचबिहार की ओर चले जाते हैं। तीसरा है तराई का इलाक़ा जो तीस्ता के पश्चिमी छोर तक फैला है। कमला मौसी ने न तो अलकनन्दा नानी की तरह तीस्ता की तराई का इलाक़ा चुना, न मेरी माँ की तरह पूर्वी दुआर्स में मानस जाना चुना। उसने भूटान तलहटी में फैले बक्सा के जंगलों, जयंतिया पहाड़ों की तरफ़ जाना तय किया, जहाँ मीठे बाँस, सवाना घास रास्ते भर मिलने वाली थी। कमला मौसी ने मंज़िल की तरफ़ चलने के लिए एक लम्बा कॉरीडोर चुना था जहाँ बीच में दो नदियाँ भी पार करनी पड़तीं और दो पड़ाव डालने पड़ते। झुण्ड में चार नवजात थे और गुरु सहित दो अन्य छोटे बच्चे। हम सब जानते थे एक थोड़ा छोटा रास्ता था जिसमें तीन जगह काली सड़क पार करनी पड़ती थी। मगर कमला मौसी सड़कों पर चलते मशीनी यमदूतों से वे तेंदुओं-बाघों की बनिस्पत ज़्यादा डरती थीं। झुण्ड की सभी बाईस हथिनियाँ मौसी के पीछे चली गयीं, मैं कुछ ठिठकी फिर मुझे भी यही उचित लगा, मैं गुरु को साथ लिए मौसी के साथ ही चल पड़ी। मगर लैला ने उलटा चलना शुरू किया कोलतार की सड़क के समानान्तर जहाँ से महज़ कुछ घण्टों में हम बक्सा के जंगलों

का रास्ता ले लेते। लीला ने उसका साथ दिया। लेकिन लैला की ज़िद कुछ दूर ही चली। जब हम लम्बे रास्ते से नदी पार कर हरे बाँसों से भरे अपने पहले पड़ाव पर पहुँचे तो लैला और लीला पहले से वहाँ अपने बेटे यदु के साथ मौजूद थीं। मैंने राहत महसूस की क्योंकि मुझे डर था कि ज़िद में लैला और लीला झुण्ड से अलग ना हो जायें। लैला ने झुण्ड का चिंघाड़कर स्वागत किया मगर बहुमत को स्वीकारने की गरिमा के साथ। हम लोग डरकर या लाभ पाने के लिए अपनी नेता को सैल्यूट नहीं करती हैं। हम बस परवाह करती हैं, स्वीकार लेती हैं, ख़ुद को समर्पित करती हैं झुण्ड के लिए।

आख़िरकार कमला मौसी अपने लचीले स्वभाव के कारण चुनी गयी। वह ऐसी हथिनी है जिस पर अन्य सभी साथी सबसे अधिक भरोसा करते हैं। उसकी शान्त उपस्थिति, अन्य हथिनियों की परवाह उसे लोकप्रिय बनाती है। मुझे यक़ीन था वह आपसी घनिष्ठता को बढ़ावा देगी। सबसे अच्छी बात यह कि उनके नाम मात्र के ही प्रेमी रहे हैं सो झुण्ड पर नर हमलों से बचाव में वे तत्पर रहेंगी। कमला मौसी जीवन भर माँ की तत्पर सहायक रही थीं वह एक चुस्त दस्ता बनाने का महत्त्व जानती थीं। उनकी नरों के लिए इस उदासीनता के पीछे भी एक कहानी है। दरअसल जब वे युवा थीं तब मिलन के दौरान उनके एक प्रेमी ने उन्हीं पर हमला कर दिया। उनको गहरी चोट पहुँची शारीरिक और मानसिक भी। उनके केवल दो बच्चे हुए–नूर की कहानी तो आपको शुरू में बतायी थी, अब केवल इनकी एक नर सन्तान जीवित है, शिवम जो लम्बी यायावरी में यक़ीन रखता है। मुझे वह बहुत पसन्द था, जब हम किशोर थे। लेकिन नर हाथी की विवशता है कि उसे धीरे-धीरे उस परिवार से दूर जाना होता है जिसमें उसका जन्म हुआ हो। प्रजनन काल में भी मादाओं की खोज में वह शायद ही कभी हमारे झुण्ड में आया होगा। शिवम को परिवार समूहों से दूर, एकान्त में चरते हुए देखा गया था।

हम जयन्ती नदी के आसपास के जंगलों में थे। मेरे लिए यह प्रवास नया था, माँ कभी इस तरफ़ नहीं आयी थीं। अच्छी मात्रा में भोजन करके हम सब ऊँघने लगे थे। लग रहा था यही हमारा नया घर है। बाँसों के झुरमुट और सिमुल-शिरीष के पेड़ों की अनवरत क़तारें, लम्बी घासें और ठण्डी हवाएँ। तरह-तरह की पौष्टिक जड़ी-बूटियाँ हफ़्ता भर सुकून का गुज़रा। सब बहुत ख़ुश थे मगर कमला मौसी न जाने क्यों अब भी कुछ अतिरिक्त चौकन्नी थीं। रास्ते भर तो वे यही जताती आयी थीं कि उनका जन्म इसी इलाक़े में हुआ है। यह स्वर्ग है। यहाँ जंगली कुत्तों का आतंक नहीं और न ही इस ओर चाय-बाग़ान हैं। न इधर मनुष्यों की ही बड़ी बस्तियाँ हैं।

शान्ति ही शान्ति है। मुझे लगा यह अतिरिक्त शान्ति ही मौसी की चिन्ता का कारण है। क्योंकि इतना कुछ अच्छा और अनुकूल नहीं होता जंगल में। हर सुकून की कोई तो क़ीमत होती है। मुझे भी यहाँ हाथियों के दूसरे झुण्डों का न दिखना अजीब तो लगा मगर फिर यह बात ढेर सी स्वादिष्ट घास देखकर मेरे ज़हन से निकल गयी।

उस दिन चाँदनी रात थी। दूर जंगल के दाईं ओर जयन्तिया-क्षितिज पर खिंची नीली लकीर सी पहाड़ों की शृंखला पर छाये कपासी बादलों पर चाँद उगा और ऐसी उज्ज्वल चाँदनी छा गयी जिसमें कोई छाया ही न बने। विशाल बरगद पर ऊँघते बगुलों की जमात चाँदनी में यूँ लग रही थी मानो चाँदनी के फूल खिले हों। कितनी ही चाँदनी रात हो नाक और कान खुले रखने ही थे। लैला मेरे पास ही खड़ी थी गुरु और यदु के सोये हुए जिस्मों की रखवाली करती हुई। बाक़ी हथिनियाँ भी घास के बीच ऊँघ रही थीं। पास के पेड़ पर बैठा सुनहरा बन्दर बार-बार अपनी खौंखियाहट से आगाह कर रहा था कि कहीं पास ही कोई ख़तरा है। तभी मुझे एक पहचानी-सी महक आयी–बाघ? मैंने ऊँघती लैला को जगाया, कुछ दूर पर सजग खड़ी कमला मौसी ने एक हुंकार दी हम सब बिना भगदड़ के गोल बनाकर खड़ी हो गयीं बच्चों को गोल के भीतर खींचकर। मगर मेरी मौसेरी बहन सरस्वती की बेटी एला हमें नहीं दिखी। हम बुरी तरह घबरा गये। फिर सोचा बाँस के झुरमुटों में होगी। हम सब गम्भीर मगर धीमा गर्जन करते रहे। एक तो हम हाथियों के आकार के हिसाब से ईश्वर ने हमारी आँखों के साथ अन्याय किया है, हम बस पच्चीस फ़ीट तक देख सकते हैं, उस पर परिधीय दृष्टि भी ख़राब होती है। हम बस दो रंग और उनके मिश्रण देख सकते हैं उस पर जंगल की इन बड़ी बिल्लियों को कैमोफ्लैज होकर छिपने वाले रंग दिये हैं भगवान ने। दूसरे जीवों की तरह शिकारी से छिपने के लिए नहीं, बल्कि शिकार के लिए। उस पर विशाल पंजे और दाँत! बाघ चुपचाप पीछा करने वाले होते हैं; हमें सावधान रहना चाहिए था। मेरा बच्चों की चिन्ता में ख़ून बर्फ़ हो गया।

बाघ की उपस्थिति की पुष्टि करने के लिए लैला ने अपने कान फैलाए। काफ़ी देर हो चुकी थी। उस पर हमने अपनी निश्चिन्तता में सुनहरे बन्दर की अलार्म कॉल पर गौर नहीं किया। हम अलग-अलग दिशाओं में सूँड़ किये एक गोल घेरे में चौकस खड़े थे और परिवार के सभी बच्चों को बीच में सुरक्षित रखा गया था। हमारी संख्या बीस से अधिक थी। हमारी चिन्ता सिर्फ़ बच्चों को लेकर थी। हमारे जिस्मों से डर की महक भाप बनकर उड़ रही थी। हवा में तनाव इतना था कि कोई बन्दर भी कूदता तो हम सब में भगदड़ मच जाती। बस यही नहीं करना था। तमाम सतर्कता

और साहस के बावजूद डर पीछा नहीं छोड़ रहा था। तभी पचास क़दम की दूरी पर बाँस के झुरमुट की तरफ़ से ही एक बाघिन प्रकट हुई। उसकी भयंकर दिखने वाली आँखें और घूरना किसी को भी स्तब्ध कर सकता था। कमला मौसी अपनी सूँड़ ऊपर करके एक क़दम आगे बढ़ी मगर यह मुद्रा उसे डराने वाली एकदम नहीं थी। बाघिन वैसे ही चलकर सामने आ गयी, उसके मुँह में ख़ून लगा हुआ था। मुझे मरे हुए जानवर की गन्ध आयी। लेकिन उसे हमारे साथ टकराव में कोई दिलचस्पी नहीं थी, वह धीरे-धीरे वापस झुरमुटों की ओर चली गयी। हमने धीरे-धीरे सुरक्षा घेरा बनाये-बनाये खिसकना शुरू किया और इस बाँस-बेंत के क्षेत्र से अलग खुले मैदान में आ गये। एला का कहीं पता न था, मगर रात किसी तरह काटनी ही थी।

सुबह की पहली किरण एला की माँ सरस्वती चिंघाड़ के साथ झुण्ड के गोल घेरे से निकली अपनी बेटी को खोजने। समय न लगा, हमारे झुण्ड से कुछ दूरी पर एक चट्टान के पीछे एला घायल और अचेत पड़ी थी। उसके आसपास बाघों की गन्ध थी। एला की छोटी कोमल देह इतनी क्षत-विक्षत थी कि उसके अन्दर जीने की जिजीविषा भी नहीं बची थी। उसकी साँसें इतनी धीमी थीं कि रुकी हुई ही लग रही थीं। वह बीच-बीच में दर्द से सिहरती फिर अचेत हो जाती। लैला ने हल्की गर्जन दी जिसका अर्थ था, अब चलना होगा यहाँ रुकने का मतलब और बच्चों को ख़तरे में डालना होगा। मैंने सूँड़ से अपनी मौसेरी बहन को सान्त्वना दी। हल्का खींचा था तब वह भरी आँखों और भारी मन से पलटी। ऐसी विदा कितनी कठिन थी। वह पलटकर रुकी मुझे देखा फिर तड़पती हुई बेटी की ओर चल पड़ी। फिर सरस्वती ने अपनी बेटी को पहली और आख़िरी बार उलटा-पलटा, कान में सूँड़ डाली चिंघाड़ी और झुण्ड में लौट आयी। झुरमुटों के पीछे से धारियाँ चमकीं, बाघिन कुछ ही दूर पर वहीं खड़ी थी हमारे जाने के इन्तज़ार में। तभी जाने कहाँ से एक गैंडा चला आया एला के पास और बाघिन को जबड़े दिखाकर खुरों से ज़मीन खोदकर डराने लगा। बाघिन घबराकर कुछ पीछे हुई तब तक मैं क्या देखती हूँ, लैला ने चिंघाड़ कर बाघिन पर हमला बोल दिया। वह उसे कुचलने ही वाली थी कि 'म्याऊँ-म्याऊँ' करते उसके तीन छोटे बच्चे बाहर निकल आये। यह देखकर लैला असमंजस में एक पैर उठाये रह गयी फिर रुककर लौट आयी। मगर झुण्ड के किशोर नर–हैरिस, जुगनू, मतीन और बादल गरगराते रहे कि मानो ये बाघिन को छोड़ देने पर ग़ुस्सा हो रहे हों। हालाँकि ये बारह-तेरह, नौ और ग्यारह साल के हैं मगर लैला डपट देती है इन्हें कि यहाँ से निकलने में ही भलाई है। हम जानते थे बाघिन ने झुण्ड में और भी

छोटे बच्चे देख लिए हैं–गुरु, यदु, लड्डू, मुनिया और नवजात जम्बो।

बाघिन ही नहीं और भी शिकारी गन्ध पाकर लौटेंगे, यह सोच कर कमला ने रास्ता बदल लिया था। हम सुबह मुँह अँधेरे चल दिये थे। हम सभी दिन भर धूप में चले थे। बीच में रेल की पटरियाँ थीं। हम सब बहुत डरते हैं इनसे। सामने से आती वह धड़धड़ लोहे की राक्षसी हमें जमा देती है। बीते बरस ही पैमा मौसी का तीन साल का सुन्दर बेटा सूमो ट्रेन से टकराकर घायल हो गया था। उसके पहले मेरे पिता 'मिस्टर लोहित'। मुझे रह-रहकर गुरु की चिन्ता हो रही थी। रास्ते में उसने कुछ खाया भी नहीं था, थकान से उसकी चाल धीमी हो गयी थी। मैंने रुककर उसे सूँड़ से सहलाया तब वह उत्साह में आया। हम पानी तलाशने में नाकामयाब रहे। डीहाइड्रेशन हम हाथियों के लिए भी ख़तरनाक है फिर भी हम सब चलते रहे मगर लैला ठिठक गयी। वह चिंघाड़ी–"आदरणीया, मुझे लगता है हम रास्ता भटक गये हैं। उस पर रात हो गयी है। मुझे कुछ ठीक नहीं लग रहा है। तूफ़ान उठने के आसार दिख रहे हैं। क्षितिज पर लाल बिजली कड़क रही है।"

कमला मौसी के निर्णय लगातार ग़लत साबित हो रहे थे। हमारे पास जहाँ थे वहाँ रुक जाने के अलावा कोई चारा नहीं था। यह एक अन्तहीन पेड़ों की क़तारोंवाला जंगल था। हम पिछली रात भी नहीं सोये थे यह रात भी पहरा देते हुए बीतेगी। बारी-बारी ऊँघना होगा। हमने गोल बना लिया था कि हवाएँ चलनी शुरू हो गयीं...जो जल्दी ही तूफ़ान में बदल गयीं। हम न चाह कर भी तितर-बितर होने लगे। वह रात पिछली रात से भी मुश्किल थी, कौन कहाँ किस पेड़, झुरमुट में है पता नहीं चल रहा था। बस जब बिजली कड़कती और लाल रोशनी छितरती तो कुछ पल को बारिश की बूँदों के तीरों के बीच से दिखता दर्जनों विशाल शरीर कान हिलाते खड़े तो हैं। मगर बच्चे? यदु लैला के पेट से सटा था मगर गुरु? सुबह जब झुण्ड साथ हुआ तो पता चला गुरु लापता है। कमला मौसी यहाँ से चलने की जल्दी में हैं। मुझे और लैला को उस दिन बहुत ग़ुस्सा आया था। हम गुरु के बिना हिलना भी नहीं चाहते थे। हमने चिंघाड़-चिंघाड़ कर आसमान सर पर उठा लिया। दोपहर होने लगी तो आख़िर निराश होकर हम झुण्ड के साथ चलने लगे। गुरु का तेजस्वी माथा और चपल सूँड़ याद आते तो मेरी आँखें बहने लगतीं। दूसरे दिन भी भटककर हम एक अनजान एलीफेंट कॉरीडोर से गुज़र रहे थे कि मुझे एक पेड़ के नीचे एक जानी-पहचानी आकृति दिखाई दी। गोल पिछला हिस्सा और सघन पूँछ।

"गुरु!"

वह पलटा तो मैं सकते में आ गयी उसकी सूँड़ से ख़ून निकल रहा रहा, बल्कि

उसका अगला हिस्सा किसी जानवर ने चबा लिया। मैंने उसे सूँड़ से अपने पास खींच लिया। अब बस! यह लैला के सर से पानी गुज़रने जैसा था। उसने अपनी सूँड़ लहराकर, गर्जना की। हल्का-सा धकेलकर कमला मौसी को पीछे किया और झुण्ड का नेतृत्व हाथ में ले लिया। गूँजी नानी लैला को रास्ता बताने आगे आ गयी।

"मदारी-हाट लौटना है बिटिया तो एक बस्ती का रास्ता लेना पड़ेगा। चायबाग़ान होकर हासीमारा की तरफ़। वैसे तो हाथी और मानुस का झगड़ा कभी एकतरफ़ा नहीं होता। हाथी शान्ति से निकल जायें तो मानुस डरकर एक तरफ़ हो जाता है। मानुस परेशान न करे तो हाथी अपने रास्ते गुज़र जाते।"

हरे चाय बाग़ानों में से हाथियों का गुज़रना मनुष्यों को नागवार गुज़रता है, भले कितनी शान्ति से झुण्ड गुज़रना चाहे वे बेवजह शोर मचाते ही हैं। कैमोफ्लेजिंग का लाभ हम हाथियों के पास कहाँ, कमबख्त बाघों के पास सब कुछ है। हम चलते रहे, बेचारा गुरु दर्द से कराह रहा था। जब एक पतली धारा के पास हम पानी पीने रुके तो सरस्वती जीजी ने, गुरु को वहीं से तोड़कर कुछ पत्तियाँ चबाने को दीं। अपनी सूँड़ से लेकर मैंने उसे पानी पिलाया। दर्द के बावजूद उसने पानी ऐसे पिया जैसे पानी ने ऐसा स्वाद कभी न दिया हो। ये पुराने जाने-पहचाने चरागाहों की तरफ़ आने की सुरक्षा थी जिसने हम सबको आराम की मोहलत दे ही दी। हम कुछ देर ऊँघे। अब बस बीस मील और चलना था और घर...इस तरफ़ गर्मी का प्रकोप था। सबने जिस्म पर कीचड़ लपेटा। धूप की जलन, मच्छर और चीचड़ों के चिपकने से आज़ादी है कीचड़। किशोर बच्चे सबको आराम करता देख, खेलने लगे, वे सूँड़ों से मल्ल-युद्ध करते, लड़ाई के पैंतरे सीख रहे थे। गुरु मुझसे सटकर लेट गया था, लम्बी दर्दीली रातों के बाद उस पर नींद छायी हुई थी। मैंने उसकी कटी सूँड़ सहलायी। किसने काटी होगी कभी बता पायेगा गुरु? कैसे बीतेगा जीवन सूँड़ तो सब कुछ है हाथी का। ओक बनाकर पानी पीना...कुछ पकड़ना हो तो सूँड़, कुछ लेकर खाना, डाली तोड़ना, तैरना हो तो सूँड़ स्नोरकल का काम करती है, मेरा दिल डूबता चला गया।

सुबह उदास है मगर चलना तो होगा। लैला बहन झुण्ड को लीड करती हुई चली। कमला मौसी ने उस वक़्त तो बिना नानुकुर झुण्ड की कमान लैला को दे दी। लैला की कोशिकाओं में अलकनन्दा और तीस्ता की स्मृतियाँ थीं और चाल में दृढ़ता। मैं चलते हुए यह सोच रही थी कि लम्बी यात्रा में हाथियों को कितना कुछ खोना पड़ता है। फिर भी अपने खोते जा रहे अस्तित्व बचाने के लिए ये यात्राएँ कितनी ज़रूरी हैं। ताज़ी घास और बेंत की पौष्टिक कोंपलों की तलाश में की गयी

हाथी के झुण्डों की किसी यात्रा में इससे कम हानि नहीं हुई होगी। मैं चल रही थी और स्मृतियाँ मेरे विशाल मस्तिष्क के ढूहों में से चींटियों की तरह निकलती चली आ रही थीं। मिस्टर लोहित, नूर, माँ, एला, किशन, शिवम...।

रात ढलने से पहले हम मदारी-हाट और रात गहराने तक हम अपने घर चीलापेटा के जंगलों में पहुँच गये थे। आते ही उमस ने स्वागत किया। हर ओर क्षितिज धुँधला था। कँटीली-सूखी झाड़ियों का विस्तार, सूखी घास और पत्तों से खाली पेड़! भीषण सूनापन, कहीं कोई चिड़िया तक शोर नहीं कर रही थी। आँकी-बांकी पगडंडियों पर चल हम तोर्सा के पूर्वी तट पर आ गये और पानी पीने लगे। बस यह सदानीरा नदी हमारा सहारा थी, माँ थी। लौटकर कमला मौसी ने फिर चाहा कि झुण्ड का नेतृत्व वही करे। मगर ग़लत निर्णयों और ख़तरे उठाने में साहस में कमी के चलते कमला के हाथ से झुण्ड छूट रहा था। बच्चों को खोने से बुरा कुछ नहीं होता। सरस्वती सहित मेरी दो अन्य मौसियाँ लैला के आसपास रहने लगी थीं। लैला छोटी यात्राओं में नेतृत्व लेने लगी थी। मुझे क्यों लग रहा था कि या तो झुण्ड दोफाड़ होगा या लैला नेत्री बनेगी। अल्फ़ा-फीमेल को सबसे पहले अपने ऊपर भरोसा रखना होता है। वह जो भी निर्णय ले और वह उस पर एक पल के लिए भी सन्देह नहीं कर सकती है। लम्बी यात्राओं में शिकारी जानवरों के आक्रमण, प्राकृतिक आपदाओं, दुर्घटनाओं का होना आम है, इनमें बच्चों का और बूढ़ों का मरना उतना ही सहज है जितना आँधियों में कमज़ोर जड़ोंवाले पेड़ों का गिरना। अल्फ़ा इस बात की भी चिन्ता नहीं करती है कि दूसरे क्या सोच रहे हैं। उसने जो किया वह किया। मगर कमला मौसी का आत्मविश्वास ही डोल चुका था। आख़िरकार कुछ ही हफ़्तों में कमला मौसी ने स्वयं ही नेतृत्व छोड़ दिया। वे लैला के पीछे चलने लगीं।

लैला लीडर बनकर बहुत बदल रही थी, आक्रामकता की जगह विवेक से काम ले रही थी। इधर गुरु की सूँड़ के घाव तो भर गये, मगर आगे से कटी सूँड़ से पानी पीना एक चुनौती थी। हम बहनें उसे पानी पिलाते, घास खिलाते। मगर लैला ने कड़क बनकर उसे आत्मनिर्भर बनने की तरफ़ धकेला। झुककर पानी पियो मगर ख़ुद पियो। अपनी कटी सूँड़ के अगले हिस्से में ताक़त लाओ कि इसे इस्तेमाल कर सको। गूँजी नानी ने बताया कि उन्हें उनकी नानी ने बताया था और उनकी नानी को उनकी नानी ने कि कभी हाथी के सूँड़ की जगह गुरु की सूँड़ जितनी ही लम्बी नाक होती थी। उसका वे इस्तेमाल करते-करते ही इस तरह लम्बी सूँड़ पा सके। गुरु को इस कहानी पर यक़ीन हो गया और वह अपनी अधूरी सूँड़ को जी-जान लगा

कर इस्तेमाल करने लगा। पहले वह अक्सर भूखा रह जाता था। मगर अब पेड़ों से पत्तियाँ तोड़ लेता है। यक़ीन मानिए जंगल में सब कुछ इच्छाशक्ति से चलता है। गुरु को परेशानी होती थी तो लड़ने में, अपने बड़े भाइयों से वह अक्सर पिट जाता था। लैला की तेज़ निगाह सब देख रही थी। झुण्ड के युवा होते छोकरों में होती आपसी झड़पें और उनका अपनी बहनों को अलग ढंग से छूने-चूमने का रंग-ढंग।

"इनको जल्दी ही झुण्ड से अलग करना होगा।" लैला ने मुझसे कहा।

"इस झुण्ड में सबसे बड़ा कौन है?" सरस्वती मौसी ने पूछा।

"आप जानती तो हैं मौसी कौन बड़ा है, जुगनू।" यह सरस्वती का ही बेटा था।

"उसे निकलना होगा। हालाँकि वह संजीदा है और उसे बख़ूबी रास्तों और चरागाहों का रास्ता याद है। मगर हैरिस का साथ उसे बिगाड़ रहा है। मुझे लगता है हैरिस, जुगनू और बादल तीनों को निकालना होगा। जब तेज़ बारिशें होंगी यहाँ बाढ़ आयेगी और हम झुण्ड लेकर पहाड़ों की तरफ़ चढ़ेंगे तो तीनों को यहीं छोड़ देंगे। तीनों आराम से गुज़ारा कर लेंगे। वे लम्बी यात्राएँ करेंगे, खाना खोजेंगे और आपसी सहयोग और तालमेल से चलेंगे तो इनकी यह किशोर वयस सुरक्षित कट जायेगी। लड़ेंगे तो मारे जायेंगे।" मैं लैला की तटस्थता पर हैरत में थी, बादल उसका पहला बेटा था। लैला अल्फ़ा बन चुकी थी। अल्फ़ा हमेशा जानती है कि बच्चों और प्रेमियों को जाने देने का समय कब है।

अब लैला को झुण्ड की सत्रह वयस्क मादाओं से अपना जटिल रिश्ता सुलझाना था, मौसियाँ, बहनें और उनकी बेटियाँ। चार किशोर नर, पाँच किशोरियाँ, आठ के क़रीब छोटे और नवजात भांजे-भांजी नाती-नातिन। हम हाथियों के झुण्ड में जटिल भावनात्मक रिश्ते होते हैं। कमला और लैला का भावनात्मक टकराव भी था और झुण्ड पर आँच आने पर कमला मौसी लैला की सहायता भी करती दिखती थी। लैला से मैं डरती थी मगर वह मुझे अपनी ज़िम्मेदारी समझती थी। लैला बिन पक्षपात झुण्ड को अपनी ज़िम्मेदारी समझती थी लेकिन तब भी कमला मौसी अपनी दूसरी बहनों की बेटियों को हम दोनों से अधिक तवज्जोह देती थीं। लीला की रूमानियत पर लैला का अंकुश था, वहीं वह नैना और मुझे अपने लिए साथी चुनने की ढील देती रहती थी। झुण्ड की देखभाल के साथ लैला अभी यदु को दूध पिला रही थी। इसके लिए उसे ढेर सारी घास और पत्ते खाने होते थे। गरमियाँ भीषण थीं उन दिनों, घासों में आग लगने लगी थी। अब कहीं भी जगह बदलना असम्भव था। जंगलों की उमस ने मच्छरों और मक्खियों को दावत दे डाली थी। झुण्ड में कोई न कोई बीमार हो जाता था। वो तो भला हो सरस्वती मौसी का कि वे जड़ी-बूटियों से वाक़िफ़ थीं।

तनों में चिपके गोंद की तासीर जानती थीं।

इन्हीं कठिन दिनों में एक दिन यमराज को गूँजी नानी की खोयी हुई फ़ाइल मिल गयी। वह निरन्तर जर्जर होती हुई एक दिन दलदल के किनारे मृत मिली। पूरा झुण्ड इस अवसान से दुःखी था। गूँजी नानी की कथाओं ने जीवन में कितना कुछ सिखाया था हम सब को। सबसे बड़ी बात तो यह कि उन्होंने हमें मनुष्य के बनाये गड्ढे और लगाये गये जाल पहचानना सिखाया था। हम सब ऋणी रहेंगे गूँजी नानी आपके। विदा गूँजी नानी।

गर्मियाँ इतनी लम्बी पहले नहीं चली थीं। हम शाल के पेड़ों की छाल तक खा रहे थे। हमारी देह का सारा नमक पसीने में झर रहा था। नमक की ज़रूरत थी। माँ के ज़माने में लैला एक बार दूसरे झुण्ड की एक हथिनी के साथ होलोंग बँगले की तरफ़ गयी थी जहाँ मनुष्य बहुत थे। वहाँ हरे किनारे भी थे और एक चट्टान पर नमक पड़ा मिलता था जिसे हाथी और गैंडे ऐसे दिनों में खाने जाते थे। लैला ने मुझसे सलाह ली एक बार वहाँ जाकर देखने के लिए। बाक़ी झुण्ड कतरा रहा था। मगर आख़िरकार सब साथ आ गये। कमला मौसी भी कान हिलाती हुई सबसे पीछे चली आयीं। इस जगह को वनकर्मी 'नमक-चाट' कहते थे। मनुष्यों से थोड़ा दूर, जंगली नद-धार के पास एक समतल चट्टान पर नमक डाला जाता था।

जलदापारा का यह हिस्सा मनुष्यों के शोर से भरा था। हम हिचकते हुए नदी के रास्ते वहाँ पहुँचे। हरा-भरा नदी का किनारा, मगर मेरा खाने में मन न लगा, मनुष्य हमें देखकर शोर मचा रहे रहे थे। उनके पास गले में लटकी कोई अजीब सी चीज़ थी उसे क्लिक-क्लिक कर थे। एक चट्टान पर नमक बिखरा था जिसे एक झुण्ड आता चाटकर चला जाता, गैंडे आते चाटकर चले जाते फिर ढेर-सा पानी पीते। मुझे नमक चाटना अच्छा लगा, मानो दिमाग़ खुल गया हो। बेशक, हमारे आसपास मनुष्य थे। मगर हमारे झुण्ड में ख़तरा उठाने का साहस था हम युवा, मज़बूत और स्वस्थ थे, पानी के पास बहती ठण्डी हवा ने हमारे गर्मी से उबलते रक्त को मौज लेने पर मजबूर कर दिया, हम खेलने लगे, देर तक नदी में एक-दूसरे के ऊपर लोटते रहे। हमने पेट भर कर पानी पिया फिर वह सुन्दर बग़ीचे जैसा जंगल घूमा, सबसे आगे कमला मौसी थी फिर बच्चे और अन्य मादाएँ। अन्त में लीडर लैला मस्तानी निडर चाल के साथ। यह सही अवसर था झुण्ड के तीनों किशोरों से विदा लेने का। लैला ने उन्हें वहीं जलधारा में खेलते हुए छोड़ दिया। यह सहज था और प्राकृतिक भी।

एक रोज़ इतनी गर्मी पड़ी कि झुण्ड अकुला गया। सारे दिन झुण्ड के हाथी कान हिलाते खड़े रहे। किसी श्राप से पेड़ों की पत्तियाँ तक मानो हिलना भूल गयी हों। मगर जैसे ही सूरज थोड़ा कमज़ोर हुआ तेज़ हवा चली और गड़गड़ाहट के साथ ढेर सारे बादल चले आये। फिर जो बरसात हुई कि सारा जंगल भीगी मिट्टी की महक से भर गया। जंगल की घास तो मानो इन्तज़ार ही कर रही थी कुल्लों में फूट पड़ी। बेंत के जंगल हरे हो गये। तालाब भरे तो कुमुदनियाँ उग आयीं। जंगल का ईश्वर बाद के लिए हिसाब नहीं रखता, गर्मियों में जो नरक था वही स्वर्ग बन चुका था। इतने भीषण दिनों के बाद ये सचमुच अच्छे दिन थे। जब नीले आकाश में बादल छाये थे, धूप खिलती तो तुरन्त पहाड़ के पास कामदेव का छाप इन्द्रधनुष दिखने लगता। जंगल के फ़र्श पर मीठी नरम घास की एक पतली कालीन बिछी हुई थी। मधुमक्खियों ने मधुमास का ऐलान कर दिया था। धरती ने हमारे लिए विविध भोज-सामग्रियों का विशाल हरा थाल बिछा दिया था।

इस दौरान लैला के साथ झुण्ड की कई छोटी सुखद पिकनिकनुमा यात्राएँ हुईं। ऐसी ही एक जगह मातंगी लॉज थी। जहाँ हम बचपन में माँ के साथ जाते थे। मातंगी लॉज के पास ही फॉरेस्ट ऑफ़िसर वापी बर्मन रहते थे। वहीं कुछ दोस्ताना वनकर्मियों के घर भी थे। मैं उधर जब भी जाती वापी बर्मन के घर के आगे ज़रूर चिंघाड़ती थी, वो बाहर आकर पूछते–ओहो! यह तुम हो ना! माया!! इस बार भी यही हुआ। वापी बर्मन बाहर आये और मुझे केले खिलाये। मुझे याद था कि यहाँ एक रेस्क्यू सेंटर था वहाँ से किशन को माँ के पास छोड़ा गया था।

जब मैं वहाँ से निकली तो एक हाथी रेस्क्यू सेंटर के अहाते में बरगद के नीचे खड़ा झूम रहा था और गुड़ डली मोटी रोटी खा रहा था। उसने मेरी गन्ध पाकर एक अलबेली चिंघाड़ लगायी थी जिससे उत्सुक होकर मैं अहाते के पीछेवाली दीवार की तरफ़ चली आयी थी। मुझे वह दिख रहा था। वह कुछ अलग-सा था। मस्तमौला! वरना यहाँ तो घायल हाथी और अनाथ बच्चे आते थे जहाँ उन्हें खाना और सुरक्षा मिलते थे। तभी वापी बर्मन वहाँ चले आये और उसे पुकारा।

"गणेश!" कहकर उन्होंने उसके पैरों की बेड़ी खोल दी थी। "तुमको अब नहीं बाँधेंगे...जाओ जंगल में आनन्द करो।"

"हम्म गणं-गणेश..." न चाहकर भी मेरे गले से धीमी गर्जन निकल ही गयी। गणेश कुछ अलग था, उसकी देह चमक लिए हुए सलेटी थी। कम झुर्रियोंवाली। उसके माथे से लेकर सूँड़ तक एक सुन्दर सलेटीपन था। कान कुछ बड़े जिन्हें वह

एक लय में हिलाता रहता। उसे पता चल गया था उसकी चिंघाड़ सुन मैं अहाते की दीवार के पीछे आ गयी हूँ। मुझे डर लग रहा था। गणेश उन हाथियों से अलग था जो किसी तरुणी हथिनी को देख चिंघाड़कर पीछा करते हैं। पुकारकर इन्तज़ार नहीं करते। तभी दीवार से मेरी पीठ पर कुछ गिरा। मैंने देखा एक सूँड़ ने कुछ गिराया था। यह एक सेब था। प्रेम-उपहार? मैंने हल्की-सी चिंघाड़ दी, वह कान हिलाता हुआ बाहर आ गया मुझसे कुछ दूर पर खड़ा रहा। हम बहुत देर ऐसे ही खड़े रहे फिर मुझे जब लगा कि मैं झुण्ड से बहुत देर दूर रह ली हूँ तो मैं पलटकर जंगल की ओर जाने वाली पगडंडी पर जाने लगी। वह मेरे पीछे-पीछे चलता रहा। अजब दिन था वह। वन-वीथियों में बसन्तागमन से खिले पलाश और कचनार के फूलों की चिलमनें सजी थीं। दोपहर की मीठी धूप पेड़ों पर अलसायी पड़ी थी। यहाँ-वहाँ पानी के गड्ढों में जलपाखियों की जलकेलि की गुंजार थी। नदी किनारे भूरे पत्थरों की चिकनी चट्टानों पर पीली तितलियाँ विश्राम कर रही थीं। प्रकृति के एकान्तरूप की यह लीला मुझे अब तक क्यों नहीं दिखी थी?

मैंने मुड़कर देखा एक बरगद के नीचे गणेश रुक गया था, शायद यह उसकी सीमा थी। मुझे जाना था अपनी घुमावदार राह पर जो दक्षिण से सीधे उत्तर को चढ़ती थी और उत्तर से सीधे पूरब को घूमकर नीचे मैदान में उतर जाती थी। उसने विदा की चिंघाड़ निकाली। जानें किस वन-फूल की महक से सारा प्रान्तर गमगमा उठा था। मैं एक बार सूँड़ उठाकर तेज़-तेज़ चल दी। वह पता नहीं जानता था कि नहीं मगर मैं जानती थी कल फिर आऊँगी।

मैदान की तरफ़ उतरकर जाना कि अभी भी पूरा झुण्ड समतल मैदान में बिछी महीन, पौष्टिक घास चर रहा था। बायीं तरफ़ सटी चल रही थी लगातार पहाड़ियों की क़तार, जिसके नीचे मोयना और पलाश के जंगल थे। चोटी की तरफ़ के लाल झाऊ के पेड़ और लम्बी घास। बीच में तोरसा नदी की एक पतली धारा और समतल मैदान था। झुण्ड में मेरे ना होने की चिन्ता करने वाला कोई नहीं था, अचानक मुझे माँ की याद आ गयी, मन में एक सन्नाटा भर गया। लैला ने ज़रूर मेरे लौट आने पर सर हिलाकर आश्वस्ति दिखाई थी।

क्या मैं अगले दिन गयी थी गणेश से मिलने? नहीं! अगले दिन अलसुबह वही खोजता हुआ तोरसा की उस धारा के उस पार आ गया था। जब अँधेरा सूरज से कुतर्क में लगा था--चलूँ कि बना रहूँ? उसकी अलबेली चिंघाड़ पर वृक्षों पर बैठे बगुले और ज़मीन की लम्बी घास में घोंसला बनाकर बैठे चकवों के जोड़े उड़ने लगे थे। झुण्ड में से कुछ हथिनियों और बच्चों ने उसे देखा। मैं झिझककर घास

खाने के लिए अलग खिसक गयी थी। पतली से और पतली होती धारा में चुपचाप उस पार जाकर लम्बी सवाना घासों में छिपते हुए उसने मुझे देखा था, वह तुरन्त मेरी तरफ़ बढ़ा और मैं आगे-आगे चलकर उसे चीलापाटा रेंज में छिपे राजा नल के क़िले खँडहरों की तरफ़ ले गयी, जो माँ भी प्रिय जगह थी। उसने एक जगह पहुँचकर–सूँड़ की जुंबिश और मन्मत्त हुंकार से कहा, "रुको...भी!" मुझे पहली बार रुकना अच्छा लगा था। मेरी नाक उसकी ईथरनुमा महक के नशे में थी। उसकी सूँड़ कोमलता से मेरी पीठ पर टिकी थी। यह सब रोमांचक था।

जंगल आजकल बहुत से मद से आक्रामक हुए बड़े-बड़े दाँतोंवाले नरों से भर गया था। जो हमारे झुण्ड के आसपास अक्सर मेरी किसी न किसी मौसी, बहन या मौसेरी नानी तक के लिए आपस में भिड़ जाते थे। वे सब उनके इस बाहुबल दिखाने की और रकीब को पछाड़ने के इस हिंसक खेल का दूर से आनन्द लेतीं। जिनमें कई बार नर घायल होते, कोई-कोई तो एक या आधा दाँत गँवा बैठते। मुझे प्रेम से पहले हिंसा पसन्द नहीं थी। न मुझमें बड़े हाथी दाँतों और लम्बी सूँड़ और उनके मर्दाना पागलपन का कोई आकर्षण था। मैं अभी छोटी थी और मुझे गणेश पसन्द था भले उसका आधा दाँत ग़ायब ही क्यों न था। उसे मुझ पर अपना अधिकार जमाने की जल्दी नहीं थी। हमने पहले वहाँ उगे बाँसों के कोमल पत्ते और तने खाये। वह इलाक़ा घूमकर देखा। जब तक कि उसने मुझे सूँड़ के अनगिनत स्पर्शों से उत्तेजित न कर दिया। मेरा यह पहली बार था, मगर मैंने समतल मैदानों में यह क्रीड़ा बचपन से देखी है। हथिनियों को शान्त खड़े रहकर नर की तमाम उत्तेजना सहते देखा है। मैं शान्त खड़ी रही, गणेश ने दो मिनट लिये मगर उसका बोझ मुझसे सहन नहीं हो रहा था। फिर वह हल्के से चिंघाड़ता हुआ इधर-उधर घूमकर मेरे पास आया इस बार मुझे कुछ बेहतर लगा। इस तरह चार बार में यह प्रक्रिया पूरी हुई। यह नया अनुभव था मगर इसमें भूख खो देने जैसा क्या था कि मेरी बहनें अपनी उत्तेजना के दिनों में खाना छोड़ देती हैं? हमारे पास समय था और हम घने जंगल में थे, जहाँ काली चट्टानोंवाले रास्ते थे। हमने अपनी पीठें उन चट्टानों से खुजायीं। गणेश ने मुझे बाँस चुनना सिखाया। गणेश मुझे दुआर्स के हाथियों से एकदम अलग लगा उसने मेरी इस शंका को अपनी मुद्राओं-भंगिमाओं से दूर कर दिया। उसके शरीर पर नक़ली रंगों के निशान थे। उसकी कहानी अलग ही थी। मेरी कल्पनाओं को सच करता हुआ वह किसी अलग ही दुनिया से आया हुआ हाथी था। उसने जो कथा सुनाई वह मुझे कुछ समझ आयी, कुछ नहीं।

'गणेश' कहलाये जाने से पहले वह किसी अनजान हाथियों के झुण्ड के साथ

विचरता बिना नाम का बच्चा था। सह्याद्रि पर्वतमाला के ढलानों में फैले किसी मैदान में उसकी माँ ने उसे जन्म दिया था। वहीं वह बदन पर मिट्टी लपेटे स्वच्छन्दता से घूमता-फिरता, उछल-कूद करता था। वह बच्चे से एक किशोर में बदल रहा था और डरता था कि एक दिन झुण्ड से अलग होकर उसे अकेले आवारा भटकना होगा। वह सम्भावनाएँ तलाशता हुआ जंगल के रास्ते खोजता कि माँ से अधिक दूर जाये बिना भी वह झुण्ड से अलग हो सके। एक दिन वह लाल फलवाली लताओं के कुंज की तरफ़ बढ़ा, मगर आह! पत्तों में दबी-ढकी छलना थी, एक गड्ढा और उसमें जाल!

(अरे! हमारे गणेश की कहानी तो कुछ-कुछ ओमचेरी नारायण पिल्लई के नाटक 'थेवरूटे-आना' के काल्पनिक हाथी केशवन जैसी है। यह माया हथिनी केशवन की बाबत नहीं जानती मगर जिन सुधी पाठकों ने केरलवास किया है और यह नाटक देखा है वे जानते हैं, केशवन की मर्म कथा। आप सुनेंगे केशवन की कथा? सुनिए ताकि अन्दाज़ लगे प्रवंचना-प्रिय मनुष्य के जाल और गणेश की व्यथाकथा का)

"जाल में फँसकर केशवन बिलखने लगा। क्षितिज से टकराकर गूँज उठा उसका आर्तनाद। वह किशोर उमंगों से भरा हाथी नहीं जानता था कि दुनिया के कान इस तरह के न जाने कितने-कितने अरण्य-रोदनों के आदी हो चुके हैं।"

"रोना नहीं है! यहाँ तुम अकेले नहीं हो भाई!!"

दायें-बायें खड़े थे मन्दिर के दूसरे पालतू हाथी। आगे-पीछे चलने लगे प्रवंचना के गड्ढे खोदने वाले मानव। इस तरह जंगल से नगर की ओर जुलूस में लाया गया वन का वह लाडला बेटा। उसे कौन बताता कि परतन्त्रता के अपार सागर में तैर रही हज़ारों किश्तियाँ किनारा नहीं मिलने पर बारम्बार थपेड़े खाकर डगमगाती हुई ऊब डूब करती हैं। जो शुरू हुई जंगलीपन से सभ्यता के जंगलीपन की ओर। उसकी यह लम्बी यात्रा ग़ुलामी की ओर उसका पहला चरण है। वन विभाग द्वारा नीलामी हुई, बोलियाँ लगीं। ज़मींदार ने ऊँची बोली देखकर हाथी का वह बच्चा ख़रीद लिया। कांचनपल्ली मन्दिर के देवता की कृपा से, अनुग्रह और आशीष से उस ज़मींदार का भाग्य खुला था। इष्ट देव के प्रति कृतज्ञता जताने के लिए धन्यवाद देने हेतु हाथी के बच्चे को देवता के सामने भेंट के रूप में समर्पित किया। मन्दिर के द्वार पर उसका नाम रखा गया केशवन! हाथियों को नाम देना वैसा ही है जैसे जेलखाने में दिया जाता है क़ैदियों को नम्बर। न जाने कितने देवी-देवताओं की अनगिनत झाँकियाँ केशवन की पीठ पर सजती रहीं। लट्ठ पर लट्ठ! जंगल में उगने वाले तमाम मोटे बाँसों के

लट्ठ पड़े थे केशवन के पुट्ठों पर। गालियाँ तो ढेर-सी, भले उनका अर्थ केशवन ना समझा हो मगर फिर भी वह स्वर घुसता था उसके कान में शूल-सा। एक रोज़ केशवन ने सीख लिया, पीठ पर रखी हर झाँकी को चूर-चूर करना। अपशगुन हुआ, केशवन मूर्ति-भंजक के नाम से मशहूर हो गया।

कभी ऐसा भी समय था, इस सिरफिरे जवान कद्दावर हाथी को देखने के लिए लोग दूर-दूर से आते थे जब त्रिशूर में पुरम का मेला लगता। जहाँ देश भर से हाथी आते थे, बड़ी शान से आते थे मगर केशवन के आगे वे मानो किसी सम्राट के आगे केवल सामन्त से दिखते। मस्तक पर पट पहने सौ हाथी दायें, सौ हाथी बायें और बीच में केशवन सर उठाये शान से खड़ा रहता। पीठ पर सिंहासन, सिंहासन पर भगवान, भगवान के ऊपर छत्र पंखा-चाँवर!

महावत शंकु नायर हताश होकर कहता–"आह! क्या निराली शान थी, मगर एक दिन सब कुछ डुबो दिया इस दुष्ट ने, हमारा बेड़ा गर्क कर दिया। मन्दिर की छवि हुई धूमिल। मैं महावत बन गया सर्वहारा। पहले उसने मस्तक हिलाकर मन्दिर की मूर्ति नीचे गिरा दी तो मैंने सोचा इससे चूक हुई होगी कोई। लेकिन इसके बाद जब भी इसके मस्तक और पीठ पर झाँकी चढ़ती तो मस्तक झटककर मूर्ति गिराना इसका शगल-सा बन गया। मन्दिर कमेटी ने हमें बुलाना ही छोड़ दिया। मन्दिर के दरवाज़े इसके और मेरे लिए भी बन्द हो गये। घर में सबसे पहले बन्द हुआ इसका खाना। बस मिलते रहे लट्ठ पर लट्ठ फिर मैंने इसे लगा दिया लकड़े-कुन्दे ढोने में।"

(केशवन की कहानी केवल केशवन की नहीं हज़ारों हाथियों की है, वहाँ कथा राजनैतिक व्यंग्य और फन्तासी का रूप लेती है तो गणेश की कथा जीवन की विडम्बना की)

एक दिन गणेश भूख से बेहाल था और महावत ने उसे ख़ूब पीटा, उसका आधा दाँत तोड़ दिया। तब गुस्से में गणेश ने महावत को गलियों में दौड़ाकर कुचलकर ही दम लिया। उसके बाद भी वह गुस्से में घूमता रहा खुला सड़कों पर। तब इसे दूर से तीर की तरह लगाने वाले इंजेक्शन बेहोश कर वन-विभागवाले 'मल्लापुरम रेस्क्यू सेंटर' ले गये। महावत की मौत से स्थानीय लोगों में भीषण ग़ुस्सा फूट पड़ा। वे हाथी को मार देने की माँग करने लगे। वहाँ भी हमारे वापी दा की तरह एक वरिष्ठ फॉरेस्ट ऑफ़िसर थे, वे जानते थे गणेश मन्दिर का हाथी रहा है, उसे मारा न भी गया तो क्या? किसी भी रोज़ वह फिर मन्दिर के अहाते में मोटी ज़ंजीरों में बँधा मिलेगा। उन्होंने हफ़्ते भर के अन्दर गणेश को एक ट्रक में वहाँ से दो कर्मचारियों के साथ

जलदापारा के लिए रवाना कर दिया। तीन महीने गणेश यहीं इस मातंगी रेस्क्यू सेंटर के अहाते में बँधा रहा, जब 'वापी दा' से ख़ूब हिल-मिल गया तब उन्होंने कोशिश की कि वे गणेश को 'सफारी' के काम पर लगा दें मगर वह काठी रखते ही ग़ुस्सा दिखाने लगता। हारकर उन्होंने यह कोशिश बन्द कर दी। अब वह अहाते के बाहर जंगल के कुछ हिस्सों तक आज़ादी से जाने लगा है मगर वह अपनी हद जानता था। मगर अब! वह हदों से कुछ-कुछ निकलने लगा।

उस दिन वह मुझसे मिलने तोर्सा के सबसे क़रीबी किनारे तक आ गया था। उसने मेरा ध्यान अपनी तरफ़ खींचने के लिए अपनी चौड़ी और आगे को पतली होती जाती लम्बी सूँड़ को एक झटके के साथ शान्त पानी मारा, जिससे पानी में हलचल मच गयी। बगुलों का झुण्ड पानी से उड़कर बादल बन गया। गूँज तालाब के पार आगे-पीछे उड़ती रही। कान हिलाकर सिर झुकाया, सूँड़ में पानी यूँ भरा जैसे मनुष्य गिलास भरते हैं, उससे अपने लटके हुए वी आकार के मुँह में उड़ेल दिया। ऐसा दो बार करके उसने तीसरी बार ढेर सारा पानी सूँड़ में लेकर हवा में फव्वारे की तरह उड़ा दिया। नदी से लगी काली चट्टान भीग गयी। घास के नीले फूल मुस्कुरा दिये। हमारे झुण्ड के शिशु नरों के लिए यह बहुत ही कौतूहलपूर्ण था। वे उससे दोस्ती करने को उत्सुक हो गये। मुझे अच्छा लगा उसे स्वीकारा जाना।

हम उस दौरान बहुत बार मिले और बार-बार मिले। वह एक सज्जन प्रेमी था। मैं जल्दी ही गर्भवती हो गयी। यह सही उम्र थी। गणेश से मेरा मिलना कम हो गया। अठारह महीने बीतने आये तो गर्भ ने मुझे लगभग बीमार और कमज़ोर करके रख दिया। मेरे लिए लम्बा चलना मुश्किल काम था। इस दौरान हमने बस छोटी यात्राएँ की थीं। तोर्सा से तीस्ता तक की। वैसे ये भी बीस मील से अधिक रही होंगी। हमारे लिए बीस मील क्या हैं? हम हथिनियाँ बीस-बाईस महीने का तो गर्भ पालती हैं। सौ से एक सौ दस किलो का बच्चा जनती हैं। एक रोज़ लम्बे इन्तज़ार के बाद प्रसव पीड़ा शुरू हो गयी। झुण्ड की हथिनियाँ मेरी सहायता के लिए आ गयीं। मैं एक पेड़ों से ढके, सूखी घास पर एक सुरक्षित स्थान पर आ गयी थी। रह-रहकर उठती पीड़ा के बहुत तेज़ हो जाने पर मैं अपने पिछले पैरों को मोड़कर खड़ी हो गयी, दर्द की तीखी लहर के साथ मैंने दम लगाकर बच्चे को नीचे धकेल दिया। थैली फटी और बच्चा बाहर। अपने दर्द के बावजूद नन्हे बच्चे को मैंने अपनी सूँड़ से उठने में सहायता करते हुए छुआ, ओह कितना कोमल था वह। जल्दी ही बच्चे के जन्म के अवशेषों गर्भ नाल, थैली और पिंड को मैंने खुरों से मिट्टी में दबाया। यही देखा था मैंने सबको करते हुए। शायद शिकारी से प्रसव-गन्ध छिपाने के लिए। मेरे बच्चे की

मौसियाँ हमारे चारों ओर खड़ी थीं, नवजात लड़खड़ाकर मेरी टाँगों के सहारे खड़ा हो गया था। वे उसकी नाज़ुक त्वचा को धूप से बचाने के लिए उस पर महीन धूल फेंक रही थीं। लैला ने उत्सवी चिंघाड़ मारी। दूर खड़े झुण्ड के सभी सदस्य चले आये, जन्म का उत्सव मनाने।

मैं अथाह दर्द और पैरों में बहते ख़ून के परनाले के बावजूद चिन्तामुक्त, परमानन्द में थी। कठोर, जंगली दुनिया की तमाम विषमताएँ भूलकर मैंने बच्चे को सूँघा। उसकी नवजात महक ने मेरे स्तनों को गुनगुने दूध से भर दिया। उसे मेरे स्तनों तक पहुँचने के लिए भी एक संघर्ष करना था। वह नन्ही-सी जान अपनी छोटी-सी सूँड़ को उठाकर मुझे सूँघने, छूने और आवाज़ों से ढूँढ़ने की कोशिश कर रहा था। उसने मेरे आगे और पिछले पैरों के बीच पगलाये ढंग से मेरे स्तन खोजे। कुछ देर की जद्दोजहद के बाद वह खड़ा होकर मेरे स्तन तक पहुँच ही गया। ये आनन्द के पल थे। हफ़्ते भर में बच्चा मेरे पीछे चलने लगा। आसपास हरे-भरे पोषक भोजन के चलते मैं भी स्वस्थ होने लगी। मुझे गणेश का ख़याल आया। मुझे वापी बर्मन का ख़याल आया। मैं दोनों को हमारा बच्चा दिखाना चाहती थी। लेकिन वह मुझे कहीं नहीं दिखा। मैं फॉरेस्ट कैम्प के पास नहीं जाना चाहती थी। लेकिन एक सीमा तक जाकर "आओन्घ, उँघ-उघ," मैंने उसे पुकारा भी, मगर लौटकर कोई उत्तर नहीं आया। हाँ, कई दिन बाद फॉरेस्ट ऑफ़िसर वापी आये, गुड़ डली रोटी मेरे आगे रख कर मेरे बच्चे का मुआयना किया।

"देर हुई माया! मैं बीमार हो गया था। कितना सुन्दर और स्वस्थ बच्चा है। इसे क्या नाम दें? बीमारी में मैं गोर्की पढ़ रहा था। गोर्की? यंग ब्वॉय तुम गोर्की हो! ये जंगल तुम्हारी यूनिवर्सिटी।" उनका लगाव गुड़ के स्वाद की तरह मेरी जीभ में घुल गया था। मैंने सूँड़ उठाकर आवाज़ की।

"आँग ओंघ टों...की...।"

"हाँ माया! गोर्की!"

अब मैं माँ थी। जंगल से पहले मैं जानती थी कि उसे सुरक्षित कैसे रखना है, समझदारी इसी में है कि उसे यथासम्भव लम्बे समय तक अपने पैरों में छिपाकर रखा जाये। झुण्ड के अलावा किसी को पता न चलने दिया जाये कि वह मेरे पास है। जब भी हम भोजन की तलाश में जंगल में लम्बा भटकते तो मैं आमतौर पर झुण्ड को छोड़कर राजा नल के क़िले के खँडहरों के पास रुक जाती, जहाँ मैंने गणेश के साथ समय बिताया था, इससे सुरक्षित मेरे संसार में कुछ नहीं था। कितना मोहक था वह एकान्त का समय। गोर्की को दूध पिलाते हुए आलस्य से लहराती शाखाओं और

हिलती परछाइयों को देखना। उसकी आँखों में उभरते धुँधले, निराकार, शब्दहीन शिशु विचारों को समझना।

"क्या सोच रहे हो? तुम अपने पिता गणेश की तरह बहुत अच्छे बनोगे। सो जाओ मेरे लाल मीठे सपने देखो।" उसे चट्टान पर सोता छोड़ में मैं आसपास ही अपने खाने के लिए कुछ खोजने लगती। अगर मैं अधिक दूर चली जाती थी तो वह छिप जाता था, चट्टान के पीछे। उसकी सूँड़ ज़मीन पर और उसके बड़े कान चट्टान पर टिके रहते। मानो वह भी एक चट्टान हो छोटी और सलेटी। वह अक्सर तब तक चट्टान पर सटा रहता था जब तक मैं वापस नहीं लौट आती।

उस दिन यही तो हुआ गोर्की को छोड़कर मैं खँडहर की पिछली दीवार पर चढ़ी जंगली परवलों की फल लगी बेल उखाड़कर चबा रही थी कि खँडहर से एक सेही बाहर निकल आयी। मुझे शक हुआ मैं लौटी तो देखा गोर्की चुपचाप बैठा उसे हैरत से ताक रहा था, वह बिल्कुल नहीं जानता था कि इस विलक्षण दिखने वाले प्राणी का क्या किया जाये। सेही उसके सामने थी। मैंने बस सूँड़ लहराकर उसे भगाना चाहा था। तब तक सेही ने अपना काम कर दिया, मेरे बेटे पर अपने हथियार चलाकर। इस जंगल में निर्दोष और शान्त होने से भी कोई फ़र्क़ नहीं पड़ता आप पर प्रकृति की मार बेवजह भी पड़ती रहती है। मेरा लाल! उसकी नन्ही सूँड़ में, दोनों पैरों में, उसके पेट में और बालदार मस्तक में भी सेही के काँटे गड़े थे। ज़रा हिलना भी पीड़ादायक था, वह कराह रहा था। मैंने उसकी सहायता की और ज़्यादातर काँटे अपनी सूँड़ से बाहर निकाल दिये थे। एकाध के सिरे भीतर टूट कर रह गये थे। दुष्ट सेही ने उसके घर के आसपास टहलने की सजा मेरे बच्चे को दी। इस दर्द से राहत में कुछ दिन लगेंगे। मैं जानती हूँ कुछ दर्द निवारक पत्ते, मुझे खाने होंगे। वे कड़वे होंगे मगर खाना होगा ताकि दूध के ज़रिये इस तक पहुँचे।

जब वह तेज़ चलने लायक बड़ा हो गया तो उसे मैं झुण्ड की यात्राओं में साथ ले जाने लगी। वह प्रकृति से और परिचित हुआ। वह ख़ुश था, इस अद्‌भुत दुनिया के दृश्य और ध्वनियाँ उसे भाने लगे थे। वह हैरत से देखता घने इमली और बरगद के विशाल पेड़ों को, तट पर खिले बैंगनी और सफ़ेद फूल, हवा में सिर हिलाती सफ़ेद पंखों-सी काँस के हिलने पर कितना ख़ुश होता। मेरे साथ देखता छोटा-सा गिरता हुआ दूधिया झरना, हँसता हुआ और धूप में झिलमिलाता हुआ...वह ख़ुशी से सूँड़ हिलाता। लुड़कता-पुड़कता गोर्की दिन-ब-दिन ख़ूब कौतुक करने लगा था। उसकी त्वचा गणेश की तरह गहरी सलेटी थी। उसके ख़ून में सुदूर दक्षिण की नदियों के लवण घुले थे। उसे अपने भाइयों की तरह पानी में खेलना बहुत पसन्द

था। जब वह डुबकी लगाता और एक क्षण में उसका छोटा भूरा सिर और उसके मौसेरे भाई-बहनों के सिर तालाब की सतह पर फिर से प्रकट हो जाते। एक-दूसरे को धक्का देना और सूँड़ भिड़ाना सिर झुकाकर, एक-दूसरे की चर्बी में अपनी नाक घुसाते हुए वापस पानी में धकेलने के कौतुकपूर्ण खेल। ज़मीन पर वे उतने सुन्दर नहीं लगते जितने सफ़ेद कुमुदनियों से भरे जल में लगते थे। इनका खेलना समूचे जंगल के लिए सबसे मज़ेदार दृश्य होता है। कुछ जानवरों के लिए मुँह में पानी लाने वाला मगर हम सब सतर्क रहती थीं। कुलमाता लैला सबसे अधिक, उसकी एक चिंघाड़ पर हम बच्चों को अपने सुरक्षित घेरे में ले आती थीं, फिर चाहे किसी का भी बच्चा हो हमारी साझी ज़िम्मेदारी होता। हम बहनें लैला के साथ तालाब के किनारे के मैदान में इकट्ठी होकर तब तक चरती रहतीं जब तक कि छोटे, काले बालोंवाले सिर पहले अगले-फिर पिछले पैर एक-एक करके पानी से बाहर न आ जाते। अन्ततः वे सभी शरद ऋतु की गर्म, शान्त धूप में घास पर खड़े-खड़े सुस्ताते दिखते तब जंगल भी ऊंघ रहा होता था। गूलर के पेड़ों पर तोते भरपेट कलेवा करके अपनी आँखों को सफ़ेद झिल्लियों को बन्द कर सो रहे होते थे। घास के मैदान का बिस्तर, जंगल के मैत्रीपूर्ण देवता सभी की नींद की रक्षा कर रहे थे। हर जीव की दोपहरिया नींद संक्रमित कर हवा भी सो जाती थी तब लहरों के कम होने से तालाब ताज़ा माँजी हुई स्टील की बड़ी परात की तरह चमकता हुआ दिखता था। यह हाथी के बच्चों के विकास के लिए काफ़ी अच्छा मौसम था।

उस समूह में पहली बार मैंने गुरु को भी खेलते देखा। पहले माँ को खोना फिर सूँड़ का कट जाना उसके लिए शारीरिक से अधिक मानसिक पीड़ा की वजह थी। हम हाथियों का सारा सामाजिक व्यवहार सूँड़ पर निर्भर है। ममत्व, प्रेम, मित्रता और संभोग भी। आज वह ख़ुश था, झुककर पानी पी रहा था और अपनी कटी हुई सूँड़ से अपने साथियों पर कीचड़ की फुहारें भी छोड़ रहा था। उसका शरीर बाक़ी बच्चों से कहीं कद्दावर हो गया था। वह लापरवाह नहीं हो सकता था क्योंकि जंगल के शिकारियों की नज़र उस पर लगातार बनी रहती थी सो वह काफ़ी फुर्तीला हो गया था। उस दिन हम सब समूह बनाकर लौट रहे थे। एक सँकरा रास्ता था जहाँ बेरों की झाड़ियाँ थीं आगे लैला-लीला और सरस्वती थे, बीच में छोटे बच्चे और उनके बाद धमाल मचाते चलते किशोर फिर मेरी गर्भवती मौसेरी बहनें, भांजियाँ, फिर अन्य हथिनियाँ और मैं चल रहे थे। झुण्ड का यह व्यूह हमारे मज़बूत सामाजिक बन्धन का प्रतीक था। भरपेट भोजन, दिनभर की पिकनिक की थकान के चलते हमारी चाल शिथिल थी कि झाड़ियों में चमकते लाल बेर भी हमें आकर्षित नहीं कर रहे थे।

तभी जंगली बेरों की झाड़ियों से निकलकर ढोल (जंगली कुत्ते) का एक झुण्ड भौंकता हुआ एकदम सामने चला आया तो हम सब तितर-बितर हो गये। फिर उनका मुखिया लार चुआता बच्चों की तरफ़ बढ़ा, गोर्की-सोनी और मिनी अभी बहुत छोटे थे। वहाँ उनके सबसे क़रीब गुरु ही था। गुरु ने उस मुखिया ढोल को अपनी मज़बूत टाँग से इतनी ज़ोर से किक मारी कि वह बिलबिलाकर हवा में उछल गया और जब ज़मीन पर गिरा तो लैला के बेटें यदु ने अपने मज़बूत पैरों से उसका कचूमर निकाल दिया था। वहीं वह मर गया। यदु-गुरु ने वयस्कों की तरह जयघोषवाली चिंघाड़ मारी। बाक़ी ढोल किंकियाते हुए वहाँ से भाग गये। झुण्ड की मादाएँ चिन्तित हो गयीं कि यहाँ तो जंगली कुत्तों की ढोल प्रजाति होती नहीं थी, ये कहाँ से आ गये? हाँ बक्सा में ज़रूर देखे थे ये जीव। दूसरे गुरु और यदु की ताक़त और क्रोध का प्रदर्शन। मैंने और लैला ने एक-दूसरे को देखा, बच्चों के अन्दर टेस्टेस्टरोन हॉर्मोन उमग रहा है, यानी गुरु-यदु के भी झुण्ड से जाने का समय आ गया। यदु तो ठीक है अब गुरु पर भी यक़ीन करना ही होगा कि वह अकेले जी लेगा। मि. वापी बर्मन कहते हैं ना जलदापारा तो है ही 'फिटेस्ट सर्वाइवर्स' का घर।

दुआर्स की सर्दियाँ संक्षिप्त होती हैं, मगर कठिन होती हैं, भूटान की तरफ़ से उठकर आया कोई काला मेघ आकर बरस जाये तो क़यामत। सब हाथी जिस्म मिलाकर खड़े हों तब भी कँपकँपी छूटती रहती है। कोहरे के चलते यात्राएँ तो क्या नदी तक जाना मुश्किल एक तो हमारी कमज़ोर नज़र उस पर पेट में वज़न कम-कम। आख़िरकार धूप साथ लेकर वसन्त आ गया, कई नर हमारे झुण्ड के आसपास मँडराने लगे। कुछ अनुभवी उम्र पाये नर अकेले और युवा हाथी समूह में। वनराज भी आया था जो जंगल का सबसे प्रभावी नर था। उसकी किसी पहाड़ सी ऊँची काली-भूरी देह, नम और चिकनी त्वचा, ख़ूब लम्बी झालर-सी पलकें। छत्र से कान, लम्बी सूँड़ और विशाल स्वस्थ सफ़ेद दाँत। अपने नाम के अनुरूप वह यहाँ के सम्पूर्ण पशु साम्राज्य में वह एक ही अपने जैसा था। उसके सिर के खड़े-खड़े बाल उसके भीतर के बचपने का पता देते थे। एक रोज़ मैं झुण्ड के साथ चलते हुए उसे रुककर देखने लगी। समूचे झुण्ड ने मुझे अर्थपूर्ण ढंग से घूरा। अरे! क्या यह पहली बार था क्या? जो कोई हथिनी किसी हाथी से आकर्षित हुई हो? जल्दी ही मुझे याद आ गया कि मैं अठारह महीने के शिशु की माँ हूँ और फिर से बाईस महीने का गर्भधारण करने की मूर्खता कैसे कर सकती हूँ? मगर वो बेहद ख़ूबसूरत टस्कर था। सौम्य भी।

सामूहिक कोर्टशिप का यह सालाना आयोजन लैला के लिए भी सम्भावनाएँ लाया। लैला एकदम मुक्त थी मगर उस पर झुण्ड की ज़िम्मेदारियाँ थीं। उन दिनों उसके जिस्म में अतिरिक्त लुनाई आ गयी थी। कितना अजीब है ना! नर हाथियों की झुण्ड के आसपास उपस्थिति हम मादाओं को रूमानी भी बनाती है, हालाँकि हम इससे परेशान भी होती हैं। मैंने इन दिनों युवाओं को पगलाते देखा है, वे अनाड़ीपन और उन्मत्त होकर अपनी ही साथी को दाँत से घाव दे सकते हैं। अपने बोझ से खूँद देते हैं। वे भरे समूह के बीच एक हथिनी फिर दूसरी पर चढ़ते दिखते हैं। ख़ासा कोलाहल मच जाता है। बच्चे डर जाते हैं। बच्चों के छोटे होने के दौरान नरों की उपस्थिति हम माँओं को इसलिए भी असहज करती है कि वे आक्रामक हो झुण्ड के किसी भी शिशु को हवा में उड़ा सकते हैं। अपनी प्रेमिकाओं के बच्चे उन्हें बाधा महसूस होते हैं बशर्ते वे उनके ना हों। कुछ हथिनियाँ दूसरी युवा मादाओं के बच्चे सँभाल लेने के आश्वासन पर ज़रूर इस अवसर का लाभ उठा लेती हैं। विशाल दाँतोंवाले हाथी अक्सर अकेले और ताक़त में झूमते दूर से चिंघाड़ते हैं। बेजा किसी मादा के कारण लड़ाई नहीं मोल लेते। और हथिनियाँ ऐसे नरों को अधिक पसन्द करती हैं। आख़िर दाँत का होना नरों पर ख़ूब सजता है, आकर्षक बनाता है। साँवले चौड़े मुँह पर सफ़ेद दाँत, मानो विशाल बरगद पर आ टिका कोई सायबेरियन सारस। मुझे ऐसे ही परिपक्व नर पसन्द हैं।

वनराज मुझे संकेत दे रहा था, लैला भी उससे आकर्षित हो रही थी। यह एकदम आदिम मुक़ाबला था जिसमें मैं हारना नहीं चाहती थी। मगर मैं असमंजस में थी कि गोर्की को छोड़कर रात-बिरात में नदियों के ऊपर और मनुष्य की बस्ती के पास पुलों के नीचे भटकना मुझे पसन्द नहीं। हालाँकि तीन बरस हुए मैंने भी गणेश के साथ इस रोमांच का आनन्द उठाया था। कल ही तो अपने लिए प्रेमिका खोजने के इस सालाना उत्सव में मिले 'जुगनू' ने उसे बताया कि उसने गणेश को "ख़ैरबाड़ी एनिमल रेस्क्यू सेंटर" में देखा था। उसे मोटी साँकलों से बाँधकर रखा गया है। यह सुनकर मेरा तो मन ही डूब गया था। वनराज से मेरा ध्यान ही हट गया।

"कैसे?"

"माया, हम तीनों की साथ भटकते हुए गणेश से दोस्ती हो गयी थी। हमें एक रोज़ भूख लगी तो हम अनजाने ही मनुष्य की बस्ती की तरफ़ मुड़ गये। गणेश ने हमें बताया कि थोड़ा साहस करें तो खेतों में मज़े का भोजन पा सकते हैं, बस बाड़ों को धक्का देकर तोड़ना भर है। हमने ख़ूब मीठे गन्ने खाये। मकई का चारा खाया।

तबसे मनुष्य हमारे पीछे पड़ गये। हम उस दिन तो भाग गये। कुछ दिन बाद हम तीनों फिर दुआर के आख़िरी छोर की यात्रा पर निकल गये। एक दिन जंगल के बीच हमने किसी हाथी की दर्द भरी चीख़ें सुनीं। हम छिप-छिपाकर आवाज़ की ओर गये तो वहाँ एक भयानक दृश्य देखा। एक शक्तिशाली नर ज़मीन पर मरा पड़ा था। उसके सिर के बीचोंबीच छेद था और उसके दाँत तोड़ लिए गये थे। हमने अपनी सूँड़ आपस में जोड़ ली और बिना हिले-डुले वहीं खड़े रहे। जब वहाँ तीन मनुष्य लौटे तो गणेश ने उन पर हमला कर दिया दो तो भाग गये। तीसरे को गणेश ने पूरा कुचलकर लोथड़ा बना दिया। उसके बाद वह हमें लेकर हाट, चाय-बाग़ानों पर छापामार हमले करने लगा। एक दिन जंगल के गार्ड उसे बेहोश करके पकड़ ले गये। हम भाग आये। फिर उस तरफ़ कभी नहीं गये।

"बादल और हैरिस कहाँ हैं?"

"वो बक्सा के जंगलों के बसन्तोत्सव में गये हैं। मैं इधर चला आया।" कहकर वह अपने दोनों कान हिलाता हुआ चला गया।

"तुम्हें जल्दी ही मुझे गणेश के पास ले जाना पड़ेगा।" मैं उसके पीछे ज़ोर से चिंघाड़ी और वनराज को भूलकर मैंने भरे बसन्त में तय किया कि मैं जुगनू के साथ गणेश से मिलने जाऊँगी, बाड़ के बाहर से ही सही उसे उसका बच्चा दिखाकर आऊँगी। मैंने ऐसा किया। लैला को बिना बताये किया।

टीले पर पड़ती धूपघड़ी के तयशुदा समय पर जुगनू मुझे कोलतार की काली पक्की सड़क के मुहाने पर मिला, गोर्की मेरे साथ था, मैं वहाँ आती-जाती घ्अरर–घर्र चलती छोटी-बड़ी मशीनों को तेज़ी से दौड़ते देख डर गयी। मगर उस सड़क को पार करना ही था। जुगनू पूरे आत्मविश्वास से सड़क पार कर गया बल्कि उसने गन्ने लिए जा रही एक मशीन से एक ढेर खींच लिया, एक गोर्की को थमाया। मैं चकित थी। हम तीन घण्टों में पगडंडियों और मनुष्य की बस्तियों से होकर एक साफ़-सुथरे तरतीबदार जंगल में पहुँच गये। बेचारा गोर्की बुरी तरह थक गया था। एक इमली के पेड़ के नीचे हम कुछ देर रुके। हम एक नहर पार करके एक जगह पहुँचे, जहाँ बड़े-बड़े बन्द बाड़े बने हुए थे। उनमें मैंने बाघ और तेंदुए बन्द देखे। मैं बुरी तरह डर गयी। मैंने गोर्की को सूँड़ से खींच पेट के नीचे कर लिया। जुगनू के साथ हम घूमकर एक बाड़े के पीछे चले गये। वहाँ एक खुले बाड़े में मोटी ज़जीरों से बँधा हुआ था गणेश।

"गणेश!" जुगनू ने धीमा गर्जन किया। गणेश सामने पड़े हरे चारे को छोड़ हमें देखने मुड़ा। उसकी आँखों में पीला कीच जमा था, उसका जिस्म अथाह थकान में

डूबा था। वह वह गणेश नहीं था जिसे मैं जानती थी। मेरी टेम्पोरल ग्रन्थियों में तनाव हुआ और मैं चीख़ पड़ी।

"टां...ओं...घं" गोर्की उत्सुक हो आगे बढ़ा तो गणेश लोहे की लम्बी चेन को खींचता हुआ बाड़े की जाली तक आ गया।

"मेरा बच्चा?"

"हाँ। अपने पिता पर गया है। एक काम के पीछे लग जाता है तो करके मानता है। मसलन गहरी धँसी झाड़ी उखाड़ना या ढलान पर उतरना सीखना।" मैंने उसे ख़ुश करना चाहा। वह सूँड़ निकालकर उसे छूता रहा। गोर्की मानो समझ गया हो। उसने भी छोटी सूँड़ बढ़ा दी। जुगनू कहीं छिपकर खड़ा था। हमें भी किसी के देखे जाने से पहले निकलना था। मुझे चिन्ता थी कि वह कभी इस बाड़े से निकलेगा भी कि नहीं?

"मेरे शान्त व्यवहार पर ये एक सीमा तक ही छोड़ेंगे, छोड़ेंगे तो मुझे ग़ुलाम बनाकर मज़दूरी करवायेंगे। लकड़ी ढोना वग़ैरह। मिस्टर वापी बर्मन यहाँ आये थे। बोले तुमको बाहर आना है तो शान्ति से इन्सान से दूर रहना होगा। अब तुम यूँ जंगल में खुला नहीं घूम सकते।"

"फिर? तुममें इतना ग़ुस्सा क्यों है?" मैंने सूँड़ से उसका मस्तक छुआ।

"तुम जानती तो हो न! बात इतनी सरल नहीं है मैंने दक्षिण से पूरब की यात्रा की है। मेरे बचपन का एक समय ऐसा गुज़रा था कि जब मैंने अपने पिता और चाचाओं को दाँत के लिए मारा जाता हुआ देखा है। पकड़कर बाँधा जाता देखा है। यह ग़ुस्सा बेवजह नहीं है। हम सब देखते थे उन्हें मार-मार कर दाँत काट-काट कर ले जाये जा रहे थे। जंगल में बस कुछ ही नर जीवित बचे थे। और हम बच्चों को उनकी माँ से दूर उनके जंगलों से निकालकर जाने कहाँ-कहाँ भेजा गया। चारों ओर तितर-बितर कर दिया गया।" वह क्रोधित था, चेन बँधा मोटा पैर पटक रहा था। गोर्की डरकर मुझमें छुप गया।

"क्या करता माया? जितनी आज़ाद मेरी तबियत है उतने बन्धन लिखकर भेजा है विधना ने। यह जंगल कब मेरा था, मेरा जन्म तो अथिरा नदी के तटों पर हुआ था...तोर्सा आ पहुँचा।" वह रो रहा था। मैं उदास हो गयी। तभी मुझे कुछ मनुष्यों की क़रीब आती पदचाप सुनाई दी।

"जाना होगा।" मैंने गर्जन करते हुए कहा। गणेश की गहरे अनुभव से भरी आँखें ठण्डे क्रोध से भरी थीं और दृढ़ निश्चय से लहराती सूँड़ मुझे आश्वस्त और ताकीद करती रही।

"अब इधर ना आना। यहाँ भी हाथी के बच्चों को पकड़कर दूर मनुष्यों की बस्ती में, मन्दिर में ग़ुलाम बनने भेजा जाता है। गोर्की को जंगल में आज़ाद रहना है। विदा!"

हम भरे मन से लौटे। जुगनू आगे चल दिया मुझे अँधेरे में अपना रास्ता खोजना था, मुझे कुछ पेड़ और चट्टानों के चिह्न याद रहे। मैं और गोर्की सुरक्षित झुण्ड में लौट आये। झुण्ड आराम कर रहा था मगर लैला मुझे नहीं दिखी। मुझे यक़ीन हो गया वनराज को मेरी अनुपस्थिति में लैला ने आमन्त्रित कर लिया होगा। आख़िर अल्फ़ा है वह ध्यान आकर्षित करने के लिए स्वस्थ प्रतिस्पर्धा करती है। मनचाहा पाना उसका अधिकार है। लैला अल्फ़ा थी। जो जीवन का भरपूर आनन्द लेती है, जो अपनी गर्वोन्मत्त चाल चलती है, ख़ुद को नीचा नहीं देखा सकती। लैला ने अपने उस प्रजनन काल के लिए दो नरों को चुना। दोनों कद्दावर और लड़ाकू। वनराज यूँ शान्त था मगर प्रतिस्पर्धा की बात आने पर वह पीछे हटने वालों में नहीं था।

वह दूसरा एकदम अनाम था, न जाने कहाँ किस अज्ञात जंगल-कुल से हवाओं में वयस्क हथिनियों की गन्ध से भटक कर इधर आया हुआ। वह अचानक ही दिखा था। जबकि वनराज और अन्य हाथियों को हम बचपन से देखते आ रहे थे। लैला को वह एकदम से भा गया। उसके आगे को क्रॉस बनाते दाँत और अविश्वसनीय तौर पर बड़ा मस्तक। बसन्त आ तो गया था मगर सुबह-सुबह कोहरा छाया रहता था। मुझे याद है एक नये दिन की शुरुआत होने को थी, हम सब नदी तट के रेतीले विस्तार में चले आये थे। क्षितिज पर सूर्य कोहरे के कम्बल में ठिठका था। धुन्ध के बीच पेड़ों पत्तियों का एक विशाल हरा महासागर-सा लहरा रहा था। लैला अपने इस अनाम और अस्थायी प्रेमी के साथ नदी में तैर रही थी। यह एक अच्छा दिन था–ख़ासकर मदमस्त हाथियों के लिए। कोई हवा नहीं थी और कोहरे के बड़े, नरम टुकड़े आलस्य से तैरते हुए शान्त नदी पर टँग गये थे। आकाश, जंगल और तट सब हल्के कोहरे में घुल गये। उथले पानी में उगने वाले कोमल लिली-पैड के पत्तों का आनन्द लेते हुए आधे पानी में डूबे वो दोनों केलि से पहले की क्रीड़ाएँ कर रहे थे। सूँड़ें उलझाना, पानी की फुहारें बनाना, शरीर रगड़ना। बाक़ी झुण्ड पानी के बाहर चरता हुआ धूप का इन्तज़ार कर रहा था।

तभी हमने देखा तूफ़ान की गति से वनराज रास्ते में पड़ने वाली हर वस्तु को कुचलता हुआ तट की तरफ़ और लैला और उसके अनाम अस्थायी प्रेमी की तरफ़ लपका। वह पानी में यूँ कूदा जैसे कोई विशाल पहाड़ ही नदी में गिर जाये। लैला

आसानी से पानी से इठलाती-अलसाती हुई बाहर आ गयी। हम सब समझ गये, मादा को लेकर अक्सर मैदान में होने वाले हिंसक-अहिंसक मल्लयुद्धों से अलग कुछ होने जा रहा है। यह मल्ल-युद्ध आख़िर लैला जैसी ख़ूबसूरत और कुलमाता हथिनी के लिए होने जा रहा था। वनराज जैसा विशाल अनुभवी हाथी और सामने अनाम-अज्ञात टस्कर! पहले सूँड़ें गुत्थम-गुत्था हुईं, फिर दाँत टकराने लगे। दोनों माथे भिड़ा कर एक-दूसरे को धक्का देते रहे। फिर लड़ाई हिंसक होने लगी, दोनों के विशाल दाँत उलझ गये तो हम सब सकते में आ गये। हाथियों के लिए दाँत मुकुट समान होते हैं। तभी चटाख आवाज़ हुई, उफ़! न जाने किसका दाँत गया था। वनराज नदी से निकलकर खड़ा हो गया। अज्ञात टस्कर हुंकारता हुआ जंगल की ओर भागा। लैला को लगा वही विजेता है। वह उसे उसकी जीत का उपहार देने भागी।

एक सामूहिक गर्जन हुई फिर सब ढर्रे पर लौट आया। मैंने वनराज को शाम को निस्पृह भाव से चरते हुए पाया उसके दोनों दाँत सलामत थे, फिर वह आवाज़? वह दाँत? और लैला? कहाँ है वह आयी नहीं? शाम हो गयी, अगला दिन हो गया, उसकी भी दोपहर हो गयी–मगर लैला नहीं लौटी। पूरा झुण्ड एकत्र हुआ सब लैला को खोजने चले। रात घिर आयी हम अपने स्थान पर मन्त्रणा करने बैठे। हम सबने छोटे समूहों में चीलापाटा, बीरपारा, मातंगी की धार तक, उधर मदारी हाट तक छान लिया। दूर मित्र झुण्डों तक अपनी हुंकारें पहुँचाकर पूछा। कहीं से सन्तोषजनक उत्तर नहीं आया। जुगनू-बादल ख़ैरबाड़ी के विशाल पिंजड़ों में झाँक आये लैला नहीं मिली। जब दिन-रात के अनगिनत चक्र हो-होकर बीत गये तो झुण्ड निराशा से भर गया। और...जंगल टूरिस्टों से।

एक दिन कमला मौसी की भी प्राकृतिक मृत्यु हो गयी। उनका लम्बा शोक-आयोजन चला मगर लैला नहीं लौटी। कोई दिन नहीं आया ऐसा जब मेरे मन में लैला को लेकर हूक नहीं उठी हो। वह थी तो मेरे लिए परिवार का महत्त्व था, भले वह मुझसे थोड़ी ईर्ष्या रखती रही हो मगर संघर्ष हमारे साझे थे। बल्कि नदी तट की बैठकें, बहनों के बीच की ईर्ष्या, दोस्ताना झगड़े, मौज-मस्ती मेरे लिए सब ख़त्म हो गया। एक रोज़ गोधूलि के समय जब गुरु और यदु के झुण्ड से सदा के लिए जाने का समय आया मगर तब भी लैला नहीं लौटी। गोधूली के धुँधलके में दोनों अनाथ निकल गये। उनकी जाती हुई आकृति ने मुझे यह आश्वासन ज़रूर दिया कि वे दोनों आजीवन साथ रहने वाले हैं। आख़िर झुण्ड में भी गुरु का जीवन आसान करने में यदु की बड़ी भूमिका थी। बचपन से साथ खेलने-खाने वाले, हर नूराकुश्ती में एक-दूसरे को जिताने वाले यदु-गुरु। मैं बहुत दिनों उदास रही। इस

बीच झुण्ड को सँभालने दो हथिनियाँ आगे आयीं मगर बात बन न सकी। नेतृत्व काँटों का ताज है। उस पर इन दिनों मनुष्यों से रोज़ का टकराव। झुण्ड बिखर रहा था, हमारी संख्या घट रही थी कि सबने मुझे नेतृत्व देना शुरू कर दिया। मेरे पीछे आना और संकेत मानना। दो बसन्त बीत गये मैं अब कह सकती हूँ कि मैं झुण्ड की लीडर हूँ, कुलमाता माया!

मगर लैला जन्मजात अल्फ़ा थी। मुझे अभी सीखना था कि अल्फ़ा मादा परिवर्तन से नहीं डरती। नये अनुभवों से नहीं डरती। मैं जानती थी नये अनुभवों में बड़ी मात्रा में जोखिम और अज्ञात दुनिया शामिल होती है। बहुत उलझाव थे झुण्ड सँभालने में। मैंने स्मृतियों और मूल प्रवृत्ति पर भरोसा रखा। मेरे ज़हन में उन अज्ञात जगहों के भी धुँधले नक़्शे थे जहाँ मैं नहीं मेरी पुरखिनें गयी होंगी। अलकनन्दा, तीस्ता...मैंने माँ और नानी तरीक़ों में से अपने हिसाब से चुन कर निर्णय लिए। माँ पहाड़ी रास्ते लेती थी, सुरक्षा के लिए, नानी जुझारू थी बढ़िया भोजन की तलाश में ख़तरे मोल ले लेती थी। मैं सुरक्षा और भोजन दोनों को अपनी रणनीति में शामिल करती। नाप-तौल कर ख़तरे भी उठाती। मगर अप्रत्याशित का आप कुछ नहीं कर सकते। अप्रत्याशित और आकस्मिक घटनाएँ जंगल के लिए आम बात हैं।

मई की बात है असमय बरसात से हमारे जंगल और दलदल कीटों और मच्छरों से भर गये थे। वे हम सबकी सूँड़ में घुस जाते अन्दर तक लाल कर देते। झुण्ड बीमार होने लगा था, पलायन ज़रूरी था। हम पलायन के लिए तीस्ता के अपने परिचित किनारों पर पहुँच गये थे। जहाँ जोंकों, मक्खियों और चिचड़ियों का आतंक कम था और यहाँ बगुले और ऑक्सपैकर चिड़ियाँ बहुत थीं जो हमारे जिस्मों से इनको चुनकर खा लेती थीं। तीस्ता के इन किनारों पर पत्थर और चट्टानों की बहुतायत थी। वहीं मिस्टर कबीनी मुझे पहली बार दिखे। वे अपनी पीठ एक चट्टान से रगड़ रहे थे। मुझे देखकर वे रुक गये। मेरे लिए वे नितान्त अपरिचित थे। मगर उन्होंने अपनी गर्जन से यह जताया कि वे मुझे जानते हैं। मुझे अभी पलायन के समय अपने झुण्ड के आसपास कोई सेक्स का भूखा नर नहीं चाहिए था। मैंने गर्जन का उत्तर चेतावनी भरी 'ती...भों' से दिया। उसने कोई उत्तर नहीं दिया और नज़र से दूर चला गया। न जाने क्यों उसकी भाव-भरी गर्जन मुझे देर रात तक सुनाई देती रही। जंगली चन्द्रमल्लिका महक रही थी। चाँदनी लावे की तरह फूटने लगी थी।

"सरफिरा" मैं बड़बड़ाई!

पहली बार मैं अपने झुण्ड की नींद की रखवाली करते-करते ख़ुद सो गयी थी। नैना ने जागकर मुझे सोने दिया। मौन के गर्भ में जंगल भी पैर सिकोड़े सो गया। तब आसमान के देवताओं ने ज़रूर देखा होगा कि हम सब धरती पर कितना सुन्दर दृश्य रच रहे हैं। विशाल तीस्ता की पन्ने के रंग की धार, हरा किनारा और रुपहली रेत और बीच में लेटे छोटे बड़े तीस हाथी और उनकी लहरदार सूँड़ें। मैंने सपनों में देवताओं से झुण्ड के लिए सुकून माँगा।

मेरे झुण्ड की क़रीब सात हथिनियाँ गर्भवती थीं। मेरी छोटी मौसेरी बहनें तक दो-दो बार माँ बन चुकी थीं और मैं अब तक गोर्की को बड़ा कर रही थी। अब तक रुके हुए पानी की सतह पर सूँड़ से फूँक मार पानी पीना सिखा रही थी ताकि मिट्टी कीचड़ साथ न आये। क्या अब समय आ गया था कि मैं फिर गर्भ धारण करूँ? जून में? न बसन्त में, न सर्दियों में, इस चिपचिपे और मक्खियोंवाले मौसम में? मैं उलझ रही थी। क्या यह कबीनी की उपस्थिति का बुख़ार है। मैं आधे किलोमीटर से उसकी नर-गन्ध महसूस कर पा रही हूँ। क्या मैं तैयार हूँ?

यह छाँह-भरी और निर्जन जगह थी। जहाँ आँखें जाती, दूर दिगन्त तक नील गिरिमाला मँडलाकार खड़ी दिखती। मैं एक पेड़ की घनी छाया में खड़ी थी। सामने झुण्ड सुरक्षित चर रहा था, बच्चे युवा हथिनियाँ सँभाल रही थीं। मैं निश्चिन्त थी। इस विशाल पेड़ के नीचे की निबिड़ शान्ति और हाथियों के इतिहास की सैकड़ों सदियों को पार करके, उस पल समय के बहाव में बह जाना कितना सुखकर था। कितना आरामदेह! पेड़ की कोटरों में चूजे सोये थे और झींगुर-जैसा कोई कीड़ा लगातार चीख़ रहा था। कभी-कभी पत्ते गिरने की आवाज़, कभी-कभी पत्ते हिलाते हुए गिरगिटों के भागने की आहट आती। पेड़ की सबसे सघन डाल पर पपीहा चीख़ रहा था—ब्रेनफीवर—ब्रेनफीवर!

यह जगह बिना किसी रुकावट के लम्बे समय तक टिकने के लिए अच्छी और सुरक्षित थी। कम से कम बारिशों तक जब तक तीस्ता में बाढ़ ही ना आ जाये। मैं सोचों में गुम थी कि मिस्टर कबीनी की गर्जन सुनाई दी। मानो दूर बिजली कड़क रही हो। वे पास आ गये, मैं झुण्ड की तरफ़ भागना चाहती थी मगर उनकी सूँड़ ने मेरे स्राव सूँघना शुरू किया। मैं तैयार थी। झुण्ड यह सब देख रहा था, वहाँ से उत्सवी चिंघाड़ें उठीं। हमने जवाब में एक साथ मादक गर्जनें कीं। हमारा रोमांस देर तक चला जबकि सम्भोग एक संक्षिप्त मामला था, जो कुछ मिनटों में निपट गया।

मैंने उनसे जानना चाहा—"क्या आप मुझे जानते थे?"

"याद करो जब तुम एक बच्ची थीं और एक बार तेज़ आँधी में अपने झुण्ड से बिछड़ गयी थीं..."

“हाँ! मैं वो लोहे की पटरियों पर चिल्लाकर भटक रही थी...तब दो टस्कर हाथियों ने आकर उस विशाल फुफकारते लोहे के ड्रेगन को रोक दिया था। फिर माँ आकर मुझे ले गयी थीं।”

“वह मेरा भाई था। एक रोज़ इसी दुस्साहस में मारा गया, वह लोहे का ड्रेगन उस रोज़ रुका ही नहीं।” कहकर मिस्टर कबीनी उदास हो गये। मिस्टर कबीनी मेरे लिए एक सच्चे साथी साबित हुए। उन्होंने हर बार झुण्ड की कठिनाइयों में सहायता की।

धरती अपना लिबास बदल रही थी, इस बार पतझड़ी पीला-भूरा। इस बार का गर्भाधान कुछ समस्याएँ साथ लेकर आया। मैं कमज़ोर हो गयी थी, झुण्ड की बाक़ी ज़िम्मेदारी लीला ने ले रखी थी कि हम हर हाल में अपने जंगल में टिके रहें। घास थी कि सूखती जाती थी और तेंदुओं का डर उनकी संख्या के साथ बढ़ता जाता था। गोर्की मुझे देख परेशान हो जाता अब वह सात साल का हो रहा था। गोर्की सूँड़ से मेरा पेट सहलाता–मानो कहता हो आज भले तुम किसी और के बच्चे को गर्भ में ढोती हो पर कभी इसमें मुझे भी बाईस महीने ढोया था। मुझे अनुभव होने लगा कि कैसे एक माँ के रूप में मैं अपने पहले बच्चे के साथ-साथ बड़ी भी हो गयी हूँ। जब उत्तरी हवा नदी में लहरें डाल रही थी, उस रोज़ मुझे योनि से रक्तस्राव होने लगा और मैं भीषण दर्द से एक बरसाती नाले के पास ढह गयी। झुण्ड मेरे आसपास इकट्ठा हो गया। जाने किसने रिटायर्ड डिस्ट्रिक्ट फॉरेस्ट ऑफ़िसर वापी बर्मन को ख़बर की, वे जीप लेकर दो रेंजरों के साथ आ गये। जीप की आवाज़ से झुण्ड तितर-बितर होकर पेड़ों के पीछे चला गया। मुझे कीचड़ में लेटा देख बिना परवाह किये वे भी ज़मीन पर बैठ गये। योनि से रक्त और आँखों से झरते पानी को देख वे मेरी सूँड़ सहलाकर तसल्ली देने लगे।

“रिटायर हो गया हूँ तब भी किसी हाथी को परेशान देख लोग मुझे ही ख़बर करते हैं, यह जो मस्तक पर त्रिशूल-सा है न तुम्हारे इसे देख सब अँधेरे में भी तुमको पहचान लेते हैं। एक सन्थाली दौड़कर आया कुलमाता-माया बेहोश है वापी साब... कैसे न आता? माया! होश में आओ।”

वे जान गये बच्चा जनने में कठिनाई हो रही है। उन्होंने अपने यन्त्र पर आवाज़ करके डॉक्टर बुलाया। डॉक्टर ने मेरी रीढ़ में एक सुआ घोंपा। कम्पाउंडर की सहायता से फँसा हुआ बच्चा निकाला। वह साँस तक नहीं ले पा रहा था, मैंने बहुत बार सूँड़ से थपथपाया तब थोड़ी हलचल हुई।

"बेटी हुई है माया! देख कैसे रोती है महीन आवाज़ में...बाँसुरी हो जैसे।" मैं उनके प्रेम से विह्वल होकर रोने लगी निःशब्द। यह अधेड़ मनुष्य कौन है हमारा? मेरी थकान से बोझिल आत्मा ने उनके लिए प्रार्थनाएँ कीं। यह वह समय था जब मेरी बेटी 'बाँसुरी' ने जन्म लिया। वह समय से दो महीने पहले हो गयी और काफ़ी कमज़ोर थी। उसके लिए जन्म के बाद का समय विशेषकर बरसात समय बहुत कठिन था। उसका आहार बस मेरा दूध था और मेरा आहार गूलर, साल, पाकड़ के तने के गूदे और नरम मिट्टी में सफ़ेद-पीली कुमुदिनी की जड़ें। सर्दियाँ बीतते बीतते न केवल उसका आकार और वज़न बढ़ रहा था, बल्कि वह आने वाले समय के पलायन के लिए ताक़त और मांसपेशियाँ भी जुटा रही थी। एक दिन में मीलों चलने के लिए मानसिक ताक़त, साहस और दृढ़ संकल्प की भी इसे आवश्यकता होगी। वह कुछ बड़ी हुई तो मैं जब अच्छी घास देखती उसे धीमे से बुदबुदाते हुए बुलाती, और वह उसे उत्तर देती थोड़ा मिमियाकर, ये कोमल ध्वनियाँ ऐसी थीं जिसे केवल घास सुनती थी। हम एक-दूसरे को पूरी तरह से समझते थे और एक साथ बहुत ख़ुश थे। मैं मच्छर और काली मक्खियाँ और नहीं दिखने वाले बारीक भुनगों से बचाने के लिए उस पर कीच मलने लगी थी। उसकी सुरक्षा के लिए मैं बहुत चिन्तित रहती थी, अन्य लापरवाह स्वभाववाली झुण्ड की युवा हथिनियों को एलोमदरिंग के लिए कभी नहीं सौंपा, जबकि वे उससे खेलना, सँभालना चाहती रहीं। वह थी ही इतनी प्यारी। बस बड़ी हो जाये जरा उसके बाद वे उसे जितनी चाहें उतनी प्यार भरी थपकियाँ दे सकती हैं।

जल्दी ही मेरी कमज़ोर बेटी ख़ूब गोल-मटोल हो गयी, उसकी त्वचा इतनी गहरी और चिकनी थी मानो पॉलिश कर दी हो। वह धूप में चमकती। उसकी हर मुद्रा और गति अद्‌भुत थी। वह ख़ूब चपल-चंचल थी। अब उसने अपनी सूँड़ पर थप्पड़ मारना, पीछा करना और सिर और कान हिलाकर धमकी देना शुरू कर दिया था, उसकी आक्रामकता भी बढ़ गयी थी। वह अपने सिर से धक्का देकर मेरे साथ खेलती थी, फिर कुश्ती लड़ती थी। मुझे उसमें लैला दिखती थी–अल्फ़ा!! जो जन्मजात लीडर होती हैं।

जहाँ हम लौटकर ख़ुद को सुरक्षित पाते रहे हैं। जलदापारा का यह हमारा जंगल हमारे लिए एकदम उपयुक्त है। यह किनारों पर पहाड़ियों से घिरा है, और बीच में जंगल और नदियाँ। रास्ते में आने वाले चाय बाग़ान। जिसमें ढलान और विभिन्न मौसमों में घूमने के लिए बहुत सारे स्थान और रास्ते हैं। अब तक हम अधिकांश समय मानवीय हस्तक्षेप के बिना बिता सके थे। मगर अब मनुष्य जंगल जलाकर

चाय बाग़ान और अधिक पसारने लगा है। जो कि हमारे सदियों पुराने रास्तों के अवरोध बन गये हैं। मुझे याद है मेरी माँ ने एक बार कहा था, "नदियाँ तो कितनी ही उफनें हम पार कर जाते थे। हाथियों के कई-कई परिवार तीस्ता के बाढ़ भरे पश्चिमी किनारों पर, ढलानों पर आराम से आते-जाते थे। तीस्ता-तोरसा नदी अलग-अलग आकार-नाम लेती रहीं, हमें फ़रक़ नहीं पड़ा। यही तीस्ता जब नीचे के मैदानों को घूम कर जाने लगी, तब हमने भी नये और लम्बे रास्ते बना लिए। लैला के जन्म से पहले की बात है। दोनों नदियों के मुहाने पर जब एक बाँध बनाया गया तो उसके बाद हमारा यह विशाल घर सिकुड़ने लगा। बड़ा जंगल का हिस्सा खो गया और उसमें हमारे रास्ते ही गुम हो गये। पहले तुम्हारी अलकनन्दा नानी नेपाल की तराई तक भी यात्रा कर आती थी। अब वे रास्ते अतीत हुए। बाढ़ के ख़तरों के बावजूद वे हरी-भरी घास से ढकी ख़ूबसूरत तलहटियाँ थीं। जहाँ घास बहुत पौष्टिक होती थी। मगर फिर बाँध बन गये तो रास्ता तो बन्द हुआ ही, जलधाराओं के बहाव भी रुक गये। तलहटी की घास, झाड़ियाँ सूख गये। बस फिर चाय-बाग़ान पसारने लगे।"

माँ का समय अलग था और उनकी चिन्ताएँ अलग। पानी और रास्ते तो ठीक है मगर आग? पहाड़ी ढलानों पर अब अक्सर आग लगने लगी है। बहुत से जानवर इस जगह से पलायन कर रहे हैं। यहाँ तक कि हाथियों के झुण्ड बहुत कम होने लगे हैं। वे तनाव में प्रजनन नहीं करते या मिलन के अवसर कम हो जाते हैं। यहाँ मनुष्यों की भीड़ बढ़ने लगी है। सड़कों के चौड़े होने से हमारे रास्ते बाधित होने लगे हैं।

उस दिन हम दो पहाड़ियों के बीच-बीच से छोटे बच्चों को लिए गुज़र रहे थे। मुझे पहाड़ियाँ अजीब-सी लगीं, मानो सब पेड़-झाड़ काटकर नंगा कर दिया हो। बस कहीं-कहीं शिरीष के कुछ पेड़ भर। दूर की गिरि-माला और जंगल धुएँ से धुँधले दिखाई दे रहे थे। जंगल और बस्ती के मुहाने पर लगा वह बहुत चौड़े तनेवाला बूढ़ा इमली का पेड़ धराशायी पड़ा था! यह इमली का भरपूर हरियाली में इठलाता विशाल पेड़ जो 'आओ आओ' करके मेघों की अगुआई करता रहा था। साँझ ढले तोतों, हरियलों, बगुलों के झुण्ड उस पर बसेरा करते रहे थे। मवेशी चराने जंगल आयी औरतों के बच्चे इसी पेड़ की डाल से लटकते झूलों में सोये रहते थे, घास और सूखी लकड़ी लेने आये लड़कों और बूढ़ों को विश्राम करने के लिए इसी पेड़ ने साया दिया था। मूसलाधार बरसात में आश्रय लेने आने वाले लोगों को पनाह देनेवाला यही इमली का पेड़ रहा था मगर आज उस पर भी कुल्हाड़ी उठ ही गयी तो हाथियों की क्या बिसात। बीते दिन पूर्वाह्न में अपनी कमर पर पहली कुल्हाड़ी गिरने के एहसास से सिहर उठा होगा यह इमली का पेड़। काटने की आवाज़ लगातार उठने पर कोटरों

में बैठे पक्षी चीख़ने लगे होंगे। तनों के भीतर रहने वाले कीट-छिपकलियाँ भागे होंगे। यह एक पेड़ नहीं एक विशाल बस्ती थी जीवों की।

लौटते हुए मैंने पाया कि मनुष्यों ने जहाँ जंगल साफ़ किया था वहाँ चाय के पौधे लगाना शुरू कर दिया है। हमारे परिवार के लिए एक रास्ता और बन्द हो गया। मनुष्य चाहते तो हम शान्ति से चाय बाग़ानों से भी गुज़र सकते हैं, मगर वे मनुष्य हमें देखते ही शोर मचाने लगते, आग के गोले फेंकते हैं। प्रतिक्रिया में हम हमला कर दें तो हमारा हाल गणेशवाला हो जाता है। बाड़े की मोटी साँकलोंवाली क़ैद या बिजली के करंट। हालात कितने ही कठिन क्यों न हो गये हों, हम अलकनन्दा की सन्तानें फिर भी जलदापारा के सर्वाइवर बनकर उभरे हैं। हमारे समूह की हर हथिनी सर्वाइवर है और हमारे बच्चे बेहद जिज्ञासु-दुस्साहसी हैं। कुछ दिन पहले मैंने छिपकर दूर से सुना एक स्त्री अपने उजाड़ खेत के आगे फॉरेस्ट गार्ड को रोते हुए कह रही थी–"परसों रात को मैं खेत में बने झोंपड़े के बाहर रसोई बना रही थी। अचानक सामने नज़र जो गयी, तो देखा कि महज़ पचास हाथ के फ़ासले पर दो जंगली हाथी खड़े हैं–अँधेरे में खड़े हुए देखने में काले पहाड़-से लग रहे थे। मालूम होता था, मानो वे झोंपड़े की तरफ़ ही आ रहे हों। मैंने नन्हे को गोदी में उठाया, बड़ी बच्ची का हाथ थामा, और रसोई छोड़कर उन्हें झोंपड़े के अन्दर रख आयी। मारे डर के मेरी बोलती बन्द। फिर तीनों ने कटाई को तैयार खेत का एक हिस्सा चरा एक हिस्सा खेल-खेल में उजाड़ गये। पूछिए मत बाबूजी, तमाम रात हाथी के डर से लोग कनस्तर पीटते रहते हैं, आग जलाये रहते हैं। अब तो इस सबके हम आदी हो गये हैं बाबूजी! बस मुआवज़ा समय रहते मिल जाये।"

मैं समझ गयी थी कि ये यदु-गुरु का काम रहा होगा। क्या करें? चायबाग़ानों के विस्तार के चलते हम जिन झाड़ियों और बेंत के झुरमुटों को चरते थे ख़त्म होने लगे। हमारे रहवास से घास ग़ायब होने लगी। हमें अच्छा खाना ढूँढ़ने में कठिनाई हुई। विवशता में जब हमने अच्छे भोजन की तलाश में गाँवों और खेतों की ओर जाना शुरू कर दिया, गन्ने, मक्का, धान, हमें डराने के लिए बिजली की बाड़ लगायी, आग के गोले फेंके। हमारे पूर्वजों ने हमें यह ज्ञान दिया था कि पानी, भोजन, अपना घर कहाँ मिलेगा। लेकिन हमें मनुष्य से कैसे निपटना है यह नहीं सिखाया था। यह हमें सीखना होगा या मनुष्यों को भी कुछ सीखना चाहिए। हमारे किशोर विद्रोही बहुत भूख लगने पर ही कभी-कभी खेतों में घुस जाते हैं। जिसका नुक़सान झुण्ड उठाता है, हमें खदेड़ा जाता एक जगह से दूसरी जगह। मैंने झुण्ड को सख़्त ताकीद कर रखी है कि हम चेतावनियाँ ज़रूर देंगे मगर किसी हाल में हम मनुष्य पर हमला

नहीं करेंगे। बतौर नेता हमसे कितनी भी ग़लतियाँ हों और निर्णय चूक जायें तब भी हम अपनी पुरखिनों की सन्तानें हैं। कितनी गर्मियाँ आयीं, घास सूखी। बाढ़ें आयीं, जल-थल हुआ...मैं चली झुण्ड को लेकर अनवरत। कुछ घण्टों छोटी से लेकर दिनों-दिन लम्बी यात्राएँ कीं। ऐसा भी वक़्त आया जब तीस-तीस भूखे छोटे-बड़े मुँह मेरे साथ चलते रहे थे, कि आगे भोजन मिलेगा। बच्चे, बूढ़े और बीमार युवाओं के जीवन हाथ से निकले। मगर हम चलते रहे, खोजते रहे आश्रय-भोजन। यही पैमाना है सर्वाइवल ऑफ़ द फिटेस्ट का। सूखा-बाढ़-आग और अब नाजायज इन्सानी बस्तियों से निपटते हुए, नये रास्ते खोजते और खो गये पुराने रास्तों का अफ़सोस मनाते हुए भी हमारे झुण्ड की संख्या बढ़ती गयी। मैंने ख़ुद बाँसुरी के बाद दो नर बच्चों को जन्म दिया। मैं जलदापारा की प्रसिद्ध नेत्री 'माया द मैट्रियार्क' थी। इतना बड़ा समूह किसी का नहीं था। होलोंग-बँगले में पर्यटक हमें देखने आते थे। अब हम संरक्षित और सुरक्षित थे। हमें इलेक्ट्रॉनिक ताबीज पहना दिये थे ताकि हमारी गिनती आसान हो और हमारी यात्राओं में हमारी खोज ख़बर रहे। मेरी आँखों में भविष्य में रास्ता खोजते तरुण हथिनियों-हाथियों की कोमल सूँड़ें झूलने लगीं।

जंगल में जीवन एक लीक पर कब चलता है? उमस भरे चैत के दिन थे। झुण्ड के सभी सदस्यों को जंगल के अन्दरूनी, मधुमक्खियों भरे हिस्सों से निकलकर खुले में जाने की इच्छा थी। सबसे सुरक्षित तो जलदापारा का एक ही संरक्षित कॉरीडोर था जो 'नमक-चाट' की तरफ़ जाता था। वहाँ बस ढेर सा खाना और जंगल था। होलोंग-बँगले को और हमें देखने आने वाले मनुष्यों के कोलाहल की अब हमें आदत हो चली थी। पेड़ों से घिरी एक जलधार के किनारे हर कोई घण्टों चरने और नमक चाटने के बाद ऊँघ रहा था। नैना गर्भवती थी, उसे बेंत के कोमल तनों की तलब थी। मैं झुण्ड को ऊँघता छोड़ बेंत-वन की तलाश में अलग निकल आयी। वहाँ एक ओर बेंत की क़तारें थीं जिनमें मीठी नयी कोंपलें थीं। दूसरी ओर लैन्टाना की झाड़ियाँ। मैंने बेंत का एक पूरा टुकड़ा उखाड़ा और छीलकर चबाने ही वाली थी कि तभी लैन्टाना की झाड़ियों के पीछे से मुझे दो आँखें दिखीं। तेंदुआ! इतना बड़ा? उसका चेहरा अत्यन्त दुष्ट था, दाँतों का एक बहुत ही ख़तरनाक दिखने वाला सेट था। पंजे बड़े, चौड़े और रोएँदार थे, उनकी पूँछें मोटी और छोटी थीं, और वे अपने जबड़ों के किनारों पर भारी, भूरी हुई मूँछें और अपनी नाक के नीचे मूंछें रखते थे, जबकि उनके कानों के सिरे से कड़े, काले बालों की लटकनें निकलती थीं। मुझे देख वह गुर्राया और पास लगे पाकड़ के पेड़ पर चढ़ने लगा। छाल में धँसते उसके पंजों की कुरकुराहट सुनाई दे रही थी। उसकी मोटी चित्तीदार सुनहरी बालदार खाल

के नीचे खींचने, फिसलने और खींचने वाली मांसपेशियाँ उछल रही थीं। मैंने इतने पास से कभी तेंदुआ नहीं देखा था। वह मुझे घूर रहा था और मैं उसे। मैंने चेतावनी वाली गर्जना की तो वह भी रुँधे गले से यूँ गुर्राया मानो कहता हो–हल्के में तो मुझे भी ना लें मोहतरमा!

मैं वहाँ खड़ी रही तो उसने पेड़ से झुककर पंजे से मेरे माथे पर प्रहार किया। उसके नाख़ूनों की तीखी जलन मेरे मस्तक में दौड़ गयी। ख़ून छलछला आया। हद है! मैं जल्दी क्रोध में नहीं आती पर यह कुछ ज़्यादा हो गया। इन विशाल बिल्लियों को जंगल के ईश्वर ने दिमाग़ के सिवा सब कुछ दिया है। ये अक्सर मस्तिष्क के बिना भी केवल भूख और कामोत्तेजना के चलते इस जंगल में अपना काम चला सकते हैं। बशर्ते आपके पास आवश्यक दाँत, मांसपेशियाँ और पंजे हों; और बिना किसी सन्देह के जंगल की विशाल बिल्लियों के पास यह सब थे। जब प्रकृति ने इनको बनाया तो सोचा होगा कि इनके चलते हम जंगल के विशाल जीवों को अधिक बुद्धिमत्ता की आवश्यकता पड़ेगी। जंगल में दिमाग़ होना एक अच्छी चीज़ है, तभी जंगल के नागरिक आपके साथ पूरे सम्मान के साथ व्यवहार करेंगे। लेकिन भूखा शिकारी आपके असावधान होते ही आपको पकड़ लेगा। यही हुआ भी। मैंने हमले की प्रतिक्रिया में ग़ुस्से में पाकड़ का युवा पेड़ हिला दिया जिस पर वह चढ़ा था। वह धड़ाम से नीचे आ गिरा। यक़ीनन उसे चोट लगी मगर लपक कर उसने मेरी सूँड़ पकड़ ली और मुझसे लटक गया। मैं घबराकर सूँड़-सर हिलाती रही मगर वह जानता था मेरी सूँड़ सबसे कोमल अंग है। तभी एक भारी चिंघाड़ गूँजी और वह डरकर कूदा और भाग गया। मेरे सामने एक बड़ी हथिनी अपनी पीठ पर हौदा लगाये एक महावत को बिठाये खड़ी थी।

"माया!"

"लैला"

मैं घायल सूँड़ के बावजूद ख़ुशी से मारी जा रही थी। हम सूँड़ें लिपटाकर प्रेम प्रदर्शित कर रहे थे।

"कहाँ चली गयी थीं?"

"तुम यहाँ कैसे?"

"उधर भीतरी जंगल में मधुमक्खियों के कारण झुण्ड के साथ इस तरफ़ आना पड़ा।"

"मगर तुम अब तक कहाँ थीं लैला?" इसका उत्तर एक हाँक से मिला जो उसके महावत ने दी थी। लैला ने मुझे साथ आने को कहा। हम आधा मील साथ

चले। जब महावत ने उसे हौदे से मुक्त कर अहाते में छोड़ा तो उसने जो मुझे बताया वह हैरान करने वाला था।

"उस रोज़ मैंने अपनी उत्तेजना में उस बदमाश हाथी महँग का जंगली पगडंडी पर पीछा किया, सीधे उस पर चलकर नहीं, बल्कि थोड़ा-सा एक ओर चलते हुए क्योंकि वह यौन उत्तेजना के साथ ग़ुस्से में भी था। मैं उसके शान्त होने के इन्तज़ार में बराबर चल रही थी। जब हम एक अजीब से इलाक़े में पहुँचे जहाँ छोटे-छोटे एकसार शाल के पेड़ लगे थे और पतले गलियारे थे। बहुत-सी मधुमक्खियाँ भिनभिन कर रही थीं। एकदम अपरिचित इलाक़ा...महँग का स्वभाव बहुत अजीब था, सम्भोग करते ही वह भाग खड़ा हुआ। कुछ देर बाद वहाँ ढेर सारे मनुष्य आ गये, मैं उस अजनबी जगह पर बदहवास हो गयी। बिना देखे मैं मनुष्यों से दूर भागी। बदहवासी में मैं झाड़ियों से ढके एक विशाल गड्ढे को न देख सकी। उसमें गिर गयी। मुझे पहले तो कुछ समझ ही नहीं आया। मैं पीठ के बल चित एक सँकरे गड्ढे में पड़ी थी। जब होश आया तो अपनी ऊँची आवाज़ में चीख़ती-चिल्लाती रही। रात घिर आयी कोई फ़ायदा नहीं हुआ थोड़ी देर के बाद मैं शान्त हो गयी और स्थिति पर शान्ति से गौर किया। मेरा एक पैर मुड़कर बुरी तरह घायल हो गया था और मैं गड्ढे में बुरी तरह फँस गयी थी। निकलना असम्भव था। पीड़ा और निराशा के बीच झूलते मुझे चुपचाप लेटे रहना पड़ा। मेरा मन चाह रहा था इसी अवस्था में जल्द से जल्द मर जाऊँ। सुबह की किरण भी ना देखूँ। दोपहर तक मनुष्यों ने जान लिया यहाँ हाथी गिरा है। गड्ढे में मैं पूरी दोपहर मनुष्यों का कोलाहल सुनती रही, उनमें से कुछ मुझे पुकार रहे थे, कुछ पत्थर मारकर उकसा रहे थे। फिर मनुष्य कुछ रस्सियाँ लाये...एक मनुष्य ने गड्ढे में उतरकर रस्सियों से मुझे बाँधा, शायद वे मेरी सहायता करना चाहते थे। मैं दर्द से चिंघाड़ती रही फिर कुछ घण्टों में मैं अचेत हो गयी। मुझे जब लगा कि अब मैं मृत हूँ तो होश आने पर देखा मैं एक बाड़े में लेती हूँ और मेरा बायाँ पैर टूट चुका है। पैर पर खपच्चियाँ-रस्सियाँ-पट्टियाँ बँधी थीं। मेरे आगे खाना पड़ा था। मुझे ठीक होने में जितना समय लगा उतने में माँ भी बन गयी। एक बेटी हुई थी मेरी जिसे जंगलवालों ने पाला। नाम दिया–क्लियोपेट्रा। उसे मानस भेज दिया, वह एक बड़े समूह के साथ आज़ाद है। मेरी तो इस बाड़े में ही उम्र गुज़र गयी। पहले जंगल-सफारी करवाती थी, अब उम्र हुई तो बस जंगल-गश्त पर जाती हूँ। दूर से झुण्ड को देखती तुमको सराहती रही। एकाध बार यदु-गुरु को भी देखा है। आज जब तुम्हें देखा उस दुष्ट तेंदुए से भिड़ते...तो रोक ना सकी।" लैला ने अपनी

सूँड़ बाड़े से निकालकर मेरी सूँड़ से लिपटा ली। उसका महावत मुस्कुराकर हमें देखता रहा।

"लैला! वापस लौट आओ, इस बाड़े को तोड़ने में मुझे पल भर नहीं लगेगा। झुण्ड उस पतली धार के पास इन्तज़ार करता है।" मैंने बेचैन होकर कहा था। लैला ने धीमी गर्जन करते हुए कहा–

"माया, झुण्ड को खोजना मेरे लिए कठिन नहीं होता। यहाँ मुझे बाँधकर रखा भी नहीं गया था। बाड़ा तो मैं भी तोड़ लेती। मगर पहले टूटे घायल पैर, फिर क्लियोपेट्रा के सुरक्षित बचपन ने नहीं आने दिया। फिर बस यही घर बन गया, यहाँ बहुत से घायल हाथी, सर्कस से लायी हथिनियाँ और अनाथ बच्चे हैं जिन्होंने मुझे अपनी 'कुलमाता' बना लिया है। जानती हो, हर एक के पास जीवित रहने की एक कहानी है जो उस दुर्भाग्यपूर्ण दिन से शुरू हुई जिसने उन्हें अनाथ बना दिया था। हमारे बीच एक मज़बूत पारिवारिक बन्धन बन गया है जो जीवन भर रहेगा।" मैं फिर भी सिर और कान हिलाकर उसे आने की ज़िद करती रही। उसकी गर्जन ने मुझे वापस झुण्ड के पास लौटने को विवश कर दिया।

"माया जाओ, अलकनन्दा-तीस्ता के कुल की विरासत सँभालो।" मैं अपना बेचैनी से भरा सर हिलाती लौट आयी। मैंने 'नमक-चाट' के पास टहलती लीला और नैना को बताया, लैला जीवित है, ख़ुश है और यहीं है, आगे कभी सब मिलेंगे जाकर। तभी होलोंग बँगले की तरफ़ से वापी दा की आवाज़ आयी–ये तुम हो? माया! माया!

हे जंगल के भीरु ईश्वर, जब तक यह ज़िद्दी बूढ़ा, हम हाथियों का हितैषी जीता है, हम सुरक्षित हैं। मैंने सूँड़ उठाकर अभिवादन किया : "आओन्घ, उँघ-उघ।"

2
मायाविड्ड

'शीलं परम भूषणम' : लबास्ना

एक ओर हैप्पी वैली का हरा विस्तार और दूसरी ओर पहाड़ थे, ठीक उसके पीठ पीछे की दीवार पर ये शब्द लिखे थे 'शीलं परम भूषणम'। घास में गिरते उसके लम्बे क़द की छाया और लम्बी होकर तिरछी फैल गयी थी। उसके घुँघराले बाल और हवा से हिलता बैंगनी साड़ी का छोर एकमेक हो गये थे।

"तुम्हारे नाम की तो एक पूरी सभ्यता है, माया!" सोपान सर की आवाज़ के पीछे से वह समुद्र को सुन पा रही थी। मसूरी में सामने घाटी में तैरते बादलों पर मानो समुद्र उफन आया था। उसे महसूस हुआ कि भरी दोपहर, तेज धूप में वह शंकुमुगम तट पर खड़ी मछुआरों की गतिविधियाँ देख रही है। उसकी पीठ जल रही है, उसने ठण्डी उँगलियों से अपनी पीठ छूकर महसूस किया। वह ठण्डी थी। उसने गहरी साँस ली–मर्फ़ीज़ लॉ! जो होना है वह होकर रहेगा।

"मर्फ़ी का नियम मेरी ज़िन्दगी पर बहुत अच्छी तरह लागू हो चुका है।" यह सोचते हुए ही माया ने त्रिवेन्द्रम से मसूरी तक की अपनी यात्रा पूरी की थी। हैप्पी वैली, जहाँ उसके जैसे बहुत से युवा ख़ुशी और असमंजस के बीच का कोई भौंदू-सा भाव लिए खड़े थे। ये देश के सबसे तेज़ दिमाग़ लड़के-लड़कियाँ थे। कइयों के माता-पिता उन्हें छोड़ने आये थे, कई बहादुर बच्चे अकेले आये थे। लाल बहादुर शास्त्री नेशनल अकादमी ऑफ़ एडमिनिस्ट्रेशन (लबास्ना) के कैम्पस में भीतर आने की अभिभावकों को अनुमति नहीं थी इसलिए माया ने अपनी माँ को साथ आने से रोक दिया था।

"अम्माँ! आगे भी तो सब कुछ अकेले ही करना है। फिर लोग हँसेंगे नहीं सिविल सर्विस निकाल लिया अब भी माँ-बाप छोड़ने आते हैं।"

उसे ठीक छह महीने पहले का वह दिन याद आ गया, जब फाउंडेशन कोर्स शुरू हुआ था। छब्बीस अगस्त की रात वह फ़्लाइट से देहरादून पहुँची थी। वहाँ पहले से पापा ने होटल बुक करवा दिया था। सुबह क़रीब नौ बजे टैक्सी करके निकली और लगभग डेढ़ घण्टे में हैप्पी वैली पहुँच गयी। रास्ते में टैक्सीवाले ने मसूरी की घुमावदार सड़कों पर ग़लत रास्ता पकड़ लिया फिर गूगल देवता ने उसे सही जगह पर पहुँचाया। जब वह अकादमी के पास पहुँची, तो पता चला कि अकादमी के गेट के बाहर चार्लेविले बुकस्टोर से उसे अपना आईडी कार्ड बनवाना होगा। फिर वह वहाँ इकट्ठी एक छोटी युवा और जोशीली भीड़ संग लबास्ना के ख़ूबसूरत हॉल में बुनियादी औपचारिकताएँ पूरी करने के लिए चली गयी। वहाँ कोई भी किसी का परिचित नहीं था, बुनियादी औपचारिकताओं को पूरा करने के बाद सबसे पहले सबको कमरे आवंटित हुए। 'K-305' यह कोड था आने वाले दिनों में उसके होने वाले ठिकाने का। सामान ख़ुद ले जाना था, उसे एक छोटा रास्ता दिखाया गया जो कावेरी हॉस्टल तक जाता था। उससे पहले ही वहाँ पहुँची हुई उसकी रूममेट ने उसका स्वागत किया। मिनी स्कर्ट और लापरवाह ढीली शर्ट, गोरे गोल मुखड़े पर कुतूहल भरी आँखें और एकदम छोटे बाल।

"वेलकम, आयम तारा बरुआ योर रूममेट...फ्रॉम असम..."

"थैंक्यू, माया पी वैद्यन फ्रॉम त्रिवेन्द्रम।"

उसकी मुस्कान प्यारी थी, माया को एहसास हो गया कि दोनों की ठीक निभने वाली थी। मगर तारा को लगा कि लड़की कुछ घमण्डी है क्योंकि उसने आते ही खिड़की से लगे तारा के बेड को घूर कर देखा था।

"तुमको विंडो साइड चाहिए तो ले सकता है।" तारा अचकचा गयी थी।

"नहीं, मैं तो तुम्हारी किताबें देख रही थी, कितने नॉवल्स!"

"यस, आय लव रीडिंग फ़िक्शन, यू?"

"कोई सजेस्ट करे तो ज़रूर।" माया ने सामान एक कोने में रखा और बिस्तर पर लेट गयी उसे कुछ बेहतर महसूस हुआ। कमरा बड़ा और साफ़ था। वार्डरोब अलग-अलग थी, रीडिंग टेबल्स भी अलग-अलग।

माया ने धीरे-धीरे और आईएएस ट्रेनीज़ से परिचय कर लिया। सब आपस में घुल-मिल गये। वे एक साथ टेनिस खेलने, तैरने, लायब्रेरी में प्रोजेक्ट करने जाने लगे। आने वाले दिनों के फाउंडेशन कोर्स ने जल्दी ही सबको अपने टाइम-टेबल में जकड़कर उत्साह की छुट्टी कर दी थी। कौन जानता था आने वाले पन्द्रह हफ़्तों में सुबहें सबसे व्यस्त होने वाली थीं–साढ़े पाँच बजे उठना, पीटी के लिए हैप्पी वैली

ग्राउंड की ओर दौड़ना, तैयार होना, साड़ी बाँधना, उससे बड़ी मुसीबत उसे पहन कर पहले पैदल मेस भागना फिर जल्दी-जल्दी नाश्ता ठूँस कर क्लास की ओर दौड़ना। जब आलू के पराँठे नाश्ते में होते तो उसकी दक्षिण भारतीय ज़बान सकते में आ जाती थी।

उसकी रूममेट मिस बरुआ सोने की ग़ज़ब शौक़ीन थी कि सुबह उसे उठाने में बहुत-सी ऊर्जा लग जाती। मगर गनीमत है कि उसे सुबह-सुबह नहाने का शौक़ नहीं था सो वह जैसे-तैसे साड़ी लपेटकर, माया से पहले रूम के बाहर खड़ी मिलती। रास्ते में माया उसकी झोलदार साड़ी को ठीक करती। इन नये नवेले भावी बड़े साहबों की शामें भी कभी खाली नहीं छोड़ी जातीं। स्विमिंग, स्क्वैश खेलने में या कार्यशालाओं और कार्यक्रमों में भाग लेने में खपा दी जातीं। जब इन सबसे ज़रा भी समय मिलता, तारा और माया चार्लेविले बुक कैफे चली जातीं अच्छी कॉफ़ी और मैपल सिरप में डूबे पैनकेक्स खाते हुए वेस्टर्न म्यूज़िक के साथ किताबें पढ़तीं और ख़रीदतीं। दोनों बढ़िया घुल-मिल गयी थीं।

मर्फ़ी के नियमों में माया को आख़िर यक़ीन क्यों न होता? वह केरल स्टेट काउंसिल फॉर एनवायरमेंट साइंस की तैयारी करते-करते अनचाहे ही भारतीय प्रशासनिक सेवा की ओर मुड़ गयी थी। वह जो बचपन से हर इतवार अरबसागर के शंकुमुगम तट की रेत में घरौंदे बनाते बड़ी हुई थी, फिर शंकुमुगम तक पहुँचने वाली जिस सुन्दर सड़क पर शहर के बाक़ी युवाओं की तरह उसने भी अपना पहला दुपहिया चलाना सीखा था। उसने सपने में भी सोचा नहीं था वह कभी भी अपना धीमी गतिवाला प्यारा शहर छोड़ेगी। जब पहली ही कोशिश में सिविल सर्विस निकाल लिया तो घर में सब ख़ुश हुए। उसने पहली पसन्द के तौर पर ज़ोन फाइव ही चुना था और उसे क्या पता था कि मैरिट और रिज़र्वेशन के चलते उसके पास आख़िरी विकल्प ही आयेगा...और त्रिवेन्द्रम छूट जायेगा।

"काडर एलोकेशन में कई सालों बहुत असन्तुलन चला है। इस बार यूपीएससी ने पूर्वोत्तर को प्राथमिकता दी है।" लबास्ना के पहले दिन उसने जब यह वाक्य सुना था तो सब कुछ छोड़कर घर भाग जाने का मन किया था। तब उसने सोपान सर को एक उदास मैसेज लिखा था– 'मुझे घबराहट हो रही है। मैं नॉर्थ-ईस्ट बिल्कुल नहीं जाऊँगी। जीवन भर अपने घर त्रिवेन्द्रम से इतना दूर रहना मेरे बस का तो नहीं। मन कर रहा है सब छोड़कर त्रिवेन्द्रम के ही किसी बायोसाइंटिफिक रिसर्च लैब में काम कर लूँ। आख़िर बायोकैमिस्ट्री में एम.एससी. किसलिए किया था?" उत्तर में वाट्सएप पर जब आधा घण्टे तक 'सोपान सर इज टायपिंग...'

आता रहा तो वह समझ गयी कि उत्तर में लम्बी-चौड़ी और कड़क लिखित डाँट आ रही है। वह वेंडिंग मशीन से अपने लिए कॉफ़ी भरकर लायी तब तक लिखित डाँट आ गयी थी।

"हद है माया पहले तुम लोगों को आईएएस या आईपीएस चाहिए, फिर होम कैडर चाहिए, अपने ज़िले में पोस्टिंग चाहिए। एक बार तुम लोग इंटरव्यू क्लियर कर लेते हो और बस दिमाग़ ख़राब, देशसेवा का जुनून ग़ायब। सभी कैडर एक जैसे हैं आख़िरकार वे भारत में हैं, सोचो ब्रिटिश सिविल सर्वेंट्स हज़ारों किलोमीटर दूर से जहाज़ों से आये और डेढ़ सौ वर्षों तक इस देश पर शासन किया। कइयों ने स्वतन्त्रता के बाद यहीं रहना पसन्द किया। उनमें से कई पूर्वोत्तर में बस गये और मर गये। हमारे पास अपने ही देश के अन्य हिस्सों में सेवा करने के लिए मानसिक बाधाएँ हैं। हद है! तुम पहली नहीं हो ऐसे-ऐसे लोगों से मिला हूँ कि होम कैडर से चूक गये तो ऐसे रोये मानो उन्हें फाँसी पर चढ़ाया जा रहा हो। तुम लोग चुने जाते ही बस स्वार्थी हो जाते हो। दुखद है! कितनी सौभाग्यशाली हो कि दूसरे हिस्सों को जानने का मौक़ा मिल रहा है।"

"सर ज़िन्दगी भर का सवाल है!" उसने साहस कर लिखा।

"हाँ! तो?" सोपान सर के इस हाँ तो! के बाद कुछ बचता नहीं था। घर से भी लगभग यही प्रतिक्रिया।

"लोग बाहर निकलकर दुनिया देखते हैं, तुमको दुनिया मिल रही है तुम घर लौटना चाहती हो? अभी ट्रेनिंग पूरी करने पर ध्यान दो।" पापा ने एक मरीज़ का घुटना बदलने की सर्जरी के बाद ही माया का पाँचवाँ फ़ोन उठाया था। साइकियाट्रिस्ट माँ ने घुमा-फिराकर पापा की बात ही दोहरा दी। बस छोटी बहन नव्या देर तक उसका प्रलाप सुनती रही। फिर बोली–"चेच्ची, शिलॉन्ग में एक से एक म्यूज़िकल बैंड्स हैं, मैं आपके पास आकर रह जाऊँगी।"

फ़ोन रखकर वह बड़बड़ायी–"भाड़ में जाओ तुम लोग और ये चेट्टा मर्फ़ी... जो कह गया है कि जो ग़लत हो सकता है होकर रहेगा ही।"

यहाँ जीवन सुन्दर था मगर आसान नहीं। बैचमेट्स अच्छे थे, सब दोस्त नहीं थे। इन सैंतीस हफ़्तों में उसे पढ़ने और फिजिकल एक्टिविटीज़ और प्रोजेक्ट्स के बीच समय ही कहाँ मिलता था कि दोस्तियाँ गाढ़ी की जातीं। कम समय मिलने के बावजूद यहाँ सब इतने बातूनी थे कि वो म्यूज़िक और मैगी पर भी घण्टों बातचीत कर सकते थे। वह एथलीट कभी नहीं रही है मगर यहाँ उसे शारीरिक रूप से मज़बूत होना पड़ा। तीन कठिन ट्रेक्स पर चढ़ कर जाना कि ज़िन्दगी में रोज़ जिम जाना

कितना ज़रूरी है। उस पर टाइम मैनेजमेंट तो पतली रस्सी पर चलने जैसा था। हर दिन सुबह साढ़े पाँच बजे उठो और इनमें से एक ट्रेक को पूरा करके कावेरी हॉस्टल से ऑफ़िसर मेस तक साड़ी पहनकर पहुँचो। रविवार! लबास्ना में एक ख़ुशगवार दिन होता है, जिसका इन्तज़ार हर ट्रेनी को होता है, फ़िल्म, मटरगश्ती और बाहर आईवी रेस्तराँ में खाना।

माया के कमरे की खिड़की के बाहर हरा विस्तार बहुत मोहक है। पेड़, आपस में उलझी लताएँ, दूर पहाड़ का सिलुअट, इमारतों की औपनिवेशिक वास्तुकला... मगर आज उसका ध्यान उधर भी नहीं था वह अपनी टेबल पर बैठी ज़ोनल डे के दिन अपने काडर असम-मेघालय पर अपने ग्रुप के लिए एक प्रेजेंटेशन तैयार करने में व्यस्त थी। 'मेघालय के मातृवंशी समाज' उसका विषय था। कल रात उसने तारा बरुआ से एक छोटा-सा 'वन एक्ट प्ले' लिखने को कहा था। वह इसमें अच्छी है। मगर वह तो सज-धजकर निकल गयी डेट पर।

मैट्रिआर्की, मेट्रिलिनी शब्द नये नहीं उसके लिए, उसके राज्य केरल में भी समूचा नायर समाज कभी 'मातृवंशी' रहा है लेकिन किताबों में इसके बारे में पढ़ना और एक समाज में इसकी परिपालना को समझना अलग बात है। इस पर कैसे प्रेजेंटेशन बनाये? माया ने अपने पावर पॉइंट प्रेजेंटेशन की भूमिका में हाथी समाज के उदाहरण को चुना–एक छोटी-सी फ़िल्म क्लिप लगाकर।

"मातृसत्ता क्या है? यह महज़ पितृसत्ता का महिला संस्करण नहीं है। एक मादा मुखिया स्वतन्त्र होती है, स्वायत्त होती है। वह केवल कुल को पोषण और सुरक्षा ही नहीं देती वह मज़बूत पारिवारिक बन्धन बनाती है। मातृसत्ता में मुखिया पद के लिए ख़ूनी लड़ाइयाँ नहीं होतीं। सुदीर्घ अनुभव का स्वीकरण होता है, शेष सब उसे सहयोग देती हैं, सहायक होना यहाँ अधीन होना नहीं है।"

देर रात लौटकर, तीन पिंट बियर चढ़ाकर भी 'तारा बरुआ' ने बीस मिनट में एक पन्द्रह मिनट का प्ले लिख डाला। वह खासी-गारो समाज की इस व्यवस्था को बेहतर समझती थी। माया और उसके साथियों का प्रेजेंटेशन और प्ले दोनों शानदार रहे। ख़ूब तालियाँ बजीं, प्रशंसा मिली। पिछले सात महीनों की उसके सबसे यादगार यादों में से यही ज़ोनल डे वाला दिन था। जब उसने एक सिविल सेवक के रूप में भारत के संविधान को बनाये रखने की शपथ ली थी। शपथ लेने के ठीक बाद उसे इस भारी ज़िम्मेदारी की अनुभूति हुई जो अब उसके ऊपर है। उसे महसूस हुआ कि अब वह तमाम ख़ुशियों और पीड़ाओं से ऊपर है। अब वह एक स्वतन्त्र युवती माया है, माया पी. वैद्यन।

उसने उस रात सोपान सर को वाट्सएप सन्देश भेजा, "बात कर सकते हैं?" वह जानती थी अगले दो-एक घण्टे टिक ब्लू नहीं होने वाला है, कभी-कभी पूरी शाम और देर रात तक अनदेखा रह जाता है उसका सन्देश। जब ब्लू होता तो बस सीधे फ़ोन बज जाता। यही हुआ। जब वह नींद में गड़प होने ही वाली थी कि फ़ोन बजा-

"नया क्या?"

"आज मेरा प्रेजेंटेशन था, मेघालय की मातृवंशी जनजातियों पर। अच्छा रहा। मैंने हाथियों की फ़िल्म-क्लिप से शुरू किया और एक प्ले के साथ ख़त्म किया, जिसमें मैंने एक खासी मुखिया सरपंच की भूमिका निभायी जो परिवार की भी मुखिया थी। मैंने प्रेजेंट किया कि मातृवंशी समाज मातृसत्ता को आगे ले जाते हैं। ख़ैर...मैंने एक्टिंग अच्छी की 'अल्फ़ा वुमन' की। बाद में मुझसे एक सीनियर ने सवाल किया कि 'केरल में भी मैट्रिलीनी थी उसके डिमोलिश होने के पीछे क्या कारण रहे होंगे?' तो मैंने कहा कि हर सिस्टम जब जटिलताओं से घिर जाता है तो नष्ट होने लगता है। लेकिन मुझे अपना यह जवाब अधूरा लगा। वैसे हमारी कक्षाओं में मातृवंशीय नायरों के इतिहास की कभी बात क्यों नहीं हुई? बस सूचना जैसा ही पढ़ाया। क्या वह शर्मिन्दगी का इतिहास है?" उधर एक धैर्य भरी ख़ामोशी थी।

"हलो! हलो, सोपान सर आ रही है आवाज़? वाट्सएप कॉल करूं क्या?"

" सुन रहा हूँ! क्योंकि यूपीएससी भी ब्रिटिश ढर्रे पर चलता है। तुमने एंथ्रोपोलॉजी लिया होता तो यह विषय आता। ख़ैर, इसे तब 'मरुमक्कत्तायम्' कहा जाता था, इसके लिए मैं तुम्हें कुछ किताबें भेजूँगा। ख़ुद मेरी परनानी एक थरवाड की अम्माची थी। माँ बताती हैं कि मातृवंश समाप्ति पर उनको बहुत ग़ुस्सा आया था, उन्होंने तब रानी सेथुलक्ष्मी को एक पत्र भी लिखा था। बाक़ी तुम तो मेरी भी दिलचस्पी जगा रही हो इस इतिहास में।"

"वाह! 'अम्माची' यानी थारवडु की मुखिया। एक अल्फ़ा वुमन...आपने मेरी उत्सुकता बढ़ा दी। मुझे जानना है सब।"

"उसके लिए मेरे साथ त्रिशूर चलना होगा।"

"ओ! कहाँ हो पायेगा फ़िलहाल तो कल एक बड़े ट्रेक पर जाना है।"

"तुम्हारे नये दोस्त बने?"

"सभी दोस्त हैं।" वह तटस्थ होकर बोली।

"लोग तो फ़ाउंडेशन कोर्स में लाइफ़-पार्टनर चुन लेते हैं, तुम दोस्त नहीं खोज सकीं।"

"पता नहीं कैसे खोजते होंगे। समय कैसे निकालते होंगे?" फ़ोन पर उसने यही कहा पर बोलने का मन हुआ, "मेरी रूम मेट है ना तारा उसने खोजे हैं दो-दो ट्रायल एंड एरर बेसिस पर।"

"भारत-दर्शन में केरल शामिल होगा ही। आओगी?"

"नहीं हमारे भारत-दर्शन में पश्चिमी हिस्सा आया है जम्मू एंड कश्मीर में आर्मी के साथ शुरू होगा और राजस्थान, मध्य प्रदेश, महाराष्ट्र से दिल्ली तक। मैं ही ग्रुपलीडर हूँ। मेरी तो अभी सर्दी से हालत ख़राब है। बारामूला में क्या होगा?"

"स्नो-फॉल देखना। आनन्द लेना चिनार की लाल पत्तियाँ गिरेंगी।"

"आप गये हैं?"

"हाँ एक बार।"

"मुझे त्रिवेन्द्रम की याद आती है।"

"यहाँ कुछ मज़ा नहीं है आजकल, बस इलेक्शन का शोर-शराबा।"

"और वो आपकी फ्रेंड मिस पणिक्कर कहाँ गयीं?" माया ने छेड़ा।

"रेवथी!" सोपान की आवाज़ में इस नाम के लिए विशेष लय पाकर माया का दिल एक धड़कन गड़प क्यों कर गया?

"रेवथी को यूनिवर्सिटी में लेक्चररशिप मिल गयी। उसने कोचिंग छोड़ दी है। चलो फ़ोन रखता हूँ, अम्माँ कॉल कर रही हैं। गुडनाइट।" वह अपनी शैतानी पर मुस्कुराती रही।

ट्रेनीज़ को एक पल साँस न लेने देने का प्रण ले रखा था लबास्ना के एडमिनिस्ट्रेशन ने। एक के बाद एक सप्ताह गुज़रा और पता ही नहीं चला कि कब ट्रेनिंग का 'फेज़ वन' पूरा भी हो गया। परीक्षाओं और अन्य असाइनमेंट पूरे करने में किसी को अपना होश नहीं था। माया के भी बाल रूखे हो गये थे, सनस्क्रीन लगाने तक का ध्यान नहीं रहता था सो त्वचा एकदम साँवला गयी थी। दो मिनट में साड़ी बाँधना सीख लिया था। बस घोड़ों की तरह आँख पर पट्टी बाँधकर दिनचर्या में जोते जाते थे वे लोग। इस सबसे राहत तभी मिलेगी जब भारत-दर्शन यात्रा के लिए ट्रेन या प्लेन में चढ़ जायेंगे। सबके लिए प्रमुख आकर्षण था 'भारत-दर्शन'। माया के समूह में दस ट्रेनी अफ़सर थे। कमाल का अनुभव था अपने ही देश को यूँ जानना। विविधता और सांस्कृतिक भिन्नता ही नहीं, आपसी विभेद और संघर्ष भी। पास से जानना कि कितनी-कितनी जनजातियाँ आज भी अपनी अस्मिताओं के लिए जूझ रही हैं। भारत-दर्शन यूँ तो आठ हफ़्तों का था मगर यह आनन्द पलक झपकते बीत गया।

यह एक पैकेज था ज़मीनी हक़ीक़तों से रू-ब-रू होने का। कई बार लग्जरी होटेल्स में रुके तो कभी किसी साधारण-सी मेस में, चार-चार लोग एक ठण्डी सख़्त फ़र्शवाली कॉटेज में भी। जैसलमेर की रेतीली सीमाएँ और पुंछ (कश्मीर) के बर्फ़ीले दर्रे...कश्मीर से लेकर महाराष्ट्र के अनुभवों से भरापूरा ग्रुप देहरादून के लिए ट्रेन का इन्तज़ार करता हुआ नयी दिल्ली स्टेशन पर रिटायरिंग रूम में बैठा था। सब आपस में बात कर रहे थे कि अब डिस्ट्रिक्ट ट्रेनिंग कहाँ मिलेगी? एक बार लबास्ना जाकर सबके काडर अलग, मंज़िलें अलग हो जायेंगी। नया अध्याय खुलेगा। जो अब तक पढ़ा-गुना कुछ काम न आयेगा। जितने लोग उतनी बातें। माया कुछ सोचना नहीं चाहती थी उसने ख़ुद को ऐसे मोड में डाल लिया था जिसमें जो-जो स्थिति आती जाये वैसे-वैसे करते जाने का ही विकल्प था। उस पर मिस्टर मर्फी और उनका लॉ—जो होना है होकर रहेगा।

दिल्ली से देहरादून आती 'जन शताब्दी' जाने किस वजह से किसी अँधेरे छोटे स्टेशन पर बहुत देर से खड़ी थी। माया खिड़की के बाहर धुँधलके को ताकती हुई आने वाले समय और बीते हुए के बीच कहीं ठिठकी हुई थी। उसके बैचमेट्स अब व्यावहारिक होकर जोड़ों में बँटने लगे हैं। उसे तो ऐसी कोई फुरसत ही नहीं मिली ना ही बन्दा ही मिला जो उसमें और उसके काडर में रुचि लेता। उसके काडर में दो तो असमिया लड़के हैं, एक गुवाहाटी की मारवाड़ी लड़की नीलांजना मेहता और विभोर अग्रवाल, जो पहले से 'कपल' बन गये हैं। एक आइज़ॉल की क्रिश्चियन लड़की है जिसका नाम उसे कभी याद नहीं हुआ रोज़ाडोर किमचुक या किमहुक।

"अकेले क्यों मुस्कुरा रही हो?" बाथरूम से वापस लौटी केया मुखर्जी ने पूछा।

"सोच रही थी क्या और भी हैं जिन्होंने मेरी तरह अपने बैच में कोई सूटेबल बन्दा अब तक नहीं खोजा?" निश्चित ही केया ने तो फ़ाउंडेशन कोर्स के साथ ही एक खोज लिया था।

"हैं तो! कुछ लड़के, जिनके माता-पिता ने भारी दहेज की उम्मीदें लगाकर रखी होगी।" केया हँसकर बोली।

"हाहा! पर हम लड़कियों का क्या? हमें भी कुछ ऐसा ही इन्तज़ाम करना चाहिए।" दोनों की हँसी के साथ ट्रेन चल पड़ी।

"तुम जा रही हो शिलॉन्ग वहाँ लड़के ही लड़की के घर शादी करके आते हैं, खोज लेना कोई। वैसे डीके था तो, तुमने बेचारे को घास नहीं डाली।" केया ने अपनी बर्थ के ब्लेंकेट में पाँव घुसाते हुए कहा।

"देवरथ कारन्थ? तुम्हें ऐसा लगता है? मुझे नहीं लगता, ख़ाली मैच मेकिंग ही तो नहीं करनी कैमिस्ट्री भी कोई चीज़ है।"

"सही कहती हो यह कोई किसी दबाव में तय कर लेने की बात नहीं है। मैं तो ख़ुद जकड़ा महसूस कर रही हूँ और कुछ तय नहीं कि शलभ आर्या से मेरा कुछ आगे चले। अपने बैच में कई हैं तेरे जैसे जिन्होंने जल्दबाज़ी नहीं की। मज़े करो पहले डिस्ट्रिक्ट ट्रेनिंग में, नॉर्थ-ईस्ट इज़ वेरी ब्यूटीफुल।" केया ने अपनी घनी बरौनियोंवाली आँखों को माया पर टिकाकर कहा।

"तुम लोग तो टॉपर्स हो, राजधानी में राज करोगे यार.." माया ने गहरी साँस लेकर कहा। त्रिवेन्द्रम का नमकीन उमस भरा मौसम उसके कोश-कोश में बसा था। वह भाषा जिसकी लय को सुनने को उसके कान तरस गये हैं।

"हाँ पॉलिटीशियंस के जूतों की नोक पर...नाचेंगे। मैंने अपने पापा को देखा है फ्रस्ट्रेट होते हुए। इतना मत सोच। तू डिस्ट्रिक्ट ट्रेनिंग में शिलॉन्ग जायेगी?"

"हाँ, शायद। उससे पहले 'ब्लॉक लीव' पर घर जाऊँगी। देखते हैं..." माया ने उँगलियाँ चटकाते हुए कहा, ट्रेन ने स्पीड पकड़ ली थी, केया बात करते-करते नींद में डूब गयी थी। अपनी बर्थ पर लेटे हुए माया त्रिवेन्द्रम में कोचिंग के दिनों को याद करने लगी।

उसके कोचिंग बैच में से केवल छह सलेक्ट हुए थे। दो फॉरेस्ट सर्विसेज़ में, एक पुलिस सर्विसेज में, दो अलाइड में, एक वह और एक शबाना हसन मेंस में चुने गये थे। ये सभी ख़ूब मेहनती थे और इन पर आशुतोष सर और वासुदेवन सर सहित सबको भरोसा था। माया पर भरोसा था तो केवल सोपान सर को। छुट्टियों में त्रिवेन्द्रम जाने पर वह सबसे पहले सोपान सर से मिलेगी। जब प्रिलिम्स में सलेक्शन हुआ था तो सबसे पहले सोपान सर का ही फ़ोन आया था।

"मुझे यक़ीन था तुम्हारा, विपुल और अजिथा का तो...तुम्हारे लिए मैंने शर्त लगायी भी आशुतोष और वासुदेवन सर से। उनको पूरा यक़ीन नहीं था तुम पर। लेकिन अब जुट जाओ मेंस में। जीएस-टू के सब्जेक्ट्स मैं पढ़ाऊँगा। बायोकैमिस्ट्री और ज़ूलोजी दोनों मुश्किल सब्जेक्ट्स हैं। उनके लिए अलग से ट्यूशन मत लेना समय बर्बाद होगा। बेहतर है ख़ुद पढ़ो। टाइम मैनेजमेंट इज़ द की!" सोपान सर के फ़ोन के साथ ही चर्चरोड पर स्थित माया के घर 'पद्मविलासम' में उल्लास छा गया था। मेंस की कोचिंग तक बहुत सारे अगम्भीर लड़के-लड़कियों की भीड़ छँट गयी थी। अब वह सोपान सर से खुल कर बात कर सकती है, अलग से पढ़ सकती है इस बात ने उसे राहत दी थी।

"माया, कोई भी विषय पढ़ो उसका डिसेक्शन कर डालो। एथिक्स, इंटिग्रिटी और सोशल रिस्पॉन्सबिलिटी को लेकर अलग-अलग केस स्टडीज़ ज़रूर पढ़ो।"

"सर, अब सब गड्ड-मड्ड हो रहा है। इतना कुछ पढ़-पढ़ कर।"

"तो एक ब्रेक ले लो। सुनो, विवान्ता में आज शाम 'इंडियन ओशन बैंड' का शो है। मेरे पास तीन पासेज़ हैं, देखो एक्सपीरियंस है लाइव बैंड देखना, चाहो तो छोटी बहन के साथ चली आओ। मैं वाट्सएप पर टिकट का क्यू आर कोड भेज रहा हूँ।" नव्या को तो बहुत शौक़ था बैंड्स का, सोपान सर ख़ुद भी गिटारिस्ट रहे हैं यह पहली बार पता चला। उन दोनों ने उस शाम जैज़ और बैंड म्यूज़िक के अलावा कोई बात ही नहीं की। भीतर कुछ बदला। उसे अच्छा लगा सोपान सर का परवाह करना।

उसके कुछ दिन बाद की बात है, एक लड़के ने सर से अनायास पूछ लिया था कि आपने दो बार प्रिलिम्स और एक बार मेंस निकाला था ना! फिर इंटरव्यू में क्या हुआ था? आपका सलेक्शन क्यों नहीं हुआ? माया को लगा उस लड़के के इस सवाल से सर आहत होंगे मगर वे उत्तर देते हुए सहज थे, शायद यह सवाल पिछले बैचों में भी उनसे कई बार पूछा जा चुका होगा।

"तीन चीज़ें! पहले तो मेरे उच्चारण के कारण जब उनको मेरा उत्तर समझ नहीं आया, उन्होंने दो बार 'व्हाट कम अगेन', कहा तो मैं नर्वस हो गया। दूसरे मैंने सिचुएशनल सवालों के बड़े आदर्शवादी जवाब दिये और मुश्किल हालात में व्यावहारिकता को लेकर जब वे बहस करने लगे तो मैं उखड़ गया। तीसरे मेंस और इंटरव्यू के नम्बर मिलाकर मेरिट जब बनी तो वहाँ मात खायी। बस फिर दोबारा उस सब यातना से गुज़रने का मन नहीं हुआ।"

कोचिंग के दिनों की स्मृतियों के बीच कब नींद ने उसे डुबो लिया पता नहीं चला। जब उसकी नींद खुली तो केया उसे झिंझोड़ रही थी–"देहरादून आ गया।"

फेज़ वन की परीक्षाएँ हुईं। माया एक टेस्ट में फेल हो गयी। मैनेजमेंट! कठिन न्यूमेरिकल्स उस पर हावी हो गये और हमेशा से मैथ्स से चिढ़ के चलते सवालों से लड़ाई हार गयी। अमम्मु से डाँट खायी कि क्या यह अजीब नहीं है कि देश की सबसे कठिन परीक्षाओं में से एक को पास करने के बाद, तुम एफसी के दौरान एक परीक्षा में फेल हो गयीं? वैसे उसके लिए दूसरा चांस मिल गया था माया को, डीके ने दो दिन लायब्रेरी में उसे पढ़ाया और कुछ टिप्स दिये तो पास हो ही गयी। मसूरी

फेज़ के बीतते-बीतते माया ने महसूस किया कि उसके भीतर की कोई गीली परत सूख कर मज़बूत हो गयी है। वह वो चीज़ें कर रही थी जो वह पहले नहीं करती थी। अन्धाधुन्ध बहसें! आने वाली चुनौतियों को लेकर साथियों से अपने सपने-अपने डर बाँटना। आख़िर इन सात महीनों में बहुत कुछ सीखा और पढ़ा है जिसने नया आत्मविश्वास दिया था। वह यहाँ कितने सारे प्रतिभाशाली और बेहद रोचक लोगों से मिली। हालाँकि कॉलेज की तरह यहाँ भी ये लड़के-लड़कियाँ तरह-तरह की क़िस्मों के थे...गॉसिप करने वाले, दोस्ती में स्वार्थ निकालकर भाग जाने वाले, क्रश-क्रश खेलने वाले, मेहनती और महत्त्वाकांक्षी, जुनूनवाले, खिलन्दड़े और प्यारे, नाचने-गिटार बजानेवाले और कुछ हरदम दिखावा करने वाले...कुल-मिलाकर बहुत सीखा, यहाँ की याद आजीवन बनी रहेगी। देखते-देखते फेज़-वन का आख़िरी सप्ताह आ गया। सब के मन मिश्रित भावों से भरे थे, उदासी, हल्की घबराहट, ख़ूब सारी उत्सुकता और जिज्ञासा।

माया ने ब्लॉक लीव पर जाने से पहले अपनी प्रिय खिड़की के पास बैठकर अपनी डायरी में लिखा–

"इस खिड़की का अर्थ मेरे लिए था ख़ुद को और अपनी क्षमताओं को अलट-पलटकर पहचानना। सुबह के आठ बजे हैं, इस शान्ति में कभी-कभी बस एक चिड़िया चहचहा उठती है। मैंने कभी नहीं सोचा था कि मुझे लबास्ना की, मसूरी से जाते हुए दु:ख होगा। क्लास नहीं, पीटी नहीं और ट्रेकिंग भी नहीं बल्कि याद आयेंगे वो लोग जिन लोगों के समूह में घुसने से मैं डरती थी। बाद में जिनके साथ कितना हँसी और कल सबसे बाय करते हुए लिपटकर रोयी मैं। मुझे कुछ नहीं रुला सकता था। मगर तारा बरुआ के अन्तिम आलिंगन ने मुझे थोड़ा रुला दिया, बैचमेट समीरा और हँसोड़ अंकित की हथेलियों की छुअन ने भी। अब निकलना होगा दोपहर की फ़्लाइट है पहले दिल्ली फिर वहाँ से अगले दिन त्रिवेन्द्रम।"

"मैं ब्लॉक लीव में घर आ रही हूँ।" दिल्ली एयरपोर्ट से माया ने फ़ोन किया था।

"कब?" सोपान ने पूछा।

"कल..."

"कल? अरे अब बता रही हो। मैं तो त्रिशूर जा रहा था। पापा की आयी सर्जरी करानी है।"

"ओह, कोई बात नहीं। आप जाओ, आगे कभी...।"

"पहले बताना था..."

"कोई बात नहीं...बाद में बात करते हैं।" माया ने सिक्योरिटी चेक के लिए लाइन में लगते हुए कहा।

मार्च के सुन्दर दिन होते हैं त्रिवेन्द्रम में, अकुलाहट भरी नमी जो कम होती है, तापमान भी सहने जैसा। शहर भर में गुलमोहर-जैकेरेंडा खिले रहते हैं। माया एयरपोर्ट से बाहर आयी तो उसे सोपान वहाँ खड़ा मिला। माया चौंक गयी। उसके वहाँ होने को लेकर और उसके हुलिया को देखकर। बढ़ी दाढ़ी उस पर कुर्ता और मुण्डु। पहले पूरे चेहरे का आकर्षण बनी रहने वाली बड़ी आँखों से ध्यान घनी दाढ़ी ने छीन लिया था।

"आप मुस्कुराते नहीं तो पहचानना मुश्किल था।" अपना सूटकेस धकेलते हुए मुड़कर माया ने कहा। सोपान उत्तर टाल गया और गम्भीरता से बोला–"वेरी प्राउड ऑफ़ यू माया, अब तुम बहुत समझदार लग रही हो।"

"पहले नहीं थी?"

"एकदम नहीं...हर मॉक टेस्ट में तुम एकदम घबरा जाती थीं। वैसे अपने काडर को लेकर तुमने कम पैनिक नहीं किया है।"

"मैं अब भी श्योर नहीं हूँ।" एयरपोर्ट के बाहर हवा में गहरी-गहरी साँसें लेते हुए माया फिर इस शहर के प्रेम में थी।

"माय सिस्टर गॉट केरला काडर बट शी इज़ अनहैप्पी। इतना पॉलिटिकल दबाव और बँधे हाथ। तुम्हारा काडर इस भीड़-भड़क्के से दूर कितना शान्त प्रकृति के बीच। सो यह बुरा नहीं है, यह दोनों दुनियाओं का आनन्द लेने जैसा है। बढ़िया अलाउंसेज़, कम पॉलिटिकल दख़लन्दाज़ी। उस पर मैनेज किया जा सकता है बीच-बीच में दिल्ली रहना।" कितना असर करते हैं सोपान सर के शब्द उस पर। वह सर हिलाती रही और दोनों गाड़ी में आ बैठे।

"शंकुमुगम पर बीच-कैफे चलें कुछ देर?" पूछते ही सोपान ने गाड़ी मोड़ ली। बैकग्राउंड में समुद्री लहरें थीं और सुनहरी रेत पर अलसायी धूप थी। कैफे में इस समय बहुत ही कम लोग थे।

"ओ हाँ यह तो सामने ही है, कितना सपनों में देखा है इसे। आह! फ़िल्टर कॉफ़ी और नारियल चटनी की ख़ुशबू..." माया ने स्टील के गिलास में धुआँ छोड़ती कॉफ़ी को गटका और अपनी गरम जैकेट जो दिल्ली से पहनकर चली थी उतार दी।

"मैं कोचिंग छोड़ रहा हूँ।" सोपान ने उँगलियों से दाढ़ी सँवारते हुए कहा।

"अचानक?" माया चौंकी।

"नहीं अचानक नहीं, बहुत दिनों से लग रहा था कि हम हज़ारों बच्चों के सपनों से खेल रहे हैं। और मुझसे ज़्यादा कौन इस बात को समझता है। तुम जानती हो, तुम लोगों से भी पूछा था मैंने कि जीवन में सफलता का अर्थ क्या है? ज़्यादातर के लिए बस बड़े साहब होना है? और वो क़ीमत जो वो चुकाते हैं, बाक़ी सपनों को मारकर, अपनी क्रिएटिव स्किल्स को भूलकर, जीवन का आनन्द भूलकर तन-मन-धन-आत्मा एक लक्ष्य पर लगा देते हैं जो अक्सर उन पर थोपा गया होता है, रटा-रटाया जवाब मिलता है कि हम देश की सेवा करने के लिए सिविल-सर्वेंट बनना चाहते हैं। असफल होकर वे हमेशा इस मलाल के साथ जीते हैं। सफल होने पर बस एक मोटी गड्डी नोटों की इस छिछले तर्क के छिछड़े उड़ा देती है।" सुबह के समुद्र की मन्द्र गर्जन के बीच सोपान की ये बातें सुन माया को अटपटा लग रहा था। ताज़ा इडली और नारियल की इस उम्दा चटनी के स्वाद के आगे सब फीका था।

"आप चार लोगों ने मिलकर बनाया था न।"

"वो लोग चलायेंगे। रेवथी छोड़ चुकी है उसका गवर्नमेंट कॉलेज, कोल्लम में सलेक्शन हो गया है।"

"ओह तो इसलिए। मेरे बैच की लड़कियाँ कहती थीं कि आप उनको प्रपोज करने वाले हैं। अब तक किया नहीं?"

"कैसे सीधे सवाल करती हो! ऐसा कुछ नहीं है, मेरी अपनी वजहें हैं। मुझे एक बात याद आ रही है आशुतोष की वह कहता था कि जिन स्टूडेंट्स के सलेक्शन हो जाते हैं वो कैसे हम टीचर्स से बराबरी पर खड़े होकर बात करने लगते हैं मानो हम उनके दोस्त हों।"

"तो यह आपकी ग़लती है।"

"ओह हाँ ग़लती तो है!" सोपान ज़ोर से हँसा।

"वैसे वो सुन्दर, ग्रेसफुल और इंटेलिजेंट हैं।" माया ने फिर छेड़ा।

"हाँ और हम दोनों एक ही उम्र के भी हैं।" सोपान ने कहकर माया के चेहरे पर दृष्टि टिका दी।

"उम्र कोई मायने नहीं...ख़ैर" माया ने वाक्य अधूरा छोड़ दिया। "मैं अब घर पहुँचूँ, मम्मी चिन्ता करेंगी।"

"तुम त्रिशूर चलना चाहोगी? मैंने अम्माँ को कहा है...और अच्चन की आई

सर्जरी भी उनकी हाई शुगर के चलते थोड़ा टल गयी है।" बाहर पार्किंग में आकर सोपान ने माया से पूछा।

"मुझे चार-पाँच दिन तो यहाँ भी बिताने होंगे न, अम्माँ कब से इन्तज़ार कर रही हैं और नव्या। अभी नहीं कह सकती। सोच कर बताती हूँ, पहले घर तो पहुँचूँ। फ़्लाइट आये दो घण्टे बीत गये। अम्माँ एयरपोर्ट ही न पहुँच जायें इस चिन्ता में।" माया ने अपने हवा से बिखर आये बालों को सँवारते हुए कहा।

"देख लो अगर दो दिन निकाल सको। नानी को डिमेंशिया सेट होने लगा है। वो अपने आप में एक किताब हैं।"

माया ने गर्दन हिलायी...जिसका कोई भी अर्थ हो सकता था।

माया का पीढ़ियों से चलता आया चिकित्सकों का परिवार था। माया को बचपन में पापा ने बताया था कि टी.एम.सी के शुरुआती सर्जंस में थे उसके दादा जी और जब त्रिवेन्द्रम मेडिकल कॉलेज और अस्पताल का उद्घाटन हुआ तो वे वहीं थे। उद्घाटन करने आये जवाहरलाल नेहरू की उँगली धातु की ग्रिल में फँस गयी थी, जिससे उन्हें चोट लग गयी थी। इस तरह नेहरू अस्पताल के पहले मरीज बने और माया के दादा जी डॉ. पी. सुकुमारन वैद्यन ने उन्हें पट्टी बाँधी थी। माया के परदादा अष्टमुडी के पास एक गाँव में प्रसिद्ध आयुर्वेदाचार्य थे।

डॉ. पद्मा ने आज क्लीनिक बन्द रखा था, बस कुछ गम्भीर मरीज़ों को शाम को आने को कहा था। नाश्ते में उन्होंने कितना कुछ उसकी पसन्द का बनवाकर डायनिंग टेबल भर दी थी। नव्या चिड़िया की तरह चहक रही थी। पिता भी जल्दी मेडिकल कॉलेज से घर आ गये थे। माया तो बाहर ही लिपट गयी थी डॉ. चन्द्रवदन वैद्यन से।

"हाथ तो धोने दे...अस्पताल के कपड़े तो बदलने दे, सीधे ओटी से आ रहा हूँ। अब तो एक कड़क सैल्यूट बनता है भई! अब तू क्या साधारण लड़की है? आईएएस है, डिस्ट्रिक्ट मजिस्ट्रेट बन जायेगी एक दिन पूरा शहर स्वागत करेगा।"

"मैं आपके लिए मायाकुट्टी ही रहूँगी ना! सुनो! मेरा काडर असम-मेघालय तय है, मैंने भी फिर आपके डाँटने के बाद आगे इसे बदलवाने की कोशिश नहीं की। आप लोग अब अपना काम का फैलाव कम करो ताकि बारी-बारी आप लोग मेरे पास रह सको।"

"हाँ रहेंगे न! रिटायर होकर मैं कोई काम नहीं करूँगा, पूरा नॉर्थ-ईस्ट घूमूँगा।"

"उसमें तो अच्चन अभी सात साल का समय है।" माया डॉ. वैद्यन की बाँह पकड़े-पकड़े डायनिंग रूम में आ गयी जहाँ अम्माँ इन्तज़ार कर रही थी ताज़ा ब्रू की हुई कॉफ़ी के साथ.

अगले दिन उसके कोचिंग सेंटर में उसे बुलाया गया था। उसके लिए एक छोटी-सी टॉक और मेंटर्स के साथ चाय-पार्टी का इन्तज़ाम था। वहाँ अन्दर जाते हुए वह संकोच और उत्साह दोनों महसूस कर रही थी। वहाँ कुछ ऐसे मेंटर्स भी थे जिन्होंने उसकी सफलता पर शक किया था, वो भी अभी तो गर्मजोशी से मिल रहे थे। वहाँ ठसा-ठस बैठे नये और उत्सुक चेहरों को देखकर उसे अच्छा लगा और वो दिन याद आ गये जब सब कुछ आभासी था, अनिश्चितता इतनी कि कभी लगता बस हो ही जायेगा सलेक्शन, कभी लगता था एनशिएंट हिस्ट्री, मिडाइवल हिस्ट्री, मैनेजमेंट सूत्र उसके बस की बात नहीं। दिन के दस अख़बार पढ़कर दिमाग़ पोंगल की खिचड़ी हो जाता था।

सोपान सर सहित सबको अपनी सफलता का श्रेय देते हुए बस उसने यहीं से बोलना शुरू किया "एक पल आपको लगेगा कि यह आपके बस की बात नहीं फिर अगले पल लगेगा इसमें क्या यह तो चुटकियों में हो जायेगा, इन दो अतिरेकों के बीच झूलेगा मन लेकिन आपको सन्तुलन बनाना होगा। आप सब ख़ास हैं, आप सब का अपना एक मज़बूत हिस्सा है बस उस पर मेहनत कीजिए और कमज़ोर हिस्सों पर रोज़ का अभ्यास। हिस्ट्री और मैनेजमेंट मेरे कमज़ोर हिस्से थे, आज भी हैं क्योंकि मैं 'बायो-केमिस्ट्री' से पोस्टग्रेजुएट थी।" बीस मिनट बोलकर वह गहरी साँस लेकर चुप हो गयी, उसे याद आ गये वो नये सलेक्ट रैंक होल्डर्स जो बड़े-बड़े उपदेश देकर ख़ुद को महान समझते हुए चले जाते थे। तब वह उस तरफ़ बैठी होती थी आज इस तरफ़ है यह बस संयोग भर है।

"हाँ एक और बात...अपना हंड्रेड परसेंट दें मगर फिर भी क़िस्मत साथ न दे तो सोचें दुनिया में इससे बहुत रोचक करियर्स आपका इन्तज़ार कर रहे हैं। आपके आसपास ही ढेर से नये हाएब्रिड करियर्स हैं जो आपको हॉबी और सक्सेस दोनों की तरह मिलेंगे। ड्रीम जॉब्स तब तक ड्रीम जॉब्स होती हैं जब तक आपको ज़मीनी हक़ीक़त न पता चल जाये। मुझे असम-मेघालय काडर मिला है और मुझे वहाँ की बेहद कठिन परिस्थितियों को आसान बनाने के लिए तमाम सरकारी तंत्र के साथ एक पुर्जा बनकर लगना होगा। अपना घर, अपना स्टेट केरल भूलकर... जब मैं किसी लैंडस्लाइड से रुके रास्ते में फँसी होऊँगी तब मुझे याद आयेंगे अपने क्लासमेट्स जो अम्माँ के हाथ का घर का खाना खाते हुए 'वर्क फ्रॉम होम' कर

रहे होंगे।" इस बात पर सब हँस दिये, सोपान मुस्कुराया। सैशन ख़त्म हुआ ढेर सारे युवाओं ने उसे घेर लिया। फिर चाय पर मेंटर्स के साथ गपशप के बाद जब वह बाहर आकर अप्पा की पुरानी होंडा सिटी पार्किंग से निकाल रही थी तो सोपान आकर बग़लवाली सीट पर बैठ गया।

"आपकी क्लासेज़ नहीं हैं? कहीं छोड़ना है आपको?" सोपान ने गौर किया कि माया जो कोचिंग के दिनों में हल्का-सा लिपग्लॉस लगाती थी और अपने घुँघराले बालों में क्लचर लगाकर कुछ लटों को आज़ाद छोड़ देती थी। अब कस कर पोनीटेल बनाती है और होंठ एकदम सूखे हुए हैं, जिनकी पपड़ी वह दाँतों से छीलते हुए यह पूछ रही है।

"हाँ, मैंने आज खाना नहीं खाया, पैरागॉन चलें?"

"अरे! पैरागॉन तो दूर है, घर चलिए, अम्माँ ने कितना कुछ बनाया है।"

"सोच लो! वे कयास लगा सकते हैं।"

"क्या?"

"वही कि यह लड़का कौन है?"

"वो सब जानते हैं आपके बारे में...कि यह असम्भव आपके कारण घटा है। बल्कि वो ख़ुश होंगे।" चौथे गियर में माया ने गाड़ी घर की तरफ़ बढ़ा दी।

"माया! यह तुमने अपने ऊपर ध्यान देना क्यों बन्द कर दिया? सफल हो जाने का यह अर्थ नहीं कि हुलिये पर ध्यान ना दो।" माया को यह सुनकर अजीब लगा मगर सोपान सर यूँ ही तो नहीं कह रहे होंगे। उसने गाड़ी के बैकव्यू मिरर में ख़ुद को देखा और सकुचा गयी। त्वचा का रंग कभी बहुत गोरा नहीं था मगर सुन्दर साफ़ त्वचा में एक नमक था, चमक थी। अभी एकदम धूप से जली, आँखों के नीचे काले घेरे, सूखे होंठ, बाल भी कब से नहीं कटवाये थे। आयब्रो और अपर लिप बस मसूरी जाने से पहले सलून में जाकर करवाये थे। तभी तो तारा उसे रोज़ टोकती रही—मिस माया पी. वैद्यन माना आप डी. एम. बनने जा रही हो मगर उसके लिए मूँछें उगाने की ज़रूरत नहीं है। मन-ही-मन ख़ुद को डाँटा—यस, यू बैडली नीड अ सैलून विजिट मायाकुट्टी! मगर सोपान को उत्तर में बातों का कड़क काढ़ा पिला दिया।

"लबास्ना में जाकर लगता है एक दिन चौबीस घण्टों का हो ही नहीं सकता, हमेशा लगता कि बस दो घण्टे और मिल जायें। फिर जब टूथब्रश करना भी जहाँ टाइम-मैनेजमेंट में शावर के साथ एडजस्ट करना होता हो वहाँ आप क्या सोच रहे थे मैं सैलून जाती होऊँगी?"

"हाँ, समझ सकता हूँ।" वह बुदबुदाकर रह गया।

जिस दिन माया और सोपान शताब्दी से त्रिशूर पहुँचे उसके दो दिन पहले एक साइक्लोन शहर को हिलाकर रख गया था। जगह-जगह पेड़ गिरे हुए थे, बिजली के खम्भे उखड़े हुए थे। एफ.एम. पर बार-बार यही ख़बर आ रही थी, कि त्रिशूर में चक्रवाती तूफ़ान के कारण भारी नुक़सान हुआ है। उनका ऑटो अनगिनत हरे रंगों से गुज़रकर एक पक्की गली में घुसा जहाँ एक छोटे से बग़ीचेवाली कॉटेज तमाम तूफ़ान की ख़बरों के बीच शान्ति में डूबी खड़ी थी। भीतर अहाते में ताज़ा अल्पना बनी हुई थी। अन्दर से मधुर कृष्ण भजन का आलाप बग़ीचे के गमक भरे वातावरण में गूँज रहा था।

"सखी आलोकये सखी आलोकये...सखी आनन्द सुन्दरम..."

"अम्माँ की फेवरेट हैं, एन. जे. नन्दिनी...उन्हें उनका आलाप और मुझे गालों के गड्ढे पसन्द हैं नन्दिनी के।" कहकर सोपान अपने आप पर ही हँसा और माया का सूटकेस उठा लिया। माया बग़ीचे के छोटे से कमल-कुण्ड के पास ठिठकी हुई खड़ी थी उसका मन उसमें तैरती नारंगी 'कोयी' मछलियों-सा हो रहा था। क्या सोचेंगे सोपान सर के माता-पिता? ऐसे कौन स्टूडेंट चली आती है? इस घर की यह कलात्मक शान्ति और उसका बेचैन मन एक-दूसरे से मुँह फेरे खड़े थे। पिछले चार दिन त्रिवेन्द्रम में उसके घर 'पद्मालया' में उत्सव की तरह बीते थे। इस बीच सोपान भी दो बार खाने पर उनके घर आया था। पापा और सोपान भारतीय राजनीति पर ख़ूब बतियाये। उस सबसे निकलकर उसका मन त्रिशूर आने का नहीं था मगर सोपान सर की ज़िद और उसकी परनानी 'मायम्मा' के बारे में जानने का मोह उसे आज सुबह शताब्दी से यहाँ ले आया।

"अन्दर आओ न माया..."

"अम्माँ भैया आ गये।" घर की नौकरानी की बेटी कुन्ती ने दरवाज़ा खोला था। स्कूल यूनिफ़ॉर्म पहने कुन्ती बड़ी-बड़ी आँखों से उसे कुतूहल से देख रही थी। बाक़ी घर में उसे कोई नहीं दिखा। सोपान ने कुन्ती को उसे ऊपरी मंज़िल पर गेस्ट रूम में पहुँचाने के लिए कहा। कुन्ती उसका बैग लेकर उसके आगे-आगे चल दी। कमरा बहुत सलीके से सजा था, नीचे से अनजान ख़ुशगवार आवाज़ें आती रहीं। वह एक सोफ़े पर आराम की मुद्रा में बैठ गयी, तभी उसके पास की टेबल पर काली अदरक और गुड़वाली चाय का प्याला रखकर कुन्ती भाग गयी, "चेच्ची आंटी पूजा कर रही हैं, मैं स्कूल...। आप आधे घण्टे में नाश्ते के लिए नीचे पहुँच जाना।"

माया के मन में सोपान सर की माँ रेणुका की जो सरल मलयाली गृहस्थ स्त्री की छवि बनी हुई थी, नाश्ते की टेबल पर भंग हो गयी। सुन्दर गेहुआँ रंग, लम्बा

क़द, घुँघराले कन्धों तक खुले बाल, एक गहरे नीले सिल्क के कुर्ते के नीचे उन्होंने लुंगी पहनी थी और बहुत ही बड़ी और गहरी सुन्दर आँखों में मोटा काजल और नाक में चमकता हीरा, मांसल होंठों पर जो मुस्कान थी माया समझ न सकी वह सौजन्यता की थी कि व्यंग्य की। माया मन ही मन सहम गयी।

"हाऊ वाज़ द जर्नी माया?" आह, रेणुका का स्पष्ट मांसल, आत्मगौरव लिए सभ्रान्त स्वर। वे केतली से कप में चाय उड़ेलते हुए पूछ रही थीं।

"बहुत आरामदेह, बातों में सफ़र का पता नहीं चला।" माया ने अनौपचारिक होने की कोशिश की। सोपान के पिता एकदम उलट थे–प्रसन्नवदन, दरम्याने क़द के साधारण नैन-नक़्शवाले, एक सहज व्यक्ति। पहनावा भी आम मलयाली पुरुष-सा प्रिंटेड भूरी बुश्शर्ट और सफ़ेद मुंडु। कौन कहेगा कि वे राज्य के प्रसिद्ध गणितज्ञ थे। या कि गणितज्ञ थे शायद इसलिए इतने सादादिल थे।

"रेणुका ने तुम्हारे लिए स्पेशल रामासेरी इडली बनवायी है। मैं भी बहुत दिन बाद खाऊँगा।" एक मासूम हँसी उनके प्रौढ़ चेहरे पर आत्मीयता में घुलकर फैल गयी। इस सारे उपक्रम के बीच सोपान की चुप्पी और एक-दो शब्दोंवाले वाक्य माया को असहज कर रहे थे। माया ने अवसर देख भौंह उचकाकर पूछा–"क्या हुआ?" इसका जवाब उसने माया को न देकर अपनी माँ की तरफ़ मोड़ दिया।

"अम्माँ! आप जानती हैं माया का काडर 'मेघालय' है और वहाँ मैट्रियार्की प्रेक्टिस में है।"

"पूरे मेघालय में नहीं केवल खासी और गारो जनजाति में और शायद जयन्तिया भी...मैट्रियार्की नहीं मैट्रिलीनियल!"

"हाँ वही! माया 'नायर मैट्रिलीनियल हिस्ट्री' को समझना चाह रही थी। जब मैंने बताया कि मेरी परनानी एक थारवड्डु की मैट्रियार्क थीं।"

"तुम नायर नहीं हो?" उन्होंने बड़ी आँखें माया पर टिका दीं तो मन ही मन माया झिझक गयी कि ये कुछ और अर्थ तो नहीं लगा रहीं उसके आने का...

"नहीं, हम वैद्यन हैं।" माया अचकचा गयी थी अचानक जाति के सवाल पर। इतने आधुनिक लोग और ऐसा सवाल!! रेणुका ने अचकचाहट पढ़ ली उन्होंने तुरन्त बात बदली।

"मेरा मतलब कि केरल में रहकर नायरों की मैट्रलीनियल हिस्ट्री को न जानना।" रेणुका ने टेबल के पार से अपनी लम्बी अजानु भुजाओं को बढ़ाकर उसकी ओर फलों से भरी प्लेट बढ़ायी।

"बेसिक हिस्ट्री में जितना जानना चाहिए उतना तो जानती हूँ, पूरी स्थिति नहीं

कि क्या वजह रही होगी कि इसे हटाकर पैट्रियार्की लायी गयी। क्या कुछ डार्क साइड भी थी इसकी?" माया के साँवले माथे से सरककर पसीने की बूँदें घनी भौंहों पर जा टिकीं।

"एयरकंडीशनर चला दो सोपान, तुम्हारी आदत छूट गयी होगी ना! दून वैली का मौसम यहाँ से एकदम अलग। चलो कोई बात नहीं, नायर मैट्रिलिनी का इतिहास बहुत गहरा है और उसकी समाप्ति आयरनीकल। कल तुमको मैं अपनी माँ से मिलवाने ले जाऊँगी और कलानिलयम भी देखेंगे। चार महीनों से वे मेरे ही पास थीं फिर उनको कलानिलयम की याद आ जाती है और अपने दूसरे बच्चों की। पास ही है सो आती-जाती रहती हैं। नब्बे के आसपास हो चली हैं, मगर काठी मुझसे कहीं सतर..." कहकर रेणुका ने लम्बी गर्दन और उठा ली।

सोपान ने महसूस किया कि उसकी अम्माँ रेणुका के व्यक्तित्व से माया सहम-सा गयी है। वह मन ही मन मुस्कुराया। वह जानता है अम्माँ भीतर से नारियल है। यह उनकी शरारत है जो वे माया को जानबूझ कर तंग कर रही हैं। उस पर नानी तो और बातूनी हैं। जब वह उसे वापस ऊपरवाले कमरे में छोड़ने गया तो देखा माया कुछ गुम-सी थी।

"क्या हुआ माया?"

"सर, आपने अपनी माँ को मेरे बारे में क्या बताया?"

"वही जो है। अब उनका तीस साल का बेटा पहली बार किसी लड़की को घर लाया है तो थोड़ा इधर-उधर सोच लें तो बुरा मत मानना हाँ! अम्माँ जो मुझे देख मुस्कुरा रही हैं अपनी बड़ी-बड़ी आँखों में, मुझे भी शक हो रहा है कि वे कुछ और न सोच रही हों!"

"आप मज़ाक़ कर रहे हैं!" माया का उजास भरा चेहरा फीका पड़ने लगा।

"अरे! सीरियसली मत लो अम्माँ की बात को।" सोपान ने उसके कन्धे पकड़कर कुर्सी पर बैठा दिया।

"ठीक है। वैसे उनका व्यक्तित्व अनूठा है, बहुत रौबीला।"

"हाँ सारे अल्फ़ा फीमेल के गुण हैं उनमें। जो मैं अपनी पत्नी में भी चाहूँगा।"

"फिर रेवती मैम तो नहीं हैं अल्फ़ा टाइप!" अब माया ने छेड़ा।

"रेवती क्या आख़िरी लड़की है संसार की?" सोपान मुस्कुराकर बोला।

"क्यों? ब्रेकअप हो गया आपका? हमारे बैच के बच्चे कहते थे कि आप दोनों डेट कर रहे हैं।"

"बच्चे? हद है! तुम लोग बच्चे हो? तुम्हारी जेनरेशन बड़ी अजीब-सी है। हम

बस एक-दूसरे को जान रहे थे, हम दोनों ही जल्दी समझ गये हम अलग हैं। उसे वेस्टर्न म्यूज़िक में कोई इंटरेस्ट नहीं था। न हिस्ट्री न कोई आर्ट...बस इकोनॉमिक्स की मास्टर है वो। जिसे शादी करके स्टीरियोटाइप गृहस्थी बसानी है, थ्री बेड रूमवाला घर, डायनिंग टेबल पर खाने का इन्तज़ार करता पति, दो बच्चे और एक ही शहर में बिना खलबली बीत जाने वाला शान्त जीवन।"

"हाँ, तो दिक़्क़त क्या है? यह तो आदर्श स्थिति है।" माया हँसी।

"समस्या मेरी है, मैं एक अल्फ़ा वुमन का पाला हुआ हूँ, एक अल्फ़ा वुमन को मोहिनीअट्टम जैसे डांस को शास्त्रीय रूप देते हुए देखा है और एक अल्फ़ा वुमन की कहानियाँ सुनी हैं—मायम्मा माय ग्रेट ग्रांड मदर..."

"ओहो तो लगता है आपको अशान्त, खलबली भरा जीवन चाहिए।" माया ज़ोर से खिलखिलाकर हँस दी।

"हाँ, एकदम अलग तरह का...जीवन चाहिए। वैसे तुम पर यह शॉर्ट हेयर कट स्मार्ट लग रहा है, माया।"

"लो मेंटेनेंस स्टायल, क्योंकि अल्फ़ा-वुमन को किसी बाहरी दिखावे की ज़रूरत नहीं होनी चाहिए।" उसने सोपान को यूँ लाजवाब कर दिया कि वह मुस्कुराता चला गया।

"सर, आप जैसे टीचर्स को कोचिंग नहीं छोड़नी चाहिए।"

"उस दिन तुमने बहुत अच्छा कहा था, दुनिया में और भी हॉबी और सक्सेस एक साथ बनने वाले हाएब्रिड करियर्स हैं। मैं बस उस तलाश में हूँ।" तभी नीचे से सोपान सर के अच्चन की आवाज़ आयी।

"अप्पू! अम्माँ बुलाती है। बाज़ार जायेगी तेरे साथ।" सोपान टीकवुड की पुरानी सीढ़ियों पर धप-धप करता उतर गया। उन पैरों की थाप देर तक माया के कानों में बनी रही। कमरा आरामदायक था, खिड़की के पार दूर किसी गोथिक शैली की दो सफ़ेद मोहक मीनारें दिखाई दे रही थीं। बचपन में वह त्रिशूर आयी थी, यह चर्च भी देखा था। पर अब त्रिशूर एक पारम्परिक क़स्बाई खोल से निकलकर आधुनिक शहर ख़ासतौर पर एक आई.टी. हब बनता जा रहा है। बचपन की पुलीकाली (बाघ-नृत्य) की एक डरावनी स्मृति अचानक उसके अवचेतन से निकलकर बाहर आ गयी। वह मन्दिर के पास एक गली में खड़ी थी कि एक बाघ बने नर्तक ने उसे अचानक गोद में उठा लिया था वह बुरी तरह डर गयी थी और उसकी घिग्घी बँध गयी थी। तभी पापा ने आकर उसकी गोद से वापस उतारा था।

माया ने अपनी टाइट जींस का बटन खोल दिया और गहरी-गहरी साँसें लीं और आँखें बन्द कर लीं। वह समझ रही थी कि इस शहर का मिज़ाज बाक़ी केरल से

अलग है। जितना पारम्परिक उतना ही आधुनिक। यहाँ के लोग समय से आगे की सोच रखते हैं। सोचते हुए उसकी आँख लग गयी।

"क्या अम्माँ आपने तो माया से उसकी जाति ही पूछ ली।" सोपान ने सीढ़ियों से नीचे आते ही फुसफुसाकर रेणुका से कहा।

"अरे! मेरा वह मतलब नहीं था। आईएएस ट्रेनी है और कैरेलाइट है फिर भी उसे नायर मैट्रिलिनी का इतिहास नहीं पता!"

"वह साइंस बैकग्राउंड से है अम्मु। मुझे भी उतना ही पता है जितना उसे। अब उसके बहाने मुझे भी जानने की इच्छा है। अच्छा चलो बाज़ार से क्या लाना था।"

"आजकल फिश मार्केट में कुझीकारा आये हैं और वह बोली मुझे प्रॉन्स पसन्द हैं।" अम्माँ ने चप्पल डाली और घर के बाहर कार की चाभी लिए वह पीछे-पीछे। सोपान ने महसूस किया साड़ी पहनकर अम्माँ इतना तेज़ चलती हैं कि आजकल की कोई लड़की भी जींस में क्या चलेगी! पल्लू स्कार्फ की तरह पड़ा रहता और बाक़ी हथकरघे की अनूठी साड़ियाँ सहजता से उनके लम्बे शरीर पर लिपटी रहती हैं। साड़ी में इतनी आज़ाद अम्माँ ही लग सकती हैं या फिर वो मछलीवालियाँ, जिनको सर पर भारी टोकरी भी रखनी है और तेज़-तेज़ चलना भी है। कार का गेट बन्द होते ही अम्माँ की तरफ़ से दूसरा बूमरैंग था–"यह टीचर-स्टूडेंट अट्रेक्शन तो नहीं है?"

"अम्माँ! आप जो इतनी मॉडर्न...आप जिसने अनुरंजिनी को एक सवाल तक नहीं किया जब उसने राजीव वर्गीस से आपको मिलवाया था। लेकिन माया के आते ही आँखों से आपकी स्क्रूटिनी चालू है।"

"शी वॉज क्लियर इन हर थॉट्स, तुम्हारी तरह नहीं...कि मन में है मगर कह नहीं पा रहे। वैसे लड़की आकर्षक है।"

"अय्यो इल्ला अम्माँ! लो फिश मार्केट आ गया, इतना आप पैदल आ सकती थीं, अप्पा ले आते, वो तो ख़ाली बैठे थे।" सोपान चिढ़ रहा था, इन दिनों त्रिशूर की गलियाँ चलने लायक नहीं रहतीं तो कार की तो छोड़ ही दीजिए। उस पर चिन्नाकूत्थूर पूरम की गहमा-गहमी चल रही थी।

"अप्पा से मछली मँगाना यानी बीस दिन पुराना मछली खाना है। बिल्कुल ध्यान नहीं देते मंडी में घुसे जो पहली मछलीवाली मिली उससे सब लेकर आ गये। फिर तेरे रहते मैं क्यों ड्राइव करूँ? पैदल जाऊँ तो कॉलेज के बच्चे चलना मुश्किल कर देते हैं। पार्क में जॉगिंग करते समय तक 'गुडमॉर्निंग टीचर!' फिर तुझसे जानना भी तो था कि आख़िर मसला क्या है?" रेणुका ने बड़बड़ाते हुए कहा।

"एग्जेक्टली यही लग रहा था मुझे, अब जान लिया ना?"

"हाँ!"

"क्या?"

"यही कि यह बात इतनी भी सहज नहीं। तुम दोनों लम्बे समय से आपस में बातें कर रहे हो और तू कह नहीं पा रहा और लड़की पर अभी दूसरे दबाव हैं। वह मुझे देख सहम क्यों गयी? वो भी आईएएस ट्रेनी! जो सलेक्ट होते ही नाक और गर्दन ऊँची किये चलते हैं।"

"होगी नहीं? आपने सवाल ही सीधा जाति पर कर दिया था।"

"तो वैद्यन होना बुरा नहीं बड़ा है, केरल आयुर्वेद के जनक थे वैद्ययन पुरखे।"

अम्माँ कार से उतरकर नदी किनारे लगे मछली बाज़ार में टोकरी लिये चलने लगीं एक महारानी की तरह। नदी तट पर छोटे नीले-सफ़ेद स्टीमर खड़े थे। उसमें रोज़ यात्रा कर काम पर जाने वाले यात्री अपने स्कूटरों, मोटरसाइकिलों, साइकिलों सहित खड़े थे। इसीलिए सोपान को अच्छा लगता है यहाँ वापस लौटना। बचपन याद आ जाता है। यहाँ के लोग निडर–मेहनती लोग उफनते समुद्र से आँखें मिलाते, लहरों के साथ-साथ चलते, सूरज से अपनी घड़ियाँ मिलाते। परम्पराओं से लगातार सीखते हुए उन्हें बेहतर बनाकर आगे बढ़ाते, प्रकृति के रहस्यों में अपने उत्तर खोजते लोग। सोपान के मन में इस इलाक़े की बचपन की स्मृतियाँ तैर गयीं। लकड़ी के पुलों पर बैठ मज़ेदार राजनैतिक बहस करते बूढ़े। सलेटी लिबास पहने कॉनवेंट पहुँचने के लिए जल्दी-जल्दी चलती हुई साँवली-गेहुआँ नन्स। स्कूल के लिए पैदल जाते हुए अचानक जंगल से निकल खेतों में आ गये जंगली हाथियों का झुण्ड दिख जाता। तब उसकी कक्षा का साथी बीजू एझावा आगे जाकर उनको सिगनल देता कि हाथी चले गये तब वे आगे बढ़ते। क्या अब भी वो जंगल होंगे जब दूर के चचेरे भाई पोन्नानी पेप्पन जंगली सूअर दिखाने ले जाते थे। उनकी एक बात सोपान कभी नहीं भूला–"सोपू, जंगल जितने भीषण होते हैं उतने भोले भी। जानवर बस प्रवृत्ति और परिस्थिति के साथ चलते हैं। उन्हें नहीं पड़ी मनुष्य की तरह जटिल सोचने और करने की।" अब पेप्पन जीवित नहीं रहे! सोपान को उनकी याद उदास कर गयी। और भी कितने तो लोग हैं जिनसे सोपान का बचपन एक सुन्दर चित्रोंवाली किताब बन गया है। पूरम के आयोजन के समय धान के खेतों में आँखें मिचमिचाते मिल जाते 'भगवान मुरुगन' यानी उनके वेश में 'गोकुल मेनन'। मन्दिर के पालतू हाथियों से बतियाते 'अली चाचा'। नानी की रसोई में रोज़ सुबह आठ बजे घुसपैठ करती एक शैतान सूँड़,

जो केलों का गुच्छा या मीठा रोट खाकर ही मुड़ती, वरना नानी के पीतल के मटके पानी समेत ज़मीन पर।

"गणेशन! बदमाश! रुक..." नानी की मांसल आवाज़! जिसे सुने बरस हुए।

नानी और उनके आसपास का मण्डल जो हर जीवित-निर्जीव को पूजता था। धरती, आकाश, जंगल, हाथी, पानी, पेड़, किताब, क़लम, हल, धान और घास और मुखौटों, घुँघरुओं, चूल्हों, नारियल, फूलों, माटी के बर्तनों को। हर दिन कोई त्योहार या उत्सव होता। सोपान ने महसूस किया–"बस यही वह जगह है, जो उसकी अपनी है, जहाँ हर कोई एक-दूसरे को जानता है, बैंक क्लर्क, रेलमास्टर, सब्ज़ीवाला, और यह मछलीवाली भी।

"लो तुम्हारी फेवरेट 'कुंजुकुट्टी।" अम्माँ ने अपना सूती थैला मछलियों के ढेर पर रख दिया। सोपान सोच के गुंजल से बाहर आया।

"मैम, क्या लेंगी? थाला, सफ़ी, अवोली, कारा...ख़ूबब मने टूना भी है आज तो। अरे वाह आज तो चेट्टन भी...आये हैं। "

"कैसी हो कुंजुकुट्टी? बैंक का एग्जाम दिया।"

"भैया एग्जाम तो दे दिया...अब रिज़ल्ट आने पर।"

"कुंजू, आज मुझे ग्रीन प्रोन्स चाहिए।"

"मैडम, मैं अपनी बहन से लाकर देती, थोड़ा महँगा था तो मैंने नहीं रखा।" कुंजुट्टी बच्ची थी जब उसकी माँ गुज़र गयी थी। बड़ी बहन के साथ छोटी टोकरी में अपनी पकड़ी मछली बेचती, घर पर भी ले आती थी। तब से जानता है सोपान उसे, शाम को शहर के इस छोर पर माया को ज़रूर लाना चाहिए। सोचते हुए सोपान अपनी माँ की ख़रीदारी पूरी कराकर लौट आया।

"माया को भी ले आते, देखती पुराना और असली त्रिशूर!" अम्माँ मन पढ़ती है क्या?

"तो कल चल रहे हैं नानी से मिलने चिरुतुरुथी?"

"हाँ! एकदम।"

सुबह-सुबह त्रिशूर शहर के बाहर सुन्दर रास्तों पर ड्राइव करना सोपान को आनन्द दे रहा था। माया बग़लवाली सीट पर थी और माँ रेणुका पीछे आराम से बैठी थीं।

"माया! यहाँ तुम्हें पारम्परिक घरों और धान के खेतों के अलावा कुछ नहीं दिखेगा।" सोपान बोला।

"यही अच्छा लग रहा है।" माया ने खिड़की के बाहर देखते हुए कहा।

"मुझे याद है नानी के घर में एक तालाब हुआ करता था, वहाँ परनानी का बनवाया एक मन्दिर था। बड़े-बड़े कटहल और सोनचम्पा के पेड़ोंवाला गोल अहाता था, दीवारें जिसमें अनगिन कोने और दरारें थीं, जिनमें अबाबीलें घोंसले बनाया करती थीं। ढेर सारे खम्भे और घर में घुसने के पाँच दरवाज़े थे। नाना के मेकअप के सामान, मुखौटे, मामा की बन्दूक़, हाथी दाँत की मूठवाली कटार, हाथी दाँत के तस्वीर फ्रेम और अन्य सौगातें जिन्हें बचपन में देख मैं हैरत में पड़ जाता था। कमरे उनके रंगों के नाम से जाने जाते थे। नानी का दिमाग़ तब एकदम बढ़िया था।"

"नानी का दिमाग़ अब भी बढ़िया ही है। कल फ़ोन किया तो बता रही थीं कि तुम बचपन में कटहल के पेड़ से गिरकर मरते-मरते बचे थे। कलानिलयम का मोह नहीं छूटता उनसे। सबसे ज़िद करती हैं उन्हें वहाँ ले जायें। उनको लगता है वहाँ लोग उनके योगदान को भूल न जायें और वहाँ लोग उनको बस एक सजावटी पुराना सामान समझते हैं, जिसकी क़ीमत है मगर उपयोग कुछ नहीं। बस वहाँ जाकर लड़कियों को अपना पोपला मुँह खोल हैरत से नाचते देखती हैं। अजीब लगता है उन्हें आज का मोहिनीअट्टम...कि भाव-भंगिमाओं की जगह गतियों-यतियों ने ले ली है।" रेणुका जब चुप हुई तो माया ने मुड़कर आश्चर्य से पूछा–"आप भी जानती हैं मोहिनीअट्टम?"

"अम्मा-अप्पा ने तो सबको नाचना सिखाया मगर मैं और भाई नाच से भागते थे, हमें किताबें पसन्द थीं। वो भी फ़िक्शन...बस अब मेरी दीदी यानी सोपान की मौसी 'सत्यभामा' ही उनकी परम्परा आगे बढ़ा रही हैं।" उनकी कार त्रिशूर और चिरुतुरुथी की ओर जाने वाली सड़क पर दौड़ रही थी।

"बस हम पहुँचने वाले हैं।"

"अहा! वही महक!" वहाँ पहुँचकर आकर साठ वर्षीय रेणुका की चंचलता और जिज्ञासा किशोरी की-सी हो गयी थी। वे बिल्कुल अलग व्यक्ति लग रही थीं। माया कार से उतरकर एक विशाल अहाते में खड़ी थी जहाँ एक ओर पुरानी बोसीदा इमारत थी दूसरी ओर फूलों की सुन्दर क्यारियों और पोर्चवाला एक हैरीटेज रिसॉर्ट था 'मायाविडु' नाम का। इस इलाक़े में ही यह उसकी पहली यात्रा थी मगर न जाने क्यों उसके भीतर 'दे-जा-वू' का एहसास जागा। सोपान तेज़ी से चलकर पुरानी इमारत की तरफ़ के अहाते में जा पहुँचा जो कि झाड़-झंखाड़ में तब्दील हो चुका था। सब्ज़ियों की बाड़ी उजड़ गयी थी। सर्प-कावू के पास दीमकों की बाम्बी थी। सोपान के नाना और मामा के हाथ के लगाये पेड़ विशाल वितान तान चुके थे।

“इसे यहाँ आये कुछ बरस हो गये हैं, भावुक हो रहा है। अच्छे दिनों की निशानियों को एक-एक कर बीत जाना होता है मगर इसके अन्दर में नानी-नाना का प्रकृतिप्रेमी ख़ून है।” रेणुका ने लाड़ से भरकर कहा।

“नानी जी उधर रहती हैं?” माया ने पुरानी इमारत की ओर देखकर पूछा।

“नहीं, वह इमारत अब रहने लायक नहीं रही है। वे रहती नये हिस्से में हैं, मगर अपनी खिड़की से ताकती इसे ही रहती हैं जैसे शाहजहाँ ताकता रहा होगा ताजमहल को। मेरी दीदी का बेटा आश्विन इस विरासत की हम सबकी तरफ़ से देखभाल करता है। उधर भरतपुझा यानी नीला नदी बहती है उसके तट पर कलानिलयम है, एक नृत्य-गुरुकुल जो अब एक डीम्ड यूनिवर्सिटी बन चुका है। बाक़ी बाद में बताती हूँ। अन्दर चलें? लो आश्विन भी आ गया।”

“नमस्कारम मेम्मा, सुखामल्ले? (नमस्ते मौसी, सब कुशल?)”

“निंगाले वीनडुम कंदाडिल संदोशम! (तुमसे फिर मिलना अच्छा लगा) मीट माया, शी इज़ आईएएस ट्रेनी, सोपान की फ्रेंड है। अम्माँ कैसी हैं? बहू अथिरा को ज़्यादा परेशान तो नहीं किया ना?”

“अरे नहीं, उनके होने से रौनक रहती है। अथिरा और उनका तो एक ख़ास बॉन्ड है।”

अभिवादनों के आदान-प्रदान के बाद सभी नानी जी के कमरे में पहुँचे। वहाँ सब कुछ साफ़-सुथरा और व्यवस्थित था। सोपान की नानी माधवीअम्माँ एक आरामकुर्सी पर सतर देह लिए बैठी थीं। सलीके से बँधी हल्दिया कोथमपल्ली सूती साड़ी, नाक में हीरे की लोंग। देह पर एक सूत भी अतिरिक्त मोटापा नहीं। वाह! एक नर्तकी ही ऐसे बूढ़ी हो सकती है। सोपान उनके लाड़-दुलार से भीग रहा था, रेणुका चौकन्नी आँखों से उनके कमरे के इन्तज़ामों का मुआयना कर रही थीं। सब सन्तोषजनक था, पानी, दवाएँ, फल और एक मुस्तैद नर्स। आश्विन फ़ोन पर हमारे कमरों तक सामान पहुँचाने, कॉफ़ी भेजने और लंच लगाने का आदेश दे रहा था।

“मुत्ताशी, ये माया है, मेरी स्टूडेंट! बड़ी अफ़सर बनने वाली है, बहुत दूर से आपसे मिलने बातें करने आयी है।” सोपान ने माया को आगे बुलाते हुए नानी से कहा।

“नमस्कारम!” माया संकोच से भर गयी थी जब उन्होंने बूढ़े हाथों से गालों पर हाथ फेरकर कहा था।

“अहा! बड़ी आँखें, तीखी नाक, लम्बा क़द और माथा देखो कितना उन्नत! लड़की लावण्यमयी है, मुझे पसन्द है।” नानी ख़ुश होकर बोल पड़ीं, इस पर रेणुका

आंटी मुस्कुरा दीं, सोपान खिड़की से बाहर देखने लगा। आश्विन ने उसे अटपटेपन से बाहर निकाला।

"आइए! आपका कमरा उधर है।" माया अपना हैंडबैग उठाये उधर चल पड़ी।

पुराने किसी थारवडु में रहने का माया का पहला अवसर था, यह एक छोटी-मोटी मरम्मत कराकर ठीक की गयी हवेली ही थी। वह एक गेस्टरूम में थी जो अपेक्षाकृत नया था। मार्च अन्त की दोपहर में दूर तक धान के खेत चमक रहे थे, आह देहात का नाद और आस्वाद कितना मधुर है। धवल सूरज से सजे दिन में कुछ चिड़ियों के अलावा सब कुछ निश्चल था। लेकिन माया का मन उन चिड़ियों की तरह बार-बार एक ही शाख पर जाकर बैठ रहा था। सोपान सर कितने सरल हैं कि उन्होंने कभी नहीं जताया कि वे किस अनूठे प्रतिष्ठित कुल से सम्बन्ध रखते थे। लंच के लिए सोपान ख़ुद बुलाने आया। माया को देखकर ठिठक गया, उसने फिरोज़ी सूती साड़ी पहनी थी, बिन काजल के भी घनेरी पलकें काजल सजी लग रही थीं। उसने अपने घने कन्धे तक कटे बालों को पोनीटेल से मुक्त कर लिया था।

"सॉरी...माया!" सोपान ने एक अल्पविराम के बाद कहा।

"किसलिए?" माया मुस्कुरायी, गुलाबी लिपग्लॉस लगे होंठों के बीच उसकी एकसार दन्त-पंक्तियों में से उजाला जगमगाया।

"वही कि...यहाँ सब बस एक ही तरह से सोचते हैं और..."

"कोई बात नहीं जब आप मेरे घर आये थे तो मेरी अम्माँ ने रसोई में मुझसे भी ऐसा ही कुछ कहा था। हम कुछ नहीं कर सकते इस पिछली जेनरेशन का।" सुनकर सोपान ने गहरी साँस ली। दोनों डायनिंग हॉल की तरफ़ बढ़ गये। लंच टेबल पर रेणुका आंटी ने इस घर का इतिहास बताया।

"तुमको बताया होगा ना सोपान ने कि मेरी माँ माधवीअम्माँ कलानिलयम की आरम्भिक मोहिनीअट्टम गुरुओं में से एक थी। इनकी माँ यानी मेरी नानी 'मायम्मा' मातृवंशीय व्यवस्था मरुमक्कथयम के चलते परिवार की मुखिया थीं। उन्होंने यहाँ चेरुथुरुथी में यह पूरी जायदाद बनायी, अपने लिए यह थारवडु बनवाया था। जिसमें वे आजीवन रहीं, बानवे साल की उम्र तक। मेरी माँ उनकी इकलौती वारिस थीं। उसके बाद उन्होंने इस हिस्से में अपना रहवास और एक डांस-स्टूडियो बनवाया। इस नये घर में मेरे माता-पिता, हम तीन बच्चों के साथ रहे। मेरे एक बड़े भाई, जो एयरोनॉटिकल इंजीनियर थे, एक बार अमेरिका गये तो वहीं के सिटीजन हो गये, उनकी मृत्यु भी वहीं हुई, अब वहाँ उनकी अमेरिकी पत्नी और बच्चे हैं जो कभी-

कभी यहाँ घूमने आते हैं। मेरी बड़ी बहन सत्यभामा यहीं रहती हैं जो आजकल 'कलानिलयम' की डीन भी हैं, फ़िलहाल वो संगीत-नाटक अकादमी की एक मीटिंग में दिल्ली गयी हुई हैं। और सबसे छोटी मैं...मेरी माँ की ज़िद के कारण हमने 'मायाविडु' का पुराना हिस्सा वैसे ही छोड़कर नयावाला नयी तरह से ठीक करवा कर, दस नये कमरे जोड़कर इसे हैरिटेज रिसॉर्ट की तरह बना दिया गया है। आज हम नानी के साथ बैठेंगे। उनसे पूछेंगे कि उनको उनकी माँ 'मायम्मा' की कितनी बातें याद हैं?"

"हम्म, वाह!" माया गर्दन हिला रही थी। सोपान ने रेणुका को बीच में ही रोककर कहा।

"उसके पहले मैं पुराना थारवडु माया को दिखा सकता हूँ?"

"क्यों नहीं? बस साँपों और झूलती छतों का ध्यान रखना। पिछली बार एक शहतीर तुम पर गिरते-गिरते बची थी।"

तीसरे पहर में वे दोनों सोपान की परनानी मायम्मा के हिस्से में घूम रहे थे, जिसे 'ओल्ड-मायाविडु' कहा जा रहा था। विशाल आम, इमली-कटहल, सीता अशोक के पेड़ों से घिरा एक चोकोर बग़ीचा था उसमें काई से भरा षटकोणीय कुण्ड था जिसमें कमल और कुमुद के पत्ते अब भी तैर रहे थे। सबसे आगे बने विशाल हॉल में शहतीरें झूल रही थीं–फिर चारों ओर चार बड़े कमरे और अन्दर छोटे कमरे जिनके दरवाज़े बीच में बने खम्भों पर टिके एक गोल आँगन में खुलते थे। इस पुमुखम यानी मलयाली पारम्परिक आँगन के दोनों ओर–पैरापेट शैली की बैठने की जगह और नक़्क़ाशीदार लकड़ी के पायदानोंवाला फ़्रोयर बना है। पुमुखम से गोल आकाश दिखाता था। हर खम्भे पर भारी दीपाधार टँगे थे। जालों और नमी से भरा-भरा माहौल...मगर सोपान लगभग सम्मोहन में था।

"वह पेड़ देखती हो? नीरमारुथु का? बहुत पुराना है। कितना शानदार है ना! मगर हम उसके अकेलेपन को महसूस नहीं करते। मुझसे-तुमसे मिलकर देखो यह कितना ख़ुश है।" माया ने पेड़ को फिर सोपान को देखा, उसे यह भावुकता भली लगी।

"जानती हो किसी भी नायर थारवडु की विशेषता होती है यह कुलम (पत्थर से बनी सीढ़ियाँ और चौहद्दी सहित जलाशय)। वे अपने को नागवंशी मानते थे, इसलिए कावु (घर के पिछवाड़े बना नागदेव का छोटा सा-मन्दिर) के भीतर दीपक जलाकर ही दिन शुरू करते थे।" वे कुछ देर उस छोटे जलाशय के पास खड़े रहे फिर चले आये।

चाय के समय वे सब नानी के कमरे में बैठे। सोपान ने फ़र्श पर बैठ नानी के पैर हाथ में ले लिए और उन पर गुनगुना नारियल तेल मलने लगा।

"मुत्ताशी, आपको आपकी माँ का नाम याद है।"

"किसकी माँ? तेरी? सत्यभामा!"

"अरे आप सब घाल-मेल करती हैं, मेरी माँ तो रेणुका हैं, आश्विन की माँ सत्यभामा हैं और आपकी माँ कौन थीं?"

"मायम्मा!" नानी पोपले मुख से हँसी।

"बहुत बोलती थी वो बड़-बड़, बड़-बड़...वेदू पेट्रोमेक्स, माधवी फूल गूँथे? माधवी यह किया-माधवी वह किया? दिन भर मुझ पर शासन करती।" माधवीअम्माँ अपने अतीत से आती आवाज़ों में बह रही थी, समुद्र में एक नाव की तरह...तभी खाँसी के एक दौरे ने यह प्रवाह बन्द कर दिया। नर्स उन्हें सँभालने लगी और उनकी नाक पर नेब्यूलाइज़र लगाकर लिटा दिया। सोपान उनके पैर सहलाता रहा। अचानक रेणुका ने माया से कहा–कैसा अनूठा संयोग है ना! सोपान की परनानी का नाम मायम्मा था और तुम्हारा माया। मुझे यह नाम बहुत गहरा और सार्थक लगता है। क्या तुम अपने नाम का अर्थ जानती हो? मा–शक्ति, या–भ्रम या ब्रह्म! ब्रह्म सत्यम, जगत्मिथ्या।" रेणुका आंटी टीक के पैरापेट शैली के बेंच पर बैठी पैरों को थाप देने लगी। उनकी कासवू साड़ी की सुनहरी कोर उनके बहुत सुन्दर पैरों पर कितनी जादुई लग रही थी।

"तुम जो जानना चाहती हो ना, वह कथा बीसवीं सदी के आरम्भ में जन्मी 'मायम्मा' की है, वह जीती-जागती प्रतीक थी मातृशक्ति की।" कहकर रेणुका नायर चुप हो गयीं। उनकी बड़ी आँखें मानो किसी सदी को अपने सामने 'फास्ट फॉरवर्ड' में बीतते देख रही हों। और...यहाँ इस सदी की माया नींद से जागी कि वह त्रिशूर से अट्ठाईस किलोमीटर दूर कवि वेलत्तोल के गाँव में 'मायाविडु' के टीक के फ़र्श पर बैठी किस 'मायम्मा' की कथा सुनने जा रही है? यह संयोग है कि स्वप्न? उसे ज़रा चिन्ता नहीं कि उसे अगले दो हफ़्ते बाद शिलॉन्ग जाना है अपनी डिस्ट्रिक्ट ट्रेनिंग के लिए। उसे लगा जैसे किसी ने उसे आँखों पर पट्टी बाँधकर घुमा दिया है और अब उसे समझ नहीं आ रहा कि वह समय के किस टुकड़े में है और कहाँ है? अभी कुछ समय पहले ही तो वह 'शीलं परम भूषणम' लिखी दीवार के आगे विक्ट्री का साइन बनाकर सोपान सुन्दरम् नायर सर को भेज रही थी। यह समय है कि रेत!... फिसलता ही जा रहा है।

अपने बिस्तर पर नीली मच्छरदानी के अन्दर लेटकर माया जल्दी ही शान्तिपूर्ण नींद में डूब गयी। पेड़ों के कोटरों में चिड़ियाँ भी आपस में चिपककर सो रही थीं। बाल सूरज अगले दिन सुबह जब घने पेड़ों की फुनगियों पर आवारा घूमकर धान की पकी हुई सुनहरी फ़सलों के ऊपर आ गया तब भी माया गहरी नींद में थी। मानो नींद पर न जाने कितना उधार चढ़ा था माया का। तभी एक नौकर ने दरवाज़ा खटखटाया–"अम्माँ तैयार हैं कलानिलयम जाने के लिए। आपको बुलाती हैं।" माया हड़बड़ाकर बाथरूम में घुसी और दस मिनट में वह एक बिस्किटी रंग की ढीली मिडी ड्रेस के नीचे स्कैचर्स पहनकर रेणुका के कमरे के बाहर थी। सोपान के बारे में पूछने पर उसी नौकर ने बताया कि सोपान सुबह-सुबह आश्विन भैया के साथ भारतपुझा नदी के तट पर फिशिंग के लिए चले गये थे। रेणुका कमरे से बाहर आयीं गाढ़ी मरून सूती साड़ी पहने। माया देखती रह गयी उस सलीके को। कोई क्या-क्या सराहे, पाँच फ़ीट सात इंच लम्बा क़द? लम्बोतरा चेहरा और बड़ी आँखें? मांसल होंठ और देह की तराश? वह कुछ बोलती कि वही बोल पड़ीं–"कितनी बच्ची-सी तो हो तुम माया पूरा ज़िला कैसे सँभालोगी।"

"अभी कहाँ आंटी, अभी तो लम्बा ट्रेनिंग पीरियड...अभी तो हम लोग तहसीलदार से लेकर ब्लॉक ऑफ़िसर तक सबसे सीखेंगे।"

"हाँ...आओ पैदल ही चलें। यहाँ सब कुछ बड़ा मनमोहक है। मेरा बचपन कलानिलयम से नानी के थारवड्डु के बीच शंटिंग करते गुज़रा है।"

"आप कलानिलयम में भी रहीं?"

"हाँ, मेरा तो जन्म ही कलानिलयम परिसर में हुआ। जब मेरी माँ बिज़ी रहती कलानिलयम के कार्यक्रमों में तो हम नानी 'मायम्मा' के साथ रहते, ऐसा अवसर आये दिन बनता था।" रेणुका के बातें करने का लहजा अब एक दोस्ताना रूप ले रहा था। कलानिलयम क्या था एक हरे-भरे जंगल में अवस्थित विशाल नृत्यकला-संकुल! सबसे मोहक कलानिलयम के बीचों-बीच टीकवुड का बना प्रसिद्ध नृत्य थिएटर, कूटम्बलम था। षट्कोणीय आकार में कई भुजाओंवाला एक कमल के फूल-से आकार का।

"चलो पहले कैम्पस देखकर आते हैं, म्यूज़ियम वग़ैरह फिर आख़िर में यहाँ आयेंगे। वहाँ कलरियाँ है जहाँ गायन-वादन, अभिनय और नृत्य सिखाया जाता है। मुझे बचपन से कथकली की मेकअप-क्लास सबसे दिलचस्प लगती थी। अप्पा अक्सर वहीं मिलते। पहले छात्रों को मिट्टी के बर्तनों पर मेकअप करना सिखाते हैं फिर ग्रीन-रूम में जाने का नम्बर आता है। उधर पोर्ट्रेट गैलरी और सड़क के पार

वल्लथोल संग्रहालय है।" माया अभिभूत थी। हर दिशा से संगीत झरने की तरह फूट रहा था।

"इस जगह को हमने स्थापित होते देखा है। अम्माँ-अच्चन को भी यहाँ की नींव के दो स्तम्भ ही मान लो। उस सामनेवाली स्टेज पर माँ और अच्चन को लाखों बार नाचते देखा, हज़ारों विशिष्ट मेहमानों के सामने। देसी-विदेशी छात्रों को पढ़ाते देखा। मोहिनीअट्टम को कुछ लोगों ने उसके पुराने स्वरूप से बाहर निकाला, उनमें से एक अम्माँ थीं।" कूटम्बलम में आज कोई प्रस्तुति नहीं थी, वह अपनी भव्यता में अपना इतिहास समेटे मौन खड़ा था।

"पुराना स्वरूप?"

"हाँ, एक समय था जब मोहिनीअट्टम को अंग्रेज़ों ने 'नॉच' नाम देकर बदनाम किया, मोहिनीअट्टम करनेवालियाँ 'नॉच-गर्ल' कहलाती थीं। अपनी केशसज्जा और काजल के कारण जादूगरनियाँ...हालाँकि मोहिनीअट्टम पर देवदासियों के रिझाऊ नाच की छाप तो आ गयी थी। मुकुट्टथी, पानप्रसादम, स्पर्शम जैसी भूपतियों को उत्तेजित करने वाले अंग इसमें शामिल हो गये थे। मेरी अम्माँ की किताब है इस पर वह तुम्हें दूँगी पढ़ना। आओ उधर चलें कवि वल्लथोल का संग्रहालय है।" माया हर शब्द के साथ प्रभावित होती जा रही थी, रेणुका से। काश रेणुका आंटी की एंथ्रोपोलॉजी की क्लास में वह कोई छात्रा होती। सोपान सर में पढ़ाने के गुण इन्हीं से आये होंगे।

"तो आपकी माँ माधवीअम्मा एक आख़िरी नायर मैट्रिआर्क 'मायम्मा' की बेटी थीं? आपको कैसा लगता है कि यह सिस्टम चलता रहता तो?"

"मायम्मा के पैरेलल और भी 'कर्णावटी' रही होंगी, उनके अधिकार भी छीने गये होंगे। पर हाँ, माँ उस पहली पीढ़ी से थी जो ख़ुशी-ख़ुशी पितृसत्ता में प्रवेश कर रही थी। शायद मातृवंशीय प्रणाली में उलझनें और गाँठें पड़ने लगी थीं तो पितृसत्ता को अपनाने वाली इस पीढ़ी की अपनी बेचैनियाँ रही होंगी। शादी, एकल परिवार, बच्चों का पिता चलन में आ गये थे। यही वजह थी कि माँ उस तथाकथित चारित्रिक शुचिता के लिए बहुत सचेत रहीं। वह पूरी पीढ़ी ही ऐसी रही होगी जिनकी अमूर्त अवधारणाओं में उनकी पूर्वज स्त्रियाँ एक चारित्रिक तुच्छता में जी रही थीं। जिनके पास पति नहीं था, उनके बच्चों का पिता नहीं था। तभी तो जब मातृसत्ता समाप्त करने की बात उठी तो राजा रविवर्मा ने एक पेंटिंग बनाई, शायद तुमने उसका प्रिंट वर्जन कहीं देखा हो जिसमें एक नायर जूड़े और कासवू साड़ी में महिला एक बच्चा गोद में लिए इशारा कर रही है–उस पेंटिंग का शीर्षक था 'हियर कम्स पापा!' कलाविदों

का कहना है कि उन्नीस सौ इक्कीस में बनी वह पेंटिंग मातृसत्ता के अन्त, परिवारों में कर्णवर (मामा) और कर्णावटी (मुखिया माँ) की अभिभावक की भूमिका के अन्त को दर्शा रही थी।"

"यह?" माया ने तुरन्त गूगल कर रेणुका को दिखाया।

"हाँ, एकदम यही।"

"कितनी अनोखी बात है यह तो! लेकिन मातृसत्ता ख़त्म करने की ज़रूरत क्यों पड़ी होगी?" माया ने कुतूहल से पूछा। अब वे दोनों कलानिलयम की पुरानी इमारत में जा रही थीं, जिसके एक धुँधलके में इतिहास लिपटा पड़ा था।

"शायद मॉरल एंग्ज़ायटी! मातृवंश दादी-नानी की यादों और इतिहास की किताबों के पन्नों में धूमिल होने लगा था।" कहकर रेणुका चुप हो गयीं। कुछ देर तक सोचती रहीं फिर बोलीं।

"अठारहवीं और उन्नीसवीं सदी में नायर महिलाओं के अपने जो विशाल घर थे, थारवडु वो मातृवंश का केन्द्र थे। वहाँ स्त्री-केन्द्रित परिवार रहता था। स्त्री, उसके बच्चे और उसकी बहनें, नानियाँ, मौसियाँ। ज़मीन का अधिकार उसका, समाज में पहचान उसकी। ये स्त्रियाँ अपने घर में आज़ाद थीं। इनका सम्बन्धम उनकी मर्ज़ी से होता, सम्बन्ध-विच्छेद बेहद सरल था। सम्बन्ध-विच्छेद और विधवा होने का अर्थ पुरुषविहीन होना नहीं था। वे आगे भी नये सम्बन्ध बनाने को स्वतन्त्र थीं। फिर युवा होते नायर लड़के इन थारवडुओं से निकलकर मद्रास और दूसरी जगह पढ़ने जाने लगे। ब्रिटिश कल्चर की रोशनी में देखा कि बाक़ी हर जगह तो घर का मुखिया पिता है और यहाँ मामा/कर्णवर या माँ या नानी! पिता कहीं और रह रहा है। यही वजह बनी मोरल एंग्ज़ायटी की कि ऐसा और कहीं नहीं होता तो हमारे यहाँ क्यों? हमें तो शर्म आती है। जिस समाज में माँ मुखिया वहाँ स्त्री की मर्ज़ी सर्वोपरि, यानी वह यौनिक तौर पर भी स्वतन्त्र। वैवाहिक बन्धन यानी 'सम्बन्धम' जो कि नितान्त लचीला कि स्त्री जब चाहे त्याग दे, अपना ले। ऐसा क्यों हो! अब नायर पुरुष योद्धा नहीं रहे। नौकरियाँ कर रहे, किताबें लिख रहे, नेता बन रहे तो हम तो अब अपनी स्त्रियों को पवित्र नैतिकता के दायरे में और अपने कंट्रोल में रखेंगे।...बात कोर्ट में गयी और केरल में 1925 में हिन्दू नायर समाज में पारिवारिक और सामाजिक ढाँचा क़ानून की मदद से तोड़ा गया। लगभग ढहाया गया मैट्रिलिनी को। यह विश्व का पहला उदाहरण था जहाँ समानता के अधिकार को क़ानून की मदद से नष्ट किया गया। हिन्दू नायर परिवार के चौखटों को बदला गया, अबोलिशिंग मेट्रिलिनी 'नायर रेगुलेशन' के नये क़ानून पर क्वीन ऑफ़ त्रावणकोर सेथू लक्ष्मी बाई ने साइन किये

एंड 'हियर कम्स पापा!' यानी पितृसत्ता का आगमन हुआ। मेरी नानी के खँडहर मायाविडु जैसे अनगिनत बन्द दरवाज़ोंवाले थारवडु, आटिंगल और अम्माविडु आज भी गवाह हैं–माँ केन्द्रित परिवार के।" माया चकित होकर रेणुका को सुन रही थी। मलयाली स्त्री का अतीत कितना जटिल था। वह बीच में बोले बिना ना रह सकी।

"आंटी, आपने कितने अच्छी तरह से पूरा इतिहास समराइज़ कर दिया। थैंक्यू! मुझे लगता है दिक़्क़त यह है कि कोई भी चीज़ प्रचलित नैतिक पैटर्न से हटकर हो तो लोग उसे अजूबा बना देते हैं। हाल ही में मैं भारत दर्शन के दौरान मध्य प्रदेश गयी थी। वहाँ झाबुआ के इलाक़े में आज भी बसन्त के दिनों में भीलों के भगोरिया मेले लगते हैं। जहाँ रिवाज़ है कि आदिवासी लड़कियाँ अपने पसन्दीदा लड़के के साथ भाग सकती हैं। लड़के ने एक पान दिया इसने खाया और तय हो गया। मगर मीडिया ने पब्लिसिटी करके, इन मेलों को टूरिस्ट-इवेंट बना दिया। उसका नतीजा यह हुआ कि उन्हें लगा हम अटपटे हैं! और भगोरिया को लेकर वे भील औरतें अब मीडिया के आगे 'डिनायल-मोड' में आ गयी हैं कि–नहीं-नहीं, यह मेला भाग कर शादी का नहीं बस आम-सा मेला है। मुझे याद है अरुणाचल प्रदेश में एक क़बीले के आदिवासी मुखिया ने कहा था कि सड़कों के आने से हमारी आदिम सभ्यताएँ नष्ट हो रही हैं।"

"एकदम सही कहा माया! सच पूछो तो मातृवंशी होने का अर्थ महारानी बन के रौब चलाना नहीं था। बल्कि उन्हें बहुत काम करना पड़ता था अपने कुनबे को सँभालने के लिए। यहाँ स्त्रियाँ पावर-सेंटर नहीं थीं बल्कि अन्य स्त्रियों की सहायता से व्यवस्था को सुचारु ढंग से चलाती थीं। सत्ता में बदलाव व्यावहारिकता से तय किया जाता था न कि हिंसा से। जो अनुभवी और उम्रदराज स्त्री हो। वह सही मायनों में 'इगलटेरियन' समाज था जहाँ विधवा होना कोई घबराने वाली बात नहीं थी। शरीर को लेकर उनकी आज़ादी पुरुषों के बराबर ही थी। जब मातृवंश ख़त्म हुए तो वे मजबूर की गयीं कि पूर्वजों की स्वच्छन्दता के प्रायश्चित्त में 'विवाह' जैसे ब्राह्मणवादी अनुष्ठान निभाएँ और अपने पुरुष के प्रति समर्पित रहने की प्रार्थनाएँ करें। पुरुष? वे तो दो सदियों के बीच त्रिशंकु बने असमंजसों के पुतले थे। उनके लिए ब्रिटिश 'सभ्यतम और सभ्रान्त' थे। मेरी माँ ने इस बदलाव को देखा और गहराई से महसूस किया। उन्होंने नानी के साथ-साथ अपनी कथा को भी डायरी की तरह लिखा है।"

"सच? वे डायरियाँ हैं?"

"उनकी दो दर्जन से अधिक डायरियाँ, रजिस्टर थे जिनमें उन्होंने मायम्मा की

कथा के साथ मोहिनीअट्टम का इतिहास, गीत, पद और कवित्त लिखे थे। कुछ इधर-उधर हो गये हैं, कुछ बुरे हाल में हैं। उन्हें खोजेंगे हम...अम्माँ से पूछेंगे। आओ तुम्हें मोहिनीअट्टम डिपार्टमेंट ले चलूँ जिसकी नींव कल्याणीकुट्टी अम्माँ ने रखी और माँ ने उनकी विरासत को आगे बढ़ाया।" तभी माया के मोबाइल पर सोपान का फ़ोन आ गया–"बोर तो नहीं हो रहीं?"

"एकदम नहीं, बहुत मज़ा आ रहा है। वैसे आपने कितनी मछली पकड़ीं?"

"जल्दी से आ जाओ, एक उम्दा मछली खिलाते हैं, आश्विन पका रहा है। मैं असिस्ट कर रहा।" माया को सोपान की इस बेचैनी में उसके अपने मन की ढीली पड़ती गाँठ दिखी।

अब वे म्यूज़ियम के पास खड़े थे जहाँ कविराज की सुन्दर मूर्ति लगी थी। भीतर गलियारों में कलानिलयम को स्थापित करने में लगे कवि वेल्लथोल के संघर्ष की कथाएँ और उनके जीवन के महत्त्वपूर्ण पल, छवियाँ और वस्तुएँ सहेज कर रखे गये थे। प्रख्यात नृत्यगुरु कल्याणीकुट्टी के साथ माधवीअम्मा की युवा तस्वीर भी थी। रेणुका को देख सब सादर झुककर प्रणाम करने लगे। हर कोई नानी जी के स्वास्थ्य के लिए पूछ रहा था। अपनी माँ के प्रभाव को देखकर रेणुका ख़ुश थी।

"सोपान का नाम कविराज ने ही रखा। केरल का शुद्ध संगीत शास्त्रीय रूप से सोपान संगीत नाम से विख्यात है। वैसे वह बहुत केयरिंग है न।" माया रेणुका की आख़िरी बात पर कुछ कह न सकी। मोहिनीअट्टम की कक्षा में किशोरियाँ साड़ी पहने अभ्यास कर रही थीं। देह को त्रिभंगी मुद्रा में मोड़ वे लचीली गुड़ियाँ लग रही थीं। रेणुका ने अपनी कुलकथा को आगे बढ़ाया।

"मेरी माँ जन्मी तो वे आज़ाद स्त्री मायम्मा की बेटी थीं। उनका एक हवेलीनुमा थारवडु था। जहाँ आज़ादी से लड़कियाँ नृत्य-संगीत, दर्शन और साहित्य सीखतीं। छोटे लड़के कलरीयपट्टु सीखते, आगे जाकर नम्बूदरी भूपतियों के योद्धा बनते। लड़कियाँ नम्बूदरी भूपतियों के अविवाहित भाइयों की 'सम्बन्धम-संगिनी'। लेकिन मायम्मा ने तय किया था कि वे अपनी बेटी 'माधवी' को नम्बूदरी कुँवारे लड़कों से मिलने के अवसर देने की जगह उन्हें पढ़ा-लिखाकर लड़कों जैसा मज़बूत बनायेंगी। वे ख़ुद एक महिला-नट्टुवन तारा के साथ मोहिनीअट्टम-मण्डली के साथ यात्राएँ किया करती थीं, केरल से तमिलनाडु, कर्नाटक तक। उन्होंने बहुत चाहा कि माँ मोहिनीअट्टम और लड़कों से दूर रहें मगर लॉ ऑफ़ अट्रेक्शन...जो होना होता है होता ही है!" रेणुका ने जब यह कहा तो माया को मर्फीज़ लॉ याद आ गया।

"फिर?" माया की उत्सुकता थी कि बढ़ती जा रही थी।

"फिर जब उन्नीस सौ इक्कीस में थिरुनावया में नवमुकुन्दम मन्दिर पर 'मोपिलाह' आक्रमण हुआ और वहाँ मन्दिर, आटींगल, थारवाड़ लूटे-जलाये जाने लगे। नानी मेरी माँ को लेकर वहाँ से रातों-रात निकल त्रिशूर और यहाँ चेरुथुरुथी में आ गयी। ये थारवाडों के नष्ट होने के दिन थे आख़िरकार रानी सेथुलक्ष्मी ने 1925 में नायर समाज की सदियों से चली आ रही मातृवंशी व्यवस्था को अपने हस्ताक्षर से मृत्यु दण्ड दे दिया था।"

"मायम्मा परनानी ने इसे कैसे लिया?" माया इस कथा में डूब गयी थी।

"माँ बताती हैं कि नानी को बहुत आघात पहुँचा जब पता चला कि क़ानून आते ही थिरुनावाया वाले थारवडु पर तुरन्त उस घर के बेटों ने क़ब्जा कर लिया है। बूढ़ी मौसी को एक कोने वाली कोठरी में पटक, उनकी बेटियों और उनके नाबालिग बच्चों को निकाल दिया है। तब उन्होंने रानी सेथुलक्ष्मी को पत्र लिखा था।"

"सच?" माया कुलकथा को आगे सुनती तब तक कुछ लोग रेणुका से मिलने आ गये थे। उन्होंने रेणुका के पैर छुए।

"कैसे हैं जोसफ़? महेन्द्र? कुरूप सर आये हैं आज?"

"वे कुछ अस्वस्थ हैं चेच्ची। आप अन्दर आयें।" एक पेड़ों के झुरमुट में पीले रंग का स्टूडियो था जहाँ क्लास चल रही थी। छोटे-छोटे लड़के, दस से बारह साल की वयस के रहे होंगे, वहाँ चेहरे की मांसपेशियों को थिरकाने का अभ्यास कर रहे थे। भौंह, आँख, होंठ और गर्दन...

"माया यह वही कथकली कलरी है जहाँ मेरे अच्चन ने बरसों सिखाया। सॉरी! मैं इमोशनल हो गयी थी। अम्माँ की तरह अच्चन को भी कविराज ही खोज कर यहाँ लाये थे।" रेणुका आंटी ने ताड़ के पेड़ पर बने बया के अधबने घोंसले की तरफ़ उचटती दृष्टि डालते हुए कहा।

"मेरे माता-पिता ख़ूब दुनियादार भी थे। उन्होंने इस संसार को क़रीब से देखा था। इसलिए मेरे भाई को उनकी इच्छा से मद्रास आई.आई.टी. में भेजा था। सत्या चेच्ची ने भी बी.ए. और मोहिनीअट्टम साथ-साथ किया। मैंने एंथ्रोपोलॉजी चुना। अम्माँ ने हमेशा चाहा हम ख़ूब पढ़ें और मनचाहा करें। मेरी रुचि हमेशा से ह्यूमन हिस्ट्री में रही।" वहाँ से निकालकर वे दोनों पैदल कूटम्बलम की तरफ़ चल पड़ीं।

"आपका बचपन भी मज़ेदार रहा होगा ना! कुछ बताइए ना सबके बारे में।"

"मेरी नानी मायम्माँ लम्बे समय तक जीवित रहीं, सोपान भी उनकी गोद में खेला है। अपने आख़िरी समय में भी उनकी याददाश्त एकदम दुरुस्त थी। मुझे लगता है डांस का ज़रूर इससे सम्बन्ध है।"

“आपको नानी ने कुछ बताया? अतीत के बारे में...। कुछ कथाएँ? अपने जीवन की।”

“जब मैं उनसे पूछने की उम्र में आयी तो वे कुछ-कुछ भूलने लगी थीं। मुझे यह पता है कि उनको रंगों और संयोगों में विश्वास था। सोने के सुनहरेपन से प्यार था। मेरे पिता से उनका छत्तीस का आँकड़ा था। मुझसे अधिक उन्हें मेरी बहन से प्यार था। वह उससे ज़्यादा बातें करती थीं। लेकिन अपने अतीत को शायद ही उन्होंने किसी से बाँटा, माँ से भी नहीं। माँ मगर सब जानती थीं वे उनकी छाया बनकर ही बड़ी हुईं। लेकिन एक बात है मैं भी मायम्मा की तरह रोज़मर्रा के जादू में विश्वास करती हूँ। जैसे मैंने सोचा नहीं था कि मैं आज कलानिलयम में एक प्यारी, ख़ूब इंटैलिजेंट लड़की के आगे अपना मन-दिमाग़ इस तरह खोलूँगी।” रेणुका ने माया के कन्धे पर हाथ रखा और माया मुस्कुरा दी। वे उसे लेकर कुटम्बलम के अन्दर आ गयी और वहाँ टीक के एक छोटे मंच पर पैर लटकाकर बैठ गयी, एक लड़के ने जब आकर अभिवादन किया तो रेणुका ने उसे कॉफ़ी लाने को कहा।

“यह देखो, इस कूटम्बलम के दर्जनों ग्रेनाइट स्तम्भों पर एक सौ आठ नृत्य मुद्राएँ उकेरी हुई हैं। इसके पवित्र हॉल में प्रस्तुतियाँ देखना एक अलौकिक अनुभव है।” वह मुस्कुरा रही थीं लेकिन आँखों में ढेर सारे आँसू उमड़ आये थे।

“आंटी! क्या हुआ?” माया ने रेणुका की हथेलियाँ थाम कर पूछा।

“वो मंच देख रही हो ना! मुझे यहाँ आकर हमेशा वह दिन ऐसे याद आता है जैसे कल की बात हो। जबकि अरसा बीत गया। कलानिलयम का गोल्डन जुबली वार्षिक आयोजन था, अप्पा का शो था। मेरे अप्पा बेहद हैंडसम थे। सोपान में उनका रूप झलकता है। ऊँचा ललाट और अपनी मज़बूत लम्बी काठी के साथ वो भीड़ में अलग ही दिखते थे। जब आठ घण्टे के मेकअप के बाद मंच पर आते उनकी चमकीली पीली पोशाक, मोर के पंखों से सजा मुकुट, गालों पर पत्तियों-सा हरा रंग, हांठों पर चमकीला लाल रंग उनके व्यक्तित्व को और निखार देता था और सबसे अलग जो चीज़ दिखती वह होती उनके जबड़े पर लगा एक सफ़ेद, अर्ध-गोलाकार क़ाग़ज का कट-आउट।

एक उम्र के बाद उनको अस्थमा, डायबिटीज जैसे रोग हो गये और ब्लड प्रेशर बढ़ा रहने लगा। हम सब उनको कहते थे अब 'पेट्टी वेच कली' (कथकली का समापन अंक) करके आप रिटायर हो जाओ। आख़िर आठ से दस घण्टे का लेटे-लेटे मेकअप, फिर तीस किलो वज़नवाली और पूरे शरीर पर चौंसठ तंग गाँठोंवाली पोशाक पहननी पड़ती है–यह तो जवान लड़कों को भी थका सकती है और साँस

लेने में कठिनाई हो सकती है–फिर कम से कम चार से पाँच घण्टे पर नृत्य करना, अपने पैर की उँगलियों पर कूदना, तेज़ हाथ के इशारे करना और चेहरे पर हर पंक्ति पर बदलते भावों को लाना पड़ता है, भवें, होंठ और ठोड़ी हिलाकर। मगर उन्होंने अपना अन्तिम प्रदर्शन घोषित नहीं किया तो नहीं किया। माँ उल्टा हमको डाँट देती–"उन्हें ऐसा सुनना पसन्द नहीं है, मंच ही उनका जीवन है।"

उस रोज़ मंथ्रेडथु नम्बूदिरीपाद द्वारा लिखित आट्ट-कथा 'सुभद्राहरणम' में वे कृष्ण की भूमिका में थे। सत्रहवाँ अंक समाप्त हो रहा था। जिसमें दर्शाया जा रहा था कि बलभद्र कृष्ण पर नाराज़ हो रहे हैं कि बहन सुभद्रा के अपहरण में उनके ही भाई कृष्ण का हाथ है। कृष्ण के रूप में वे मुसकुराते हैं–और मेरे अच्चन मुस्कुराते हुए दर्द का भाव देते हुए बलराम के कन्धे पर जा टिके और फिर मंच के फ़र्श पर औंधे मुँह गिर गये। बलराम बने नटेशन अंकल ने उन्हें सीधा किया। माँ सामने की दीर्घा में थीं 'एम्बुलेंस-डॉक्टर' चिल्लाते हुए दौड़ीं, उनका सिर गोद में ले लिया–वे इशारों में अम्माँ से बोले, "एम्बुलेस या डॉक्टर को मत बुलाओ, मैं तुम्हारा हाथ अपने हाथ में लेकर चैन से सोना चाहता हूँ, मेरा चमयम (चेहरे के रंग) मत पोंछना। यह एक पवित्र मृत्यु है।" उन्होंने आकाश की तरफ़ तर्जनी से इशारा किया और मंच पर ही हमेशा के लिए कथकली कॉस्टयूम में कृष्ण बने ही सो गये। मुझे याद है इतने भारी मेक़अप में वे कथकली मुस्कान मुस्काये और भौंह से कहा–उन्हें किसी बात का अफ़सोस नहीं था, वे आभारी थे। फिर होंठों को हिलाकर कहा, 'मैं तुमसे हमेशा प्यार करता रहा हूँ!' अम्माँ ने उनके हरे माथे पर एक नरम चुम्बन दिया तो उन्होंने अपनी आँखें बन्द कर लीं मानो चैन से सो गये हों। हम दोनों बहनें उसी सभागार में थीं, भाई तब आईआईटी मद्रास अपने हॉस्टल में था। छात्रों ने उनकी देह उठाकर एक मार्मिक कथकली नाद किया–माँ अपने होंठों पर पच्चा (हरा) रंग लेकर उतरीं तो हम दोनों बहनें उनसे लिपट गयीं।

"अम्माँ आपने क्यों अप्पा को नाचने दिया, हम रोकते थे मगर आप...उल्टा हमें डाँटतीं..." मैं अपनी माँ पर हिस्टीरिकली चीख़ रही थी। मगर वे शान्त थीं।

"रेणु, ऐसी मृत्यु की कामना हर कलाकार करता है। मैं रोऊँगी नहीं उन्होंने ऐसी मृत्यु का वरण किया है।"

"छि: आपको ज़रा दु:ख नहीं...?" मैं नवविवाहिता थी। भले मेरा प्रेमविवाह नहीं था लेकिन पाणिग्रहण से लेकर स्पर्शम और ताली गले में पहनाने की सारी रस्मों ने मुझमें एक निष्ठा जगा दी थी, कम बोलने वाले, कलाओं से एक सौ अस्सी डिग्री एंगल पर रहने वाले साँवले विद्वान गणितज्ञ पति के प्रति। उस दिन

मैं भी कलाओं और उसकी तमाम अराजकताओं और पागलपनों से भाग जाना चाहती थी।

मैंने पिता की अन्त्येष्टि और चौदहवें दिन की शुद्धि की प्रतीक्षा की और अपने घर लौट गयी। बहुत महीनों मैं मायके नहीं आयी न कोई फ़ोन और पत्र। तब घबरा कर माँ ही मेरे पास आयीं, मुझे समझाया। यूँ भी एक दिन ऐसा आता है जब आप ख़ुद को अपनी माँ की तरह बात करते हुए, उसकी तरह खाना बनाते हुए, उसकी तरह डाँटते हुए, उसके जैसा गाते-नाचते हुए, उसकी तरह रोता-हँसता पाते हैं। एक दिन ऐसा आता है जब वे बड़ी चप्पल जिन्हें आपने बहुत पहले पहनकर देखा था, आपके पैरों में फिट हो जाती हैं। हर क़दम के साथ आप वह सब सही महसूस करने लगते हैं जिसको आपने कभी ग़लत कहा था। जब आप दर्पण में ख़ुद को देखते हैं और माँ सामने पाते हैं।" रेणुका चुप हो गयीं। सामने पड़ी कॉफ़ी ठण्डी हो गयी थी। सामने से कूटम्बलम के प्रवेशद्धार पर सोपान की आकृति झलकी।

"अरे! तुम कब आये?" रेणुका ने पूछा।

"कब से बाहर था, आप दोनों को बातों में मगन देख बाहर ही खड़ा रहा कथकली सीख रहे बच्चों से बात करता हुआ।"

"कितना कुछ जाना आज...आंटी हमारे परिवार में थोड़ा बहुत संगीत सुना जाता है पर बाक़ी आर्ट-फॉर्म्स से बहुत कम कनेक्ट रहा था। मगर आज...।" माया विह्वल थी। रेणुका अतीत की एक झीनी उदासी में लिपटी थीं, सोपान दोनों के बीच नये उगे जुड़ाव से मन ही मन ख़ुश था। तीनों चुपचाप पैदल चलते हुए 'मायाविडु' आ गये।

शाम की चाय का समय था सो वे सीधे माधवीअम्माँ के कमरे में पहुँचे। वे बड़बड़ा रही थीं–"मेरे तीनों बच्चों को गुड़ का बना पायसम पसन्द है। अपने ही खेत के चावल और नारियल के दूध को शुद्ध गुड़ में मिलाकर सत्या के पिता विशिष्ट खीर बनाते थे। सभी उसे चाव से खाते थे।"

"मम्मी, नानी आजकल नानाजी को बहुत याद करती हैं!" सोपान ने पूछा।

"हाँ, होता है, जब आप बहुत बूढ़े हो जाते हैं, यादें टुकड़ों-टुकड़ों में बहुत साफ़ होकर आती हैं। महीन बातें तक।"

"उस पर अम्माँ तो बात चाहे कितनी भी छोटी क्यों ना हो, उसे ऐसे सुनाती आयी हैं कि लगता मानो किसी नॉवेल की गुत्थियों भरा कथानक हो। आज सहेजती हूँ शाम को इनकी डायरियाँ। फिर समय कहाँ मिल पाता है, ना आपाधापी में याद रहता है। तुम लोग शाम को क्या कर रहे हो?" रेणुका ने मगों में कॉफ़ी उड़ेलते हुए कहा।

"आश्विन मुझे अपनी वेबसाइट दिखाना चाहता है। माया की दिलचस्पी है डायरियों में, वह आपकी हैल्प कर देगी।"

"अरे आ गयी रेणुका, बता कब कर रही है सोपान का 'निश्चयम?" अचानक नानी बोल पड़ीं।

इस विषय के उठते ही माया को घबराहट हुई। माया एकदम उठी और दरवाज़े पर चप्पल पहनकर "थोड़ा घूम कर आती हूँ!" बिना किसी के जवाब का इन्तज़ार किये बाहर निकल गयी। सौ क़दम चलकर जामुनी कुमुदनियों से भरे संगमरमर से नये बने छोटे-से 'कमल-ताल' के पास आ बैठी। अभी उसे कोई भावनात्मक उलझन नहीं चाहिए थी। मगर कुछ तो था, ऑक्टोपस के मांसल शिकंजों जैसा जिनके बीच उसका मन फँसता जा रहा था। वो सोपान की बड़ी-बड़ी आश्वस्त करने वाली आँखें। नहीं! उसे प्रेम में नहीं पड़ना है अभी। तभी जिसका अन्देशा था वही हुआ, सोपान आता दिखा। वह और अनमनी हो गयी कि सफ़ाई देनी होगी अचानक उठकर चले आने की। वही बोल पड़ी–"फ़ोन में पापा की दो मिस्ड कॉल थीं सोचा कर लूँ।"

"हो गयी बात?"

"नहीं उठाया नहीं उन्होंने।"

"आय'म सॉरी माया! तुमको बुरा लगा...माँ और नानी को टोककर आ रहा हूँ।" सोपान का चेहरा पहली बार उसने यूँ उतरा हुआ देखा।

"अरे! ऐसा कुछ नहीं है।" माया ने सोपान का उतरा चेहरा देखा।

"क्या मैं तुम्हारी एक्स्ट्रा केयर करता हूँ? अम्माँ को मैंने कहा। आफ्टर ऑल शी इज़ माय स्टूडेंट।" उसको उलझन में देख माया मुस्कुराकर आश्वस्त करने के सिवा क्या कर सकती थी?

"शायद करता तो हूँ, तुम जब हिमालय दर्शन की यात्रा में थीं, लगातार लैंडस्लाइड्स की ख़बरें आ रही थीं तो मैं चिन्ता में पड़ गया था। पद्मनाभस्वामी मन्दिर जाकर प्रार्थना कर आया तब तसल्ली हुई।"

"क्या? आपने कभी बताया तो नहीं।"

"आओ और बाहर तक घूम आयें।" दोनों लाल बजरी पर चलने लगे।

"तो आपने तय कर लिया कि आप 'आई-लर्न' से अपनी पार्टनरशिप छोड़ देंगे?"

"हाँ!"

"फिर क्या करेंगे?"

"कुछ अनयूजवल।"

"जैसे?"

"किताब लिख सकता हूँ, डॉक्यूमेंटरी बना सकता हूँ।"

"किस विषय पर?"

"इस केले के आधे पत्ते जैसे राज्य केरल पर, नष्ट होते इन कमाल के आर्कीटैक्चरवाले थारवडुओं पर। मेघालय के म्यूज़िकल बैंड्स पर भी अगर तुम मुझे वहाँ बुलाओगी तो।"

"कैसे बुलाऊँगी? आप तो 'माय स्टूडेंट' कह-कहकर ख़ुद अपनी 'टू पाई आर' से परे रखे हुए हैं।"

"क्या? फिर से कहो!" सोपान चौंका।

"कुछ नहीं, देखो आश्विन आ रहा है बुलाने।" माया ने बात बदल दी जो उसके मुँह से अनचाहे निकल गयी थी।

"सुनो! मेरे लिए तुम टैंजेंट नहीं रेडियस रही हो, हमेशा मेरे सरकम्फियरेन्स में।" कह कर सोपान नहीं उसकी आँखें मुस्कुरायीं...वह सोपान के चेहरे को देखती रह गयी। गेहुआँ ललाट, तीखी नायर नाक, ज़िद्दी होंठ और गोल-सी ठोड़ी। सादा-सा पहनावा, कुलीनता और समृद्धि का कोई दिखावा नहीं। हमेशा लीक से हटकर सोचने की आदत, मन और मस्तिष्क के सूक्ष्मतम भावों को समझने और समझा पाने की क्षमता। ऐसे लड़के आज कल कितने दुर्लभ हैं। लेकिन अभी नहीं...कुछ भी नहीं।

"हम्म!" बस माया के भीतर से यही स्वर निकला।

माधवीअम्माँ के कमरे में चाय लिए अकेले छूट गयी रेणुका को बुरा लग रहा था कि उसने माया को अजीब स्थिति में डाल दिया। कहीं वह यह ना सोचे कि आई.ए.एस. ट्रेनी है सो पूरा घर उसके पीछे पड़ गया है!...मगर वह माँ है देख पा रही है सोपान की आँखों के पारदर्शी जल में उसे लेकर एक परवाह। उसने अम्माँ की साड़ियों में से एक सुन्दर दुर्लभ काँजीवरम साड़ी निकालकर रखी थी, यूँ ही माया को उपहार में देने के लिए। सोपान की नाराज़गी देख वापस अलमारी में सहेज कर रख दी। जब माधवीअम्माँ सो गयीं तब उनकी अलमारी में से नानी के कमरे की काठ की अलमारी की चाभी खोजने लगी। जहाँ तमाम कबाड़ के साथ वे डायरियाँ रखी होंगी। वह ख़ुद उनको पलटना चाहेगी। फिर सोपान को थमा देगी।

"कौन रेणु? क्या कर रही है।"

"साड़ी वापस रख रही हूँ, अम्माँ! हम लड़की को बेवजह दबाव में डाल रहे। और अब जाग गयी हो तो बताओ नानी की काठ की अलमारी की चाभी कहाँ है? वहाँ आपकी डायरियाँ ख़राब हो रही हैं। क्या इनको कॉपी करके सहेज लें। आपको बुरा तो नहीं लगेगा?"

"न! किसलिए बुरा लगेगा? सत्या भी अपनी रिसर्च के लिए उनमें से कुछ ले गयी थी। तुम्हें जो काम का लगे ले लो।"

"अम्माँ निजी तो कुछ नहीं इसमें?"

"निजी? हह...मेरा कभी कुछ निजी था?" माधवीअम्माँ कहकर खिड़की के बाहर धुँधलके को घूरने लगीं। कितना कुछ याद आ गया टुकड़ों-टुकड़ों में। वह लेटे-लेटे सोच रही थी।

"रेणुका ने मुझसे चाबी माँगी है 'ओल्ड मायाविडु' की काठ की अलमारी की। मेरी अधिकतर डायरियाँ तो न जाने कितने शहरों-क़स्बों, मन्दिरों में घूम-घूम कर मोहिनीअट्टम पर की गयी रिसर्च से भरी हैं। कुछ में उस समय के कवियों की, कुछ मेरी अंग्रेज़ी-मलयालम में लिखी कविताएँ और गीत होंगे। कुछ में घर का हिसाब-किताब होगा। कुछ ही होंगी जिनमें मेरे बचपन और माँ मायम्मा के बारे में होगा, ठीक से याद भी नहीं। ऐसा समय भी आता है जब हम अपनी यादों से ही थक जाते हैं ऐसे में जो जीवन सामने आ रहा है उसे जीते चले जाना ही भला लगता है। वर्तमान हमेशा भविष्य और अतीत के बीच आरामदेह गलियारे सा पड़ा रहता है, स्मृतिहीन और कर्तव्यों से मुक्त। मैं वही वर्तमान हूँ। मैंने डायरियाँ लिखीं ज़रूर, मगर कभी पलटकर उनको पढ़ा नहीं।

बस यह याद है मुझे पहली डायरी मेरी अंग्रेज़ी की शिक्षिका 'एग्नेस मरियम' ने दी थी, जिसमें मसीह के मार्मिक चित्र थे। वे एक सीरियन नन थीं। वे कहती थीं—"इसमें 'डे टू डे जर्नल्स' लिखो, रोज़मर्रा की, ख़ुशी की, दुःख की, अपने संघर्ष की कथा। मसीह के लिए अंग्रेज़ी से मलयालम में गीतों का अनुवाद करो। और दूसरी तरफ़ अम्माँ ने मुझसे सौगन्ध ले ली थी कि मैं अंग्रेज़ी सीखूँ मगर ईसाइयत नहीं मगर मैंने चुना हर जगह से अच्छा और सुन्दर रख लेना। मैंने हाइम्स पढ़े और वर्सेज़ लिखना सीखा मगर उनमें अपनी मलयालम कविताओं को ढाला। डायरी लिखने की अनियमित ही सही मगर एक आदत बन गयी थी। मेरे पति मधुप कहते थे—"डायरीज़ लिखना एकदम बेकार की आदत है। पूरे जिए का कच्चा चिट्ठा औरों के लिए छोड़ दो। इसे बच्चों से दूर रखो।" मैंने काठ की अलमारी चुनी जहाँ मेरी माँ मायम्मा की कॉफ़ीवाली महक अब भी रहती है। आजकल मधुप अक्सर

सपनों में आते हैं, उनसे कहूँगी कि अब शेष-वृत्तान्त बच्चों का ही है। जीवन जब शेष होने लगता है, आप उसे किसी ऊँचे बिन्दु से देखने लगते हो और वह आपको अपना जीवन नहीं एक कथा, एक आख्यान लगता है। फिर मेरी कथा तो कभी मेरी थी ही नहीं, मेरी माँ मायम्मा की अधिक थी मैं तो बस एक कड़ी भर थी। हैं ना!" माधवीअम्माँ ने खिड़की से नीरमारुथु के पेड़ को देखा वह अपनी डालियाँ हिलाने लगा तो कुछ फूल झर कर गिर गये।

भोर का सोनल तारा

(यही लिखा था माधवीअम्माँ की एक डायरी पर, जिसे उस शाम रेणुका ने सबसे पहले निकालकर पढ़ा।)

नवम्बर 11, 1930, मनाकुलम पैलेस त्रिशूर

रात के 7:30 बजे हैं, पूरी तरह अँधेरा नहीं हुआ है। हवा में अभी तक गर्मी है। परन्तु मुझे एकान्त चाहिए, एकान्त जो मुझमें से निकल गया है। इन महीनों में शाम को भी 7:30 बजे तक त्रिशूर की गलियाँ खाली-सी हो जाती हैं जिससे पैदल चलने वालों के लिए आराम हो जाता है। शाक्तन थम्पुरान ने कलानिलयम को चलाने के लिए अपने महल का एक हिस्सा दे दिया है। गुरु और शिष्य सभी यहीं रह रहे हैं। मैं इकलौती मोहिनीअट्टम की छात्रा हूँ, मेरी अध्यापिका हैं कल्याणी अम्माँ। मैं कई चीज़ें पहले से बहुत अच्छे ढंग से जानती हूँ, कि कल्याणी अम्माँ चौंक जाती हैं। तब मैं बताती हूँ कि मेरी माँ इस विधा की विशेषज्ञ हैं। वे उनसे मिलना चाहती हैं पर क्या कहूँ कि मेरी माँ मुझे मोहिनीअट्टम नहीं करने देना चाहती हैं। उन्हें नाराज़ करके मैं यहाँ आयी हूँ।

थम्पुरान (राजा) स्वयं वीणा वादक हैं। उनकी मन्दिर के भगवानों जैसी छवि है—मोहक और शान्त। वे कहते हैं कलानिलयम एकड़ों में फैले क्षेत्र में बनेगा, राजा मुकुन्द और कविराज का सपना सच होगा।

आजकल मेरी स्मृति में बीता समय, वर्तमान, मेरी बदलती भावनाएँ, मेरे सपने, मेरे विचार...सब मिलकर हाथ पकड़कर नाचते हैं। थिरुनावाया में छूट गयी बिस्तर पर असहाय पड़ी नारायणीअम्माँ, किसी तपस्विनी-सी मेरे अन्तस में रहती है। मेरी माँ मायम्मा अनाथ थी, नारायणीअम्माँ ने उन्हें अपने मातृवंशी कुटुम्ब के साथ पाला था और फिर मुझे भी...वह हमारे थारवडु की मुखिया थीं। गोरी-चिट्टी, दुबली-

पतली देहवाली नारायणीअम्माँ नाक में हीरा और जिस्म पर रेशमी सफ़ेद साड़ी पहन हमेशा मुस्कुराती और मज़ाक़ करती रहतीं।

"नारायणीअम्माँ, कौन है वह जिसकी तुम विधवा?" लड़कियाँ छेड़तीं तो इस पर भी वह हँसतीं।

"इसमें क्या बात है हँसने की? यह वेश तो भिक्षुणियों या नम्बूदरी विधवाओं का होता है।" हवेली में रहने वाली तमाम रेशमी रंग-बिरंगी साड़ियाँ पहनकर चाँद और सूरज जैसे शीशफूल लगाने वाली युवतियाँ चिड़चिड़ाकर बोलतीं। यह बात मुझे अच्छी तरह से ध्यान है। बूढ़ी नारायणीअम्माँ मेरी परम प्रिय सहेली थी। विशेषकर त्योहार के दिनों में जब वह बड़े और पुए बनाती। हम सीधे तेल से निकले पुए हाथ में लेकर उछालते।

ये लो छत पर तड़-तड़ शुरू। बारिश बिन आसार हिस्टीरिया के रोगी की तरह कभी भी आ जाती है त्रिशूर में।

जनवरी 12, 1931

मेरी माँ आयी थीं, वे थिरुनावाया जाने की सोच रही थीं। क्योंकि वहाँ नारायणीअम्माँ बीमार चल रही हैं, शायद अन्त समय आ पहुँचा है। मैं सुनते ही रो पड़ी। एक वही थीं जो मुझे समझती थीं। मेरी अपनी माँ ने तो मुझे अपने हाथों की कठपुतली समझा जैसे चाहा नचा दिया उन्होंने एक पल को भी यह नहीं सोचा कि आख़िर मेरा भी कोई व्यक्तित्व है जो स्वतन्त्र रूप से विकसित हो रहा है। उन्होंने चाहा मैं बारह साल की उम्र में वेद पढ़ूँ, पन्द्रह साल पर संस्कृत की विशेषज्ञ बन जाऊँ। यहाँ आकर मेरे लिए अंग्रेज़ी की शिक्षिका भी खोज दी है। उनको लगता है मैं हर विषय में निष्णात हो जाऊँ और मोहिनीअट्टम का मोह छोड़ दूँ। वह तो भला हो कविराज का, जिन्होंने उन्हें मना लिया है कि संस्कृत से सीमित आय होगी और अभी महिलाओं के लिए विद्यालय में पढ़ाने के अवसर बहुत कम हैं। फिर यह कला जिसे आपने सींचा वह मर जायेगी, इसे लोग 'जादूगरनियों और मोहने वालियों का नृत्य' कहकर नष्ट कर देंगे। आपकी बेटी इसे शास्त्रीय रूप देने में हमारी मदद करेगी। पहले दिन तो 'नाच' शब्द सुनते ही अम्माँ झाड़ू लेकर उठी थीं कि–"भागो! हम नट्टुवनों (नृत्यमण्डली संचालक) को अपनी बेटियाँ नहीं देते।"

"चेच्ची, मैं कवि हूँ...नट्टुवन नहीं। हम संगीत विद्यालय खोल रहे हैं। थम्पुरान का लिखित पत्र देख लीजिए। बच्ची बहुत प्रतिभाशाली है, मोहिनीअट्टम और कई भाषाओं का ज्ञान है, इसे आगे बढ़ने का अवसर मिलेगा।"

"इसकी देह देखते हैं? यह मज़बूत बलिष्ठ देह, नर्तकी बनने के लिए नहीं है, ये कलरीयपट्टु-योद्धा है। इसे मोहिनीअट्टम कुछ अधिक नहीं आता, जतिस्वरम और अष्टपदी तक और कुछ श्लोकम सीखे हैं। यह तो बस कविताएँ लिखा करती है और गाती है उन्हें।"

"हम इन्हें सिखवायेंगे और आपका दिया हुआ जो पारम्परिक है...वह संरक्षित करेंगे। बल्कि आप भी आयें कलामण्डलम में कुछ कक्षाएँ लेने तो हमारा सौभाग्य होगा।" हाहा, हँसी आ जाती है अम्माँ का उत्तर याद करके।

"अब तुम कहोगे कि कटार निगलना है, आड़ी निगलना है, अभी निगलना है, यहीं निगलना है! माफ़ करो!! अब मुझे नहीं सिखाना किसी को।" मुकुन्दन सर और कविराज हताश हो वहाँ से चले गये थे।

1931, बसन्त पंचमी

बसन्त और थिरुनावाया में लगती फूलों की हाट। नारायणीअम्माँ के खेतों में मोगरा बहुत फूलता था। टोकरियाँ की टोकरियाँ हाट में जाती थीं। नारायणीअम्माँ का थारवडु कोई बहुत विशाल नहीं था, मगर उनका हृदय था। कच्ची सीढ़ियों और गेंदे के फूलों, पान की बेलों, मोगरेवाली बगिया के बाद आता पादुप्पुरा यानी मुख्य प्रवेश-द्वार। जहाँ सामने आठ गोल खम्भोंवाले गोल गलियारे में बूढ़े और थारवडु में नाममात्र का वर्चस्व रखने वाले कर्णवर गोपालन नाना लकड़ी की कुर्सी पर बैठे होते। वे कभी एक कट्टर रूढ़िवादी कर्णवर (घर के कार्यकारी मुखिया) रहे थे, लेकिन स्त्रियों ने उनकी बात धीरे-धीरे मानना बन्द कर दिया था, वे आपस में झगड़ने लगी थीं। बहनों की देखभाल के चलते वे आजीवन ब्रह्मचारी रहे थे, सिर पर तीन इंच की चोटी रखते मगर बुज़ुर्ग होने पर भी बहनों के प्रति ज़िम्मेदारी समझते थे। भीतर नौ कमरों में नारायणी और कुंजली अम्माँ की आठ बेटियाँ, मेरी माँ की तरह कुछ अनाथ भांजियाँ रहती थीं। बाहर दो कमरों में रहते थे हमारे तीन मौसेरे किशोर भाई जो खेती करते और स्कूल में पढ़ते। बीच में एक चौक था जिसमें ओरु मन्दिर था। तीन स्नानगृह थे, पीछे की तरफ़ रसोई और एक अँधेरा तहखाना जिसमें दलहन-चावल, गुड़, शाक और पीतल के विशाल भारी बर्तन रखे रहते, चीनी मिट्टी के मर्तबानों में अचार, टीन के कनस्तरों में पापड़म। हम बच्चों के लिए सबसे दिलचस्प कोना यही रहता। ग़लती से अगर इसमें उतरने वाली सीढ़ियों के दरवाज़े की साँकल खुली रह जाये, हम बन्दरों की तरह वह खाने-पीने का ख़ज़ाना लूट लेते। थारवडु के पिछवाड़े में एक नाग-कावु था जहाँ माँ नियमित दिया जलाती। यहाँ से एक पगडंडी

जंगल से होकर नीला नदी की तरफ़ जाती थी, दूसरी पगडंडी नवमुकुन्दन मन्दिर के पिछवाड़े की सीढ़ियों की तरफ़। नारायणी थारवाडु की स्त्रियाँ इस तरफ़ से ही मन्दिर आतीं-जातीं, यह रास्ता छोटा पड़ता था।

अन्य थारवडुओं की तरह नारायणी थारवडु में भी धीरे-धीरे सम्पन्नता का सूरज अस्त हो रहा था। अंग्रेज़ों और नम्बूदरी भूपतियों के ख़िलाफ़ आन्दोलन चल रहा था। वे डरे हुए थे। नानी के खेतों में फ़सलें खड़े-खड़े सूख गयीं कोई कामगार नहीं आ रहा था। बस नारियल के बग़ीचे और फूलों की आमदनी कर्णवर (मामा) लाकर नानी को सौंपते रहे। मेरी माँ मायम्मा एक मण्डली में नर्तकी बन गयी थी और मण्डली संग मन्दिरों, महलों और हवेलियों के उत्सव और आयोजनों में जाती थी, इससे उनको कुछ आय हो जाती थी। उन्होंने अपने साथ जानकी और लक्ष्मी को भी शिक्षा देकर तैयार कर लिया था। वे कई मण्डलियों से जुड़कर विभिन्न धार्मिक मेलों-आयोजनों और भूपतियों के प्रांगण में विशेष आयोजनों में नृत्य करने जाती थीं। कई भूपति उनके नृत्य के प्रशंसक थे। मेरी माँ मायम्मा, बहुत आकर्षक और लावण्य से भरी स्त्री रही थी। जिसकी देह की ऊष्मा से एक मोहक गन्ध निकलती थी।

"अम्माँ क्या लगाती हो आप?"

"कुछ नहीं रे, बस केवड़ा-जल की दो बूँद जल में..."

मेरी माँ ने धीरे-धीरे इस थारवडु की कुछ ज़िम्मेदारी उठा ली थी। बाईस छोटे-बड़े पेट भर जाते, देह पर साफ़ कपड़ा रहता। उत्सवों पर मीठा बन जाता। भूपतियों के यहाँ से केलों के गुच्छे और नारियल अनवरत आते रहते, महीने के महीने दो क्विंटल सेला चावल आ जाता। सब ऋणी रहते मेरी माँ मायम्मा के। ख़ासतौर पर नारायणीअम्माँ।

"मायम्माँ तू ही है जो सबका ध्यान रखती है। बाक़ी सब अपने पास रखती हैं अपने पतियों से मिला पैसा और उपहार।"

1931, अगस्त का कोई दिन

मनाकुलम पैलेस त्रिशूर में बरस बीत रहा है। कलानिलयम एक बड़ी संस्था बन रहा है। शाक्तन तम्पुरान कलाकारों को जुटा रहे हैं। सीखने वाले भी बढ़ रहे हैं। कविराज दान इकट्ठा कर रहे हैं कि कलानिलयम इस महल से निकलकर अपनी इमारत में पहुँचे। मानसून पूरे जोश में है।

मगर मेरे अपने संसार के सीमान्त धुँधले हो रहे थे। जुलाई सरक गयी अगस्त आ गया था। बीती रात मैं न जाने अतीत याद कर रही थी या सपना देख रही थी।

कोई नौका पानी पर धीरे-धीरे सरकती जा रही है, सूरज की मायावी किरणें रहस्य बुन रही हैं, ऐसा लगता है मानो किनारे उगे वृक्ष नौका के आगे चल रहे हैं। यह कमरेवाली नाव थी, जिसमें दीया टिमटिमा रहा था, किन्हीं दो लोगों के वार्तालाप की गुनगुन सुनाई दे रही थी। कमल से भरी झीलों में लहरें उठाने लगीं और अचानक नौका में से धुआँ निकलने लगता है...धुएँ से घुटकर मैं चीख़ रही हूँ, रो रही हूँ। अपनी ही हिचकियों से मेरी आँखें एकदम खुल गयी थीं। ओह! यह तो थिरुनावाया की स्मृतियाँ थीं। एक हूक उठी और मैं अतीत की गलियों में उतर गयी। वह नारायणीअम्माँ का थारवडु और दो गलियाँ छोड़कर नवमुकुन्दन का मोहक मन्दिर, क़स्बे को घेरे कमल के फूलों से भरी झीलें! और वह नवयुवक...सुकुमार मृदंग वादक, जोशीली आवाज़ घुँघराले बालोंवाला कवि...आह! वह याद आता है तो मेरी आँखें अपनी ही बाढ़ में डूब जाती हैं। वे दिन और उनकी स्मृतियों के टुकड़े मेरे स्वप्नों में आवाजाही करते ही रहते हैं।

मुझे याद है, उस दिन नवमुकुन्दन मन्दिर का वार्षिक उत्सव 'मीनम' का आरम्भ हुआ ही था और यह दो दिनों तक चलने वाला था। पहले दिन 'कोडियेट्टम' (नयी ध्वजा लगाने) से शुरू होकर 'अरट्टू' (मूर्ति को स्नान) के साथ समाप्त होना था। ज़मीन पर रेत बिछाई गयी थी, तिरुनावाया में 'चंगमपल्ली कलरी' के योद्धाओं के लिए। बच्चों के प्रदर्शन में एक प्रदर्शन मेरा भी था जिसमें मुझे तलवार लेकर हवा में उछलकर कुछ दाँव-पेंच दिखाने थे। अम्माँ बहुत ख़ुश थी, मैं कुछ भयभीत। आख़िर इतनी भीड़ के आगे प्रदर्शन आसान नहीं होगा। मचान के पास ही सजा-धजा हाथी खड़ा था, कोलाहल तीव्र हो रहा था। मैंने छत पर जाकर देखा, सूरज गोपुरम के मण्डप के पीछे से उग रहा था। मन्दिर के सोनचम्पा के गाछ पर टहनी-टहनी फूल खिले थे जिनकी मोहक गन्ध हवा में फैल गयी थी। मुझे यहाँ बैठना अच्छा लग रहा था। छत के इस हिस्से से नवमुकुन्दम मन्दिर का विशाल परिसर दिखाई पड़ रहा था, प्रात: दर्शन के लिए लोग आने लगे थे। जैसे-जैसे भोर का सोनल तारा डूबा, मेला भरने लगा। उसी समय मुझे नीचे से माँ की पुकार सुनाई दी, "आओ बेटी, नीचे आओ। एक बार मैं और जानकी चोलकेट्टू भगवती नृत्याभ्यास कर पेरूमल स्वामी का प्रात: अनुष्ठान कर आयें। हम पहले चोलकेट्टू, फिर जतिस्वरम, वरणम, पद्म करेंगे, अष्टपदी पर समाप्त करेंगे। जानकी कहती है, शाम के कार्यक्रम में चोलकेट्टू तुम भी करना चाह रही हो। अगर हाँ तो अभ्यास के लिए नीचे जाओ।"

पौन घण्टे के अभ्यास के बाद हम चारों पूजा की थालियाँ लेकर नंगे पैरों चल पड़ीं मन्दिर-प्रांगण के बाहर जमे मेले में...। जहाँ नानाविध दुकानें थीं, रंगीन

फूल मालाएँ, पीतल जड़े मुकुर, नूपुर, दीपाधार, मसाले, बर्तन, सस्ता-महँगा रेशम, सूती थान, मलमल, सोने-चाँदी के ज़ेवर, असली-नकली मोती, शंख, नारियल-ताम्बूल-सुपारी, काष्ठ, धातु और माटी की मूर्तियाँ, शाक-पात, कटहल, कॉफ़ी, जायफल, नारियल और सोनचम्पा के पौधे, काजल की डिबिया, सिन्दूर जैसे अनगिनत सामान। इसी समय सिंहद्वार से हाथियों के जुलूस के बाहर आने का कोलाहल निकला। प्रार्थना के स्वर, साथ में शंखनाद, घण्टी के स्वर मन्दिर से तिरते आ रहे थे। मैं दौड़कर एक सीढ़ी पर चढ़ गयी। मैंने उसी सुन्दर युवा वादक को नंगे पाँव जुलूस में आगे मृदंगम बजाते चलते देखा। पहले भी मैं कई बार उससे टकरा चुकी थी, गजेन्द्र मोक्ष उत्सव में, नौका-दौड़ के समय, प्रत्येक अवसर पर एक अजनबी आनन्द की सिहरन ने मुझे सिहराया था। मन्दिर के मैदान से तीसरी बार तुरही की आवाज़ सुनाई पड़ी। ध्वनि सुनते ही लोग प्रसन्नता के आवेश में कोलाहल करने लगे। कलरीयपट्टु आरम्भ होने वाला था।

"कुट्टी तुमको भी तो भाग लेना था न, तुम तो यहीं हो।"

"अम्माँ अभी हर्षवर्धन चेचन और कोचीन से आये पहलवान का 'मल्लयुद्ध' होगा, उसमें ही एक घण्टा लगेगा...यह देखकर जाती हूँ।" हवा में उछल-उछलकर योद्धा अपने पैंतरे दिखा रहे थे। अपनी बारी आने से पहले मैं उस मैदान में थी। मुझे अपनी आयु की एक और लड़की के साथ भिड़ना था। मैंने अपना पावड़े की लाग कसकर बाँधी थी और पहला वार मैंने किया था हवा में उछलकर...लोगों ने कोलाहल किया। मैं माँ के चेहरे पर प्रसन्नता देख पा रही थी। वे मेरी बाँहों पर उभरी मांसपेशियों की मछलियाँ छूकर देख रही थीं। मुझे शक हुआ कि कहीं इनको मेरी जगह बेटा तो नहीं चाहिए था? मैं ख़ुश थी कि मैंने बहुत शानदार प्रदर्शन किया था। अब मन्दिर से भर-पेट प्रसादम मिलेगा!

दिन का तीसरा पहर बीतने को था, पेड़ों की छायाएँ लम्बी होकर गिरने लगी थीं। अब मन्दिर के मंच पर पहले मोहिनीअट्टम और रात भर कथकली होगा। जब पर्याप्त भीड़ जुट गयी तो हम चारों ने एक ही रंग की साड़ी बाँध सादा वेश में ही एक भक्तिभाव भरी नृत्य प्रस्तुति दी। मैं तो चोलकेट्टू करके मंच से उतर आयी, अम्माँ अन्त में विष्णुसप्तम करके। दर्शक भाव-विभोर थे। नृत्य के बाद मेरी माँ मायम्मा ने अपने समाज और परिवार की बहुत-सी स्त्रियों को वहाँ देखा और लपककर उधर चली गयीं। सोचा उधर से भी प्रशंसा मिलेगी। वे सभी किसी ना किसी कुलीन पुरुष की छत्रछाया में सुरक्षित स्त्रियाँ थीं। वे मोहिनीअट्टम और नट्टुवनों की नृत्यमण्डली से दूर रही थीं, उन्होंने देवदासियों संग नाचा नहीं था तो इस नाते वे 'मायम्मा' से

अधिक कुलीन थीं। उन्होंने लपककर अपनी तरफ़ आती मायम्मा को उपेक्षित कर दिया और मुँहफेर कर आपस में बात करने लगीं। मैं अपनी माँ के चेहरे की हताशा और देह से झरता अपमान देख पा रही थी। मुझे ग़ुस्सा आया, क्या है जो स्त्रियों को स्त्रियों के विरोध में खड़ा कर देता है? मैं चलकर माँ के पास गयी, उन स्त्रियों का ध्यान अब मेरे ऊपर था। और वे आपस में फुसफुसाने लगीं–खुसपुस-खुसपुस! मैंने अपनी बड़ी-बड़ी आँखों से उन्हें घूरा।

"अम्माँ आइए न, सीढ़ियाँ उतरें, वहाँ से नीला नदी की छटा कितनी सुन्दर लग रही है।" मैं अम्माँ को खींच कर अपने साथ मन्दिर के पीछे घाट पर ले आयी। पहले उन्होंने चोटी में गुँथी चमेली की सूखी माला को खोल कर दूर फेंक दिया जो जलप्रवाह में बह निकली। कोई वेदपाठी कुछ दूर पर बैठा एक शिष्य को पढ़ा रहा था–"एक बार फैली दुष्कीर्ति एक ऐसे शिलालेख के समान है, जिसके तूफ़ान में गिर जाने पर भी लोग बारम्बार सीधा कर पढ़ने का प्रयास करते हैं।" माँ ने सुन के गहरी-गहरी दो साँसें लीं।

अम्माँ को तारा दासी अट्टाकारी के घर जाना था, मेरी मौसेरी बहनें जानकी और लक्ष्मी थारवडु लौट गयी थीं। मैं अपनी कलरीयपट्टुवाली साथिन के साथ मन्दिर की सीढ़ियाँ उतरकर...सोनचम्पा के फूलों की वेणी के लालच में उस गली की फूलों की दुकान की तरफ़ बढ़ने को हुई, जिस दिशा में अम्माँ गयी थी। तभी लम्बे साँवले, घुँघराले बालोंवाले उस युवक ने मुझे टोक दिया, जो हमें प्रसादम देकर गया था–'माधवी, उस तरफ़ जाना तुम्हें शोभा नहीं देता। उधर तेवादिचियों (देवदासियों) का रहवास है।"

"वे भी तो मनुष्य हैं!" मैंने ढिठाई से कहा था। ख़ास अवसरों पर मृदंगम बजाने वाले, सभाओं में सस्वर गीत-कविता पाठ करने वाले उस युवा कवि के मुख से अपना नाम सुन मेरा कुतूहल बढ़ गया। उसकी एक कविता तो मुझे कण्ठस्थ थी, जब उसने कलरीयपट्टु पर बरतानवी अधिकारियों के प्रतिबन्ध लगाने की बात पर एक जनसभा में गायी थी।

बुझा कर फेंकी हुई दियासलाई भी
बड़े नगर को भस्म कर सकती है।
प्रचण्ड तूफ़ान, छोटी बूँदों से आरम्भ होता है।
विशाल वट भी कभी नन्हा पादप होता है।

"नवमुकुन्दम पेरूमल स्वामी के प्रांगण का कोना-कोना मुझे बहुत प्रिय है। वैसे आप मेरे नाम से कैसे परिचित हैं?"

"मैंने आज तुम्हें हवा में उछलकर तलवार लहराते भी देखा और चकित हो गया। फिर नृत्य! तुम अग्नि और जल का मिश्रण हो!" ओहो! यह कवि बात करने का कोई मोहक ढंग जानता था। मुझे बहुत अच्छा लगा। फिर वह हाथ हिलाता हुआ माघ मेले की इस लौटती हुई भीड़ में गुम हो गया। घर लौट आने पर भी मेरे मन से उसकी छवि मिटी नहीं। बायें से दाहिनी तरफ़ लाकर सँवारे गये घने घुँघराले बाल और चौड़ी नाक पर टिकी तीखी तेज आँखें। रेशम की कमीज़, कन्धे पर अँगोछा, हाथ में घड़ी और सुगन्ध लगायी हुई, कोई समृद्ध व्यापारी-पुत्र मालूम होता है। मैं मुस्कुरा दी।

"कुट्टी किसलिए मुस्कुरा रही हो?" माँ मुझे वर्तमान में ले आयी।

"मन्दिर की सजावट और आयोजन से मन प्रसन्न है अम्माँ। मेरी दोनों प्रस्तुतियाँ भी अच्छी रहीं।"

"हाँ सो तो है, मगर सच कहो क्या मुझमें ऊर्जा की कमी आने लगी है?"

"ना! एकदम नहीं अम्माँ, मंच पर आते ही आप ऊर्जापुंज हो जाती हो।" इस पर माँ मोहक मुस्कान के साथ मुझे देखने लगी। नारायणीअम्माँ आँगन से ही बोलीं–"संसार देखे तो छोटी-बड़ी बहनें लगें। सुन्दर क़द निकाला है माधवी ने। मायम्मा से दो इंच अधिक ही होगा। मायम्मा का रंग दूध में घुली केसर सा है तो माधवी का थोड़ा गेहुआँ जिसके भीतर से रोशनी फूटती हो। आँखें दोनों की हू-ब-हू...भगवती की आँखों-सी।"

"नारायणीअम्माँ, मुझे अष्टपदी सीखना है, माँ से कहो ना! वह अभिनय जो माँ करती हैं जानकी और लक्ष्मी चेच्ची के भी बस का नहीं!" इस बात पर मेरी माँ सोच में पड़ जाती, बड़बड़ाती 'अय्यो! अब, लड़की अष्टपदी सीखेगी!'

अष्टपदी यानी आँखों में राग भरकर पुरुषों को देखना!! जिस रस को शृंगार रस का ही एक भेद मान कर अम्माँ जानकी और लक्ष्मी को सिखाती हैं क्या यह वही अनचखा रस नहीं है? शिव और मोहिनी के पुत्र माने जाने वाले अयप्पा स्वामी प्रतिमा पर दृष्टि पड़ते ही वह दोनों अजीब तरह के भाव में उतर जाती हैं। उनके आगे नृत्य के उन्माद में उसका पुराना सफ़ेद सुनहरे चौड़े किनारेवाला कासवू पसीने से भीग जाता, माथे के दायीं ओर लाकर बाँधे केशों का जूड़ा ढीला हो जाता और जूड़े में सजी बेले की माला खिसक पड़ती। दोनों के नेत्रों में चू पड़ने वाला रस भर आता। अम्माँ उनका यह लास्य देख मुस्कुरातीं। फिर यह रस मेरे लिए ही निषेध क्यों? मुझे उत्तर मिल गया अगले ही दिन।

अगले दिन भी सैकड़ों तीर्थयात्रियों के आगे महा-पूजा के बाद माँ ने विष्णु-सप्तम किया, मैं अन्य कलाकारों के साथ माँ के घेरे में नाच रही थी। तभी एक

ब्रिटिश पुलिस-अधिकारी ने मुनादी करके कार्यक्रम रुकवा दिया। वह हमें बार-बार 'नॉच वुमन' कह रहा था। माँ अपमानित महसूस कर रही थी मगर इन गोरों के आगे कुछ भी बोलना व्यर्थ था। हम रानी विक्टोरिया के ग़ुलाम थे। हम थारवडु वापस चले आये। तबसे मैंने माँ को बहुत अधिक परेशान देखा। वे अँधेरे में उठकर अपना संचित धन गिना करतीं। सोने की गिन्नियाँ और चाँदी के कलदार।

बस उसके कुछ ही महीनों बाद वह कृष्ण पक्ष की दुर्योग भरी रात आयी थी। जब नीला नदी के ठीक उस पार बसे थुव्वुर में चालीस ग़रीब हिन्दुओं को मार कर कुएँ में डाल दिया गया था। युवा कवि कहता है–थिरुनावाया के इस मन्दिर पर इतिहास में पहले भी हमले हुए थे। सो आशंका अधिक थी। कुछ दूर स्थित एडेक्कल रेलवे स्टेशन पर ब्रिटिश पुलिस का एक बड़ा जत्था आ टिका था। मल्लापुरम से लगातार भीषण ख़बरें आ रही थीं। पिछले कई दिनों से पानी लगातार बरसता जा रहा था और उस पर तूफ़ान जैसी पुरवइया, क़स्बे की गलियाँ कीचड़ में डूबकर चलने लायक नहीं रह गयी थीं। उसी में सने पैर लेकर दौड़ता हुआ एक छोटा व्यापारी मोत्तन कुन्हाली, हमारे गोपालन कर्णवर के पास आया, वह पहले भी आकर कभी-कभी बैठकर दुनिया-जहाँ, नारियल काली मिर्च के भाव की बातें करता था। कर्णवर को सोता पाकर वह भीतर आकर नारायणीअम्माँ के पैरों से लिपट गया–"क्षमा अम्माँ बिन आदेश अन्दर आ गया, अम्माँ! आज-कल में यहाँ से निकल जाइए आप लोग।"

"कहाँ निकाल जायें मोत्तन? एकाएक?"

"माहौल अच्छा नहीं है अम्माँ, जब आग जलाने कुछ निकलती है और जलने कुछ लग जाता है तो भागना पड़ता है इन्सान को।"

नारायणीअम्माँ और गोपालन नाना तो कहाँ जाते इस वयस में? बाकियों ने एक स्वर में कहा–यह थिरुनावाया है अयप्पा यहाँ सबके रक्षक हैं। मोपिलाह आन्दोलनकारी लड़ेंगे आततायी अंग्रेज़ों से, हमें किसलिए मारेंगे? लेकिन मेरी अम्माँ ने एक मोपिलाह शुभचिन्तक की दी इस चेतावनी को गम्भीरता से लिया और एक नौकर से अपने एक सम्पन्न प्रशंसक तक एक सन्देश भिजवाया। ठीक एक घण्टे में एक बैलगाड़ी आ खड़ी हुई द्वार पर। माँ ने कुछ वस्त्रों और एक मटमैली पोटली के अलावा कुछ साथ नहीं लिया था। मैं रोये जा रही थी। आँगन में लगे कटहल के पत्ते मेरे पैरों से लिपट रहे थे, नाग-कासवू की ओर मैंने प्रणाम किया। एक कटहल का पत्ता उठाया और अपने पास रख लिया। माँ ने सबसे बार-बार पूछा था साथ आने के लिए मगर सबको भय था, रास्ते में मारे जाने से अच्छा है अपने घर में छुपकर रहना। फिर जो हो सो हो। रात तीन बजे हम निकल पड़े। नारायणीअम्माँ

ने चलते-चलते अम्माँ को दस चाँदी के सिक्के दिये। मुझे एक पीतल के डिब्बे में उनियाप्पम भरकर और रोने लगी।

"लौटकर आना मायम्मा, जैसे ही बलवा ख़त्म हो।"

"हाँ अम्माँ, मेरा तो घर यही है, और कहाँ जाऊँगी?" मैं यह सुनकर ख़ुश हो गयी थी। आख़िर मेरे प्राण बसते हैं यहाँ थिरुनावाया में...मैं आश्वस्त थी कि बलवा ख़त्म होने के बाद हम यहाँ जल्दी वापस लौटेंगे। जंगल की पगडंडियों पर आगे निकलकर देखा तो उस निस्तब्ध रात में हमसे आगे बहुत-सी बैलगाड़ियाँ चल रही थीं। पुरुषों ने सिर मुण्डा रखे थे और स्त्रियों ने सिर ढक रखे थे। हम नीला नदी के शोरानूर तट पर जा रहे थे। जहाँ से नदी पार कर त्रिशूर पहुँचा जा सके। किसी ने बताया था कि इस बलवे से निराश्रित लोगों को वहाँ के थम्पुरान 'चेरुथुरुती' में शरण दे रहे हैं। भोर का सोनल तारा चमक रहा था, रोशनी के साथ लोगों के चेहरों पर भय चमकता जा रहा था। तभी मैंने हमारे आगे चलती साइकिलों के समूह से उठती एक धीमी मगर परिचित आवाज़ में गीत सुना–

प्रात: पवन-झकोरे से उड़कर
नीचे गिर गया तू
काँटेदार तने से
हे फूल! क्या तू
भोर का सोनल तारा हो सकता था?

बैलगाड़ियाँ अब पंक्तिबद्ध हो धीरे-धीरे आगे बढ़ रहे थे। ऐसा प्रतीत हो रहा था मानो कवि के मीठे कण्ठ की डोर से बँधे चल रहे हों। हाँ! यह वही था। युवा कवि कुमारन। मेरे मन से दु:ख की एक परत धुल गयी। अगले दिन भी घण्टों, अंग्रेज़ी चौकियों से बचते, मोपिलाह बसावटों से कतराते, छिपते-रुकते जंगल-जंगल चलती रहीं क़रीब अठारह बैलगाड़ियाँ उनमें बैठी बयालीस स्त्रियाँ और सोलह बच्चे, पैदल चलते पचास पुरुष। सबकी अगुआनी करती कुमारन और उनके साथियों की साइकिलें।

"सुनिए, बस एक मील पर हम उतरेंगे। शोरानूर के पास। यहाँ थोड़ा रुकना होगा। बैल भूखे हैं चारा खायेंगे, पानी पियेंगे।"

मैंने अब जाकर देखे माँ के लबालब भरे हुए पोखर-से डबडबाये नेत्र। उनमें आशंका थी कि निकल तो गये महज़ पोटली भर सामान लेकर, चले तो हैं जायेंगे कहाँ? मैंने हाथ थाम लिया माँ का–चिन्ता क्यों मैं हूँ ना! शोरानूर का छोर आ लगा, नीला नदी का दूसरा तट। अचानक रेत पर बारिश की बूँदें तड़ातड़

गिरने लगीं। बूढ़े सूरज की फीकी पड़ती किरणों ने अस्ताचल की तरफ़ मुड़ना तय किया।

"चलिए अब धुँधलका छा गया है, अब सुरक्षित है नदी किनारे चलना। सब दूर-दूर चलें। एकदम शान्ति से वहाँ वह मेरी ही नाव है। दो और नावों का इन्तज़ाम किया है, दस-दस लोगों को उस पार छोड़ना होगा, मल्लाहो! चलो उठाओ चप्पू!" कवि कुमारन सबकी हताशा को आशा में बदल देना चाहता था। गीले रेत पर हम माँ-बेटी मौन चली जा रही थीं। दो-चार कछुए जल से निकल रेत पर आ गये थे। नदी के घाट के पास लगे विशाल बरगद के पेड़ों पर बगुलों का झुण्ड बैठा था। बालू का ऊँचा-सा टीला पार कर गहरी नीला नदी का नीला जल दिखाई पड़ा। तीनों मल्लाह नावें खोलकर प्रतीक्षा में थे। थकी-माँदी बच्चों को थामे चल रही बीस से अधिक महिलाओं की एक छोटी भीड़ के साथ जब हम दोनों पहुँचीं, तो उन मल्लाहों ने हमें सटा-सटाकर बिठाया और कुमारन ने उन्हें कुछ और सवारियों का इन्तज़ार करने को कहा और वो रेत के टीले पर चढ़ने लगे। मैंने गर्दन उठाकर देखा, कुछ और लोग भी आ रहे थे, बूढ़े और युवा। भूरे पंखों, सफ़ेद धड़ोंवाली चीलें आसमान में उड़ रही थीं। मैंने नवमुकुन्दन मन्दिर के काष्ठ पर मूर्तियाँ गढ़ने वाले बहुत बूढ़े कुण्डलम इशवा को भी आते देखा, मन्दिर के प्रांगण में काष्ठ के खम्भों में विष्णु लीला की जो अपूर्व मूर्तियाँ हैं, वे उसी की बनाई हुई हैं। उसके पूर्वज तेलंगाना के थे। वह नाव के अन्तिम कोने में ताड़पत्र की छतरी के नीचे जा बैठा। वह बातूनी था, वह इस विकट समय में भी लोगों को अपने पुरखों के समय के क़िस्से सुनाने लगा। हैदर अली के तुंगभद्रा नदी के पार अपना प्रभुत्व उत्तरी भूमि तक बढ़ाकर उसके मालाबार तक पहुँचने के विध्वंसकारी दिनों के क़िस्से।

"थिरुनावाया में वीरता और सम्मान, तथा छल और पराजय की कहानियाँ प्रचुर मात्रा में हैं, ठीक वैसे ही जैसे नीला नदी की तेज़ लहरें। आज मोपिलाहों ने इतिहास दोहराया है और इसे भविष्य में कोई याद नहीं रखेगा। ऐसे दुर्दिन में हमारे बाप-दादाओं ने कँटीली झाड़ियों से घिरे खँडहरों में पनाह ली थी। आज हम वहीं हैं...अष्टधातु में प्राण फूँकने और नवमुकुन्दन के नये विग्रह गढ़ने वाले शिल्पी को मन्दिर में जला के मार डाला हम क्या कर सके? इसी भरतपूझा नदी के तटों पर... कभी..." नाव पर बैठी भीड़ में एक रुँधा हुआ-सा हाहाकार पसर गया। नाव पर सवार हो मैंने मुड़कर देखा, शेष सभी निराश्रित स्त्रियाँ, बूढ़े, बच्चे, घायल युवा आ गये हैं। जिस-जिस के पास जो भोजन शेष था सबको बाँटा गया। मैंने उनीयप्पम का डिब्बा खोल दिया। कवि कुमारन भी अपने साथियों के संग नाव के मचान के ऊपर

बने लकड़ी के कमरे में चले गये। मैं माँ को आग्रह किये जा रही थी, थोड़ा-सा खा लो। और वे बार-बार खीजकर मना कर रही थीं। मुझे हताशा हो रही थी...उसी पल मैंने देखा मचान का खम्भा थामे खड़ा कोई दयार्द्र नेत्रों से मुझे देखता जा रहा था...कवि! हवा के झोंकों की वजह से उनके वस्त्र शरीर से चिपक गये थे और वे दुबले और थके हुए दिखाई पड़ रहे थे। मेरा मन किया उनके पास जाकर दिलासा दूँ या कुछ ऐसे शब्द कहूँ कि उन्हें ख़ुशी हो। मैं उन्हें देख मुस्कुरा दी, बदले में एक मुस्कान लौटकर आयी। उन्होंने हाथ झटकाकर बालों से पानी झाड़ा और गहरी साँस लेकर नीचे उतर आये। तब मैं क्या जानती थी कि इन मुसकानों के अन्दर कुण्डली मारे शोक बैठा था।

"हम बस पहुँच गये। अब डर की कोई बात नहीं।" उसकी आँखों में मेरे लिए आश्वस्ति की डोर थी जिससे मेरा पूरा अस्तित्व हमेशा के लिए बँध जाना चाहता था। डेढ़ घण्टे में विपरीत हवा के बावजूद चप्पुओं से छप्-छप् पानी ठेलते मल्लाहों ने तीनों नावें किनारे लगा दीं। रेत में से सर निकाले हुए कछुओं के अधखाये किसी शिशु के सिर और नवविवाहिता की अधजली काँजीवरम साड़ी के स्वर्ण-गझिन आँचल की राख ने नाव पर सवार हर किसी को स्तब्ध कर दिया। लोग नाव से उतरकर भागे। किसी को किसी और की परवाह नहीं थी। हम दोनों माँ-बेटी ने दौड़कर एक मन्दिर के टूटे प्रांगण में शरण ली। बारिश के सघन धुँधले पर्दे के पीछे सब कुछ एकरूप हो गया था। प्रांगण की दूसरी तरफ़ पहले से आये बैठे हुए लोगों में से एक बोला–"हमारी कोई सुनेगा भी? इस एकतरफ़ा आक्रमण पर गांधी बाबा भी चुप हैं। विदेशिनी एनीबेसेंट तक ने उनको पत्र लिखा है।"

इधर माँ के चेहरे पर भय-दुःख और अवसाद की छाया गहराती चली गयी। मैंने उनका हाथ कसकर पकड़ लिया। कुमारन ने सबको सम्बोधित करके कहा–"अभी आप सबको और चलना होगा। उधर मेरे गुरु राजा मुकुन्दन का पुराना बँगला और बाग़ान है, आप लोगों को आज का आश्रय हो जायेगा। मैं उस पार रह गये बाक़ी लोगों को लेकर आऊँगा।" भरोसे से बड़ा प्रश्न आश्रय का था, हम माँ-बेटी–दोनों मन में आगत की अनिश्चितता लिए इस पार की रेत पर फिर मौन चली जा रही थीं।

"सब लोग आ गये क्या? उस दिशा में चलना शुरू करो। जल्दी करो, पश्चिम में बादल उमड़ रहे हैं।" एक कोलाहल मच गया। माधवी ने पलटकर देखा कवि फिर नाव लिए जा रहा था, उस पार रह गये और बैलगाड़ियों से पहुँच रहे लोगों के लिए। तभी किसी ने चिल्लाकर कहा–"देखो, मल्लाहों को जाने दो कुमारन तुम

लौट आओ। वहाँ ख़तरा है। एक नाव में कुछ अपरिचित लोग देखे गये हैं।" लोगों ने रोका मगर कुमारन नहीं रुका।

"कुमारन लौट आओ। छोड़ो लोगों को अपनी सोचो।" भीड़ में से किसी ने आवाज़ दी, किन्तु कवि ने मुड़कर भी नहीं देखा। दूर दूसरे छोर को जाती नाव में से हल्का धुआँ उठने लगा।

"वह दूर क्षितिज पर आग? यह धुआँ कैसा?" लोग चीख़ने-चिल्लाने लगे–"कुमारन! कुमारन!"

किसी ने लापरवाही से कहा–'वह तैरना जानता है।' मेरा मन अनहोनी की आशंका से जम गया था, जीभ को लकवा मार गया था। मेरी आत्मा चीख़ रही थी कुमारन! कुमारन! रुक जाओ! मेरे लिए! मगर वह केवल मेरा कब था? निराश्रितों–विस्थापितों की इस ख़ाली हाथ चली आयी भीड़ में बहुत देर हतप्रभ बैठी मेरी माँ मायम्मा की आखें लाल हो गयी थीं, वे एक पुराने बँगले में लगे तम्बू के मण्डप तले पहुँचकर किसी सन्निपात के मरीज़ की तरह मुझे पकड़-पकड़कर अनर्गल प्रलाप करने लगीं–'प्रभु, मैं अपने लिए कुछ भी नहीं माँगती। पर आप इस लड़की की ज़िम्मेदारी तो लीजिए। इसका जीवन मेरे साथ बँध गया है। मुझे इस बात का भय है कि मैं इसका उचित मार्गदर्शन नहीं कर सकूँगी। मैं भय से स्तब्ध हूँ!'

भीड़ में काना-फूसी होने लगी। बँगले के भीतर से एक अधेड़ व्यक्ति निकलकर आये। धूल-धूसरित लोगों की भीड़ को देख उनकी आँखें करुणा से भीग गयीं। लम्बा-साँवला व्यक्तित्व, माथे पर चन्दन बिन्दु। सफ़ेद खादी का कुर्ता और मुण्डु। मेरी तरफ़ उनकी दृष्टि उठी और दया से भर गयी। उन्होंने मेरे सर पर हाथ फेरा तो मैं फफक पड़ी।

"कैसा दैवी रूप है बेटी का, कैसा प्रशस्त ललाट बहन रोती क्यों हो? यह अपना भाग्य लेकर जन्मी है। आप निश्चिन्त होकर विश्राम करें।" भोजन और सुरक्षा पाकर थके-माँदे स्त्रियाँ और पुरुष अलग-अलग तम्बुओं में जा सोये। मुझसे से ना भोजन किया गया ना ही नींद ने मुझे सहारा दिया। मैं बस सोती हुई, अपनी मज़बूत माँ का हताश चेहरा देखती रही और आँसू बहते रहे। अगली सुबह जब मुझे अपने आसपास का, अपने होने का बोध हुआ तो मैंने उन अधेड़ सज्जन से पूछा–"महोदय प्रणाम! जब हम मोपिलाह उपद्रव में थिरुनावाया से भागे थे तो एक युवा कवि कुमारन लोगों की नावों से वहाँ से निकलने में सहायता कर रहे थे। उन्होंने अपनी नाव से बहुत से लोगों को बचा लिया और आख़िरी फेरे में उनकी अपनी नाव में किसी ने आग लगा दी थी। हमने और अम्माँ ने वह दृश्य आँखों से देखा। यहाँ हमने

जिससे कहा वह हमें यही कह रहा है कि हम शान्त रहें वह महज़ एक दुर्घटना थी। कृपया पता करें वे सकुशल तो हैं?"

"बेटी, समाचार दुखद है। वह अपने जीवन से लड़ाई हार बैठा है।" कहकर उन्होंने सर झुका लिया। मैंने पहली बार जाना कि विद्युत-पात क्या होता है। आसपास खड़े लोग चीत्कार उठे, आह वह युवा कवि, मृदंगवादक, व्यापारी पुत्र, मालाबार का बेटा उनकी चिन्ता करता हुआ चला गया। उसकी कविता रह गयी...दु:खद! दु:खद!

ओ मेरे प्यारे फूल
तुम पर मृत्यु ने अपने निर्दयी हाथ रखे
और ठिठक गयी
आह! तेरी सुगन्धित साँसें थम गयीं

मैं साँस लेती थी, उनमें धुआँ होता। मेरी सभी उम्मीदें जल गयी थीं। स्वप्नों के आधे उगे पंख जल गये थे। एक हफ़्ता किसी तरह बीता। मैं अनमनी नीला नदी के सूने कगार की ओर जाने वाली पगडण्डी पर चलती-चलती अकेली ही जा पहुँचती निर्जन तट पर, और जा बैठती मछुआरों के समेटे हुए जाल पर। बैठी-बैठी घण्टों देखती रहती नदी की नीली-हरी गहराई को और कोशिश करती मेरे भीतर की बेचैनी कुछ कम हो जाये लेकिन मेरी बेचैनी और अधिक बढ़ जाती। मैं उन दिनों अपने मन के ज्वार-भाटों के हवाले थी, कौन था वह युवक मेरा? कोई भी तो नहीं। फिर भी मैं उस कोलाहल, उसकी हँसी की परिचित ध्वनि या उसकी अलग-सी आवाज़ के लौटने का इन्तज़ार करती रही। लेकिन कौन लौटता है? उस रोज़ मेरे व्यक्तित्व में से उल्लास का एक टुकड़ा कुमारन के साथ जलकर राख हो गया। एक रोज़ जब मैं नदी तट से भटककर लौटी तो माँ ने मुझे बुलाया और कहा–

" कुट्टी, हम कब तक तम्बुओं में रहेंगे? मुझे कल ही याद आया मेरी रिश्ते की एक बहन शारदा अत्तूर में रहती है, हम उसके पास जाकर रहेंगे। वह अम्माची है, एक नम्बूदरी भूपति की सम्बन्ध-संगिनी। अपनी हवेली में अपने बेटे-बेटियों के साथ रहती थी। कल जाकर उससे मिलते हैं।" वे अब संभल गयी थीं और दिनों बाद मुस्कुरायी थीं।

"अम्माँ, धैर्य रखिए, मैं जानती हूँ आप किसी के अधीन नहीं रह सकतीं और हमें फिर भटकना पड़ेगा। कुछ दिन तम्बू ही सही।" अम्माँ ने बेमन से मेरी बात मान ली।

एक रोज़ राजा मुकुन्दन हमारे डेरे की तरफ़ आये, उनके साथ एक कवि थे जिन्हें वे कविराज सम्बोधित कर रहे थे। कविराज का लम्बा क़द, हाथ में छाता और बड़ी आँखों पर चश्मा मेरे मन में आज भी अंकित है। उन्होंने मेरे आगे प्रस्ताव रखा कि मैं उनके स्थापित कलानिलयम की शिष्या और अध्यापिका दोनों बनूँ।

"मैं क्या सिखाऊँगी?"

"मोहिनीअट्टम।"

"और क्या सीखूँगी?"

"मोहिनीअट्टम।"

मैं माँ को देखने लगी वे अहाते में एक विशाल वट के नीचे घायल-शेरनी सी बैठी, अपने पैरों को ताक रही थीं। उनके चेहरे की थकान ने अपना पूरा सौन्दर्य खो दिया था। मैं अपने को असमंजस के दलदल में डूबा महसूस करने लगी। इस प्रस्ताव को सुनकर अम्माँ तो भड़क ही जायेंगी। वे अहाता साफ़ कर रही थीं... उनके हाथों में झाड़ू था।

"क्या कहा आपने? मेरी बेटी नाच-मण्डली बनायेगी, नट्टुवनों के साथ। क्षमा करें चेट्टन एकदम नहीं। यह वेदपाठी कन्या है, मैंने इसे संस्कृत पढ़ाई है। आप कहें तो हम निकल जायें यहाँ से, मेरी बहन के घर में हमें आश्रय मिल जायेगा।" उनको उलटे पैरों बाहर कर दिया अम्माँ ने। मैं उनके पीछे भागी, बाहर बरसात हो रही थी सो वे दोनों मुझे एक पेड़ के नीचे आश्रय लिए खड़े दिख गये। मैंने क्षमा माँगी तो कविराज ने कहा, "क्षमा-वमा छोड़ो। उस पीढ़ी में सभी से यही रवैया मिला हमें, वे अपनी ही कला को नीची दृष्टि से आँक रहे हैं। कौन नहीं जानता तुम्हारी माँ जैसी नर्तकी इस क्षेत्र में नहीं रही। तुमने उनसे जितना भी अंश सीखा होगा वह विशुद्ध होगा। अपनी माँ से तुम और सीखो बहला-फुसलाकर। फिर कलानिलयम में सिखाओ भी। इस संक्रमण के समय में कलानियलम को तुम जैसे प्रतिभाशाली युवाओं की बड़ी आवश्यकता है। उदार बनो। छोटी-छोटी सोच को त्याग दो और अपनी माँ का सहारा बनो।"

मैं क्या कहती? मैंने बस यही कहा, "यदि अपनी माँ जैसी महानता मैंने अर्जित की होती, तो मैं अपने को भाग्यशाली समझती, मैंने जो माँ से सीखा है वह अपूर्ण है, क्योंकि माँ नहीं चाहती थी मैं मन्दिरों के, भूपतियों के आयोजित निजी कार्यक्रमों में उनकी तरह नाचूँ।"

"यह पवित्र गुरुकुल है माधवी, कलाओं को बचाने का मेरा प्रयास भर।" कविराज ने मेरे आगे हाथ जोड़ दिये और मैं संकोच से भर गयी मगर मैं माँ का

प्रतिवाद कैसे करती? "मोहिनीअट्टम की ख्याति तो दिन-प्रतिदिन गिर रही है, अंग्रेज़ इसे लगभग प्रतिबन्धित कर चुके।" मैंने अपना आख़िरी शस्त्र चलाया।

"वही तो! बस उसे विक्टोरियन नैतिकता की आँच से बचाना है। अगर तुम मायम्मा से निकलवा सको पुराने पद, यतिस्वरम, मुद्रायें और अन्य विलुप्त अंग तो यह नृत्य समृद्ध हो जायेगा। उनसे सीखो और कलानिलयम में सिखाओ, हम तुम्हें आवास देंगे और कुछ वेतन भी। अभी यह त्रिशूर में राजमहल एक पुराने हिस्से में चलेगा, फिर हम नया विशाल गुरुकुल बनायेंगे।"

"मुझमें ज़रा आत्मविश्वास नहीं है।" मैं बुदबुदायी।

"जानती हो उस रोज़ तुम्हारी माँ का दारुण विलाप सुनकर मैं बाहर आया तो तुम्हारे चेहरे पर व्याप्त दु:ख और पवित्रता की छाया ने मांनो मूर्त रूप धारण कर लिया। मुझे लगा, जैसे मेरी ही वर्षों पहले बीमार होकर दिवंगत हुई बेटी मेरी आँखों के सामने आ खड़ी हुई है। तब मुझे गहरी ज़िम्मेदारी का बोध हुआ इस विकट समय में बेघर हुई सभी बेटियों के लिए। इसलिए यह समय है कि अपने पैरों पर खड़ी हो जाओ। तुम भी सँभलो और माता को भी सँभालो।" राजा मुकुन्द के ये शब्द मन में विश्वास तो जगा रहे थे मगर जिससे निकलकर आयी थी ऐसी परिस्थिति में सारी यातनाएँ और मानसिक व्यथाएँ उभर-उभर कर भी आ रही थीं।

"जी।" मैंने हाथ जोड़कर स्वीकृति दे दी और माँ के पास लौट आयी। वे चुप थीं। यह एक तटस्थ चुप्पी थी जिसका अर्थ था–होगा वही जो मैं चाहूँगी। मैंने भी वैसी ही तटस्थता साध ली...देखेंगे! हम भी तुम्हारी ज़िद, तुम्हारी ही बेटी हैं हम भी!

उस रोज़ आधी रात माँ ने फिर अपना धन गिनने की सनकी आदत के चलते बक्से को खोला था। ऐसा करते हुए उनकी साँसें छोटी हो जाती थीं। फिर थोड़ी देर के बाद, धुँधलके से मैंने अपनी ही एक धीमी मज़बूत आवाज़ सुनी–"माँ मुझे कलानिलयम जाना होगा। मनाकुलम पैलेस में वहीं रहकर नृत्य सीखना है और सिखाना है।" उसका प्रत्युत्तर मुझे चौंका गया। उनका स्वर मुझसे दोहरा मज़बूत था।

"और मुझे यहाँ आकर अपने लिए थोड़ी ज़मीन ख़रीदनी है, अपना थारवडु बनाना है।" मैं अपनी अम्माँ की तरफ़ हैरत से ताकने लगी कि क्या गहरा सदमा इनके मस्तिष्क में छूट गया है?

"यह देख..." कहकर मेरी रहस्यमयी माँ मायम्मा ने अपनी धोती में लगी रहस्यमय आठ गाँठों को खोला और मेरे आगे तीन किलो ठोस सोने की बारह पट्टियाँ और महँगे माणिक-मूँगे-हीरे जड़े ज़ेवर रख दिये।

"माँ!"

"मैं अपना थारवडु बनवाऊँगी। तुझे जो कुछ करना है वहाँ करना, अपना संस्कृत विद्यालय आरम्भ करना, लड़कियों के लिए।"

"अम्माँ! यह क्या... और कहाँ से? आप कर क्या रही हो?"

"यह मैं थिरुनावाया से लेकर चली थी, अपने ओन्नारा में बाँधकर। यह मेरा है, मेरा अर्जित किया हुआ।"

"ऐसे तो तुमसे कोई छीन लेगा, ठग लेगा, चुरा लेगा!"

"तेरी अम्माँ ने जगत ख़ूब भली-भाँति देखा है, किसका साहस है जो मेरे जीवनभर का अर्जित मुझसे छीन सके।"

इसके बाद मैं उधर मनाकुलम पैलेस पहुँची और इधर अम्माँ ने अपने सम्पर्क से चेरुथुरुती गाँव के लोगों से मिलकर पूछना-पता लगाना शुरू कर दिया। देखते-देखते दो एकड़ भूमि ख़रीद ली। उस पर एक चार कमरों के थारवडु का निर्माण आरम्भ भी करवा दिया। यही नहीं राजा मुकुन्दन और कविराज जब कलानिलयम आरम्भ करने के लिए लोगों से आर्थिक सहयोग माँगने गये तो अम्माँ ने ग्यारह हज़ार रुपये की राशि दान में भी दी। जो एक काफ़ी बड़ी राशि थी।

नवम्बर 1935, कलानिलयम

कोचीन के राजा ने एक विशाल भूमि का हिस्सा कलानिलयम के लिए दान किया था, जनता ने भी हाथ खोलकर अपनी कलाओं के संरक्षण में योगदान दिया। चेरुथुरुती में हॉस्टल की इमारत बनने लगी, एक अस्थायी गुरुकुल आरम्भ हो गया। कलानिलयम जब अपनी भूमि पर स्थापित हुआ उस दिन मायम्मा ने थारवडु में 'गृहप्रवेशम' रखा था। तब मैंने शायद उन्हें देखा था। उन्हें! वही जिन्होंने उस रात मेरी माँ के एक पत्र पर बैलगाड़ी भेजी थी। मैंने उनकी छायाएँ तब भी देखी थीं जब उनके आने पर माँ के बिस्तर से उठाकर नारायणीअम्माँ मुझे अपने कमरे में सुलाने ले जाया करती थीं।

मेरी माँ के चेहरे पर उम्र की सलेटी छाया दिखने लगी थी मगर वे अब भी युवक-से ही दिखते थे। राजसी गरिमा और भेष। उनकी दृष्टि माँ को ताकते हुए मुझ पर आ टिकती तब वे चौंक जातीं, हल्का-सा ईर्ष्याभाव उनके चेहरे को मलिन कर जाता। मैंने यह भाँपकर स्वयं को दृश्य से अनुपस्थित कर लिया था। यूँ भी माँ ने मेरा परिचय उनसे करवाने का औचित्य भी नहीं समझा था। सौ से अधिक अतिथियों के बीच यूँ भी सबको जानना आवश्यक है क्या? मेरे लिए यही सन्तोष था कि मेरी माँ का चेहरा सुख से चमक रहा था, उस दिन मैं कोई खेद का चिह्न उनके चेहरे पर

नहीं चाहती थी। वह सांसारिक संघर्षों से धूसरित चालीस साल की हाड़-मांस की स्त्री ही तो हैं। बचपन से ही एक ख़ास क़िस्म की खिन्नता जिसका पीछा कर रही हो, आज उसे प्रसन्न देखकर मुझे बहुत प्रसन्नता हुई। अब वह मुखिया थी अपने थारवडु की। उसके पास नारियल के बग़ीचे, धान के खेत और मछलियों से भरा एक छोटा तालाब था। घर का नामकरण हुआ 'मायाविडु'। मानो मायम्मा के जीवन संघर्षों का देय और उनकी पहचान हो 'मायाविडु'।

कलानिलयम का पहला दिन, 1936

प्रकृति के हरे विस्तार में यह नृत्य-गुरुकुल हम सबको मोह रहा था। भीतर-बाहर सब कुछ भव्य मानो नृत्यमय था। यह उन कलाओं का मन्दिर था जिन पर विक्टोरियन नैतिकता के बोझ तले मार देने का प्रयास हुआ था। 'नॉच गर्ल' यह शब्द मैं भूल नहीं पाती–जब थिरुनावाया में नवमुकुन्दन मन्दिर में नृत्य करते हुए विष्णु सप्तम का अन्तिम आरोह था और माँ पताका मुद्रा में ठिठककर खड़ी रह गयी थी जब वह ब्रिटिश पुलिस अधिकारी मन्दिर के पवित्र मंच पर बूट पहने चला आया था।

'स्टॉप-स्टॉप डैन्सिंग...नॉच-गर्ल्स आर प्रोहिबिटेटेड इन टैम्पल्स।' मैं तो काँपने लगी थी। माँ एक अपमानित प्रतिमा सी खड़ी रह गयी थीं।

कलामण्डलम के पहले वार्षिकोत्सव में जब मैंने कल्याणी अम्माँ और तीन अन्य लड़कियों के साथ शिवा-पार्वती परिणय सप्तम किया उस पल मुझे मेरा सत्य मिला...! अब तक एक छोटी लड़की के रूप में मैंने अपनी वास्तविकता को अपनी माँ की आँखों से ही देखा था। मेरा मन घोषणा कर रहा था 'अब मैं उन्नीस वर्ष की हूँ और दुनिया को अपने भीतर और बाहर के संसार की आँखों से देखने का विकल्प चुन चुकी हूँ...जीवन की लय पर नृत्य करना...यही मेरा आन्तरिक तत्त्व है यही मेरा जादू है।'

"अम्माँ कैसा था मेरा नृत्य?"

"तुम्हारा कलरीयपट्टु छूटने से अब तक बना मज़बूत बलिष्ठ शरीर अब छीजने लगा है अब तुम योद्धा कम नर्तकी अधिक लगती हो। उस पर नृत्य में भी तुमने घालमेल कर दिया। मेरे नृत्य और कल्याणी से सीखे नृत्य में। न वह भक्ति था न ही लास्य और श्रृंगार। तुमको वही करना चाहिए जो तुम्हारी विरासत है–शृंगार और अभिनय।" उनकी इस आलोचना में छिपी स्वीकृति ही बहुत थी मेरे लिए।

"आपने मुझे कब सिखाया फ़ुरसत से अपने साथ? अब भी समय है अम्माँ अपना अर्जित ज्ञान मुझे दो ना।"

वे होंठ भींचे चुप रहीं। मैं जानती थी वे नहीं सिखायेंगी।

1938 का एक बरसता दिन और बचपन की याद

ताज़ी बनी कॉफ़ी की महक मेरे नथुनों में समाती है। मेरी याददाश्त ताज़ा हो जाती है। अपनी माँ की मैं अकेली सन्तान थी। उनकी गोद में मेरी पहली नींद ही इस भूरे पेय की महक से खुली थी। उन्हें बहुत शौक़ था इसकी तुर्शी का, मानो इसे घूँट-घूँट पीकर उनके भीतर की तुर्शी कम हो जाती हो। निबिड़ जंगल, नारियल, सुपारी, कटहल, रबर, कॉफ़ी, आम के पेड़ों से भरे अहाते। माँ के आँचल में मेरी नींद खुलती और कर्णवर हवन के लिए अश्वत्थ वृक्ष से सूखी समिधाएँ चुन रहे होते थे। जानकी दीदी सब बच्चों को चावल की कांजी तामचीनी प्यालों में डाल रही होती थीं। सौभाग्य से कोई जजमान केलों का गुच्छा उपहार दे गया होता तो नाश्ता अच्छा हो जाता था।

मेरी माँ मायम्मा उन दिनों बहुत उदास रहती थीं। जानकी दीदी उनको खाना परोसकर देने आतीं, थोड़ा उबला चावल और रसम...उस दिन भी ऐसा हुआ लेकिन उन्होंने एक कौर भी मुँह में नहीं रखा था। मैंने देखा, नाम के लिए उन्होंने दो-तीन कौर खाये और बाक़ी सारा का सारा खाना बाहर फेंक आयीं।

"माँ!"

"आज खाने को मन नहीं है।" कहकर उन्होंने एक लम्बी साँस ली थी तो मेरा बालमन डूब गया था। मैं तब उनके साथ ही थी, मेरा मस्तिष्क तीन वर्ष के बच्चे का ज़रूर था मगर उसमें बहुत से रिक्त स्मृतिकोश थे जिनमें उन घटनाओं को तहा कर रखा जा सकता था। नीला नदी के पास एक भग्न मूर्तिहीन मन्दिर था। मूर्तिहीन मन्दिर में चमगादड़ उड़ रहे थे। थोड़ी दूर पर दीमक की बाँबी थी, जिसे सब साँप का घर कहते थे। वहाँ चबूतरे पर कोई बैठा था।

"शंकरन!"

"मायम्मा...क्या यही है मेरी बच्ची?"

"तुम्हारी नहीं केवल मेरी। तुमने कहा था ना कि बस एक बार देखना चाहते हो...दूर से देखो। अब तुम कुलीन नम्बूदरी स्त्री के पति हो। क्या हुआ जो वह तुमसे वयस में बड़ी है। बड़े भूपति हो, स्त्री-धन की तरह उसे जो मिला वह तुम्हारा हुआ।"

"क्या मैं इसके लिए कुछ व्यवस्था कर सकता हूँ? धन, भूमि? शिक्षा?"

"एकदम नहीं। यह मेरी बेटी है और शिक्षा भी मैं ही दिलवाऊँगी, संस्कृत, वेद-उपनिषद। आंग्ल भाषा भी।"

"बिना धन कैसे? नारायणीअम्माँ के उस थारवडु की ढहती दीवारें क्या देखी नहीं मैंने?"

"शंकरन! नमस्कारम!"

अम्माँ उस पुरुष को हतप्रभ छोड़ आगे बढ़ गयी थी। उसकी आँखें आँसुओं से लबालब थीं। वह मुझे गोद में लिए नदी के घाट पर बैठ गयी। नदी के इस घाट की सीढ़ियाँ दिखाई नहीं दे रही थीं और किनारे तीव्र प्रवाह में जैसे डूब गये हों। कहीं पत्तियाँ, कहीं फेन, कहीं फूलों की मुरझाई मालाएँ तैर रही थीं। उस दिन आषाढ़ मास का कोई पवित्र दिन था। तीर्थयात्रियों से घाट भर गया था। माँ किसी की परवाह किये बिना आँसू बहाती हुई ख़ुद से बात किये जा रही थी–"मायम्मा तू अकेले जन्मी, अकेले होश में आयी अब किस का सहारा खोजती है? तारा को देख...मन्दिर की सीढ़ियों पर मिली, देवदासी बनी और अब उसके क़दमों में झुकने वाले एक से एक सामन्त-भूपति, नट्टुवन उसके पैरों को हथेलियों पर रखते हैं।" उनके ललाट पर लगा हल्दी और कुंकुम अचानक चमकने लगा था। मैं उनकी गोद में सहमी बैठी थी।

थारवडु नहीं लौटी थी उस रोज़ वह, चम्पा के फूलों की माला बेचती बूढ़ी देवदासियों से पता पूछती 'तारा' के घर पहुँच गयी थी। तारा देवदासी थी–सुरमई साँवला रंग उस पर श्वेत-रतनारी कान तक खींची हुई आँखें। मोटे फूले नथुनों में मोटे हीरे, नाक के बीच लटकती नथ पर माणिक की बूँद, मध्यम आकार, न दुबली, न मोटी, न लम्बी न छोटी। हर पुरुष की कामना में समा जाये ठीक वैसी। उसकी लम्बी लोचदार उँगलियाँ मेरी बालस्मृतियों में टँक गयी थीं। उस मूर्तिहीन मन्दिर पर मिले कुलीन पुरुष के उपहार लाल-केले के गुच्छे और रेशमी थान और मेरे लिए स्वर्ण-मेखला वहीं छोड़ आने वाली और मुझे स्पर्श तक न करने देने वाली मेरी माँ ने तारा दासी को मुझे सहर्ष उठाने और चूमने दिया।

"विचार किया है न ठीक से।"

"अब विकल्प नहीं तारा विचार के लिए। एकदम ख़ाली हाथ हूँ। इस हृदय के खोह को भी पाषाण से बन्द करके आयी हूँ। बस धनार्जन और इस लड़की की सही शिक्षा मेरा उद्देश्य है। इसे पुत्र की तरह पालूँगी, वेद-ज्ञान, संस्कृत पढ़ेगी। इसके जीवन पर किसी पुरुष की छाया तक नहीं पड़ने दूँगी।"

"मायम्मा, भविष्य की पगडंडियाँ मत ताक...वे छलावे भरे मोड़ लिए होती हैं। बीस दिन बाद अरट्टापुषा पूरम है, आमन्त्रण है। अभ्यास करने आती रहना।" उसके बाद मेरी माँ मुझे नारायणीअम्माँ और जानकी दीदी के पास छोड़कर जाती।

वह कॉफ़ी की गन्ध धीरे-धीरे मुझसे दूर जाने लगी। माँ अक्षर-अभ्यास देकर जातीं और मैं जानकी और मणिमाला दीदी से मोहिनीअट्टम के 'अदावु' (भंगिमाएँ) सीखने लगी।

1938, ग्रीष्म, चेरुथुरुती

कलानिलयम में कौन था जो साधारण था? हम शिष्यों के अलावा? कविराज के चरणों की धूलि से तो सभी का दिन आरम्भ होता था। फिर ऐसे-ऐसे अनुभवी कलावृन्द, नृत्याचार्य। मैं अनवरत अभ्यास करती थी। प्रशिक्षण कठिन था, हर सुबह तीन बजे शुरू होता था और रात नौ बजे समाप्त होता था। मेरी माँ मायम्मा अलग मुझसे नाराज़ होतीं, क्योंकि वेतन देने की आश्वस्ति के बावजूद अभी तक मिला कुछ नहीं था, दो समय भोजन और कॉफ़ी के अलावा। कविराज वरिष्ठ शिक्षकों को भी बहुत कम पारिश्रमिक दे पा रहे थे। उस पर काम बहुत था। मगर कलानिलयम से जुड़ना और नृत्य करना मानो मेरे अस्तित्व का अभिन्न अंग हो गया था। अब मेरी आत्मा अपनी मालिक होती जा रही थी।

इन्हीं दिनों मैंने कलानिलयम के मंच पर कुछ विशिष्ट दर्शकों के लिए अपना 'अरंगेत्रम' प्रस्तुत किया था। मेरी माँ मायम्मा को आने का आग्रह कविराज ने स्वयं किया। वे मंच के आगे पहली पंक्ति पर थीं और मेरी स्थिति शेरनी के आगे एक हिरण की सी थी। मैंने माँ भगवती को प्रणाम कर 'चोलाकट्टू' से आरम्भ किया वही पदम जो हम 'थिरुनावाया' में नवमुकुन्दम मन्दिर में अधूरा छोड़ आये थे। अम्माँ स्तब्ध थी, उनकी आँखें भीग-भीग जा रही थीं और वे अपनी साड़ी के आँचल से पोंछ रही थीं। अब मुझे उनसे एक भी शब्द प्रशंसा का नहीं चाहिए था। और उन्होंने दिया भी नहीं, यह मैं जानती भी थी। क्या वे यह भी नहीं समझेंगी कि मैं बस उनके सम्मान को लौटाने के लिए नाच रही थी?

राज्य के विशिष्ट कवि, कलाकार और स्वयं शाक्तन तम्पुरान! त्रिशूर के राजा! मेरी प्रस्तुति के बाद कला के पारखी इन बड़े लोगों के पास इस तथ्य से सहमत होने के अलावा कोई विकल्प नहीं था कि इस नृत्य शैली का नाम मोहिनीअट्टम उपयुक्त है। सबकी प्रशंसा के फूल मुझे नहीं मेरी माँ को मिल रहे थे।

"आपने अपनी बेटी को कितना शानदार तैयार किया है।" यह तथ्य तो बस मैं जानती थी कि वे अगर द्रोणाचार्य थीं तो मैं अर्जुन नहीं एकलव्य थी, दूर से सीखती हुई।

उस रोज़ वहाँ उस मण्डप में एक कलाकार उपस्थित था, जो पूर्णतः मेरा

जाना-पहचाना नहीं था मगर मानो मेरे उद्धार के लिए ही आया था। मधुप नायर, कथकली का अनूठा नर्तक जिसने तेरह वर्ष की आयु से 'पूतना-नायर' के रूप में ख्याति अर्जित कर ली थी। कहते हैं पूतना का वैसा अभिनय कोई नहीं कर सकता था पूरे राज्य में। मधुप मेरी तरह ही एक कथकली शिक्षक के रूप में कलानिलयम आये थे। हर कोई उनका प्रशंसक था। उनकी लम्बाई और क़द-काठी अच्छी थी, चेहरे की बनावट सुन्दर थी, आँखें चौड़ी और भावपूर्ण थीं और चेहरे की मांसपेशियाँ लचीली थीं जो सभी भावों और रसों को सामने लाती थीं।

मैं उनकी कोई प्रस्तुति बिना देखे नहीं रहती थी। इतने मेकअप के भीतर से निकले ऐसे भाव? अभिनय में उन्होंने 'चतुर्गुण सिद्धि' प्राप्त की थी यानी मुद्राओं और भावों के साथ छन्दों का अंगिका विस्तार जो साध ले। मैंने अक्सर उनको प्रेम-याचक कीचक, रुक्मंगद और नल जैसी भूमिकाओं में उनके सूक्ष्म अभिनय को देखा था। उतार-चढ़ाव से भरा नल, महिलाओं का चहेता अर्जुन, बीच में फँसा रुक्मंगद, अपनी पत्नी के लिए सुगन्धित सौगन्धिका फूल लाने के लिए यात्रा पर निकला भीम, अस्तित्व की पीड़ा से जूझता कर्ण...मधुप नायर की बेहतरीन भूमिकाएँ कथकली में रोमांटिक हीरोवाली ही थीं। जब वे प्रेम निवेदन करते हुए होंठ थरथराते मेरे भीतर कुछ सोया हुआ करवटें लेता। वो अलग बात है कि मेरी प्रस्तुतियों में भी मैंने उन्हें सबसे आगे की पंक्ति में भाव-विभोर बैठा पाया। मुझे बिल्कुल नहीं पता था कि यह आकर्षण पारस्परिक था। इस आकर्षण को मैं बिल्कुल महत्त्व नहीं दे रही थी। यह प्रेम नहीं था। क्योंकि प्रेम तो मेरे अवचेतन में जलकर धुआँ हो चुका था। उस पर मेरी माँ का हरसम्भव प्रयास मुझे पुरुषों की छाया से दूर रखने का, मुझे हर समय डराये रहता था। लेकिन होनी होकर रहती है। हम मित्र बने और मिलने लगे।

1940 दिसम्बर 25, क्रिसमस

तंजावुर से आयी मेरी सहपाठिनें नलिनी और सुभद्रा दोनों मुझे बोलती रहती थीं कि–"मधुप गुरुजी, तुमसे आठ वर्ष बड़े हैं। कोई युवक खोजो।"

"पागल हो तुम दोनों, हम बस मित्रवत हैं। जैसे कि दो कलाकार होते हैं।"

लेकिन मैं जानती थी दूर से उसकी आवाज़ सुनते ही चेहरे पर जो ख़ुशी आती है वह अवर्णनीय है। उसे देखकर तो मानो शरीर में नया ख़ून दौड़ने लगता है। अजब विरोधाभासी भाव मन में उठते और अस्त होते। और वो बस दूर बना रहता है कभी पहल नहीं करता, इससे राहत भी मिलती और चिढ़ भी होती। मेरे मन की यह बेचैनी मेरी माँ न भाँप ले बस, मैं यही प्रार्थना करती रहती। इस बीच मधुप कलानिलयम

की छात्राओं के बीच बहुत लोकप्रिय होते जा रहे थे। यह देख अच्छा भी लगता डाह भी होती। मधुप और मैं एक-दूसरे के लिए बने हैं, इसी लालसा में रहते हुए समय निकले जा रहा था।

वह एक छुट्टी का दिन था। मैं अपने थारवडु से पैदल चलकर कलानिलयम में गुरु कल्याणीअम्माँ के बुलाने पर आयी थी। लौटते हुए मुझे ग्रीनरूम के बाहर मधुप मिल गये, मुस्कुराते हुए।

"माधवी!"

"गुरुजी ने बुलावा भेजा था और वे तो हैं ही नहीं।"

"मैंने बुलवाया था।" कहकर उन्होंने कोहनी पकड़कर मुझे ग्रीनरूम में खींच लिया।

"माधवी, देखता हूँ कई दिनों से मानो तुम मुझे कुछ कहना चाहती हो।"

"मैं? एकदम नहीं।"

"क्या तुम मुझसे प्रेम करती हो?"

"किसने कहा? फ़िलहाल तो मेरा समूचा अस्तित्व इस समय नृत्य पर शोध करने में डूबा है।" अपने मन के विपरीत इन थोपे हुए विचारों को व्यक्त करती हुई मैं एकदम बिखरी-बिखरी सी थी। मैंने पलक उठाकर देखा सफ़ेद कुर्ता पहने मधुप नायर कमर पर बायाँ हाथ रखे, दायें हाथ में काला छाता टाँगे, कलाई पर चौड़े पट्टेवाली घड़ी पहने अपनी चिरपरिचित मुस्कान मुस्कुरा रहे हैं, चन्दन चर्चित सिन्दूरी बिन्दु से चौड़ा माथा सजा है। हर बार नल के अभिनय में जब वे दमयन्ती से प्रेम प्रदर्शित करते थे तो पूरे कलानिलयम कैम्पस की स्त्रियाँ विह्वल हो जातीं। यह वैसा ही पल था और मैं साँस रोके किसी भाव-प्रवण प्रेम निवेदन की अपेक्षा में थी।

"प्रेम और आँखमिचौली की वयस मेरी भी नहीं है माधवी! मगर मैं तुम जैसी समझदार और प्रतिभावान लड़की के साथ गृहस्थ-जीवन का अभिलाषी हूँ। मुझ अनाथ ने कभी परिवार नहीं देखा, देखा तो बस गुरुकुल और वहाँ की कठोर और शुष्क व्यवस्थाएँ। कविराज के साथ ने मुझमें नये युग की नयी धारणाओं का बीज डाला है। यह अनायास मन में आया प्रेम भाव नहीं है। यह सोच समझ कर लिया निर्णय है, क्या तुम मुझसे विवाह करोगी? लेकिन हम विवाह करते हैं तो हमें कलानिलयम छोड़ना होगा। इसलिए अभी तुम इस प्रस्ताव पर समय लो कुछ दिन, महीने चाहो तो साल का।"

"जी! विवाह....??" इस बात से मेरे मन में जागा छोटा-सा रूमान का अंकुर मुरझा गया। हाय! कैसी-कैसी कल्पनाएँ की थीं कि यह प्रेम निवेदन को उत्सव बना

देने वाला कलाकार जब प्रेम निवेदन करेगा...असल जीवन में उन्हें प्रेम निवेदन नहीं करना आया। उस पल मुझे लगा सच ही मधुप नायर कमाल के अभिनेता हैं।

मार्च 1941

थेय्यम के पवित्र अनुष्ठानिक दिन हैं, विशाल जुलूस, देव और दानवों के मुखौटे, पौराणिक कथाओं और मिथकों के नृत्य और मंचन...हम सब युवा थेय्यम के कैलेंडर के अनुसार आसपास के हर गाँव में जाते हैं। जहाँ मन्दिर के सामने खुले मंच पर नृत्य और नाटक होते हैं, जुलूस निकलते हैं। दिव्य पोशाकें और दिव्यतम मेकअप देखने को मिलते हैं। इन्हीं दिनों मुझे मधुप नायर के साथ रहने का ख़ूब अवसर मिला। हम आकर्षित होते चले गये। मन के मिलने का समय किसी पंचांग में नहीं लिखा होता, मनुष्य के अलावा इस दुनिया के सभी चराचर प्राणी इस सच्चाई को समझते हैं। मैं और मधुप हम दोनों ने जीवन में बहुत संयम रखा था और बहुत दबाव झेले थे, अपनी भावनाओं पर कस कर कॉर्क लगाकर रखा था। परसों हम पैदल पास के किसी गाँव के थेय्यम में सम्मिलित होने के लिए निकले। जंगल से होकर जाने वाले घुमावदार रास्ते के किनारे हम सुस्ताने के लिए ठहर गये। हम एक पेड़ के नीचे आमने-सामने अधलेटे हुए थे। उसने मेरी ओर हाथ बढ़ाया और देवताओं ने किसी उचित समय का इन्तज़ार नहीं किया। तन-मन पर रखी वर्जनाओं की चट्टान एक विस्फोट में बिखर गयी। वह एकदम प्राकृतिक, बिना रोक सकने वाला संगम था।

मुझमें हो रहे बदलाव के बारे में मेरी माँ को भान नहीं हो ऐसा नहीं हो सकता। मेरा चेहरा दमक रहा था परन्तु, वह ऐसे दिखा रही थीं जैसे उन्हें इसका ज्ञान ही नहीं हो, एक पर्दा या मुखौटा उनके चेहरे पर था। कुसमय के लिए इस पर्दे के हटते ही उनकी आँखों में एक सन्देह नज़र आता था। उनकी बातों में बिना कारण एक चिड़चिड़ापन दिखाई देता था।

"तुम थेय्यम के बहाने कहाँ-कहाँ घूम रही हो?"

"माँ, शोध का काम चल रहा है मेरा।"

"जिस तरह कलानिलयम में लड़के-लड़कियाँ, गुरु-शिष्य साथ रह रहे हैं मुझे तो डर लगता है।"

"यहाँ आपस में विवाह निषेध है।"

"विवाह ही तो निषेध है ना!"

"हिश् अम्माँ..."

"माधवीकुट्टी, मैंने तुम्हारे लिए इतना बड़ा थारवडु बनवाकर रख दिया है। अब बाग़ान और खेतों से आय भी हो रही है। यहाँ एक रानी की तरह रहो। किसी से परिणय ही करना है तो सुपात्र चुनो।"

"मुझे किसी भूपति से या व्यवसायी से विवाह नहीं करना है।"

"एकदम मैं भी यही कह रही हूँ, एक ऐसे व्यक्ति से विवाह करो जो यहाँ आकर रहे और यह सारा काम-काज सँभाले मेरे साथ। भले पढ़ा-लिखा न हो!"

"ओह! आपको एक बिना वेतन का किसान-मज़दूर चाहिए मेरे लिए या मैं अविवाहित रहूँ।"

"हाँ, एक मज़बूत नायर स्त्री को ऐसा ही होना चाहिए। मरुक्कथायम प्रथा में... "

"पता नहीं किस समय में रह रही हैं आप। अब मेरा समय मत बर्बाद कीजिए फ़ालतू बहस से।" मैं अब उन्हें उलटे जवाब पकड़ाने लगी थी।

1940 नवम्बर

आख़िर पिछले सप्ताह के बृहस्पतिवार को हमने छिपकर मन्दिर में विवाह कर ही लिया। तय किया कि अम्माँ के ताण्डव और कलानिलयम के नियम-भंग के डर से हम अपने विवाह को एक साल तक गुप्त रखेंगे। मैं अम्माँ के साथ थारवडु में रहती रहूँगी और मधुप कलानिलयम में। हाँ शोध के लिए यात्रा के बहाने मैं और मधुप अपना मधुमास मना लेंगे। हम दोनों पूरे मालाबर में मन्दिर-मन्दिर, मोहिनीअट्टम की पुरानी कलाकार पुरखिनों से मिलते हुए भटक रहे हैं।

1941 जनवरी

अपने–अपने विषय पर शोध के लिए एक रोज़ मैं और मधुप नाव से थिरुनावाया पहुँचे। नाव और यात्रा मुझे अतीत की सबसे उदास याद की तरफ़ ले जाते हैं। फिर बस कुमारन की कविताओं के शब्द लहरों में फूल की तरह तिरते हैं। सबसे पहले हम नीला नदी के घाट पर उतरे, नदी यूँ शान्त बह रही थी मानो बीच के दस-ग्यारह सालों में कुछ घटा ही नहीं हो। लेकिन मुझे ऐसा लगा कि मानो मैं एक युग पार करके इस पार आयी हूँ। मैं मन्दिर में नवमुकुन्दन स्वामी के दर्शन करने गयी, पुनरुद्धार के बाद मन्दिर और सुन्दर हो गया था, घाट चमक रहा था। मन्दिर के पीछे जाते ही मेरे पैर दौड़ते चले गये 'नारायणीअम्माँ के थारवडु' की ओर। मुझे अच्छी तरह याद है...जब नानी के परलोक गमन की ख़बर आयी थी, अम्माँ

चाह कर भी नहीं जा सकी थीं, मायाविड्डु निर्माण के समय वो पाँव की हड्डी तुड़वा बैठी थीं।

नारायणी नानी नहीं होंगी, मगर मुझे उनकी चन्दन अगरबत्ती की महक में डूबे कमरे में जाकर कुछ साँसें लेनी हैं, क्या पता जानकी और लक्ष्मी मिल जायें। जीवन की आपाधापी ने कितने धागे तोड़ डाले। मधुप मेरे पीछे छाता लिए चले आ रहे थे। मैं पहुँची तो...वहाँ एक खँडहर कराह रहा था। शहतीरें टूट गयी थीं, कवेलुओं की छत धराशायी थी। नारायणीअम्माँ का हिस्सा ढहा पड़ा था। दूसरी ओर एक ग़रीब परिवार रह रहा था।

"चेत्तन, यहाँ जो थे लोग कहाँ गये?"

"यहाँ तो बरसों पहले बस एक गोपालन नाम का बूढ़ा रहता था, उसका परिवार पूरा पलक्कड़ चला गया था। जिसकी देखभाल मेरा भाई करता था। एक दिन वह इस घर से निकला तो कभी लौटा नहीं...उसका शव भी नहीं मिला।" मैं मानो किसी श्मशान में खड़ी थी और अनगिन अदृश्य चिताओं की आँच मुझे झुलसा रही थी। मैं लौटी और मधुप से लिपटकर रोने लगी। हम मन्दिर की तरफ़ और क़स्बे के मुख्य चौक में चले आये।

"माधवी!" मुझे लगा कुमारन ने पुकारा हो। मगर वहाँ कोई नहीं था। मेरा चेहरा एकदम उतरा हुआ था। चौक लोगों से भरा हुआ था और देवदासियोंवाली वह गली अब एक चौड़ी सड़क में बदल गयी थी और जिसका आख़िरी छोर एक छावनी था। मेरा मन उधर जाने का हुआ ही नहीं। बूढ़े कुण्डलम इशावा की दुकान ज़रूर उसी जगह थी और वहाँ एक मध्यवयस व्यक्ति बैठा था। वैसी ही काष्ठ की मूर्तियाँ वहाँ सजी थीं। मैं वहाँ बढ़ी।

"आप कुण्डलम इशावा के कौन हैं?"

"भानजा।"

"वे बलवे के समय तो चले गये थे यहाँ से?"

"नहीं! महीने भर में लौट आये थे। मन्दिर की चौखट पर ही पिछले बरस प्राण दिये हैं।" मैं गहरी साँसें लेती जा रही थी। मधुप मेरी स्थिति को कुछ समझ पा रहे थे कुछ नहीं।

"एक तारा नाम की देवदासी थी।"

"मन्दिर के बायें चौथे दरवाज़े पर एक तारा नाम की भिखारिन ज़रूर बैठती थी जब वह कुछ सनक गयी तो पुलिस ले गयी। अब पता नहीं कहाँ है?" मेरी आँख भर आयी। माँ कहती थी–"तारा अनूठी नर्तकी थी, मुझसे सौ गुना अच्छी। उसके भीतर

जितना नृत्त था उतना ही अभिनय और उसके पदम उसके अपने रचे हुए, अनपढ़ होते हुए ऐसी प्रांजल कविता रचती अहा! उतना ही मधुर गाती।" माँ को बताऊँगी, हम लौटकर उनको खोजेंगे।

अम्माँ को तो बहुत कुछ बताना शेष था। मैंने लौटकर उत्साह से उन्हें तारा के बारे में बताया तो उनका उत्तर था–

"तारा भीख नहीं माँग सकती। तारा पागल नहीं हो सकती। फिर भी अगर वह हो भी तो अतीत के प्रेतों के पीछे नहीं भागना चाहिए।"

मार्च 1941

वैसे मायम्मा एक आदर्श माँ रही हैं। मगर मैं उनके जैसी आत्मकेन्द्रित कभी नहीं बनना चाहूँगी। मुझे बुरा लगा जिस तारा ने उन्हें सहारा दिया उस तारा को लेकर उन्हें कोई लगाव नहीं? अम्माँ भले भूल रही हों, मुझे सब कुछ याद था। तारा का हर नाच के बाद मिले धन और अन्न का बँटवारा भी। वो मुखिया थी नृत्य-मण्डली की अपने पास अधिक रख सकती थीं। मगर हमेशा एक छोटा भाग मेरा भी निकालती रहीं। माँ ने उनसे भूले हुए पद और तिल्लाना के क्लिष्ट ताल सीखे थे। मेरी माँ मायम्मा भले उन्हें अतीत के प्रेतों में शामिल कर दें, मैंने अपनी शोध की किताबों में तारा के पदों का उल्लेख किया और श्रेय दिया है। वे चाहतीं तो बेचारी तारा को अपने साथ लाकर रख सकती थीं। इस बात पर मैं उनसे नाराज़ थी। मगर जल्दी ही मेरे हाथ लगे एक पत्र ने स्पष्ट कर दिया कि मैं अक्सर अपनी माँ को समझने में भूल करती आयी हूँ।

"कैसी हैं आप? चेरुथुरुती अपने 'मायाविडु' में क्या इतनी मगन हो गयी हैं कि हम आपकी स्मृति में तब आते हैं जब आपको कोई ज़रूरी काम हो। एक दिन राजा मुकुन्दन की ओर से कलानिलयम में आमन्त्रण था और संयोग से आपकी बेटी का नृत्य देखने का अवसर मिला। उसने आपकी प्रतिभा को नया प्रतिमान दिया है। हाँ, वह ज़रूरी काज जो आपने सौंपा था। हमारे सेवक जब थिरुनावाया पहुँचे तो वहाँ कोई तारा नाम की भिखारिन नहीं मिली। तारा नाम की उस देवदासी का समाचार मिला वह आजकल उडूपी कर्नाटक में है, अपने दत्तक पुत्र के साथ सुख से है। आपका दास!"

अब मेरी उलझन यह है कि माँ कब अपने प्रेमियों के पत्र ठीक से छुपाना सीखेंगी? या वे यह आवश्यकता ही नहीं समझतीं?

1944 सितम्बर

कलानिलयम अब एक बड़ी संस्था में बदल रहा था। मैं अपने गुप्त विवाह को छिपाकर नियमित कक्षाएँ ले रही थी। मेरे लिए वे दिन सबसे सुन्दर, शान्त और प्रेमिल दिन थे। आख़िरकार माँ को पता लग ही गया, मेरे विवाह और गर्भ दोनों का। ताण्डव हुआ! जैसा होता है। घर से निकालने की धमकी भी मिली, और हम दोनों कलानिलयम के एक कमरे के क्वार्टर में चले आये। मगर जिस दिन प्रसव-पीड़ा हुई मधुप अम्माँ के पास भागे...अम्माँ सीधे आकर हमें अपने साथ मायाविडु ले गयीं। 23 सितम्बर 1943 को मैंने सत्यभामा को जन्म दिया। अम्माँ ख़ुश हैं, नातिनी को पाकर। बड़े मधुर भजन गाती हैं उसके लिए।

(रेणुका ने देखा माधवीअम्माँ की एक डायरी यहाँ समाप्त हो गयी थी। बाक़ी आधा दर्जन डायरियों में शोध-आलेखों, गीतों, कविताओं, अष्टपदियों, घर के हिसाब-किताब, ढेर सारे पतों–फ़ोन नम्बरों के बीच से कहीं-कहीं ही इस तरह के इन्दराज मिले, जहाँ उनके 1958 से 1990 तक के जीवन के अहम पड़ाव आये थे। रेणुका ने वे पन्ने डायरियों से निकालकर अलगाकर एक फ़ोल्डर में लगा दिये। फिर दोबारा उन्हें पढ़ना शुरू किया।)

मार्च 1958

कविराज मृत्युशैया पर हैं, पूरा कलानिलयम दु:ख में डूबा है। कथकली, कुडियाट्टम, मोहिनीअट्टम जैसे नृत्य उनके ऋणी रहेंगे। अब सत्यभामा उसी उम्र की है जिस उम्र में मैं कलानिलयम से जुड़ी थी, उसने मोहिनीअट्टम और कलानिलयम के गुरुकुल में रहना चुना और मैंने सहर्ष उसे चुनने दिया। कविराज को सत्यभामा से अनन्य स्नेह है। मधुप कविराज के चरणों को थामे आँसू बहा रहे हैं। मैं अपने दोनों छोटे बच्चों के साथ बाहर हूँ अस्पताल के अतिथि-कक्ष में। रेणुका अभी दो साल की है और उसे अभी खेलना है, दीपांकर को किताबें प्रिय हैं, वह इस सबसे निर्लिप्त किताबों में डूबा है।

मेरी माँ भी कविराज से सुबह आकर मिलकर गयी हैं। उनके मन में कविराज को लेकर एक सम्मान के समानान्तर नाराज़गी जीवन भर रही है–"युवा कवि कुमारन की मृत्यु का संज्ञान तक नहीं लिया कविराज ने, कोई आवाज़ नहीं उठाई।" मैं इस बारे में अपना कोई मत नहीं रखती, लेकिन कुमारन की छवियाँ कभी मेरे मन में धूमिल नहीं हुईं। आह! आज शाम कविराज ने विदा ले ली। त्रिशूर शहर और आसपास के गाँव से लोग उमड़ पड़े अपने प्रिय महापुरुष को विदा देने। विदा

थाती-पुरुष विदा। मोहिनीअट्टम आपका ऋणी रहेगा। आप नहीं होते तो यह नृत्य 'नॉच' बनकर रह जाता।

1980 जनवरी का कोई यूँ ही सा दिन

कई बार मुझे लगता है कि अम्माँ और मेरे पति मधुप वैसे एक-दूसरे के घनघोर विरोधी थे। मगर कई सन्दर्भों में वे एक ही बात को दो अलग तरह से कहते, जीते और मानते आये हैं। मुझे हमेशा शिकायत रही थी कि मेरी अम्माँ ने मेरी भावनाओं को जाने बिना मेरे निर्णय ख़ुद लेना चाहे। पर बाद में मुझे अहसास हुआ वे कई जगह सही भी थीं। वे कहतीं–"परिणय ही करना था तो कलाकार क्यों? कलाकार प्रेम करने में निपुण होते हैं, विवाह के लिए उपयुक्त नहीं होते।"

मैं कहती–"मैं भी तो कलाकार हूँ!" तो उत्तर मिलता–

"तभी तो सवा सत्यानाश है!!"

मधुप बड़े कलाकार थे मगर कलाकार होने की एक अराजकता आसपास की स्त्रियों को लेकर उनके चरित्र में थी। चाहे वे शानदार गुरु, शानदार पिता और समर्पित पति थे। मगर देह को लेकर उन्हें बन्धन नहीं चाहिए था। वे कहते–एकनिष्ठता देह की शुचिता से नहीं आत्मीय लगाव से होती है। मुझे याद है मेरी माँ ने भी ऐसा ही कुछ कहा था मुझे–"मातृवंशी स्त्रियों को किसी एक पुरुष के अधीन क्यों होना। यह अप्राकृतिक है, काष्ठ को ही निष्ठा रास आती है।" मैं हतप्रभ रह जाती थी। मेरे जीवन में आये दो लोग कितना एक-सा सोचते रहे मगर एक-दूसरे के घनघोर विरोधी रहे। मैं सामंजस्य ही बिठाती रही।

1985 अप्रेल

मधुप कलानिलयम की वर्तमान राजनीति और गुटबाज़ी से दुखी होकर गांधी सेवा सदन पलक्कड चले गये हैं। कलाओं में यह सब बड़ा दुखद है। मुझे भी कहा था उन्होंने मगर माँ को छोड़कर जाना असम्भव था।

मायम्मा मेरी माँ, एक मुखिया...अब भी अपने थारवडु में अकेले रहती हैं, उनकी नौकरानी कुंजुट्टी उनका मुझसे अधिक ध्यान रखती है। बीते पैंतीस वर्षों में उनकी दिनचर्या में केवल एक चीज़ बदली है वे अब अपने देवता के लिए भी नहीं नाचती हैं। बाक़ी सुबह पाँच बजे उठना, कुएँ के ठण्डे पानी से स्नान करना, रंगीन अक्सर लाल और गहरे जामुनी रंग की मौसम के हिसाब से साड़ी पहनना। अपने घर के लीपे हुए प्रवेश-द्वार पर बहुत छोटी ही सही रंगोली बनाना। एक बड़ा मग

कॉफ़ी पीना। छड़ी लेकर अपने नारियल कुंज और सब्ज़ियों की बाड़ी, तालाब की सैर पर जाना। कुंजुट्टी से शाक-भाजी तुड़वाना, कुन्द की कलियाँ और ताज़ा कमल मेरे मन्दिर के लिए भिजवाना, आकर नाश्ता करना।

रेडियो पर मलयालम रूमानी गीत सुनना। एक नींद लेना फिर मुझे बुला भेजना या मेरी बेटी सत्यभामा को। उसको ज़रूर वे कभी-कभी मोहिनीअट्टम के बहुत पुराने पद और यतियाँ सिखाती हैं, जबकि मुझे उन्होंने उनके पैरों में पड़ने के बावजूद एक बन्ध तक नहीं सिखाया। मैं सत्यभामा को संकेत देती हूँ कि उनसे और निकलवाओ और नोट कर लो। उन्हें सत्यभामा बहुत प्रिय है। क्योंकि सत्यभामा ने एक कलाकार नहीं डॉक्टर से शादी की है।

आज शाम को घर के बाहर बग़ीचे में बैठ वह सूर्यास्त देख रही थीं। तभी हवा का झोंका आया और आँगन में पड़े पत्ते बिखर गये। बस उठीं और बुहारने लगीं। मैंने कहा–अम्माँ, अब यह सब काम मत किया करो। बस मुझ पर बरस पड़ीं।

"इस उम्र में तुम्हें मेरे हरदम पास होना चाहिए। तुम अपने पति की सेवा में इस तरह मगन हो कि तुम मुझे भूल जाती हो। कल रात मुझे रात भर सीने में दर्द रहा। सत्या को भेज देती, बेटे भास्कर को भेज देती और वो छोटी तेरी रेणुका उसे तो मेरी कोई परवाह नहीं।"

"अम्ममु, दोनों की कॉलेज की परीक्षाएँ चल रही हैं, आप रात में केवल कर्ड-राइस खायें। आप तो मछली खाती हैं अब भी।"

"वही मुझे ताक़त देती है, चावल में क्या रखा है? तुम मुझे यह सब मत बताओ। तुम मुझे कल सत्या के पति डॉक्टर मेनन के पास ले जाना, मुझे अपना पूरा चेकअप कराना है।"

"अभी पिछले महीने तो सब कराया था माँ!"

"माधवीकुट्टी, अब भारी हो गयी तेरी माँ तुझ पर जो दस बातें सुना रही हैं और ये कड़वी बातें...अभी जीवित हूँ और यह दूर तक फैले खेत-बाग़ान मेरे बाद कौन देखेगा? मैं जानती हूँ तुम लोग यहाँ बस तब तक रहोगे मैं जब तक हूँ कुट्टी...फिर तुम सब बेचकर अपने उस स्वार्थी पति के परिवार के पास पलक्कड़ चली जाओगी। मुझसे अलग घर बनवाकर क्या मिला मा-कुट्टी?"

"अमू! थोड़ा धीरे! हद करती हो...और अलग? दस क़दम पर ही तो है... एक आवाज़ में मैं आती हूँ। अम्माँ कितनी बार बताऊँ यह घर बच्चों के हिसाब से नहीं था। नीची छतें, कम रोशनी...।" सच में 'मायाविडु' कम ऊँचाईवाली छतोंवाला घर था, जिसमें आगे तो बड़े-बड़े दरवाज़े और चौकोर खिड़कियाँ थीं

मगर पीछे एक रोशनदान भी नहीं उस पर और चारों ओर नारियल-कटहल के पेड़ उगे हुए थे।

"तू यहाँ इतने बड़े ज़मीन के टुकड़े पर राजकुमारी की तरह रही है, इसी से प्रभावित होकर मधुप नायर ने तुझे बहलाया।" जब भी मैं उनके पास बैठती वे यही बातें करती थीं।

"अम्माँ! अब वह राग मत आलापो, अब मेरे बच्चे भी बड़े हो गये। एक की शादी हो गयी, बच्चा भी, दूसरा अमेरिका जाने की तैयारी में है, तीसरी भी पोस्ट ग्रेजुएट कर रही है। अगर मैं केवल अपने बारे में सोचती या अपने पति की नाराज़गी और बच्चों की पढ़ाई पर गौर करती तो इनके हिसाब से मुझे कई साल पहले ही किसी बड़े शहर में चले जाना चाहिए था।" कभी-कभी मधुप इनका यह प्रलाप सुन ही लेते और नाराज़ होते। मैं उनको समझाती रहती इनकी उम्र देखिए।

लेकिन सच पूछिए तो वे अस्सी-एक साल की हो गयी हैं और उसका दिमाग़ पहले की तरह ही साफ़ चलता है, वे आज भी रौबीली हैं और बहुत जकड़कर रखने वाली हैं। माना मुझे बहुत कुछ सहना पड़ा हो लेकिन मुझे अपनी माँ पर गर्व है, जो एक अद्भुत बूढ़ी महिला हैं। अपनी सोचूँ तो अस्सी साल की उम्र में मैं क्या करूँगी? तब बस यह चाहूँगी कि कोई मेरी सुन ले, मेरे ग़ुस्से को सह ले। इसलिए मैं जितना हो सके उतना इनको सहन करती हूँ।

उन्होंने मन्दिर जाना भी छोड़ दिया है। आजकल बस वह अकेले में बुदबुदाती रहती हैं और अपने आप से बातें करती रहती हैं। हाँ, क्योंकि उन्हें बातचीत का हमेशा बहुत शौक़ था। मेरे बच्चों का मानना था कि वह अब भी अपने बिस्तर के नीचे बड़े काले बक्से में सोना गिनकर ख़ुद का मनोरंजन करती हैं। मैं जानती थी अब कोई सोना नहीं था, बस अतीत की चोटें थीं गिनने को।

1988 दिसम्बर

मधुप! तुम चले गये? अचानक! बच्चे मुझे दोष देते हैं, कि मैंने तुम्हें उस दिन नाचने से रोका क्यों नहीं था? मैं उन्हें बस यही कह सकी कि तुम एक सच्चे नर्तक और अभिनेता थे। कलानिलयम का कैम्पस, कलानिलयम के प्रेक्षाग्रह, कूटम्बलम का मंच तुम्हें बेहद प्रिय थे। उनको कैसे कहती कि 'सुभद्राहरणम्' में कृष्ण की भूमिका में वह मृत्यु नहीं थी। एक सच्चे कलाकार के लिए मोक्ष का पल था। मुझे याद है तुमने एक बार कहा था कि मैं तो अन्तिम यात्रा भी 'चमयम' (चेहरे के रंग) और कथकली की अपनी वेशभूषा में करना चाहूँगा। तुमने हमेशा जीवन अपनी तरह जिया, मृत्यु भी तुम्हारी इच्छा का मान रख गयी।

'माधवी'...फुसफुसाकर तुमने मेरा हाथ थाम लिया था, अपनी एक भौंह हिलायी और एक उँगली मंच की छत की तरफ़...उठाकर तुम मुस्कुराये थे और तुम चले गये। एक विशाल हुजूम तुम्हारी लोकप्रियता का प्रतीक...तुम्हारी जयजयकार करते साथ चला था अन्तिम यात्रा में। अगले दिन 'द हिन्दू' में तुम पर एक बड़ा आलेख छपा। मगर मैं फिर से अकेले छूट गयी थी...अपनी माँ और सबसे बड़ी विरोधी मायम्मा के साथ। बेटियों के विवाह हो चुके थे और भास्कर टोरेंटो में बस गया था।

1990 जनवरी

आज मैंने एक नृत्य-गीत तैयार किया, अष्टपदी के तर्ज़ पर। शान्तिनिकेतन में होने वाली एक प्रस्तुति के लिए। मुझे याद है 1939 में कल्याणी अम्माँ शान्तनिकेतन गयी थीं, तब गुरुदेव के समक्ष मुझे भी उनके साथ नृत्य करने का अवसर मिला था। एक रसिक कलाप्रेमी साधु की भाँति बैठे थे वे। अब यह दूसरा अवसर।

मैंने जो नृत्य-गीत रचा या यूँ कहिए यह पुनर्रचना थी, अपने पहले आत्मीय कवि कुमारन के गीत की। उसकी केन्द्रीय कथा यह थी, नदी का सागर से विवाह होनेवाला है, तभी उसकी गति में इतना उल्लास है। वह घास, बेंत और वृक्षों की भेंट फूलों को स्वीकार करती हुई चली जा रही है, प्रतीक्षा है कि सागर से मिलने का वह पल कब आयेगा? वह फेनिलकुसुमों की श्वेत माला वर के गले में डालने को उत्सुक है। वह पल आता है–जब नदी सर्वशक्तिमान समुद्र से मिलती है, भँवर पड़ते हैं, उसके जीवन को एक उद्देश्य मिल जाता है। यह प्रस्तुति कुमारन की उस कभी न धूमिल हुई याद के नाम थी। यह प्रस्तुति बहुत सफल हुई। मुझे लगा मैं हल्की हो गयी हूँ।

तभी सत्यभामा का फ़ोन आया, मायम्मा परेशान हैं, उनको लग रहा है अब समय आ गया है फिर वे सबको बुलाने को कह रही हैं।

"बुला लो, जो आये। अच्छा है, इस बहाने सालाना परिवार मिलन समारोह हो जाता है। मैं कल कलकत्ता से फ़्लाइट लेकर पहुँच रही हूँ।" मैंने हँसकर कहा था। कोई और समय होता तो खीज उठती कि वे ऐसा हर साल क्यों करती हैं? इस पल मुझे उनका समूचा जीवन याद आ रहा था। क्या हम कभी जान सकेंगे जो नदी जानती है? नदी स्मृतियों से भरी एक माँ ही तो है। अगर ज़िन्दगी उस रात थिरुनावाया से पलायन के समय वहीं रास्ते में ख़त्म हो जाती तो किसे पता होता एक सत्ताईस साल लम्बी यात्रा अकेले अपनी माँ मायम्मा के साथ मेरी भी थी। एक काँटों

भरा पथ, एक अनवरत भटकती मुख्य नायिका के साथ एक हतप्रभ मूक भोक्ता के किरदार में मैं। मैं खड़ी देखती रही तक़दीर के करतब, और ये जूझती रहीं हर शर-सन्धान से। मैं ही थी जिसने इनके जीवन के सुघर और विकृत रूपक देखे और यौवन के विस्मित सपने, यथार्थ का घोर बीहड़। माँ, अम्माँ, मायम्मा तुम विलक्षण हो, रहोगी और मैं तुम्हारी छाया का भी व्यंग्य मात्र!

7 मार्च 1990

और वो भी चली गयीं।

उन्नीस सौ नब्बे के मार्च के दिन थे। बरसात बेमौसम बरस रही थी। आख़िरी दिनों में मेरी माँ मायम्मा बस एक हड्डी का थैला भर रह गयी थीं, उनकी स्मृति उमस भरे दिनों में हवा के झोंके की तरह हो गयी थी, रह-रहकर आती और रुक जाती। उन दिनों वह प्राणों और शब्दों को आँसुओं को मिलाकर सानते हुए कुछ गीत गाया करती थीं–प्रेम गीत! गाते हुए वे रोशनदानों को देखती हुई मुस्कुरातीं, क्या रोशनदानों से उन्हें उनके नामचीन पुरखे देख रहे होते होंगे?

उन्होंने सबको बुलाने की फिर से ज़िद की थी। सत्यभामा ने सबको फ़ोन किया। रेणुका, भास्करन, जानकी मौसी, लक्ष्मी मौसी को। हालाँकि ऐसा वे पहले भी साल-साल भर के अन्तराल से कर चुकी थीं। फिर जब सब एक अच्छा समय साथ बिताकर जाने लगते तो कहतीं–"पिछले दो वर्षों में मैं जीवित प्रेतनी में बदल गयी हूँ। अब ईश्वर तो मुझे बुलाना चाहते हैं मगर तुम लोगों का मोह मुझे यहीं रोक लेता है। लेकिन अच्छा हुआ ना, सब मिले, साथ बैठे, हँसे-खेले। लो मेरी उम्र बरस भर और बढ़ गयी। "इस बार सबसे पहले रेणुका पहुँची, सबसे पास वही रह रही थी, उसका बेटा सोपान बस तीन साल का ही था। बेटी स्कूल में पढ़ रही थी सो उसे उसके पिता के साथ छोड़कर आयी। भास्कर टोरंटो से आ नहीं सका।

"अम्मुनी, आप एकदम ठीक दिख रही हो।" रेणुका ने पहुँचते ही उनसे कहा था।

"कौन? माधवी? तूने विवाह कर लिया और बताया नहीं? वो भी उस 'पूतना नायर' से?"

"आप मेरे पापा को अब तो बख्श दो, अम्मुनी! उनको संसार से गये बरसों हुए। अब भी उन्हें कोसती हो। क्यों घृणा करती रहीं उनसे?" रेणुका ने फफककर रोते हुए कहा था और उसके रोने को सुनकर मैं भीतर आ गयी थी।

"शश् रेणु! ऐसा नहीं करते बेटा, इन्हें अब होश नहीं है, यह बड़बड़ करती रहती हैं। यह शरीर के मरने के पहले की मौत है।" मैंने रेणुका को पानी की बोतल थमाते हुए दिलासा दी था।

"कौन रेणु आयी है? तेरा बबुआ कहाँ है ला दे मुझे गोद में? अहा! ललाट देखो इसका एकदम इसके पिता-सा प्रखर। ख़ूब पढ़ाना इसे।" रेणुका चकित हो गयी उनके इस व्यवहार पर।

"हाँ अम्माँ! ख़ूब पढ़ेगा, देखो नर्स आयी है आपको कपड़े बदलवायेगी।" माधवी और रेणुका मायम्मा के कमरे से निकल आये थे। बाहर उजाड़ आँगन के सीले हुए फ़र्श में घास उग आयी थी। कमल ताल सूख गया था। दोनों चौखट पर बैठ गयीं। नौकरानी स्टील के गिलासों में कॉफ़ी ले आयी। ओल्ड मायाविडु की दीवारें देख रही थीं, तीन पीढ़ी की स्त्रियाँ उस कमरे में थीं, समय का चाप तीनों को छूकर गुज़र रहा था।

"मम्मी, क्या अब नहीं बचेंगी अम्मुनी?"

"हाँ, एक कहानी ख़त्म हो रही है–मेरी माँ मायम्मा की कहानी। इनके साथ इनके जीवन की अज्ञात गहराइयाँ चली जायेंगी।"

"मगर इनको इतनी घृणा क्यों थी पापा से?" रेणुका ने सोपान को कन्धे पर सुलाते हुए धीरे-से पूछा था।

"ख़ाली पापा से नहीं मेरे जीवन में आने, आ सकने वाले वाले हर पुरुष से। ये अपनी माँ और अपने साथ हुए हादसों की क़ैद में बन्द रह गयी हैं रेणु। वो किसी बीती सदी में जीती रही और उसकी क़ीमत हम लोगों ने चुकाई। हर कोई जो उनसे प्यार करता रहा उसे इन्होंने अनजाने दुःख दिये। मोरपंखों से ही लदी गाड़ी क्यों न हो, परिमाण अधिक होने पर एक दिन पहियों की धुरी टूटेगी ही। ये जिस समय में थीं उसी में बन्द रहीं, बाहर ज़माना बदलता चला गया। दूसरी तरफ़ जब ज़माना बदलता है फिर भी अगर परम्पराएँ बनी रहती हैं, तब भी उनमें वापस जाने की इच्छाएँ ख़त्म हो जाती हैं। समझ रही हो ना!"

"हाँ, कुछ-कुछ अम्माँ, आप आज भी कविता में बात करती हैं।" मैंने उत्तर में रेणुका की पसीजी हथेलियाँ थाम लीं।

"मेरी बच्ची! जीवन को आप वैसे ही समझते हो जैसी भाषा जीवन सिखाकर जाता है। मेरी माँ ने जो जिया वह मुझे सौंपना चाहा। मुरुक्कुथायन और उसकी विरासत के पवित्र रहस्य वे मुझे सौंपना चाहती थीं, मेरे भीतर एक अबूझ ताक़त जगाना चाहती थीं। जीवन भर उन्होंने मेहनत की कि मैं कुछ बन जाऊँ कि मुझे

किसी पुरुष के अधीन न रहना पड़े। मुझे जीवन में किसी पुरुष को रिझाना न पड़े। शादी का वह अर्थ समझती थीं ख़ुद के फ़ैसले लेने की ताक़त को किसी और को सौंप देना जो किसी नायर स्त्री को शोभा नहीं देता। रेणु! वह समय से आगे की स्त्री थी या ईश्वर जाने वही आदिम और विशुद्ध स्त्री होना था। तुम्हारी नानी 'मायम्मा' सही मायनों में मातृशक्ति भगवती रहीं। इनके साथ मातृवंश का अवसान ज़रूर होगा मगर हमारी विरासत में उनके गुण बने रहेंगे।"

चाँदनी में पेड़ों और ताड़ों के पत्तों में सरसराता चाँद निकल आया था। उस समय दरवाज़े की बग़ल में पड़ी छोटी-सी ड्रेसिंग टेबिल के दर्पण पर चाँदनी का पीला चूर्ण बिखर रहा था जिससे सामने की दीवार के कोने में एक अँधेरे-उजाले का अजीब-सा चित्र बन गया था। सोपान नींद में डरकर जागा और रोने लगा था।

"माधवीकुट्टी, रेणुका को बोल कि इसके सिरहाने चाकू रखे ताकि इसके पिछले जीवन के डरावने तार कट जायें।" मायम्मा बोलीं और करवट बदल ली। सुबह जब मैं उठी तो उन्होंने ख़ुद अपने इस जीवन के सारे तार काट लिये थे और अगली यात्रा पर निकल गयी थीं। उनके अन्तिम संस्कार तक पूरा परिवार और परिचित आ गये थे। अन्तिम संस्कार में हमारे यहाँ स्त्रियों के लिए 'नीरमाला' ही सबसे अहम रस्म है। जिसमें माँ के अन्तिम स्नान के लिए बेटी नदी से घड़ा भर कर लाती है। मैं अपनी बेटियों के साथ नीला नदी के तट से जल का घड़ा लाते हुए रास्ते भर यही सोचती रही थी जीवन भर मेरे साथ छाते की तरह तनी और बनी रही मेरी माँ मायम्मा क्या सचमुच अपने बनाये साम्राज्य में निर्जीव पड़ी हैं? या पहुँचते ही टोकेंगी–'इतने छोटे घड़े में जल लायी हो? जानती हो इतने-से तो मेरे ये लम्बे केश भी गीले नहीं होंगे...' मैं उनकी यादों के छत्ते के बीचों-बीच असंख्य डंकों से छलनी खड़ी थी और मैं सोच रही थी कि मैंने मायम्मा नाम की स्त्री की सारी यादें अपने भीतर उतारकर तहखाने में क्यों रख दी थीं।

रेणुका तमाम डायरियों और काग़ज़ों को काठ की अलमारी में से निकालकर तरतीब से सहेजने लगी। जब अलमारी खोली तो कितना कुछ निकल आया। माया उजाड़ पड़े उस बड़े से हॉल में कल्पना कर रही थी कि सोपान की परनानी 'मायम्मा' कैसी दिखती होंगी। वहाँ उनकी कोई भी तस्वीर नहीं थी। बस एक ताख में पुराने पीतल के नूपुर ज़रूर रखे थे। फीके हो चुके लाल रंग की डोरियों में गूँथे पीतल के नूपुर। माया ने उन्हें उठा लिया और गोद में लेकर एक पुरानी टीक की आराम कुर्सी पर बैठ गयी। पुराने निचली छतवाले मायाविडु में सीलन, मिट्टी और ठहरे हुए पानी की

गन्ध तो थी ही। एक अनजान-सी गन्ध और थी। कॉफ़ी-बीन्स और सूखे फूलों की मिली-जुली। उसे भ्रम हुआ कि किसी ने कमरे के दरवाज़े पर दस्तक दी है, ढलती साँझ में जितनी रोशनी को अन्दर आने की छूट थी उसमें जो दिख सकता था। वह कोई विराट चेहरा था, मोहिनीअट्टम की वेशभूषा में, मुस्कुराता। वह उस धुँधलके में उसे आँखें फाड़कर देख रही थी। उसे लगा वह समय के एक कोष्ठक में बन्द है, जो पूरे सवाल के हल होने पर ही बाहर निकल सकेगी।

"मायम्मा!"

अनंग के अचूक शर

"ये नूपुर! ओह! पुरुषों को इसकी कामुक झंकार सम्मोहित कर देती है। इसे धारण करने वाली को धीरे-से चलना होता है। तुम जानती हो न! प्रदर्शन का समय हो गया और मुझे तैयार होने में दो घण्टे लगेंगे। हमेशा याद रखना एक नर्तकी को एकदम स्वच्छ और बेदाग वस्त्र पहनने होते हैं। न केवल पोशाक आकर्षक होनी चाहिए, बल्कि उसे ठीक से पहना भी जाना चाहिए। नौ फ़ीट लम्बा ओन्नारा, एक अन्त:वस्त्रम जिसे हम नायर महिलाएँ हमेशा पहनती हैं, सबसे पहले उसे ही कसकर बाँधना होगा नहीं तो मैं चेला पहनने के बाद बहुत ही मोटी लगूँगी। आह! यह लम्बी सज्जा मुझे थकाती है मगर आँखों में कनमाशी (कज्जल-रेख), थोड़ा-सा सिन्दूर और थोड़ा-सा चावल का महीन आटा चेहरे पर लगाना होगा। मैं गोरी हूँ, इसलिए बहुत कम लगाती हूँ। हालाँकि तारा ऐसा करती है, वह अरिपोडी लेप में अधिक पीला और कम लाल रंग मिलाती है, ताकि उसकी रंगत धुँधले-सलेटी मंच से ठीक से उभर सके। मगर उसकी कर्णचुम्बी आँखें दूर से बुलाती हैं। इसके बाद मुझे अपनी अंगुलियों में अँगूठियाँ और अपनी ऊपरी बाँह पर साँप के आकार के बाजूबन्द पहनने होंगे। अपने बालों को मुलायम बनाने के लिए थोड़ा सा नारियल का तेल लगाना होगा। मुझे अपने घुँघराले बाल बिल्कुल पसन्द नहीं हैं, गुरुवायूर में मिली उस अट्टाकारी को देखा था मैंने, उसके बाल कितने लम्बे और सीधे थे। उन पर वेणी कितनी सजती थी। हे अयप्पा, अभी तो ये नूपुर पहनने में भी समय लगेगा।"

"मेरे कान दु:ख रहे हैं मुझे अपने कानों के इन बड़े छेदों से बड़ी चिढ़ है। ग़लती हुई कि मैंने हमेशा अपने कानों में बड़े-बड़े सोने के तोड़े पहने, वे थे बहुत आकर्षक क्या करती पहनना ही था। हमारे थारवडु की परम्परा में ये कष्टदायक मूकू वलयम (नथ) भी है जिसे मुझे पहनना होता है और यह मेरी नाक को बहुत चोट पहुँचाती है। मैं अपने बालों को नाग के आकार में जूड़े में बाँधती हूँ और उन

पर बेला और कनेर गुलाबी फूलों की माला सजाती हूँ। अक्सर सज्जा में मेरी मौसेरी बहन जानकी मेरी मदद करती है। नृत्य से पहले नट्टुवन देखने आता है कि पूरा पहनावा मोहक, व्यवस्थित और चुस्त है कि नहीं? मैं नाग और कमल का बाजूबन्द और माँग टीका पहनती हूँ जिसमें सूर्य-चन्द्रमा को ध्यान से लगाना होता है। और यह जड़ाऊ मोहिनी-माला मेरी माँ की है। उन्होंने यह मेरे लिए नारायणीअम्माँ के पास सुरक्षित रखवायी और ख़ुद संसार से चली गयीं। कोई मुझसे आकर कहता नहीं है मगर अफ़वाहें जो मेरे कान सुनते हैं वह यही है कि मेरी माँ को भी एक कायर पुरुष से घात मिला और वे नदी में कूदकर मर गयीं। मैं तब कुछ माह की थी। मैं रुष्ट हूँ उनसे, मरना क्यों था? वह भी पुरुष के लिए? मैं तो थी ना! मैं सँभालती उन्हें। यह जीवन एक यात्रा है इसे अपनी मर्ज़ी से पूरा करना चाहिए। उन्होंने अपनी युवावस्था में औरों की तरह पुरुषों के हृदय पर शासन नहीं किया बल्कि अपने हृदय को अपनी देह के स्वर्ण पात्र में रख एक ही पुरुष को दे दिया, 'पट्टुम परिवत्तवुम कोडुक्कुका' हुआ और वह उसकी वस्तु हो गयी। इसका अर्थ यह कि बस एक प्रज्वलित तेल-दीप के आगे किसी स्त्री को कोरा 'वस्त्र' दे दिया जाये और जब मन भर जाये उसे दोफाड़ कर विच्छेद कर दो। ऐसा ही हुआ होगा जब वह गर्भवती हुई होगी तब वह कायर सेनापति भाग गया होगा। मैंने जान लिया है पुरुषों को भीतर से बाहर तक। बड़े लोलुप होते हैं। विशेष रूप से पार्थसारथी मन्दिर का वह पुजारी। वहाँ विशाल आयोजन में मोहिनीअट्टम से पहले मैंने अपनी बायी ठोड़ी पर कनमाशी से एक छोटा-सा तिल लगाया था, उस दिन वह कन्नन मुझसे बोला कि यह तिल प्यारा लग रहा है, मुझ पर। वह मूर्ख है बस मेरी चापलूसी करता है और मुझे बिस्तर पर ले जाना चाहता है...व्यभिचारी!"

"सुनो! नट्टुवन! इस मंच पर रोशनी बिल्कुल भी पर्याप्त नहीं है, तुमको इन विदेशी गोरों की तरह पेट्रोमेक्स ले लेना चाहिए। वेदु को हाथ का पंखा लाने के लिए कहा? नौ फ़ीट के ओन्नारा पर चौबीस फ़ीट का कपड़ा और वह भी पलक्कटचेरी में गर्मियों के दौरान? कोई और व्यक्ति हो तो बेहोश हो जाये। तुम्हारा सोलह साल का भतीजा वेदू पंखा चलाने का काम अच्छा करता है। जानते हो क्यों? क्योंकि उसे वहाँ बैठना और मुझे ताकना अच्छा लगता है। मैंने कई बार उसकी आँखों में ग़लत विचार देखे हैं। उसे दोष नहीं दे सकती, वह पुरुष बनने की वयस में पहुँच रहा है।"

"लाओ, ये नूपुर इन्हें बाँध लूँ। फिर सुनाऊँ कथा अपनी। मैंने जब तय किया कि मुझे किसी सम्बन्धम में नहीं जाना और अपने जीवन का रथ ख़ुद चलाना है तो मैंने एक नट्टुवन से सम्पर्क किया। उसने एक पारिवारिक समारोह में मुझे नाचते

देखा था। उस मण्डली में हम केवल तीन नर्तकियाँ थीं, जो नट्टुवन के समझाने पर जगह-जगह जाकर प्रदर्शन करने लगी थीं। उसने हमसे कहा था पहले साल हम अपने प्रदर्शन आसपास से ही शुरू करेंगे और बाद में हम अन्य दूर स्थानों पर जा सकते हैं। यूँ तो हम पीढ़ियों से मोहिनीअट्टम करते आये थे मगर केवल अपने नम्बूदरी संरक्षकों के लिए। हम अधिकांश नायर लड़कियाँ इस नृत्य के चरण अपने घर पर ही अपनी अधेड़ पुरखिनों से सीखती आयी हैं। हम में से कुछ अभावों के चलते नट्टुवन (नृत्यमण्डली प्रमुख) के साथ जुड़ जाती हैं। अब समाज में सम्पन्नता नहीं रही और भूपति कृपण हो गये हैं। आजकल वर्षा के दिन हैं, इस समय कभी-कभी ही कोई आयोजन होते हैं। वर्षा में हम नये पद सीखते, अभ्यास करते हैं। नयी कविताओं में आंगिक भाव और मोहक अभिनय ढालते हैं। आजकल दासियों ने इसमें सस्ती कविताओं और अभिनय को चलन में ला दिया है जिनमें पान खिलाने, नाक की नथ खोने (मुकुट्टथी) के स्वाँग कर इसे गोद नृत्य में बदल दिया है। अब क्या कर सकते हैं? चलन ही ऐसा चल पड़ा है। इसमें स्वर्णमुद्रा जो मिलती है।"

"ओह यूँ मत देखो मुझे! मानो मैं इतिहास के मुहाने पर खड़ी मातृवंशी समाज की आख़िरी विलुप्त होती कड़ी के अलावा कुछ नहीं। मायम्मा इतिहास की कोई त्रासद नायिका नहीं, जो प्रतिरोध करने में अक्षम हो। लोग कहते थे मैं बड़े थम्पुरान के एक साहसी सेनापति की बेटी थी। लेकिन होश में तो मैंने ख़ुद को अनाथ ही पाया। अपनी मौसी नारायणीअम्माँ की छाया में सहमी-सी अनाथ बच्ची मायम्मा। जो एक बड़े थारवडु में किसी तरह पल रही थी। चार एकड़ में फैले धान के खेत, नारियल के बाग़, जंगल और पारम्परिक हवेली (थारवडु) की मुखिया नारायणीअम्माँ थी और संरक्षक गोपालन कर्णवर। नारायणीअम्माँ के नम्बूदरी संरक्षक सम्पन्न थे, वे उनसे जीवन भर एकनिष्ठ रहीं। जब वे दिवंगत हुए तो नारायणीअम्माँ ने युवा रहते ही सफ़ेद रेशम पहन लिया।

थारवडु में मेरी तीन मौसियाँ, उनकी सात बेटियाँ और बारह बच्चे, हम सब उस नौ कमरों, छह आँगनों, तीन गलियारों और अठारह खम्भोंवाले थारवडु में रहते थे। वयस्क स्त्रियाँ सम्पन्न और योग्य पुरुषों संग 'सम्बन्धम' में थीं, किशोरियाँ अठखेलियाँ करती हुई अपना मनचाहा करतीं, नृत्य, संगीत, कविता या भक्ति-पूजा। मेरे जैसी अनाथ रिश्तेदार लड़कियाँ और थीं पर मुझ पर नारायणीअम्माँ का विशेष स्नेह था। मैं नारायणीअम्माँ की छाया की तरह उनसे चिपकी रहती। हरदम उदास और भूखी। जब घर के छोटे लड़के और किशोर वेद-संस्कृत पढ़ते और कलरीयपट्टु सीखते, मैं कुतूहल से उन्हें देखती। जैसे-जैसे मेरी वयस उठान पर

आयी मैं अपने भीतर एक ताक़त महसूस करने लगी। देखते-देखते मैं ख़ूब लम्बी हो गयी, उसके कन्धों में ऊर्जा गयी। अन्तस में तितलियाँ फड़फड़ाने लगी थीं। मैं मुर्गे की पहली बांग पर नींद से उठकर आँगनों की झाड़ू बुहारी करके रंगोली बनाती। कुएँ से गुनगुना पानी भरकर सबके नहाने के लिए रखती।

"हाँ! मैं पूरी तरह तैयार हूँ। अभी चलती हूँ नटुवन केशवन आवाज़ दे रहा है, मण्डली तैयार है, एक भूपति के घर पुत्र-जन्म का उत्सव है। अय्यो! कितना छोटा है यह अरमुला-दर्पण मुझे कैसे पता चलेगा कि मेरा चेहरा सुन्दर लग रहा है। मेरी मौसेरी बहन जानकी बस देखकर मुझसे कह देती है कि मैं अच्छी लग रही हूँ। मैं आश्वस्त हो जाती हूँ। तुम यहीं रुकना मेरी कथा पूरी नहीं हुई है। बस यह प्रस्तुति पूरी करके आती हूँ।"

"ओह! गायक कितना बेसुरा था। बिल्कुल आनन्द नहीं आया आज मुझे। ज़रा एक लोटा ठण्डा पानी दोगी? ओहम! तृप्त हुई। बैठो आओ, यहाँ चौखट पर नहीं। शाम को चौखट पर बैठना अपशकुन है। इधर आओ आँगन में इस पारिजात के नीचे। बैठो! हाँ...मुझे वह दिन याद है जब मेरे 'केट्टू कल्याणम' (किसी लड़की के ऋतुसस्राव आरम्भ होने पर होने वाला उत्सव) की घोषणा होते ही शंकरन और उनका परिवार हमसे मिलने आये थे। वह अपने बड़े भाई के बाद दूसरे नम्बर पर था और उसकी कोई पत्नी नहीं थी इसलिए यह अच्छा था कि मैं उसका पहला आधिकारिक सम्बन्धम होती। वह देखने में सुन्दर था, एक भला-सा आदमी था, हाँ घनी मूँछों और मोटी तोंद के साथ आदमी ही दिख रहा था, लड़का तो नहीं। मेरी परवाह कर रहा था...थोड़ा प्रेम भी दिखा रहा था। अकेले में उसने मुझसे कहा था कि–'जब कभी तुम सुबह-सुबह उबटन लगाकर स्नान करने के पश्चात अकेली पानी भरने आती हो तो तुम्हारी भुजाओं पर लहराने वाली मयूर-पंख जैसी केशराशि मुझे आकर्षित बहुत करती है।' ऐसे शब्द मेरे कानों ने कभी सुने ही नहीं थे। फिर 'सम्बन्धम' की औपचारिकता हुई तो उसने मुझे सोने की 'ताली' बाँधकर अपना लिया। वह विवाह नहीं था। विवाह के देवदूत प्रजापति दोनों में से किसी के घर उड़ कर आकर नहीं बैठे थे, बस उसने ही मन ही मन संस्कृत के एक अधूरे श्लोक को फुसफुसाते हुए उसके कान में दोहरा दिया था–यदिदं हृदय तव। तदिदं हृदय मम।

वह सम्पन्न था, उसके खेतों से नियमित धान और शाक-पात आते, तालाब से मछलियाँ। एक बार वह आभूषण भी लेकर आया, इसमें तीन लड़ियाँ और दो तिल्ले थे, एक चन्द्रमा की तरह और दूसरा सूरज की तरह। एक पारिवारिक मोहिनीअट्टम प्रदर्शन के अवसर पर मैंने उसे माथे पर टीके की तरह पहना। वह लाल माणिक

और हरे पन्नों से यूँ जड़ा था मानो हरे जंगल में लाल रोशनीवाले जुगनू हों। मैं थोड़ी संकोची लड़की थी लेकिन शंकरन की आँखें और उसका देखना मुझे पिघला देता था। उस दिन उन आभूषणों को मस्तक पर सजा मैं स्वयं को सबसे अधिक सुन्दर महिला महसूस कर रही थी। पहली बार नागपदथली पहनी यानी नाग-फन जैसे ताबीज़वाला स्वर्ण-हार भी पहना था। बालों को भी नाग के फन के प्रतीक की तरह सिर के सामने बायीं ओर गोल जूड़ा बनाया था। यह मेरे नायर और नागवंशी होने का प्रतीक था। मेरे स्तन सुडौल थे, उस समय के चलन के अनुसार उन्हें खुला रख केवल साड़ी में लपेटना भी हमारी कुलीनता दर्शाता था। मैं गर्वित थी कि मैं एक आधिकारिक सम्बन्धम में थी। मेरा एक 'स्वामी' था जो बहुत गम्भीर और धैर्यवान था। उस रात पारिजात के फूल खिले, बारिश कभी न समाप्त होने वाले एक प्रेम-गीत की तरह चल रही थी। यद्यपि अन्धकार था, वह मेरा नवमुकुलित यौवन देखकर चकित रह गया। मैं एक साथी पाकर आश्वस्त। उसके बाद वह लगातार आता रहा, नारायणीअम्माँ ने एक अलग कमरा मुझे दे दिया था जिसे मैं सजाकर रखती उसके ठीक पीछे स्वर्ण-चम्पा का किशोर पेड़ गमकता रहता। मैंने अपनी सूती साड़ियों से परदे तैयार किये थे, उसने मुझे दो पीतल के दीपाधार उपहार में दिये थे। जब वह आता हम उन्हें जलाते–फिर बुझाते।

उन्हीं दिनों मैंने एक पारिवारिक उत्सव में तिरुअनन्तपुरम से आयी अपनी एक रिश्तेदार से महीना भर मोहिनीअट्टम सीखा, मुझे नृत्य के चरण आकर्षक लगे और संगीत सुखदायक। अयप्पा साक्षी है! अब तक मैंने या तो अपने लिए और अपने शंकरन के लिए नृत्य किया था। या फिर मैंने त्योहारों पर मन्दिरों में अपनी भक्ति के चलते ख़ुशी से नृत्य किया था। अब तक न तो लोगों का मनोरंजन करना मेरा उद्‌देश्य था, न ही कोई पैसा कमाना। समय नदी की धार की तरह बहने लगा। दो वर्ष हो गये। उस रात पारिजात ख़ूब फूला था, धरती पर बिछे थे उसके फूल। वह बहुत देर से और हड़बड़ाते हुए आया...मुझे उसकी आहट से सावधान हो जाना चाहिए था जिस तरह उसने फूल अपने पैरों से कुचले थे...सब सो चुके थे और मैंने ही दरवाज़ा खोला और शंकरन अन्दर आया। हमेशा की तरह उसने अपने पैर नहीं धोये, अपना अँगोछा वहाँ नहीं रखा जहाँ वह आमतौर पर रखता है और उसने मेरी आँखों में नहीं देखा...पारिजात की सुगन्ध असहनीय हो गयी थी। उस वक़्त मैं बस इतना चाहती थी कि वह मेरी आँखों में देखे। वह बिस्तर के किनारे पर अनमना-सा बैठ गया और अपने पैर की उँगलियों पर ग़ौर से देखते हुए बोला–"सुन रहे हैं जल्दी ही व्यवस्था बदलेगी। बहुत-सी चीज़ों पर प्रतिबन्ध लगेगा। अब पुरुष अपनी बहनों

के नहीं पत्नी के घर की व्यवस्था देखेंगे।"

"छि: यह कैसी व्यवस्था? पुरुष पत्नी के घर जाकर रहेगा?"

"नहीं दोनों अपने घर रहेंगे, परिवार बनायेंगे।"

"और बहनें और भांजे-भांजियों को कर्णवर की जगह कौन देखेगा?"

"पिता!"

"छि: शर्म नहीं आयेगी ऐसा करते?"

"और अब यह नयी व्यवस्था मुझे एक ब्राह्मण महिला से शादी करने की अनुमति देगी।"

"ओ ओ ओह...इसलिए ख़ुश होते हो?"

"अगर हम अपना रिश्ता जारी रखते हैं तो हम राज्य के क़ानून...समाज के ख़िलाफ़ होंगे।" अब तक, मुझे सिरदर्द शुरू हो गया था और मेरा दाहिने पैर का अँगूठा फड़कना बन्द नहीं कर रहा था, मुझे बैठना पड़ा। मैं बिस्तर के किनारे पर उसके बग़ल में बैठ गयी और बस उसे छूना चाहती थी ताकि हमारे बीच चला आया यह अटपटा विषय ग़ायब हो जाये और मुझे एहसास हो कि यह बस एक बुरा सपना था। साथ ही मैं उसे छूते हुए डर रही थी कि उसने झिड़क दिया तो यह सब वास्तविक हो जायेगा। मैंने उसके हाथ में एक नारियल दिया और कटोरे में दूध। इसका एक अर्थ था।

"क्या तुम तुम...?"

"हाँ, तीन महीने हुए हैं। और देखो तुम ये तक नहीं...पूछने आये। आते ही कैसी बातें लेकर बैठ गये।"

"अब तो हमें...मुझे एक विकल्प चुनना होगा! लेकिन मैं इसको चुन नहीं सकता। मैं कायर अपनी अन्तरात्मा से लड़ाई के लिए नहीं बना हूँ। तुम्हें अब अपना ख़ुद देखना है, आगे बढ़ना है...ईश्वर तुम्हारा कल्याण करे" उसने मेरे हाथों में बारह सोने के सिक्के दिये और चला गया। पहली बार मुझे ऐसा महसूस हुआ कि मुझे एक दासी की तरह ख़रीदा गया था और इस्तेमाल किया गया था। मेरे प्रेम का भुगतान मेरी मुट्ठी के स्वर्ण-सिक्कों में बन्द था। मेरा और शंकरन का सम्बन्धम अब 'असंवैधानिक' हो जायेगा? मैं तो मानो अपने स्वर्ग से धकेल दी गयी थी। जब माधवी हुई तो मैं बस अठारह की भी नहीं हुई थी। मुझे उसके लिए अकेले सब कुछ करना था। आह! अगर शंकरन में हमारे प्रेम के लिए खड़े होने का साहस होता तो बात बहुत अलग होती। आश्चर्य की बात ही नहीं है उस समय एक नम्बूतरी आदमी के लिए समाज के ख़िलाफ़ जाकर अपने प्रेम के लिए, सम्बन्धम के लिए खड़े होना

बहुत बड़ी बात होती थी। आख़िर जब भगवान राम देवी सीता के लिए ऐसा नहीं कर सके, तो एक साधारण ब्राह्मण पुरुष से एक महिला के लिए ऐसा करने की उम्मीद कैसे की जा सकती है?

"अरे अपनी माँ की तरह तू भी धोखा खा गयी री!" कहकर नारायणीअम्माँ मेरे कमरे के बाहर बड़बड़ाती रहती। उसका बड़बड़ाना ही मेरे लिए उन दिनों बहुत भारी हो गया था। दु:ख तो इस बात का है कि उस दबाव में वह स्वयं ही दब कर रह गयी थी और बीमार रहने लगी थी। मैं गोद में बच्ची और स्तनों में दूध लिए अपनी माँ को याद करती थी। माँ! जिसे मैंने बस एक राजकलाकार के बनाये चित्रों में देखा था, मोहिनीअट्टम की पोशाक में, देवी मीनाक्षी सी ही लग रही थी। यही नाम भी था उनका। वह प्रसिद्ध नृत्यांगना सुगन्धिवल्ली के साथ सहायक नर्तकी बन राजा स्वाति थिरुनाल के दरबार में मोहिनीअट्टम कर रही थी, शायद तब यह चित्र बनाया गया था।

उनकी मृत्यु के बाद उनके सामान में एक रेशमी चादर में लिपटी मैं उनकी बेटी और वह चित्र ही मिला था, नारायणी मौसी को। मुझे जन्म देकर एक महीने के भीतर उसने आत्महत्या कर ली। क्यों, कैसे यह कोई नहीं बताता। सोचती हूँ कि क्या सच में मेरा सेनापति पिता कायर, नीच, स्वार्थी और डरपोक था? क्या उसने भी प्रेम को सिर्फ़ और सिर्फ़ स्त्री-शरीर के ही रूप में जाना होगा शंकरन की तरह! इतिहास क्यों ख़ुद को दोहराता है। मैंने ठान लिया था, मैं नहीं मरूँगी, मैं 'माया' हूँ!"

दैवी ह्येषा गुणमयी मम माया दुरत्यया।

(प्रकृति के तीन गुणों से युक्त देवशक्ति माया से पार पाना मुश्किल है)

मैंने माधवी को जन्म देकर यह क़सम खायी कि इसे मज़बूती से पालना है। इसे लड़कों की तरह पढ़ाना है। माधवी सम्बन्धम-विवाह कुछ नहीं करेगी, बस विदुषी बनेगी। समय बदलने लगा। थारवडु नाम की संस्था की नींवों में दरार आने लगी। नम्बूदरी पुरुष-नायर महिलाओं के सम्बन्धम समाप्त होने लगे। इन मातृवंशी घरों में अभाव की मकड़ियों ने जाले बना लिए। सम्पत्ति के झगड़े बढ़ने लगे। कहते हैं ब्राह्मण और नायर बाबुओं का अंग्रेज़ी शासन व्यवस्था ने दिमाग़ ख़राब कर दिया। वे नया ढर्रा चाहते थे। अपना पैसा अपने पास रखना चाहते थे; वे सम्पत्ति के उत्तराधिकार को माता से पुत्री को नहीं, पिता से पुत्र के नाम करना चाहते थे। वे अपनी स्त्रियों के नम्बूदरी ब्राह्मणों से सम्बन्धम से शर्मिन्दा थे। वे चाहते थे कि उनकी महिलाएँ सभ्य तरीक़े से ब्लाउज़ पहनें! सच में? लेकिन अब तक तो

केवल देवदासियाँ ही ब्लाउज़ पहनती थीं! कुलीन स्त्रियाँ और ब्लाउज़? मैं जान कर चकित थी। लेकिन धीरे-धीरे मुझे समझ आ गया था कि बदलाव और बेहतरी के लिए बदलाव दो अलग बातें हैं। दरअसल कोई पुरुष नहीं चाहता था नायर स्त्रियाँ 'थारवडुओं' और उनसे लगी एकड़ों ज़मीनों की हक़दार रहें। अब कोई राजघराने बचे नहीं थे और नायर पुरुषों की भूमिका योद्धाओं की नहीं रह गयी थी, अब उन्हें घर-ज़मीन चाहिए थे। इसलिए मातृवंशीय व्यवस्था उनके आँख की किरकिरी थी।

यहाँ हमारे थारवडु तक यह हवा पहुँची, माधवी अपने पैरों पर चलना सीख ही रही थी कि पकवानों से महकने वाली रसोई में भात-रसम बनने लगा। पूरा परिवार बहुत अभावों से जूझ रहा था। तब पहली बार मैंने नट्टुवन केशवन से सम्पर्क किया। मोहिनीअट्टम से धन अर्जित करने का मन बनाया, तब वह मुझे अपनी मण्डली में एक नाम्बियार रियासत में ले गया था। जहाँ पहली बार मैंने तंजावुर से आयी एक साँवली-सी 'देवदासी' को देखा जो मुख्य नर्तकी थी नट्टुवन केशवन के मण्डल की। मुझे बहुत धक्का पहुँचा, मैं एक देवदासी के साथ नाचूँगी वह भी सहायक नर्तकी बनकर। प्रस्तुति से पहले एक कमरे के सबसे अँधेरे कोने में बैठकर, तैयार होते हुए उसने मुझे अपनी पोशाक को पीछे से मोड़ने को कहा, उसमें से चन्दन की गन्ध आ रही थी, उसके सफ़ेद और सुनहरे उत्तरीय पर लगे पसीने में घुल कर...।

मैं वहाँ दूसरी नर्तकियों के साथ ताल पर घूम रही थी। रात की उमस भरी गर्मी में बुरी तरह पसीना आ रहा था, दीपाधारों की रोशनी फीकी पड़ती जा रही थी, हमें वहाँ मौजूद हर पुरुष को देखकर मुस्कुराना पड़ रहा था। भले किसी ने मुझ पर ध्यान नहीं दिया हो क्योंकि सभी की दृष्टि उस तारा नाम की मुख्य अट्टाकारी पर थी। वह ओन्नम थी, मुख्य नर्तकी। जिसके नृत्य और लास्य का सब आनन्द उठा रहे थे। मैं क़तार में तीसरी और मेरा नृत्य सिर्फ़ उसका साथ देने के लिए था, समूह बनने के लिए। उसकी देह में बहुत कुछ था जो बिन कहे आमन्त्रित कर रहा था। अन्यथा मैं भी बहुत अच्छी-तैयार नर्तकी थी और मैं जानती थी कि अगर अवसर मिले तो कोई भी बेहतरीन प्रदर्शन कर सकता है, लेकिन असल बात अवसर की ही है। मुकुट्टथी वाले प्रदर्शन में मैं पीछे ही रही, जिसमें कृष्ण के रोम भरे शरीर और वस्त्रों में नायिका की मुक्कुट्टथी (एक छोटा-सा हीरा जिसे वह अपनी नाक पर पहनती है) खो जाती है। इसमें भूपति कृष्ण बना था, जैसी कि परम्परा थी, वह मुकुट्टथी हम सबको उसके कपड़ों में हाथों से खोजनी थी। खोजते हुए वह मुख्य नर्तकी तारा कृष्ण बने अधेड़ नाम्बियार की गोद में ही बैठ गयी थी और छीन-झपट-कसक-मसक के बाद

उसे उसकी पगड़ी में पा लिया था और आख़िर में वह इतराकर बोली–आप बहुत शरारती हैं, आप ही ने जान-बूझ कर मेरी मुक्कुट्टथी चुरा ली थी। मुझे यह सब करना शोभा नहीं देता था। मैं कुलीना थी और वह देवदासी।

"मायम्मा! यह लो, दस किलो चावल और चाँदी का सिक्का," नट्टुवन ने सिक्का मेरे हाथ में दिया और चावल का थैला कोठरी की दीवार से सटा कर रख दिया। यह मेरा पारिश्रमिक था, नट्टुवन के हिसाब से अधिक था। क्योंकि जिस नाम्बियार भूपति के लिए हमने नृत्य किया था। वह तारा के नाच से अधिक 'पान' और 'मुक्कुट्थी' वाले प्रदर्शन से बेहद ख़ुश था, कौन लम्पट नहीं होगा?

मैं उस रात सोने से पहले बहुत रोयी। पहले मैं कभी इन सामन्ती प्रभुओं के लिए भी नृत्य नहीं करती। हालाँकि नारायणीअम्माँ मुझे सम्पन्न घर के सही व्यक्ति से मिलने के लिए प्रोत्साहित करती हैं। सही व्यक्ति! हह अब मैं एक माँ हूँ और मुझे माधवी के अलावा कुछ सूझता ही नहीं। मुझे कमाना ही होगा है न? और मुझे नृत्य या अपने जीवन से कोई नफ़रत नहीं। नृत्य नहीं होता तो शंकरन के जाने के बाद से अब तक का जीवन एक लम्बा दु:स्वप्न होता।

"सुनो मुझे भूख लग आयी है। नट्टुवन ने पत्तल भर प्रसादम बाँधा है। खाओगी? आजकल ऐसा प्रसादम मन्दिरों में भी नहीं मिलेगा। चखना चाहो तो। अहा, इसमें पान भी है। थोड़ा खा लेती हूँ फिर आगे की बात...।" फिर समय-चक्र और घूमा। नानी, माँ और मौसियों से संचालित थारवडु की प्रतिष्ठित, सम्पन्न स्त्रियाँ अचानक समाज में महत्त्वहीन हो गयीं। अब तक तो हर स्त्री को यह सहारा था कि जिस घर में हम पैदा हुई थीं, वहीं जीवन भर रहने का हमारा पारम्परिक अधिकार है। वे घर और छत के लिए किसी पुरुष पर निर्भर नहीं थीं। असर हमारे थारवडु पर भी पड़ा, गोपालन कर्णवर असहाय थे, मौसी के लड़कों ने जब सारे खेत अपने नाम कर लिए। अपनी बहनों के अलावा अन्य स्त्रियों को थारवडु के उजाड़ कोनों में भेज दिया। नारायणीअम्माँ सदमे में बिस्तर से जा लगी थी।

"आख़िरकार वह देवदासी तारा ही थी जिसने मेरा स्वागत किया। उसने अपनी घूम-घूमकर मोहिनीअट्टम दिखाने वाली नृत्य-मण्डली में मुझे शामिल किया जो भूपतियों के बुलावे पर मोहिनीअट्टम का प्रदर्शन करती थी। प्रतिबन्ध के कारण नि:सन्देह, सब कुछ छिप-छिपाकर होता था। मैं बस उस बचे हुए थोड़े-से कौशल का उपयोग कर रही थी जिसने पलक झपकते ही हमें हाशिये पर धकेल दिया था। और तारा? उसके पास थकने का कोई विकल्प नहीं था। पहले दिन की बात है, यात्रा में वह मेरे सामने बैलगाड़ी में बैठी थी। हम एक-दूसरे को देखते हुए मौन थे।

उसकी आँखों में मुझे यह भाव दिखा कि वह जानती थी कि मैं उसके लिए कितना कम सम्मान रखती हूँ, यह बस मेरी विवशता है कि मैं उसकी मण्डली में हूँ। वह अचानक बोल उठी–

"अब इस जीवन को जीने का कोई दूसरा तरीक़ा नहीं है तुम्हारे पास।"

"मगर मैं ऐसी पृष्ठभूमि से नहीं आती।" मैंने दूसरी दिशा में देखते हुए कहा।

"हा-हा!! ऐसी क्या पृष्ठभूमि है? क्या आपकी भी कोई पृष्ठभूमि है? अब इससे कोई फ़र्क़ नहीं पड़ता, दासियाट्टम या मोहिनीअट्टम में अन्तर नहीं है। हम सभी आमन्त्रण का नृत्य करते हैं...कुछ इसे मोहिनीअट्टम कहते हैं और कुछ इसे दासियाट्टम कहते हैं। अब हम एक हैं, हमारी पृष्ठभूमि एक है अब इससे हमारा समाज शर्मिन्दा हो तो हो! जीना तो पड़ेगा।" उसका कहा हर शब्द कषायम् के स्वाद की तरह था। मेरा मन ज़ोर-ज़ोर से चिल्लाने को हुआ कि मैं देवदासी नहीं एक कुलीन नायर स्त्री हूँ। मैं उसके सवालों से घिरी बैठी थी और तारा मेरे चेहरे पर हताशा देखकर मुस्कुरा रही थी।

"आह! माफ़ करना मेरी लम्बी चुप्पी के लिए। वह दिन याद करती हूँ तो तारा की उस मुस्कान का अर्थ खोजती हूँ। देखो ना तब तक नीला नदी में कितना पानी बह चला था। धरती के नीचे शेषनाग करवट बदल रहे थे। माधवी बड़ी होने लगी, मैंने उसे पालने और उसके भविष्य की चिन्ता में अपनी समूची ऊर्जा झोंक दी। सबसे पहले गोपालन कर्णवर से थारवडु में एक खँडहर हो चुका हिस्सा ख़रीद लिया, उसमें अपना धन लगाकर ठीक कराया। अनाथ लड़कियों लक्ष्मी और जानकी के साथ मैं वहाँ अलग होकर रहने लगी, उन्हें नृत्य सिखाने लगी। अब हम चार स्त्रियाँ एक-दूसरे का सहारा थीं। हमें किसी पुरुष की आवश्यकता नहीं थी। तारा की मण्डली प्रसिद्ध होने लगी थी, दूर-पास से आमन्त्रण आने लगे। मेरी बेटी माधवी कुट्टी जैसे जैसे बड़ी हो रही थी, समझदार और सुन्दर होती जा रही थी। कुछ जल्दी ही उसने अपने आसपास बहुत कुछ भाँपना सीख लिया। बिना कहे वह बहुत कुछ समझ लेती थी। कई बार मुझे उसे साथ ले जाना पड़ता था नृत्य-प्रस्तुतियों में। उस दिन भी विवशता में ले गयी क्योंकि लक्ष्मी-जानकी भी साथ थे।"

"आज माधवी को भी साथ लायी? मोहिनीअट्ट्म सीखेगी बेटी?" एक बार तारा ने हिचकोले खाती बैलगाड़ी में हिलते-डुलते पूछा।

"मुझे तो आता है!" माधवी ने आँखें नचाकर कहा। इस पर मैं एकदम नाराज़ हो गयी थी तारा से।

"नहीं इसकी नाचने से अधिक पढ़ने में रुचि है।"

हम लोग धान के खेतों के बीच से जाती सड़क पर चले जा रहे थे। हमारे साथ पुरुष के नाम पर बस एक मृदंग वादक कुन्दन था और नट्टुवन की भूमिका में ख़ुद तारा ही थी। तीन घण्टे चलकर हम एक भव्य निलयम में पहुँचे जिसमें कई द्वार और कई आँगन थे, फ़र्श पर टीक और संगमरमर की बहुत कलात्मक कारीगरी हो रखी थी। फ़व्वारे चल रहे थे, मोगरे और केवड़े की गमक ने रास्ते की थकान मिटा दी। खम्भों पर सहस्त्रदीपोंवाले दीपाधार लटके थे। हमारी मण्डली को उचित सम्मान से एक उजास भरे कमरे में बिठाया और मेज भर कर पकवान परोसे। मैं नाचने से पहले खा नहीं पाती, फिर भी कॉफ़ी के साथ कुछ मुरुक्कू खा लिए। स्नानगृह में जाकर मुखड़े पर ठण्डे पानी के छींटें मारे और लक्ष्मी-जानकी की सहायता से तैयार होना आरम्भ किया। वहाँ रोशनी और आदमक़द आईना था, पहली बार वहाँ मैंने ख़ुद को पूरा देखा था। पहली बार अपने चौखट छूते हुए क़द को देखा, आँखों को देखा, सुनहरी रंगत को देखा। पहली बार अपने लिए एक आश्वस्ति, एक प्रेम जागा। जब मैं तैयार होकर आयी, ग्यारह साल की माधवी बोल पड़ी–"अम्मु, आप तो देवी लग रही हैं, मुझे भी ऐसा ओन्नारा पहनना है, सजना है। मुझे भी मोहिनीअट्ट्म करना है। कितना सुन्दर है सब कुछ।"

"तुझे कलरीयपट्टू करना है ना! नाच-वाच नहीं है तेरे लिए।" उसके सुन्दर घुँघराले बालों को मैंने हिला दिया और माथा चूम लिया।

"मायम्मा, अपनी लड़की को जितना नाच से दूर रखेगी, वह खिंचेगी। अभी उसे खेलने दे।" तारा ने मृदंग को थाप देकर जाँचते हुए कहा। मंच तारों भरे साफ़ आसमान के नीचे आमन्त्रित कर रहा था, एक बहुत ही कुलीन, सभ्य, कलाप्रेमी कुटुम्ब और विशिष्ट मेहमान जमा थे। मैंने गहरी साँस ली और तारा मंच पर जा बैठी, उसने आरम्भ ही एक मोहक भगवती स्तुति से किया। उसके मीठे स्वर का एक मांसल उठान माहौल को अलौकिक कर गया। मृदंग पर थाप गूँज उठी। पहले जानकी और लक्ष्मी चोलीकट्टू (भगवती वन्दन) किया फिर मैंने तारा की गायी एक मोहक राग के साथ ताल में डूब जतिस्वरम में प्रवेश किया फिर अष्टपदी की प्रस्तुति दी और समापन महाराजा स्वाति थिरुनल के भजन के साथ किया। अन्त में जब हमने मंच और सभा को प्रणाम किया तो तालियाँ गूँज गयीं, स्वयं भूपति और उनकी अधेड़ बहन धनलक्ष्मी उठाकर आये और तारा और मुझे प्रशंसा में डुबो दिया। एक युवक दर्शकों में से उठा और मुझे एक सहस्त्रदल कमल भेंट कर, एक सुनहरे डिब्बे में बन्द एक स्वर्ण मोहर दी। उसने प्रशंसा में कुछ सम्भ्रान्त बातें कीं जिसे मैंने विनम्रता से सुना और मंच से नेपथ्य में चली आयी। विश्वास

करो मेरी तेज़ चलती साँस और उस दिन मिलने वाले धन के अतिरिक्त मेरा कहीं ध्यान नहीं था।

हम सबने कुलीन अतिथियों से दूर एक अलग कमरे में भरपेट भोजन किया, फिर तारा ने भूपति से आग्रह किया उनकी मण्डली में स्त्रियाँ ही अधिक हैं, देर हो गयी है अत: हमारे रात्रि विश्राम की व्यवस्था यहीं कर सकें तो अच्छा हो। मण्डली को पुराने अन्त:पुर में एक कमरे में ठहरा दिया जहाँ एक कालीन पर तीन गद्दे बिछवा दिये थे और उन पर सफ़ेद चादर थी। कमरे में कोई सामान नहीं था। स्नानागार बहुत दूर था। जानकी और लक्ष्मी ने नारियल के तेल और मलमल के टुकड़े से पहले मेरे चेहरे का लेपन और सज्जा हटाई, फिर अपने। तारा मिले हुए धन को पागलों की तरह गिन रही थी। दो बोरीं धान और आधी बोरी दलहन, गुड़-तेल और सात गिन्नियाँ और बीस विक्टोरिया चाँदी के सिक्के! इतना तो कभी नहीं मिला। लौटकर बँटवारा करेंगे। हम पाँचों बहुत थकी हुई थीं सो एक-दूसरे की धोतियों की अनगिन गाँठें और वलयें खोलकर बस चादरों में अन्त:वस्त्रों के साथ सो गयीं।

तुम देख रही हो ना कि मैं पानी बहुत पीती हूँ। नाचने के बाद तो और भी ज़्यादा इसलिए हर जगह मुझे बीच रात में उठना पड़ता है। मैंने धोती लपेटी और लम्बी चादर डाली और उठकर बाहर आयी, चार कोठरियों की क़तार के पार एक कच्चा अहाता था। मैं उधर ही चली गयी। हल्की बरसात हो रही थी। मैं जल्दी से कच्चे में बैठ गयी...निवृत्त होकर उठी ही थी कि ऊपर के हिस्से से कूदकर भागी एक पुरुष आकृति दिखी, जो नारियल कुंज में ओझल हो गयी। मैंने ऊपर देखा तो एक युवती खड़ी थी, लम्बे खुले बाल और देह पर एक भी आभूषण नहीं, सादा सफ़ेद साड़ी, बहुत ही सुन्दर, इतनी कि वह अँधियारी रात जगमगा गयी।

"सुनो यह जगह शंका निवारण के लिए नहीं है। दूसरी तरफ़ कुआँ है और बीस क़दम आगे नागकावू भी। वहाँ एक नाग-जोड़ा रहता भी है, रात को निकलता है। काट लेता तो..." वह धीमे से बोली थी।

"क्षमा, अँधेरे में पता नहीं चला। जीवन में इतना विष मिला है कि क्या असर करता, उसका काटा हुआ?" मैंने गहरी साँस लेकर कहा था।

"तुम आज के उत्सव में नाचने आयी अट्टाकारी हो ना? नाम क्या है?"

"माया...मायम्मा नायर।"

"ओ, नायर हो?"

"जी।"

"मैं श्रीमान गोपालन नम्बूदरी की मँझली बेटी हूँ चित्रा। मैंने छिपकर तुम्हारा नृत्य देखा था। बहुत ही मोहक...और वह कविता मेरी बेहद प्रिय है...'आनन्दावल्ली... अबाध सुखदायी'।"

"छिपकर क्यों? वहाँ तो इतने अतिथि थे...पुरुष और कुछ कुलीन स्त्रियाँ भी! "मैंने आश्चर्य से पूछा।

"कुलीन!" उत्तर में वह हँसने लगी। "बड़ा अटपटा है यह शब्द! तुम भी तो कुलीन हो।"

"और वह जो भागा..." यह सवाल मेरे होंठ तक आकर रह गया। मन जान गया था यह इस कालरात्रि में पल भर इस अन्तरिक्ष में उजास भर गया कोई धूमकेतु है। फिर यह मायने नहीं रखता है कि वह हलवाहा है कि कोई रसोइया या गोपालन का कोई दास! निश्चय ही वह कुलीन अन्तरजनम थी। सम्पन्नता की विपन्न छाया। पवित्रता में लगभग मृत, सर्वोच्च जाति में जन्म लेकर भी क्षुद्र स्त्रियों से भी अभागी। वह नम्बूदरी स्त्री थी, जिन्हें पावन और स्थिर और चरित्र से मज़बूत रहना होता है। वे स्वतन्त्र नहीं हैं अन्त:पुर से अकेले निकलने के लिए। अपरिचित दृष्टि उन्हें अपवित्र कर देगी। वे अपने पुरुषों के भोजन करने से पहले भोजन नहीं कर सकती थीं, लेकिन खाना बनाना उनका निर्धारित कर्तव्य था। मैं अपनी कोठरी में लौट आयी और रात भर नहीं सोयी। सुबह लौटती यात्रा बैलगाड़ी के हिचकोलों में तारा को रात की घटना कह सुनाई।

"तुमने धात्री कुट्टी की कहानी नहीं सुनी है क्या? तब से सबमें बोलने का साहस बढ़ गया है।"

"नहीं!"

"तो सुनो रास्ता भी कटेगा। हम दोनों ही छोटे बच्चे रहे होंगे तब की बात है। उसके बारे में मैंने अपने पास आने वाले पुरुषों से टुकड़ों-टुकड़ों में सुना था। मुकुन्द तालुका की थी सावित्री धात्री कुट्टी। जब उसका जन्म हुआ तो हाथ की लकीरों और जन्मपत्री ने पिता कल्पकासेरी अष्टमूर्ति नम्बूदरी को डरा दिया कि यह कन्या भविष्य में उनके अपयश का कारण बनेगी। जल्दी विवाह एकमात्र उपाय था। उस अभागी के लिए लड़का खोजा जाने लगा। लड़की के जन्मपत्री में अपयश था तो अतीव सुन्दरी होने के बाद भी कोई युवा ब्राह्मण भूपति तो दूर कोई दरित्र भी नहीं मिला उसके विवाह के लिए। जीवन के गुंजल जानकर पिता ने उसे लिखना-पढ़ना सिखाया, वह बहुत सुन्दर आवाज़ में वेद-शस्त्र पढ़ती थी। संजोग बना तेरह की हुई और समाज का एक अधेड़ उसकी क़िस्मत से विधुर

हो गया। उससे धात्री कुट्टी का विवाह हो गया। अब सावित्री धात्री चेम्मनथट्टा कुरीयेदतु रमन नम्बूदरी की पत्नी थी। धात्री सुन्दर थी, जीवन से लबालब, चंचल और चतुर। बुद्धिमत्ता भी कहीं से कम नहीं, आख़िर नम्बूदरी रक्त था उसकी देह में। उधर उसका स्वामी रमन नियमित रूप से वेश्याओं के पास जाता था। रमन ख़ुद को ईश्वर का अवतार मानता जिसके आगे साधारण पत्नी क्या थी? वह सेवा करने, उसके टुकड़े खाने के लिए जीती थी। उसका उद्देश्य उसकी सन्तान को जन्म देना था। लेकिन धात्री अलग तत्त्व की बनी थी। जब उसने उसके घर में दूसरी महिलाओं को लाने का विरोध किया तब रमन ने उससे दूरी बना ली। धात्री को बिन खिड़कियोंवाली बन्द कोठरियों में महज़ पूजा करना, भोजन बनाना स्वीकार्य नहीं था।

धात्री की एक दासी थी और एक विश्वस्त सेवक था। नम्बूदरी महिलाओं को शादी से पहले पिता और शादी के बाद पति के अलावा किसी और पुरुष से मिलने की अनुमति नहीं थी, इसलिए धात्री के लिए अपनी पहचान छिपाना मुश्किल नहीं था। उनकी सहायता से धात्री ने रमन से प्रतिशोध के लिए चोरी-चोरी अन्य पुरुषों से मिलना, बदले में धन लेना आरम्भ किया। वह दासी संग बाहर निकलती या गुप्त स्थानों पर पुरुषों को बुलाती। बहुत से पुरुष उसके पास आने लगे थे। ये पुरुष अलग-अलग वर्ग और जातियों से आते थे और इनमें से कुछ बेहद शक्तिशाली और प्रभावशाली थे। उन्हें नहीं पता था कि वह एक अन्तरजनम थी। इन यात्राओं की व्यवस्था उसका विश्वस्त सेवक थोझी करता। वही सम्पन्न पुरुषों से सम्पर्क करता था। उसके कई पुरुषों से सम्बन्ध बने। वह चेहरा छिपा मेलों-उत्सवों में आनन्द से घूमती। मोहिनीअट्टम, कथकली देखती। एक बार उसे कीचक वध देखने का अवसर मिला। कीचक जो अनूठी सज्जा से सज्जित था, हरे-लाल रंग से रंजित मुख, सफ़ेद लहरदार दाढ़ी, नाक पर सफ़ेद गेंद, लम्बे चमकीले नाख़ून, बड़ा मुकुट और वह हल्का सा उछलकर 'वोउ' की आवाज़ निकालता और विह्वल होकर अज्ञातवास में सैरन्ध्री दासी बनकर रह रही द्रौपदी से दस प्रकार से प्रेम-याचना करता हुआ। "मानिनी मान भी जाओ!"

यह मंचन उसे इतना मोहक लगा कि उसे भीम और द्रोपदी से सहानुभूति होने की जगह उसके मन में 'कीचक' के प्रति भाव जागा और उसने कीचक की भूमिका निभाते उस कथकली अभिनेता को आमन्त्रित कर लिया। लेकिन कीचक उसकी यात्रा का लक्ष्य नहीं था। जब तक कि एक दिन उसका ग्राहक बनकर उसका ही कोई सम्बन्धी ही नहीं आ गया। उजास हुआ तो वह हतप्रभ!

"तू तो कुरियादथु परिवार की सावित्री धात्री है, यह एक अन्तर्जनम है, पापिन! कुलटा तूने तो कुल डुबो दिया।"

"अभी तो कह रहे थे, तेरा संसर्ग स्वर्ग है धात्री!" सावित्री ढिठाई से हँसती रही। उस ब्राह्मण सम्बन्धी ने बात समाज के बड़े लोगों तक पहुँचा दी। अब तो सबको लगा सावित्री धात्री को किये का भीषण फल मिलेगा। 'स्मार्त विचारम' (पंचायत) होना निश्चित हुआ। यानी अनैतिकता के लिए आचरण की जाँच। यह प्रथा ख़ास तौर पर ब्राह्मण महिलाओं और उनके साथी व्यभिचारियों पर मुक़दमा चलाने के लिए होती थी, अगर उन्हें नाजायज यौन सम्बन्धों के आरोप में दोषी पाया जाता तो महिला को बहिष्कृत कर दिया जाता था और उसे 'साधनम' यानी 'निर्जीव वस्तु' के रूप में प्रचलित किया जाता था। उसका परिवार 'इरीके पिंडम' यानी जीवित होते हुए अन्तिम संस्कार कर देता, उसे एक कोठरी में अलग रखा जाता था, जहाँ स्मार्तन (न्यायाधीश) चूहे और साँप भेजते थे या महिला को एक चटाई में लपेट उसे घर की छत से नीचे लुढ़का दिया जाता था। यदि, सभी शारीरिक यातनाओं के बाद, महिला ने अपने अपराध की क्षमा माँगी या स्वयं को निरपराधी साबित किया तो उसे समाज में वापस स्वीकार कर लिया जाता था। मगर ब्राह्मण होने के विशेषाधिकार छीन लिए जाते।

तो इस स्मार्त-विचारम की सभा सजी, स्मार्तन (अभियोजक) और तीन नम्बूदरी विद्वान नियुक्त थे। समाज के दर्जनों पहरेदार कक्ष में उपस्थित थे। जहाँ दूसरे भयभीत क़ैदी सर झुकाये खड़े थे, धात्री गर्व और सुन्दरता लिए गर्दन ताने खड़ी थी। एक अपराधिनी जिसने वर्षों से कई पुरुषों को अपने रूप-जाल के नियन्त्रण में रखा था। सवाल उठा–वह अन्तर्जनम होकर एक गणिका कैसे हो सकती थी? एक नम्बूदरी की पत्नी, एक नम्बूदरी की बेटी। धात्री को पहले से ही अपना भविष्य पता था, इसलिए उसने तुरन्त आरोपों को स्वीकार कर लिया।

"जी पवित्र स्मार्तनो! समाज के पूजनीयो! मैं स्वीकार करती हूँ मैं व्यभिचारिणी हूँ मगर मेरे हर बार के इस अपराध में कोई अन्य भी शामिल था। कोई ऐसा अपराध नहीं था जो मैंने अकेले किया हो, अत: न्याय कीजिए और मेरे साथी अपराधी को भी वही सज़ा दीजिए जो मुझे मिलनी चाहिए।"

स्मार्तनों ने एक स्वर में कहा–हाँ-हाँ नाम बताओ। इस पर वह खिलखिलाकर हँस पड़ी क्योंकि वे उसके सहअपराधी उच्च नैतिक प्रतिष्ठावाले लोग थे और उनमें से कुछ उस कक्ष में मौजूद थे। जब वह बोलना शुरू हुई तो न केवल कोच्चि राज्य के बल्कि पूरे मालाबार के जाने-माने विद्वानों, संगीतकारों, कलाकारों और कई

अन्य प्रमुख लोगों के नाम आ गये जो उसके साथ सोये थे। मुक़दमा छह महीने तक चला और जब तक यह ख़त्म हुआ, धात्री ने विभिन्न जातियों और व्यवसायों से कुल चौंसठ लोगों के नाम उनके शरीरों के महीन विवरण और ऐसे सबूतों के साथ बताये, मानो वह इन सबूतों को जानबूझ कर इकट्ठा करती आयी हो, मानो उसे पता हो ऐसा होगा। इनमें से कई लोग प्रमुख कलाकार, विद्धान और धार्मिक नेता थे और उनमें से दो मुक़दमे के प्रमुख स्मार्तन के भाई थे। इन लोगों को स्थानीय समाज का स्तम्भ माना जाता था। राजा ने अचानक मुक़दमा बन्द कर दिया और अफ़वाहों का कहना है कि ऐसा इसलिए किया गया क्योंकि उन्हें घबराहट हुई कि कहीं ऐसा ना हो कि पैंसठवाँ नाम...! उसने जिन पुरुषों का नाम लिया उनमें से अधिकतर ने स्मार्तन-विचार कक्ष में आने से मना कर दिया, लेकिन उसने उनके शरीर पर तिल और जन्मचिह्नों को याद करके उनकी पहचान की पुष्टि की, और यहाँ तक कि उनके आने की सही तारीख़, समय और स्थान भी सही-सही बता दिया। इन पुरुषों ने अपने समुदाय में सारी विश्वसनीयता खो दी और सामुदायिक बहिष्कार के कारण गम्भीर आर्थिक नुक़सान उठाना पड़ा।"

मैं धात्री कुट्टी की इस कथा को सम्मोहित होकर सुन रही थी। जब तारा यहीं चुप हो गयी तो मैं पूछे बिना रह न सकी।

"मुक़दमे के बाद धात्री का क्या हुआ?"

"पता नहीं।" बैलगाड़ी एक जंगल से गुज़र रही थी, तारा ने पैर सीधे कर लिए और एक जम्हाई ली।

"उस बरगद के पास थोड़ा रुकें?" लक्ष्मी ने पूछा।

"नहीं रुकना एकदम नहीं है हम धन लिए चल रहे हैं।" तारा ने कहा।

"क्या रे तारा मैं यह एकदम नहीं समझ पायी कि उसने ये जो किया वह क्यों किया होगा?" मैंने चेहरे पर उड़ आये बालों को कस कर जूड़े में खोंसते हुए पूछा था। उसने उत्तर दिया था–"और किसलिए पैसा उगाहने के लिए!" मेरे गले यह बात एकदम नहीं उतरी।

"नहीं! यदि यह केवल पैसे उगाहने के लिए होता तो उसकी सूची में केवल अमीर और भूपति ही होते। मुझे लगता है उसने पहले आनन्द लिया फिर बदला लिया अपने पति से, अपने कुलीन समाज से।"

"एक कुलीना अन्तर्जनम को तो अभी तुम भी तो देखकर आ रही हो, वह जो प्रेमी को भगा कर तुमसे बात कर रही थी।?" तारा ने व्यंग्य से होंठ टेढ़े कर लिए।

“अब उस समय में जब केवल परिवार का बड़ा बेटा ही विवाह का अधिकारी होता था और बाक़ी अन्य स्त्रियों के साथ बिना ज़िम्मेदारी ‘सम्बन्धम’ बनाते थे...बेचारी अन्तर्जनम कुलीन वर न मिले तो बिन ब्याही भाई-पिता की ड्योढ़ी पर पड़ी रहती थीं या अधेड़ों की चौथी-पाँचवीं पत्नी बनने का ‘सौभाग्य’ पाकर अपना पूरा जीवन बिना खिड़कीवाले कमरों में बिता देती थीं। ऐसे समय में धात्री ने समाज से बदला लिया है।” मैंने कहा तो तारा कब चुप रहने वाली थी।

“अब भी क्या बदला है? वहीं की वहीं हैं कुलीना हो कि अकुलीना। चलो! एक ने तो बदला लिया।”

“क्या मिला बदला लेकर?” जानकी ने बीच में कूदकर पूछा।

“अब जो हो, मुझे बस धात्री की हिम्मत का थोड़ा-सा टुकड़ा मिल जाये तारा!” मैं बुदबुदायी थी।

“मिलेगा।” तारा खिलखिलायी और सहमकर भीरु आत्मा जानकी ने माधवी को अपने से सटा लिया। रास्ते भर के मौन के बीच मैंने तय किया कि मैं रानी को पत्र लिखूँगी जो मालाबार और त्रावणकोर की मातृवंशी परम्पराओं को नये क़ानून के तहत अपने हस्ताक्षर रचे पत्र के साथ अमान्य कराने वाली है। मगर मुझे तो लिखना-पढ़ना दोनों नहीं आता! माधवीकुट्टी लिखेगी आख़िर किस दिन के लिए इसे पढ़ा रही हूँ।

इधर माधवी बड़ी हो रही थी उधर मेरी चिन्ताएँ बढ़ती जा रही थीं। नारायणीअम्माँ भी अजीब बातें कर रही थीं कि जल्दी ही माधवी ऋतुमति होगी और इसका ‘तालीकट्टू’ संस्कार होगा। इतनी लावण्यमयी है कि कोई ना कोई जल्दी ही मिलेगा। कर्णवर को कहकर रखना।

“अम्माँ! माधवी का तालीकट्टू नहीं होगा। ना मुझे उसे किसी सम्बन्धम में डालना है।” मैं पहली बार चीख़ कर बोली थी।

“यह तो अजीब बात हुई मायम्मा।”

“हाँ अजीब लगे तो लगे...मेरी बेटी यह सब नहीं करेगी जो मैंने किया। मेरी माँ ने किया। जो पूजा करनी है घर में बस हमारे बीच होगी।”

“हाँ, इसे वेद पढ़ाओ, लड़का बनाओ, कलरी भेजो...” नारायणीअम्माँ बड़बड़ाकर हाँफते हुए दीप जलाने सर्प-कावू की तरफ़ बढ़ गयी थी। और मैं उन्हें अन्यमनस्क देखती रह गयी। माधवी सीढ़ियों से कूदती चली आ रही थी और उसके

उछलते पावड़े से उसके बताशों से सफ़ेद टखने दिख रहे थे। पावड़े के निचले हिस्से पर कीचड़ लिथड़ा हुआ था।

"अम्माँ, देखो दर्जन भर लाल कमल तोड़ लायी हूँ तालाब से और शेखरन वेलीचन ने कमलगट्टा भी ढेर-सा दिया है। अम्माँ अचार डालना।"

"तुझे माला गूँथने को कहा था और तू तालाब पर पहुँच गयी? अब तेरह वर्ष पूरे करने को है और तेरा यह भटकना बन्द नहीं होता।" मैं खीजती रहती थी लड़की की उछल-कूद पर लेकिन मेरी ही ग़लती थी इसे पाला ही मैंने लड़कों की तरह था। तब देखना था इसे–कलरी में पावड़े की लाँघ-बाँधकर, बालों को कस कर जूड़े में लपेट कैसे तलवार ले हवा में उछलती थी...इसके गुरु सिंहलन पणिक्कर कलरीय-पट्टु के महान योद्धा थे।

थिरुनवाया का नवमुकुन्दन मन्दिर वास्तुकला का एक अलग ही नमूना है। अप्रैल और अक्टूबर के महीने में सूर्य की किरणें सीधे मूर्ति पर पड़ती हैं। उन दिनों कार्तिक का शुक्ल पक्ष चल रहा था, मेले की भीड़ से प्रांगण भरा था। माधवी प्रात:कालीन पूजा से दोपहर तक मेरे साथ ही थी। प्रसादम लेकर मैंने उसे घर भेज दिया।

"सुनो मुझे तारा ने बुलवा भेजा है, तुम घर जाओ मैं साँझ से पहले पहुँच जाऊँगी।" कह कर मैं तो देवदासियों के घरोंवाली गली की ओर मुड़ गयीं, पीछे छूटने पर माधवी खीज उठी और पैर पटकती हुई घर के रास्ते के लिए मन्दिर के पिछवाड़े की ओर चल पड़ी। यह सँकरी गली बूढ़ी अट्टारियों की थी जो तंजावुर से यहाँ आ बसी होंगी कभी। इनका मन्दिर से जो मिल जाये उसी से गुज़ारा होता है। लेकिन इन बूढ़ी आत्माओं में ना जाने कितने विलुप्त पद, गीत, पद संचालनों की विधि, अभिनय के गुर छिपे होंगे जो ये अपने साथ ले जायेंगी। गली कीचड़ से भरी थी, दिन में भी साँवला अँधेरा पसरा था। कुछ रसमय गीत किन्हीं-किन्हीं झरोखों से छनकर आ रहे थे। तारा की ड्योढ़ी के बाहर कुछ लोग खड़े थे। उसके कटाक्ष के कृपापात्र अधेड़ या अपने यहाँ निमन्त्रण देने के लिए आतुर भूपतियों के सन्देश-वाहक। मैं मुखड़ा दूसरी ओर घुमाकर सीधे भीतर प्रवेश कर गयी। तारा के आगे एक रेशम का व्यापारी बैठा था, साड़ियों की गाँठ लिये।

"तो इसलिए बुलाया था?" मैंने तारा से पूछा था।

"अरे, इस रेशम की क्या बिसात? यह तो तुम्हारे पैरों को पोंछ कर धन्य हो गया।"

"फिर बुलावा है कहीं नृत्य का?"

"हाँ तुम्हारे अकेले का।" तारा की व्यंग्य से टेढ़ी मुस्कान मुझे चिढ़ा गयी।

"समझी नहीं।"

"उस रोज़ कनम्बरा में अपने मोहिनीअट्टम के बाद बुलावे तो बहुत आये हैं मगर अगले माह के। दो दिन हुए एक हरकारा मुझ तक एक पत्र लाया था...पहले तो मैं चौंकी फिर समझ गयी कि यह आमन्त्रण नहीं प्रेम-निमन्त्रण है।"

"तुम पहेलियाँ बुझा रही हो।"

"यह ख़ुद देख लो"—तारा ने उसे एक सुघड़ लिपि में लिखा पत्र पकड़ा दिया।

"मैं तो पढ़ना जानती नहीं!"

"जानती तो मैं भी नहीं मगर तब चन्दु ने आकार पढ़ दिया था और हँसकर भाग गया था। देवदासियों के लिए ऐसे पत्र क्या विस्मय की बात?

"है कौन यह व्यभिचारी?"

"अरे व्यभिचारी नहीं है। कला-प्रेमी है स्वयं वीणा बजाता है। यह थावनूर का प्रसिद्ध अम्बाला परिवार का युवक है। याद करो जब तुम कनम्बरा में जयलक्ष्मी अम्माँ से आशीर्वाद ले रही थीं तो एक युवक ने तुमको ताम्बूल और पुष्पगुच्छ दिया था।"

"वह साँवला-सा लम्बा युवक?"

"वह तुम जानो। नाम है—वीरआदित्य मेनन।"

बड़े विरक्त मन से घर लौटी मैं अपने आँचल के छोर में अनपढ़ा पत्र बाँधे। नारायणी नानी और कर्णवर दो बूढ़े बगुलों से कुर्सियों पर आमने-सामने बैठे थे। थारवडु का कोलाहल पृष्ठभूमि में बना हुआ था। मैं जब अपने हिस्से में पहुँची तो वहाँ आँगन के सहजन पर कौवा काँय-काँय कर रहा था। आँगन के पीछे ताड़ के जंगल सन्नाटे में डूबे थे। कीचड़ भरी गली से लौटकर मैंने कपड़े बदले और अनमनी झूले पर बैठ गयी। जानकी पूजा के लिए दीप जला रही थी, माधवी कपड़े समेट रही थी। बस तभी वह मूक पत्र उतारे हुए वस्त्रों से लिपे हुए फ़र्श पर चम्पा के फूल-सा आ गिरा। कुतूहलवश माधवी ने पत्र सस्वर पढ़ डाला—

"अतिप्रतिभाशालिनी आदरणीया,

मैं उस रात की अन्तिम प्रस्तुति से विह्वल हूँ, जब राजा स्वाती थिरुनाल की कविता 'मीनाक्षी तरुणी' पर राग द्विजावंती पर तुमने नृत्यअभिनय किया था। 'कमल मुख' और 'मधु-सी बातें' पर मुझे लगा साक्षात राधिका मंच पर उतर आयी हैं और अपनी मोहिक भंगिमा में अपनी दृष्टि इधर-उधर फेंकती आपकी वे चमकती आँखें तथा प्रफुल्ल आकृति मेरी आँखों में बस गयी है। मैंने कितना चाहा कि दो पल का

अवसर मिले तो ये प्रशंसा-पुष्प स्वयं आपको दूँ। बस मूक बना ताम्बूल और पुष्प देकर रह गया, अतिथियों की भरमार और कोलाहल के बाद देखा आप निकल गयी थीं। आप मेरी विकलता समझ सकती हैं कि मुझे पत्र लिखकर बस अँधेरे में तीर की तरह एक सारंगी वादक से पूछ-पाछ कर भेज रहा हूँ। मैं आपसे कैसे और कहाँ मिल सकता हूँ जब से पता चला है आप थिरुनावाया के किस थारवडु में विराजती हैं, मैं हर बृहस्पतिवार की पूजा हेतु 'नवमुकुन्दन' मन्दिर आता हूँ और घाट पर घण्टा भर बैठकर लौट जाता हूँ। अगर आप उचित समझें तो...मेरा परिचय! ओ हाँ! मैं द्विज हूँ, थावनूर के प्रसिद्ध परिवार का मँझला हूँ। नियमानुसार अविवाहित हूँ। कला सन्दर्भित परिचय यह कि एक मामूली-सा वीणा वादक हूँ। कविताएँ लिखता हूँ। मैं अपना यह नियम विषु पर्व तक रखूँगा। फिर आपकी नकार का मान रखकर उस घाट पर नहीं आऊँगा।"

मैं साँस साधे सुन रही थी, मुझे माधवी की कच्ची भाषा में ये परिपक्व विचार कितने अनुपयुक्त लग रहे थे मगर उत्सुकता में मैंने माधवी को बीच में टोका नहीं।

"अम्माँ कौन है यह पत्र भेजने वाला?"

"ओ लगता है यह पत्र तारा का है। ग़लती से मेरे साथ आ गया। तुम इतना पटर-पटर जब पढ़ लेती हो तो रानी सेथुलक्ष्मी को लिखवाया पत्र कब दुबारा से अच्छी हस्तलिपि में लिख कर भेजोगी?"

"वो तो नया लिखकर अम्माँ कब का मैंने डाक के बक्से में डाल दिया और पुराना आपकी श्रृंगार–मंजूषा में रखा है।"

"चलो एक काम तो तुमने भला किया।"

"अम्माँ! मेरे पिता कहाँ हैं? निश्चय ही यह पत्र उनका तो नहीं हो सकता है। वे कहाँ रहते हैं? क्या कभी हम मिलेंगे उनसे।" सुनते ही मैंने माधवी से पत्र छीन लिया था और विक्षुब्ध हो उठी थी।

"बहुत पिता-पिता करने लगी है। वह निर्मोही ज़रूर सोचता होगा तेरे बारे में?" पहली बार ही ऐसा भीषण क्रोध माधवी पर किया था मैंने, माधवी उस पल स्तब्ध रही फिर बिखरकर ज़मीन पर पसरकर हिचक-हिचककर रोने लगी। नारायणीअम्माँ चली आयीं, "तू ईश्वर के दिये इस फूल को कुचल डालेगी मायम्मा! माधवी को वे अपने साथ ले गयीं, मैं पछतावे में डूबती पीछे रह गयी थी।"

"तुमको अब आगे कैसे बताऊँ? समय है ना तुम्हारे पास? दिन बीतते गये, घाट, साँझ और नदी विषु पर्व की प्रतीक्षा करते रह गये। उस दिन वृहस्पतिवार था। विषु त्योहार के आगमन के संकेत वातावरण में थे। अनजाने ही नियति की बिछाई

बिसात के चलते, घाट, साँझ और प्रेम मनचाहे खानों में आ जुड़े। पश्चिमी आसमान पर कुंकुम की आभा छायी थी, पछुआ हवा ऐसे चल रही थी, मानो गन्धर्व मन्दिर की सुगन्धित मदिर साँस हो। सर्पवनी में ताड़ के पत्तों से मर्मर फूट रहे थे। मन था कि अकुला रहा था और मैं घाट पर टहलने निकल आयी। घाट पर एक मध्यम क़द का युवक नदी की तरफ़ मुख किये सुखासन में बैठा वीणा बजा रहा था स्वयं में लीन! अनुशासन से अपरिचित केशराशि माथे पर खेल रही थी। ऊपर तट पर लगे नारियल के पेड़ों को हवा झुमा रही थी। नदी किंचित शान्त थी मानो वीणा में बज रहे राग तिलक कामोद की विलम्बित लय से गति मिलाकर बह रही हो। वे कोई दैवी स्वर थे जो मुझे छू रहे थे। जादुई पल बीत जाने पर ही पता चलते हैं, जब राग पूरा हुआ तो मैंने धीमे-से पास जा कर कहा।

"नमस्कारम!"

हड़बड़ा गया था वह, दोनों में से एकबारगी कोई नहीं पहचाना। उस रोज़ मैंने हल्दी रंग की कत्थई किनारोंवाली सूती साड़ी पहनी थी। जूड़े की जगह बालों की मोटी चोटी बना ली थी जो कमर पर झूल रही थी। मेरा धूप से लाल गोल चेहरा पसीने की बूँदों से सजा था। बिना चन्दन बिन्दुवाला ललाट और बिना काजल की फीकी आँखें। मेरे सूखे मांसल होंठ नमस्कारम कहकर जो भिंचे तो खुले नहीं। वह वीणा को बहुत कोमलता से उसके खोल में रखकर उठ खड़ा हुआ। सुदीप्त चौड़ा माथा और तीखी नाक, गोल सुघड़ ठोढ़ी उसके वंशानुगत गुणों का परिचय थी।

"आप! मायम्मा नायर?"

"जी, बस इधर से निकल रही थी, वीणा सुनकर चली आयी।"

"आपको मेरा पत्र नहीं मिला?"

"जी नहीं, कौन-सा पत्र?"

"जाने दीजिए बस प्रशंसा में लिखा गया एक पत्र था शायद कहीं बीच में खो गया होगा...क्या संजोग है कि आज वृहस्पतिवार है...।"

"जी समझी नहीं।"

"कुछ नहीं, आप यहाँ बैठें..." वह हथेली से फ़र्श साफ़ करने लगा। "मैं आपका वह अष्टपदी पर किया नृत्य भुला ही नहीं सका। आपमें दैवी प्रतिभा है। आपको स्मरण हो तो मैं वीर आदित्य मेनन हूँ।"

"नृत्य तो बस आजीविका है मेरे लिए। कला को साधना और आनन्द बना पाना सबके भाग्य में नहीं होता।" कुछ देर की संक्षिप्त बातचीत के बाद दोनों ने अपनी राह ली, तभी वीर आदित्य मेनन मुड़ा और बोला, "मणिप्रवलं में मेरे कुछ गीत हैं

अगर आप अपने नृत्य में उनका उपयोग कर सकें तो...मैं नीला के उस पार रहता हूँ। अगर आपकी सहमति हो तो मैं उस पार घाट पर बने मन्दिर संकुल में मिलूँगा। कल दूसरे पहर बाद इसी घाट पर नाव आपको लेने आ जायेगी।" मुझे अटपटा लगा, उसने मेरे चेहरे का संशय पढ़ लिया और बोला–"बस आपकी गरिमा और गोपनीयता की बात है वरना इस पार देवी चरणों में आने में मुझे क्या आपत्ति, मेरा मतलब यहाँ मन्दिर में।" कहकर वह मुस्कुराता हुआ चला गया।

जाने क्या था उस आग्रह में कि मैं बार-बार ख़ुद को रोककर भी अगले दिन नाव से उस पार पहुँच ही गयी। तपतपाता चैत्र का महीना। दूर-दूर तक आदमी की गन्ध तक नहीं। चील, बाज़ और बटेर भी धूप थमने के इन्तज़ार में बाहर नहीं निकले थे। सिर्फ़ छोटी-छोटी चिड़ियाँ आतुर हो कोई मिश्रित कोलाहल कर रही थीं। आदित्य सफ़ेद कुर्ता-मुंडु पहने नया अँगोछा कन्धे पर डाले, पैरों में चमड़े की चप्पल पहने खड़ा था। नाव से किनारे पर उतारने के लिए उसने सहायता के लिए हाथ बढ़ाया, मैंने संकोच दबाकर थाम लिया और नाव से कूदकर उतर गयी रेत पर। हम दोनों वहाँ से निकलकर एक निर्जन मन्दिर संकुल में आ बैठे। बहुत देर दोनों चुप बैठे कनखियों से एक-दूसरे को ताकते रहे। जब भी वह मुझे मीठी दृष्टि से देखता बिजली गिरे पेड़ की तरह झुलसी मेरी आत्मा में नयी कोंपल उग आतीं। मैंने ही बात शुरू की।

"कविताएँ लाये हैं ना?"

"गीत! गीत लिखता हूँ, इतने सारे कि आप ऊब जायेंगी।"

"नहीं ऊबूँगी सुनाएँ न!" उसने चमड़े की जिल्द वाली एक डायरी निकाली। उसमें से लय में गाना आरम्भ किया।

"अनंग के अचूक शर से बिंधा मैं
तेरे मोह में कण-कण बँधा मैं
मैं चाँद होकर चाँदनी से रीता
इस उदार नीला के तट पर
मैंने बिताये अनगिन प्रतीक्षा के पल
सुमुखी ओ पद्मनाभ प्रिया..."

कोई मूर्ख स्त्री ही होगी जो ऐसे गीत को केवल गीत समझेगी। दु:ख सहा जा सकता है, किन्तु ऐसी मधुर यातनाएँ नहीं। वह बहुत उलझती रही अपने आप से जब मस्तिष्क के सारे तर्क और तथ्य हार मान गये तो मेरे हृदय ने उसके स्वागत में बन्दनवार सजा दिये। हम दोनों जल्दी ही अनौपचारिक हो गये। अक्सर मिलने लगे।

वह मेरे केशों के लिए अपने अहाते में उगे स्वर्ण-चम्पा की वेणी लाता। मेरी आँखें मन के भावों का एक ऐसा दर्पण बन गयी थीं कि उनमें मन के समुद्र पर घिरा एक बादल तक तिर जाता। उसके होने के प्रकाश में मेरी नाक का हीरा सतरंगी आभा में झिलमिलाता। मुझे शृंगार की ज़रूरत ही नहीं रह गयी थी। लेकिन मेरे अवचेतन में गहरे कहीं एक सन्देह का शूल रह-रहकर चुभता। इस सम्बन्ध का भी तो कोई भविष्य नहीं! मैं कुछ कहने को होती मगर उस शूल की चुभन को आदित्य मेनन के शब्द और प्रेम दबा देते। वह मुझसे कहता–"जानती हो मेरी भाभी उन दिनों क्या कहा करती थीं? यही कि उस नर्तकी को देखने के बाद आदि की स्थिति तो ऐसी है कि लेटूँ तो उसी सुन्दरी के साथ, वरना जीवन बिता दूँ उस चटाई पर जिस पर वह सोकर चली गयी हो। मैं कहता था मुझे किसी चटाई की आवश्यकता नहीं उसके चरण मानो मेरे मन के मंच पर नाच कर गये हैं और यह सच था कि अगर तुम उस रोज़ घाट पर नहीं मिलतीं तो जीवन कविताओं और वीणा के सहारे बीतता।"

तुम सोचोगी महज़ कुछ भावुक शब्दों और पुकारों के पीछे मैं अन्धी दिशा में क्यों जा रही थी? मैं तो बस कुछ सुख के भीगे पल अन्तस की सुराही में भरने में लगी थी जो लम्बे जीवन के मरुस्थल में काम आने वाले थे। मुझे पता था जीवन मेरे लिए हरी-भरी पगडंडी तो नहीं था। थिरुनावाया के आकाश पर उन दिनों संकट के बादल मँडरा रहे थे। उसके उन्मादी शब्दों पर हार कर मैंने एक दिन कहा था।

"पागल हो तुम! मुझे आजकल दूसरी चिन्ता होती है। सुनते हैं मोपिलाहों का आन्दोलन अब उपद्रव का रूप लेने वाला है। ऐसा कुछ हुआ तो माधवीकुट्टी को लेकर मैं कहाँ जाऊँगी?"

"अरब सागर का यह तट इतिहास में कब शान्त रहा है? तुम सच कह रही हो। लेकिन मेरे रहते चिन्ता मत करना माया। एक हरकारा भेजोगी, गाड़ी सहित तुम्हें सुरक्षित जगह ले जाने के लिए हाज़िर हो जाऊँगा।" यह आश्वासन सबसे महत्त्वपूर्ण था।

एक महीना बीता होगा कि एक दिन वीर आदित्य निर्जन मन्दिर संकुल में एक रेशमी अँगोछा और स्वर्ण गिन्नियाँ लिए प्रतीक्षारत था। जब मैं वहाँ पहुँची तो यह सब देखकर मुझे क्रोध आ गया। अपमान से आँखों में जल लबालब भर गया। स्वर बिखरकर टूटने लगे।

"आदित्य, तुम मुझसे पाँच वर्ष छोटे हो। मैंने यह वयस का अन्तर नहीं माना और तुम्हें अपना साथी मान लिया। प्रेम स्वीकार किया। इसमें तुम अब भी

'सम्बन्धम' की आवश्यकता पाते हो? जब तुम्हारा प्रेम पा लिया तो इस रेशम के वस्त्र का क्या महत्त्व? तुम्हारा प्रेम मेरे लिए स्थायी है, जिसे कभी दोफाड़ नहीं किया जा सकता है। जाओ वीर आदित्य मेनन...तुमने मेरे शरीर को वस्तु समझा जिसे पाने के लिए तुम्हें ऐसे उथले आयोजनों की आवश्यकता पड़ गयी है? वह मन के साथ एक दिन तुम्हारा होना ही था।" कहकर मैं ग़ुस्से से नाव की तरफ़ मुड़ गयी थी।

निश्चय ही तुम इतने लम्बे आख्यान से ऊब गयी होगी, अँधेरा घिर आया है... समाप्त करती हूँ। तो सुनो, जिन दिनों थिरुनावाया मोपिलाह उपद्रव की आग में घिरा, उसके दो दिन पहले वीर आदित्य मेनन का विवाह एक छोटे समारोह के साथ हो गया था। यह समाचार मुझे आदित्य मेनन ने नहीं तारा ने दिया था।

जिस दिन मैंने माधवीकुट्टी को लेकर पलायन का विचार किया और हरकारा भेजा भले वह स्वयं नहीं आया मगर उसने एक बैलगाड़ी और वही स्वर्ण-गिन्नियाँ भेजी थीं जो मैंने कुछ महीनों पहले क्रोधित हो लौटा दी थीं। फिर हम कभी मिले या नहीं यह बात मेरा हृदय जानता है या कि वह बैलगाड़ीवाला। मेरी माधवीकुट्टी ने कभी आदित्य मेनन का मुख नहीं देखा बस छायाएँ ज़रूर देखीं वह भी कभी-कभी ही। मोपिलाह उपद्रव की आग बहुत फैली, बहुत कुछ नष्ट हुआ। हज़ारों जीवन असमय बुझ हुए। समय के भीषण टुकड़े से निकलकर मुझे लगा था हम माँ-बेटी का जीवन अब एक दिशा में सीधा चलेगा, वह एक संस्कृत की प्रकाण्ड विदुषी बनेगी। मगर माधवीकुट्टी ने मेरे चुने रास्ते के ठीक विपरीत ही रास्ता चुना। उसने मोहिनीअट्टम चुना और छुपकर विवाह भी। इस मायाविडु में तुम जहाँ बैठी हो ना! यहाँ मेरे जीवन के ना जाने कितने असमंजस के, जीत के, हार के, मोह के, वियोग और पछतावे के पल बीते हैं। अब मुझे सन्तोष है। चलो अब चलूँ शायद कोई तुम्हें पुकारता है या कि मुझे?"

"माया!"

सूर्य की आख़िरी नारंगी किरण ने नीला नदी के पानी में डुबकी लगा दी। पुराने मायाविडु के गलियारों में लटककर सोये चमगादड़ों ने पर फड़फड़ाये। शाम ढल चुकी थी और अँधेरे-उजाले के सलेटी धुँधलके में माया लाल डोरियों में बँधे नूपुर लिए आरामकुर्सी पर आँखें बन्द किये बैठी थी, जब उसे खोजते हुए सोपान वहाँ पहुँचा था।

"अम्माँ! कहाँ हैं?"

"वहाँ भीतर..."

रेणुका चश्मा लगाये, दीवार से टिकी खिड़की से आते धुँधलके में डायरी का आख़िरी पन्ना पलट चुकी थी।

"कुछ मिला माँ?" यह सोपान था।

"बहुत कुछ..." रेणुका गहरी साँस लेकर, दीवार का सहारा लेकर उठ खड़ी हुई, काठ की उस अलमारी में अब सब तरतीबवार लगा था।

उस रात डायनिंग टेबल पर पूरा मालबारी कूज़ीन सजा था। कल्लुम्माकया (सीप) करी, एराची पुट्टू, परोट्टा, पथिरिस, राइस केक। सब हल्की-फुल्की गपशप कर रहे थे। साथ में कटलरी का संगीत चल रहा था। खिड़कियों के बाहर मानसून की बची-खुची बरसात अपना ज़ोर दिखा रही थी। सोपान माया को देख रहा था कि वह किसी सोच में गुम है। उसने आँखों से इशारा करके पूछा–क्या हुआ? मगर वह फीका-सा मुस्कुराकर रह गयी। वह सोपान को कैसे बताये कि वहाँ ओल्डमायाविडु में बैठे-बैठे वह अधजगी स्थिति में मायम्मा की कथा सुन कर आयी है। उस अर्ध-जाग्रत अवस्था में क्या वह उसकी कल्पना का विस्तार था कि रेणुका आंटी के सुनाये डायरी के अंशों का बना मायम्मा का कोलाज?

"मम्मी, आपको वह लैटर मिला क्या जो मायम्मा ने रानी सेथुलक्ष्मी को लिखा था।"

"सोपान, डिनर के बाद कॉफ़ी पर इस पर बात करते हैं।"

सब लोग कॉफ़ी पीने लिविंग-रूम में आ बैठे। तब रेणुका ने सबको सम्बोधित करके कहा।

"मैं सोचती थी यह एक गप्प है कि मायम्मा ने कोई पत्र लिखवाया होगा। लेकिन जब एक डायरी में यह बाकायदा पिनअप किया मिला तो मुझे 'मायम्मा' के मज़बूत मैट्रिआर्क होने में कोई शक ही नहीं रहा।" रेणुका ने एक जर्जर पीला काग़ज़, प्लास्टिक फ़ोल्डर से बड़ी सावधानी से निकाला। उस पर अनगढ़ हाथों से मलयालम में लिखा था–

"परम आदरणीय थम्पुराट्टी हिजहाइनेस रानी सेथुलक्ष्मी बाई,

प्रणाम

आप नहीं जानती हैं आपके एक हस्ताक्षर से बरसों पुरानी मातृवंशीय व्यवस्था समाप्त हो जायेगी। नयी व्यवस्था हज़ारों स्त्रियों की शक्ति और सम्पत्ति छीन लेगी। आप इसे अंग्रेज़ों के नज़रिये से ना देखें। अगर थारवडुओं में असन्तोष फैल रहा है, अनियमितता हो रही है तो अन्य उपाय हो सकते हैं। आप मरुमक्कुथायन व्यवस्था को जानने वाले नायर समाज के पुराने लोगों और महिलाओं की एक पंचायत बिठायें। जानती हूँ यह पत्र भेजकर धृष्टता कर रही हूँ मगर आप उदार हैं, मेरी प्रार्थना पर ध्यान देंगी और मुझे क्षमा करेंगी। –मायम्माकुट्टी नायर"

"क्या? सच? फिर यह रानी तक पहुँचा?" माया की बुलबुल-सी आवाज़ कमरे में गूँज गयी।

"पता नहीं, पहुँचा होगा तो भी दबा दिया होगा। आख़िर रानी भी पितृसत्ता का मोहरा थी।" रेणुका ने उत्तर दिया।

"मम्मी, केरल में कभी भी एक सच्चा मातृवंशी समाज नहीं रहा। यहाँ कर्णवर (मामा) ही मुखिया थे परिवार के। हमें फेमिनिस्ट यूटोपिया से हटकर भी इसे देखना चाहिए। इसमें बाद में सम्पत्ति बँटवारे को लेकर बहुत मुश्किलें आने लगी थीं।" सोपान ने अपना पक्ष रखा।

"हाँ जहाँ कर्णवर था वह केयर-टेकर था। जहाँ नहीं था, वहाँ वह ख़ुदमुख्तार थी अपनी सम्पत्ति की, जैसे मायम्मा! फिर भी स्त्री के पास वह घर हमेशा था जिसमें वह जन्मी, उसे उससे बाहर निकलकर नहीं जाना था। देखो ना एक हस्ताक्षर से वह शक्ति और सम्पत्ति-हीन हो गयी।" रेणुका ने कॉफ़ी का कप नीचे रखते हुए कहा।

"सोपान, हो सकता है लम्बे समय से एक मज़बूत मातृवंशी समाज को पितृसत्ता ने बाहर से हथौड़े मारकर लगातार कमज़ोर किया हो। जैसे आजकल मेघालय में हो रहा है।" माया बहस के मैदान में कूद पड़ी थी।

"चलो बहस छोड़ो अब मातृवंश तो रहा नहीं ना! उसे लौटा लाना भी सम्भव नहीं है। मगर यह तय है कि नायर स्त्री के जीनोटाइप में से अल्फ़ा-वुमन का असर नहीं जाता है। एक बात जो अब तक किसी को नहीं पता आज बताती हूँ। जब मैं तुम्हारे पापा से मिली तब मेरा विवाह तय हो चुका था। एक ऐसे परिवार में जो बहुत प्रतिष्ठित और सम्पन्न था जिसका उन लोगों को अभिमान भी था। जब तुम्हारे पापा ने प्रपोज कर डाला तो मैंने तुम्हारे पापा से कहा कि मैं असमंजस में हूँ। तब तुम्हारे पापा जो हमेशा से एकदम अनरोमांटिक और सच्चे थे, उन्होंने अपनी गणित की भाषा में मेरे सारे कनफ़्यूजन दूर कर दिये। वे बोले–"रेणुका गणित में कहें तो त्रिकोण में अगर कहीं खड़ा होना भी है तो वर्टेक्स पर खड़े होओ वह सबसे ऊँचा कोण होता है।" और मैंने इस एक मेथेमैटिकल पोएट्री पर फ़िदा होकर उन्हें चुना और मुझे कभी पछतावा नहीं हुआ। मुझे कभी अपने भीतर बैठी अल्फ़ा-स्त्री घाव चाटते हुए नहीं मिली। तो जिस समाज में स्वयं पुरुष स्त्री को सत्ता देकर निश्चिन्त हो जाये, बस वही हो सकता है अनूठा मातृवंशी समाज।

"अम्माँ!" सोपान चौंक पड़ा था मगर माया मुस्कुरा रही थी।

3

सुनहरे तारों के पुल : माइया मार्गरीटा

जब नकुल की कार पूर्वोत्तर के संसार का द्वार खोलते जंगलों के पास पहुँची तो अतीत हर दिशा से शुआओं की तरह फूटने लगा। धान के खेत, आर्किड के फूलों से अँटे जंगल, विशाल पेड़ों पर निश्चिन्त कूदते सुनहरे बन्दर, मीलों फैले चायबाग़ान और उनकी तुर्श महक हवाओं में थी। जिसने उसके अलसाये पड़े अवचेतन कोनों को जाग्रत कर दिया। नौजवानी के दिनों की याद बगलों में से जंगली कमल की तुर्श-मीठी ख़ुशबू की तरह जाग उठी। वह कोई एक भी ज़हन के सुनहरे धुँधलके से बाहर निकल आया जिसे अपने आदिम होने पर नाज़ था। नकुल उसे याद कर मुस्कुराने वाला ही था कि तभी चूँ...चर्र करके गाड़ी रुक गयी। आगे भी तीन गाड़ियाँ रुकी हुई थीं।

"क्या हुआ, कॉर्पोरल अजीत?"

"सर! हाथी..."

कुछ दूरी पर हाथियों का झुण्ड सामने पसरी पतली सड़क पार कर रहा था, पहले तीन हथिनियाँ दो छोटे बच्चों को सहेजते हुए गुज़री, फिर तीन मतवाले किशोर हाथी उछलते-कूदते, फिर कुछ और हथिनियाँ और अन्त में विशाल कुलमाता चारों ओर देखती एक चिंघाड़ मारकर चेतावनी देती हुई आयी–हम यहाँ की रानियाँ हैं! गाड़ियाँ चल दीं अब नकुल मुस्कुराया। ड्राइवर के साथ आगे की सीट पर बैठा उसका स्टाफ़ अफ़सर विंगकमांडर कुशवाह बोला–

"सर, ये हाथी बहुत तबाही मचाते हैं, गाँव के लोग परेशान होते हैं, बागडोगरा एयरफ़ोर्स स्टेशन की दीवार भी तोड़ दी थी, तीन साल पहले इन्होंने।"

"कुशवाह! पहले हमने दीवारें तोड़ी हैं इनकी, जबकि इन्होंने कोई दीवार तक खड़ी नहीं की अपने और हमारे बीच।"

"समझा नहीं, सर!"

"तबाही हमने मचाई है इनके जंगलों में।" नकुल सीट पर पीछे टिकते हुए बोला।

"सर, यस सर!"

कहीं-कहीं सड़क बहुत ऊबड़-खाबड़ थी, रास्ते में पड़ते छोटे गाँव और अनायास आ मिलती सुन्दर तटोंवाली उपनदियाँ जिनके नाम बड़े अलग होते, उमत्र्यू, उमंगोट, उमियम। दूर पहाड़ों की शृंखलाएँ...छोटे गाँवों के बीच छोटे स्कूल और स्कूल के बाहर कवीन्द्र रवीन्द्रनाथ टैगोर की सूफ़ियाना मूर्तियाँ। समूचे असम-बंगाल में पूजनीय हैं कविवर लेकिन ख़ुद उन्हें शिलॉन्ग बहुत पसन्द था। बचपन में याद की गयी कविता होंठ पर आ गयी।

आकाशतोले डोले डोले मेघ जे डेके जाये/आये आये आये
जामेर बोने आमेर बोने राब उट्ठेछे ताई/जाई जाई जाई
नोदिर धारा बारे बारे मेघ जे डेके जाये/आये आये आये

आज सुबह ग्यारह बजे एयर मार्शल नकुल भट्टाचार्य का दिल्ली से चला एम्ब्राएर जहाज़ गुवाहाटी एयरफ़ोर्स स्टेशन पर लैंड करने वाला ही था तब उनके स्टाफ़ अफ़सर ने उनसे पूछा था।

"सर, एओसी गुवाहाटी एयरफ़ोर्स स्टेशन आपको रिसीव करने आ रहे हैं, लंच पर रुकने के लिए पूछ रहे हैं।"

"नहीं, मुझे रुकना नहीं है, लंच हम शिलॉन्ग जाकर ही करेंगे। कुशवाह..." इस सफ़र में नकुल का किसी से मिलने का मन नहीं था, लेकिन प्रोटोकॉल्स!! लंदन से लौटने के बाद एक महीना एनुअल लीव पर वह कोलकाता रहा। उसके बाद अपना अगला पदभार सँभालने तक वह दिल्ली में वायुसेना भवन और रक्षा मन्त्रालय के बीच भटकता रहा, जब तक कि उसकी अगली पोस्टिंग और नियति का निर्धारण नहीं हुआ। हवाओं में तो यही था कि उसे गांधी नगर 'स्वैक' (साउथ वेस्टर्न एयर कमांड) में भेजा जायेगा। अचानक ही ईस्टर्न एयर कमांड मिल गया। वह उम्र और कँरियर के इस पड़ाव पर था जहाँ कुछ चौंकाता नहीं था। वह कहीं भी जाने के लिए मुस्तैद था। बस नया पद, नयी ज़िम्मेदारियाँ ठीक से सँभाल ली जायें।

विंग कमांडर कुशवाह सोच रहा था, बाक़ी एयर मार्शल्स तो जितना ज़्यादा हो सके वी.आई.पी. ट्रीटमेंट माँगते हैं और ये हैं कि कमांड से आ रहे चॉपर के लिए भी मना कर दिया। इनके साथ पहले कभी रहने का अवसर भी नहीं मिला है, या तो बहुत सरल हैं या बहुत सनकी। नकुल जो भी था, फ़िलहाल वह उन दिनों को याद करना चाहता था जब वह महज़ एक फ़्लाइट लेफ़्टीनेंट था और गुवाहाटी तक

ट्रेन से आकर फिर शिलॉन्ग जिप्सी से पहुँचा करता था। एओसी गुवाहाटी के साथ चाय पीकर नकुल ड्राइवर और स्टाफ़-अफ़सर के अपने छोटे-से अमले के साथ शिलॉन्ग के लिए 'बाय-रोड' निकला। उसका बस चलता तो ड्राइवर और अपने स्टाफ़ अफ़सर कुशवाह को चॉपर से भेज ख़ुद ड्राइव करके पहुँचता, मगर कमांडर इन चीफ़ होने के अपने प्रॉटोकॉल्स हैं। जिनमें एक हद तक ढील दी और ली जा सकती है। कोलकाता में माँ की आकस्मिक मृत्यु से मन में घिर आया निर्वात अब भरने लगा था। आख़िर पूर्वोत्तर है ही इतना अलग, उस पर यहाँ बीती वह दिलकश उम्र और उसकी याद!

बीच में जगह-जगह पर रोड जाम था कि अब तक वे शहर के कोलाहल से बाहर निकल नहीं सके थे। तभी उसे गुवाहाटी रेलवे स्टेशन की तरफ़ जाती सड़क का साइनबोर्ड दिखा। उस समय सारी विदाएँ और स्वागत रेलवे स्टेशनों से जुड़े होते थे। आपस में मिलती–अलग होती पटरियाँ, लाल डिब्बे और सिग्नल, लाल-हरी झण्डियाँ और रेल की सीटी कितनी-कितनी भावनाओं से जुड़े थे। ऐसा एक दृश्य नकुल के स्मृति-कोश में भी बरसों-बरस पड़ा रहा है। वह दृश्य उसने भले हर रोज़ याद न किया हो मगर वह उसके जीवन के उन महत्त्वपूर्ण दृश्यों में से एक था जिसे लोग अपने अन्तस की दीवारों पर टाँगकर रखते हैं। जबकि इस बात को बीते हुए ठीक पच्चीस साल हो गये थे। कितने रंग थे उस दृश्य में जो कि अब तक किसी एक सदी पुरानी पेंटिंग की तरह चमकीले हैं।

'सुबह का सलेटी कुहरीला माहौल था। वह हल्की नीली जीन्स और गहरा बैंगनी पुलोवर पहने स्टेशन के एक ख़ाली कोने में खड़ी थी। उसके पाँव के नीचे पहाड़ी सफ़ेद कबूतर दाना चुग रहे थे। उसके तरल कन्धे उदासी के बोझ से झुके थे। उसने विदा के समय उसे अपना हाथ चूमने नहीं दिया, खींच लिया था। गार्ड की सफ़ेद यूनिफ़ॉर्म को बैकग्राउंड बना हरी झण्डी फहरा रही थी, लाल ट्रेन सरक रही थी। वह इस क़दर विकल थी कि लग रहा था कि तेज़ चलते-चलते वह कहीं ट्रेन के साथ दौड़ ही ना पड़े। नकुल खिड़की से चेहरा टिकाये देख रहा था कि उसका चन्दन चेहरा पहले दु:ख से पीला पड़ा, फिर पछतावे से लाल, अन्तत: दूर जाता हुआ काला पड़ता चला गया। वह वहीं छूट गयी, हमेशा के लिए। क्या यह एक सदी पुरानी घटना थी? फिर कल की-सी क्यों लगती है?

जिस रोज़ उसे ख़बर मिली थी कि ईस्टर्न एयर कमांड में कमांडिंग इन चीफ़ बनकर जाना है। उसके पहले की रात उसने अजीब-सा सपना देखा था कि वह किसी पहाड़ी गाँव में उसका पता खोज रहा है और एक लड़का आकर बताता है कि

वह उस पहाड़ी की तलहटी में एक पेड़ के नीचे दफ़न है? वह वहाँ पहुँचता है तो वही इलाक़ा है जहाँ वो दोनों पहाड़ी ढलानों पर सोह-शान (जंगली स्ट्रॉबेरी) खोजते आवारा घूमा करते थे। वह सीने पर क्रॉस बना रहा है और बुदबुदा रहा है–"माइया! तुमने भी यही जगह चुनी!" अचानक उसकी नींद खुल गयी थी। क्या यह सपना उसकी पोस्टिंग का पूर्वानुमान था? या अवचेतन की कोई चाह?

"क्या वह ज़िन्दा होगी? क्या उस जैसी लड़की यूँ ही मर सकती है? तो उसकी ख़बर क्यों नहीं मिली अरसे से? वह कहती थी–भट्टा, जब सात-आठ साल तक मेरी कोई ख़बर ना मिले तो समझना मैं नहीं रही। वरना मैं तुम्हारी खोज-ख़बर लेती रहूँगी, अपनी देती रहूँगी। जब तक यह ईस्टर्न एयर कमांड शिलॉन्ग में है और तुम एयरफ़ोर्स में हो।" वह ख़ुद पर हँसा। कौन ताउम्र किसी को अपनी ख़बर देता रह सकता है या खोज-ख़बर ले सकता है। उसकी पिछली ख़बर दस-बारह साल पहले मिली थी। तब वह जोधपुर में एक स्क्वाड्रन कमांड कर रहा था और एक अफ़सर शिलॉन्ग से तबादला लेकर जोधपुर आया था। उसके साथ माइया ने नकुल के लिए एक मफ़लर भेजा था जिस पर कढ़ाई से नीली अबाबीलें बनी थीं, एक कार्ड था जिस पर लिखा था–रीसेन्टली आई हैव प्रमोशंड एज़ ग्रांडमदर।"

'अट्ठावन का ही तो हुआ हूँ मैं तो वह बासठ साल की होगी। वह नहीं मर सकती!' नकुल ने इतनी गहरी साँस ली थी कि कुशवाह ने उसे पीछे मुड़कर देखा था।

"सर, चाय?" उसने गरदन हिलाकर मना कर दिया था।

उसे वह यूँ मिली थी जैसे भाग्य की किसी ऊँची खिड़की से उड़ता हुआ एक काग़ज़ का सुन्दर लिखाई भरा टुकड़ा पैरों के पास आ गिरता है। यूँ तो ज़िन्दगी के हर मोड़ पर रूमाल गिरते हैं, आँखों से इशारे होते हैं। मगर रोमानी आमन्त्रण की रहस्यमय चाभी जब पहले-पहल उँगलियों में आ अटकती है तब बहुत कम लोग साहस कर इसे चुनौती की तरह स्वीकार करते हैं और अनजान दुनिया का ताला खोलते हैं। और एक दिन जब इस नीरस जीवन की शाम ढलने लगती है तब सोचते हैं कि हमारा धुँधला रोमांस, दाम्पत्य से अलग स्मृति की तिज़ोरी में सँभालकर रखी हुई यादगार साटन का कोई रिबन था।

"माया!" डांस फ़्लोर पर मिली थी वह, स्पेनिश पॉप मैकेरेना पर दूसरे बैचलर अफ़सरों के साथ नाचते हुए।

"माया नहीं नहीं माइया मार्गरीटा! तुमने माइया एंजलू का नाम सुना है? हमारे यहाँ माया नाम नहीं होता, माइया होता है। और यह लातिन अमेरिकी नहीं खाँटी खासी नाम है।"

"तुम अच्छी हिन्दी बोल लेती हो।"

"हाँ, क्योंकि इंडियन हूँ और जीसस एंड मैरी, दिल्ली से लिट्रेचर में ग्रेजुएट हूँ।"

"मुझे तुम मायाविनी लगती हो!" नकुल ने तीसरे पैग के बाद कहा था।

"वो क्या होता?"

"विच!"

"तुमको मैं विच दिखती हूँ?" वह हैरत से अपनी सूजी हुई-सी पलकों के नीचे बड़े काले गोलकों को फैला लेती और उसके स्ट्रॉबेरी जैसे होंठों से रस चूने लगता।

इसमें क्या शक था कि वह अपने ज़माने में शहर की ख़ूबसूरत बलाओं/बालाओं में शुमार थी। वह रेडियो स्टेशन में अनाउंसर थी और उसकी शिलॉन्ग एयरफ़ोर्स कमांड में पोस्टेड एक-दो छड़े अफ़सरों से दोस्ती हो गयी थी। जो उसे अक्सर एयरफ़ोर्स की पार्टीज़ में बुला लेते। वह ज़्यादातर अपनी एक सहेली पैमा के साथ आया करती थी। उसे देर रात तक फ़्लोर पर बने रहना और बॉलीवुड गानों पर नाचना पसन्द था। उसके क़िस्से लोग बार और गोल्फ़ कोर्स में सुनाया करते थे। मेरे विचार में अफ़वाहें किसी भी स्त्री को और रहस्यमय और आकर्षक बनाती हैं।

"बला है, पिछले साल ही आइज़ॉल रेडियो स्टेशन से ट्रांसफ़र होकर यहाँ आयी है। ना, किसी की गर्लफ्रेंड नहीं है। हम सबकी दोस्त है। वैसे उसकी कम्पनी मज़ेदार है, उसमें कोई झिझक नहीं है। यूँ जल्दी उसे हाथ नहीं लगा सकते तुम, जंगली लिंक्स की तरह क्यूट है मगर पंजे मारती है। सो बच के भट्टा!!" वह इन बातों पर मुस्कुरा देता।

कभी-कभी कोई दिलजला एकाध साल सीनियर अफ़सर सिगरेट के धुएँ से भरे बार में कहता मिल जाता–"मुझसे पूछो, उसके जिस्म की रंगत शैम्पेन जैसी है, उसके चुम्बनों का स्वाद कैरेमल पुडिंग की पहली बाइट जैसा था। वह लव नहीं लस्ट के कॉर्नर पर फ़ेवरेट कॉफ़ी शॉप की गर्म डार्क रोस्ट मोका है।" नकुल को लोगों का किसी भी लड़की के लिए इस तरह की बातें करना अटपटा लगता था। उसके मन में लड़कियों को लेकर कभी निचले स्तर की बातें आ ही नहीं सकीं। वह तीन बहनों के बीच पला-बढ़ा था और उसकी माँ ने हमेशा बहनों को कहीं से लाने और उनकी सहेलियों को सुरक्षित घर छोड़कर आने की बचपन से ज़िम्मेदारी दी थी। उसने पिता को हमेशा माँ से बहुत आदर के साथ बात करते पाया था।

हालाँकि माइया मार्गरीटा के संक्रामक जोश के सामने वह टिक नहीं पाता था। उसके साथ नाचना उसे भी पसन्द था। ख़ूब ज़िन्दादिल और यारबाश थी वह। नकुल

भट्टाचार्य को वह औरों की तरह भट्टा कहती। उनमें जल्दी ही दोस्ती हो गयी थी। वह उसे अपने स्थानीय दोस्तों के साथ जंगलों की पिकनिकों में शामिल करने लगी थी। हर संडे दोपहर के भोजन के बाद, वे ऊपरी शिलॉन्ग की तरफ़ पहाड़ी, सुन्दर रास्तों पर मोटरसाइकिल से निकल पड़ते थे। विशेष रूप से वह हिस्सा जिसमें सँकरी और घुमावदार कच्ची-पक्की सड़कें होतीं, जिनके दोनों ओर जंगल और घास के मैदान थे। सड़कों पर लटक आये विशाल फर्न उसे आकर्षित करते, वह उन फर्न के उपवन को देखने से कभी नहीं थकता था। उनके साथ कई स्थानीय लड़के-लड़कियाँ शामिल होते, उनका एक लोकल इंडी-फ़ोक बैंड भी था–जिसका नाम था 'व्हेन चाय मेट टोस्ट'! मुझे इस नाम पर बेतहाशा हँसी आयी थी, माइया ग़ुस्सा हो गयी थी। बैंड का नाम कुछ तो संगीत से जुड़ा हो। यूँ नहीं कि कुछ भी रख दो? मतलब कुछ भी!

इन पिकनिकों को वो डबल मीनिंग में बैरी-हंट कहते। वे जंगली फल इकट्ठे करते, गुलेलों से मुर्गाबियाँ मारते, मछली पकड़ते और वहीं पकाकर पिकनिक मनाते। बीच में एकाध जोड़ा जंगल में गुम हो जाता, फिर लौटता तो ख़ासी भाषा में बाक़ी लोग मज़ाक़ कर हँसते। "जल्दी चुक गये?" या "कमाल हो गया आज तो।" नकुल और उसकी बंगाली मध्यमवर्गीय नैतिकता चौंककर रह जाती। यह आधुनिक होना है कि आदिम? वह सोच में पड़ जाता। यह उनके लिए सहज-सी बात थी, बशर्ते लड़की की सहमति हो। नकुल देखता था, इन इलाक़ों में महिलाएँ बेहद ख़ूबसूरत हैं और बेहतरीन फ़ैशन सेंस के साथ दिखाई देती हैं, बस ताम्बूल और सुपारी ना खायें तो। ऐसी ही एक पिकनिक में उसके सामने एक सुन्दर लड़की ने एक बदतमीज़ और फ़्लर्ट लड़के को बुरी तरह डाँट दिया था–बोला ना दूर रहो। तो उसके मुँह से अनायास निकाल गया, "सही है!" तब माइया उसे घूरकर देखने लगी थी कि दूसरों के मसले में टाँग किसलिए अड़ाना? पर नकुल को अच्छा लगा था। क्योंकि उसे इन मसलों में यूँ क्षणिक और लापरवाह होना पसन्द नहीं। वह सहमति का सम्मान करता है।

माइया के समूह के इन स्थानीय लड़कों को फ़ौजियों से ख़ास क़िस्म की चिढ़ थी मगर माइया का दोस्त होने के नाते वो नकुल को शामिल कर लेते थे। वह कैंटीन से बियर-कार्टन ले जाता तो वे ख़ुश हो जाते। उसने हमेशा इस बात पर गौर किया कि माइया कितना ही बियर पी ले, छोटे कपड़े पहनकर थिरक ले मगर कभी किसी लड़के के साथ जंगल के झुरमुटों में ग़ायब नहीं हुई। ना ही नकुल उसके साथ सीधी राह छोड़ भटकना पसन्द करता था, कभी-कभी इन पिकनिकों के दौरान वह

उसे कहती भी कि चलो उधर नीचे नदी की तरफ़ उतरें, या जंगल के घने हिस्से में चलें, या पहाड़ी पर अनदेखा हिस्सा खोजें। वह किसी न किसी ख़तरे से आगाह कर निरुत्साहित कर देता था। कई बार वह उसके मन की कर देता पर एक सीमारेखा तय रहती। वह तो जंगल बावरी थी, दिन भर भटक सकती थी। कई बार उसने पूछना चाहा– "तुम्हारे यहीं शिलॉन्ग के इतने दोस्त हैं, फिर एयरफ़ोर्स पार्टीज़ में क्यों आती हो? वहाँ बैचलर्स कितनी फ़ालतू बातें करते हैं तुम्हारे बारे में।" उसने कभी उत्तर नहीं दिया बल्कि बात बदल दी।

एक बार ऐसी ही एक संडे पिकनिक पर वो लोग मॉवलोंग की तरफ़ गये थे। रास्ते में नकुल ने पूछ लिया कि उसने एयरफ़ोर्स पार्टीज़ में आना कब शुरू किया। क्यों शुरू किया। क्या वह जानती है, वहाँ लोग क्या बात करते हैं?

"मेरी कजिन पार्वती और उसका हसबेंड जब यहाँ पोस्टेड थे तब मेरी दोस्ती कुछ बैचलर अफ़सरों से हुई। वो चले गये तो उनके दोस्तों से हुई, यह सिलसिला बना रहा। मुझे पसन्द है फ़ौजी पार्टियाँ, सब एक से तो नहीं हैं, तुम भी किन एक दो इडियट लोगों की बात ले बैठे? देखो तुम भी तो अलग हो। छोड़ो भी! तुमने रिवाई गाँव का लिविंग रूट ब्रिज देखा है? चलो हम दोनों चलते हैं।" उसे परवाह कहाँ थी लोगों के कहने की। जहाँ तक पगडण्डी सतर थी, वो दोनों दौड़ते हुए चले, आगे ख़ूब घना चीड़ का जंगल था, पेड़ों पर बन्दनवारों की तरह गुलाबी आर्किड सजे हुए थे।

"हम कहाँ जा रहे हैं?" नकुल ने आगे-आगे चल रही माइया से पूछा था। उसके काले सीधे लम्बे बाल हिल रहे थे।

"भटकने," उसने एक ढलान तेज़ी से उतरकर चर्र-मर्र चीड़ की सुइयों और पतझड़ में झड़े सुर्ख लाल पत्तों पर चलते हुए कहा–"कैसे फ़ौजी हो?जल्दी भागकर आओ।"

वहाँ पहाड़ी कन्दराओं से सीढ़ियों की भाँति निकलती जलधाराएँ बह रही थीं, ज़मीन पर उगे लैपाक्लै फूलों के बैंगनी के गुलदस्ते सजे थे। आगे पीली तितलियों का घना संसार प्रतीक्षारत था। वे एक जंगल से दूसरे जंगल की ओर सफ़र करती तितलियों से घिर गये। एक अन्धे अन्त पर एक विशाल घने पत्तों का पेड़ खड़ा था। दोनों हँसते हुए उससे जा टिके। नकुल के हाथों से माइया की मांसल देह का स्पर्श बिल्कुल अनजाने में हुआ। उसकी देह उमगकर तितली ही बन गयी, उसकी बग़लों से जंगली कमलों की महक आने लगी। माइया मगन थी, ऊपर चेहरा किये कस्तूर

चिड़िया (व्हिसलिंग थ्रश) की आवाज़ की दिशा में देख रही थी। उसका पारदर्शी चेहरा सच में शैम्पेन की तरह चमक रहा था। उसने नकुल की निगाह अपने गालों पर महसूस करते हुए बिना देखे कहा था–"क्या भट्टा?"

"कुछ भी तो नहीं!"

"कुछ भी नहीं?" मैंने पाया कि एक जोड़ी जिज्ञासु बादाम जैसी आँखें मुझ पर प्यार से टिकी हैं।

"हाँ, और क्या?"

"....आर यू श्योर?"

"अं...यहाँ?" वह घबराया भी और पिघला भी कुछ।

"तो फिर कहाँ?"

"पागल हो?" वह हँसने लगा।

"हाँ! तुमको भी होना चाहिए इस वक़्त तो! आओ!"

वह एक आदिमता की पुकार थी। विशुद्ध! उसने माइया को अपनी लम्बी बाँहों में घेर लिया, नकुल को भय था तो बस किसी के आ टपकने का पर वह एकदम निश्चिन्त थी और उससे एक क़दम आगे।

"आर यू वर्जिन भट्टा?" उसने नकुल के कन्धों से शर्ट को अलग करते हुए पूछा।

"मायाविनी, दिस क्वेश्चन इज़ इररेलेवेंट एट दिस मोमेंट।"

"डू यू हैव रेनकोट?" अब वह अपनी टी शर्ट उतारकर बाँहें उठाये खड़ी थी।

"पर अभी तो धूप है...ओ...ओ...यू मीन...आं हाँ! एक मिनट वॉलेट में है।"

नकुल के लिए नया था, चिड़ियों की दुनिया में चिड़ियों का-सा प्रेम, हरी छाँव में बस क्षण भर। उसकी आदिम कराहों से तितलियाँ ठिठक गयीं, पंछी चुप हो गये थे। पेड़ पर नीले लाइकेन चिपके थे, उनके कपड़ों और हाथों पर लग गये थे। लौटते हुए नकुल ने हँसते हुए पूछा था–क्या इसीलिए हम इधर आये थे आज?

"नहीं नहीं! एकदम नहीं। पहाड़ी बरसातें क्या सोचकर, पूछकर आती हैं?"

"और फिर रेनकोट ना होता तो?"

"तो बस बादल गरजकर भाग जाते हैं।" कहकर वह आँखें बन्द करके बहुत हँसी। वह अद्भुत दिन था। फिर वह उसे एक चाय-हाउस में ले गयी। कमाल की तरह-तरह की चाय।

"भट्टा? तुम कभी बंगाली नहीं लगे मुझे।"

"क्यों टैगोर भी बहुत लम्बे थे!"

"उनकी बात अलग थी। तुम्हारी नाक ज़रूर बंगाली है।"

"तुम तो ऐसे बात कर रही हो जैसे तुमने एन्थ्रोपोमेट्री पढ़ा हो।"

"शिलॉन्ग ऐसी जगह है जहाँ ये सब पढ़े बिना दिखता है, कहाँ-कहाँ के लोग आकर बसे हैं, मारवाड़ी, बंगाली, असमिया, उस पर आर्मी और एयरफ़ोर्स में पंजाबी, मराठी लोग आते रहते। रेफ़्यूजी भी हर दिशा से।"

"तुम तो पक्की खासी ब्यूटी हो।"

"हम सब तो तिब्बती-बर्मी मूल के हैं, सो हम खासी जन में नाक कुछ दबी हुई होती है, रंगत गोरी, माथा चौड़ा होता है, आँखें अक्सर बड़ी होती हैं। बाल काले, सीधे और लम्बे, हम लोग स्वभाव से हैप्पी लोग होते हैं। लम्बाई ठीक ही। और कुछ?"

"फिर भी तुम औरों से अलग हो, बेहद सुन्दर और...आई थिंक आय एम इन लव!! जानती हो..." नकुल ने कुछ आगे भी कहना चाहा था। मगर माइया ने उसे एकदम रोक दिया।

"मुझे मत कहो यह सब फ़ौजी जुमले...सेक्सी, ब्यूटीफुल! लव यू!! मैं ये शब्द कई बार सुन चुकी हूँ। सो ये शब्द मुझे सुकून नहीं देते। बस!" नकुल बहुत प्यार से कह रहा था मगर वह चिढ़ गयी।

"उफ़्फ़ ! हद करती हो, विश्वास करो ये शब्द मायने रखते हैं।"

"प्लीज़! मेरे लिए एकदम नहीं। मैं परवाह नहीं करती कि मैं ख़ूबसूरत हूँ या नहीं! अगर यह सच भी है क्योंकि इसमें मेरा हाथ क़तई नहीं। मेरे पिता का है कि उन्होंने एक ख़ूबसूरत औरत को पटाया। मैं उन दोनों का 'मास्टरपीस' हूँ। और लव? कितना ओवरेटेड वर्ड है।"

"बहुत कॉम्प्लीकेटेड हो तुम तो!"

"शायद! आजकल ट्रांसपेरेंट होने को कॉम्प्लीकेटेड कहते हैं, तो हाँ।"

"माइया! लोगों के साथ पारदर्शी मत होओ! अपने साथ हो जाओ, तुमने अपनी ज़िन्दगी किस क़दर उलझा ली है। लोग क्या-क्या बकते हैं, तुम्हारे लिए।"

"बकने दो ना, यार! तुम सेंट्रल इंडिया के मर्द अपनी सेक्सुएलिटी को औरत की सेक्सुएलिटी से अलग क्यों समझते हो? तुम लोग अपने एनकाउंटर्स की लिस्ट बनाते हो, ट्रॉफ़ी की तरह प्रोजेक्ट करते हो। जबकि हम लोगों में यह बराबरी का, आपसी रज़ामन्दी का मामला है।"

"मैं नहीं, माइया! तुमने पहल नहीं की होती तो मैं....तो कम से कम मुझे ऐसे काउंटकीपर्स में मत शामिल करो, छोड़ो जाने दो...मुझ पर भरोसा करो।" नकुल ने उसके कोमल हाथ को थामते हुए कहा।

"प्लीज़! नकुल...मैं जनरल बात कह रही थी। इतना तो जानती हूँ मैं तुम्हें वरना कभी वह सब नहीं होता जो हुआ। लेकिन इसे सीरियसली मत लेना।" उसने नकुल को गले लगाकर कहा था।

"हम्म!"

"क्योंकि मैं किसी एयरफ़ोर्स अफ़सर से शादी नहीं करने वाली।" उसने नाक सिकोड़ते हुए मज़ाक़ के लहजे में कहा।

"क्यों भई, ऐसा क्या?" नकुल उसकी उगलियों में फँसी फ़िरोज़े की अँगूठी से खेलते हुए बोला।

"मेरा पुराना शहर आइजॉल कभी एक क़ायदे का शहर हुआ करता था। वहाँ के पढ़े-लिखे लोग जिन्हें पहाड़ की सड़कों पर गाड़ी चलाने का सलीक़ा आता था, शराब पीने की तमीज़ थी, चर्चें खुले दिल से सबका स्वागत करती थीं, सुकून की ज़िन्दगी थी। मेरा बचपन वहाँ बीता। लेकिन मेरी माँ को फ़ौजियों, उनके बैज–बिल्लों और वर्दी से एक चिढ़-सी हो गयी थी। और वे हमें हमेशा कहतीं–इनसे दूर रहना। वो बताती थीं जब मैं होने वाली थी 1966 में, तब इंडियन एयरफ़ोर्स ने वहाँ बॉमशेलिंग किया था और ख़ूबसूरती से बसा एक सुन्दर शहर धूल में मिल गया था, वो मजबूरी में शिलॉन्ग आ गये।" वह कहकर सोच में डूब गयी, नकुल ने उसकी उँगलियाँ छोड़ दीं।

"माइया, उसमें दोष उस समय की सेंट्रल गवर्नमेंट का हुआ ना! फ़ौज तो स्टेट पॉलिसी से चलती है। और इतनी पुरानी बात पर तुम मुझसे नफ़रत कैसे कर सकती हो? मैं था उसमें शामिल? मैं तो उसके भी बाद उन्नीस सौ सत्तर में पैदा हुआ हूँ।" नकुल गम्भीर हो गया था इस बात पर।

"फिर भी तुम लोग इन छोटे इलाक़ों को समझ ही नहीं सकते। तुम वह सफ़रिंग नहीं समझ सकते। पच्चीस साल कम होते हैं क्या? ये छोटे-छोटे राज्य तुम लोगों के कारण 'बुश वॉर' के 'थियेटर' बने रहे हैं।"

"तुम लोग!" वह माइया के कान के पीछे से निकली जुल्फ़ की जुम्बिश को देखते हुए भी देख नहीं सका, क्योंकि वह दोस्ताना क़तई नहीं थी उस शाम। उसका यह मेटामॉर्फोसिस नकुल को समझ नहीं आया। एक घण्टे में ऐसा क्या बदल गया? वह एकदम से अपसेट हो गया था और अचानक फट पड़ा।

"तब भी तुम हमारी पार्टीज़ में आती हो, अफ़सरों से दोस्ती करती हो? तुमको तब याद नहीं आता? तुम्हारे साथी भी तब तक दोस्ताना रहते हैं जब तक 'बियर-

कार्टन' चुक नहीं जाता फिर वही मुझ पर कमेन्ट करके फिस्स करके हँसते हैं। वैसे मैंने तुमको प्रपोज भी कब किया शादी के लिए?"

"तुम बस कर ही देते, तुम औरों जैसे अभी हुए नहीं हो।"

"उफ़! माइया! माइया! मुझे एकदम समझ नहीं आ रही हो तुम।" नकुल चाय आधी छोड़कर उठ गया।

"इसमें समझना क्या है, यार? कल तुम पोस्टिंग पर चले जाओगे किसी और जगह...फिर कौन याद रखता है?"

"ओह! लेट्स कॉल इट अ डे! यानी फिर अफ़सर मेस में जो बातें चलती हैं...वो ठीक ही हैं...कि," नकुल अपने अधूरे छूटे सवाल का उत्तर उसके चेहरे पर लिखे देख लिया। वह उठकर चली गयी थी। उसके बाद वह किसी पार्टी में नहीं दिखी और न नकुल को किसी पिकनिक का ही बुलावा आया। नकुल ख़ुद को व्यस्त रखने के लिए गोल्फ़ खेलने लगा। उन्हीं दिनों वह डॉ. यासेर से मिला था, गोल्फ़ कोर्स में। कमाल के गोल्फ़र, ज़िन्दादिल इन्सान और समय के ग़ज़ब पाबन्द। नकुल को आज भी याद हैं, यासेर की पत्नी के नाम पर कुछ फुसफुसाहटें हो रही थीं।

वही गोल्फ़ कोर्स में उछलते फ़ौजी जुमले–"फ्रेलिटी दाई नेम इज़ वुमन।"

"कौन?"

"वही शैम्पेनवर्णी, माइया मार्गरीटा!"

"डॉक्टर की दूसरी शादी है। पहली से एक बेटा भी है।"

"क्या? यह कब हुआ?" नकुल हैरान था। उसने तो डॉ. यासेर के रूटीन में कोई बदलाव नहीं दिखा। रोज़ शाम आते थे, बिला नागा। गोल्फ़ को लेकर उनके चेहरे पर वही तल्लीनता, सन्तुष्टी और समय की पाबन्दी दिखती। फिर माइया, फिर यह कब हुआ? उसके बहुत बाद वह डॉक्टर के साथ ईस्टर्न एयर कमांड के बड़े जलसों में एक-दो बार दिखी। उसकी पुरानी व्याकुलता समाप्त हो चुकी थी। जब वह बग़ल से गुज़री तो नकुल ने रास्ता बदल लिया था। उसकी चाल में इस सबके बावजूद बची रह गयी थी एक अलौकिक लय जिसे किसी साज़ पर पकड़ा नहीं जा सकता था। अब वह एक 'लेडी' की तरह व्यवहार कर रही थी। डांस फ़्लोर पर बैचलर्स के साथ 'बर्डी डांस' करने की जगह किसी सीनियर अफ़सर के आग्रह पर उसके साथ हल्का-फुल्का थिरककर, बार के पास खड़े पति के साथ खड़ी हो जाती। न उसने नकुल जैसे जूनियर अफ़सर से बात करने की कोशिश की, न नकुल का ही मन हुआ। डेढ़ साल बीता और नकुल की पोस्टिंग दिल्ली हो गयी। उसके

फ़ेयरवेल में गोल्फ़र्स ने 'गोल्फ़िग आउट पार्टी' रखी थी। नकुल ने डॉ. यासेर के साथ बियर पी, तब उससे रहा नहीं गया और पूछ बैठा, "मिसिज मार्गरीटा कैसी हैं?"

"शी इज़ इन गुवाहाटी, ऑन थ्री मंथ्स डेप्यूटेशन। मैंने फ़ोन पर बताया उसे, फ़्लाइट लेफ़्टीनेंट भट्टाचार्या का 'गोल्फ़िग आउट है। कल जा रहे हैं। बोल रही थी–ऑल द बेस्ट बोलना।"

"ओह!"

जिस दिन गुवाहाटी से वह राजधानी में चढ़ा था, वह बैंगनी पुलोवर और नीली जींस में स्टेशन पर खड़ी थी। उसे शायद डॉक्टर यासेर से पता चला होगा।

"बता तो सकते थे कि जा रहे हो!"

"तुम भी मुझे बता सकती थी कि महीने भर में तुम शादी करने वाली हो।"

"उससे क्या फ़र्क़ पड़ता?"

"हाँ शायद....ख़ैर...लेकिन अब सब...।" नकुल के चेहरे पर ख़ालीपन का भाव था। मगर उसकी आँखें भीगने लगीं। नकुल ने देखा उसका चेहरा सच में एक ईमानदार चेहरा था, जिसमें कोई भाव नहीं छिपाता था।

"ख़त्म हो गया है? भट्टा ख़त्म कुछ नहीं होता...जो होता है, वह रहता ही है। तुम जा रहे हो, मुझे गुडबाय कहना ही था। पर यह मत समझना कि मैं दु:ख में डूबने वाली हूँ।" उसने कहा था और ट्रेन चल पड़ी थी। वह ट्रेन के साथ तेज़ चली, फिर हताश होकर मुड़ गयी। नकुल के पास उस पहेली को समझने के लिए दिल्ली तक की डेढ़ दिन की यात्रा थी, पहेली जो समझ आ जाये मगर सुलझ ना सके, उसे वैसे ही छोड़ देना चाहिए। आख़िर जीवन विडम्बनाओं की स्वीकृति का ही नाम है।

अतीत के सफ़हे पलटते हुए पहाड़ी इलाक़ा शुरू हो गया था। बड़ा पानी आने वाला था। चलती हुई गाड़ी में नकुल भट्टाचार्य को झपकी आने लगी। एक शान्त लेकिन निश्चित नींद की ज़रूरत है उसे। ये छोटी झपकियाँ उसे और थका देंगी। नकुल को अपनी थकान से निपटने के लिए एक कप कड़क चाय की ज़रूरत थी।

"कुशवाह चाय के लिए किसी ढाबे पर रोको।"

"सर, हम चाय-कॉफ़ी के फ्लास्क साथ लेकर चले हैं, सैंडविचेज़ और कप केक्स भी हैं। आपके फेवरेट लो कैलोरी क्रेकर्स भी।"

"ढाबे की चाय पीनी है, कुशवाह!" उसने एक बार में कुशवाह को चुप कर दिया। गाड़ी तुरन्त रोकी गयी, मेघालय में सड़क किनारे के ढाबे महिलाएँ ही चलाती

हैं। नकुल गाड़ी से उतर आया। पैर जकड़-से गये थे। ढाबे की मालकिन सलीक़े से चाय गाड़ी की तरफ़ ले आयी। कुशवाहा ने लेकर मुझे पकड़ा दी। एक जोड़ी छोटी आँखें अपनी माँ के पीठ पीछे बँधे स्लिंग से नकुल को देख रही थीं। वह मुस्कुरा दिया, बच्चा भी दन्तुरित मुस्कान मुस्काया। फिर वहाँ से दूर जाकर भी उसे देखता रहा क्योंकि उसकी माँ अब पर्यटकों को बसों में बाँस और भूत-झोलकिया मिर्च का अचार बेचने में व्यस्त हो गयी थी।

आगे गाड़ी शिलॉन्ग की चढ़ाई चढ़ रही थी, हनीसकल की बेलों से घिरे छोटे और सुन्दर बँगले दिखने लगे थे। "भट्टा ख़त्म कुछ नहीं होता..." यह वाक्य नकुल के ज़हन में गूँजता चला जा रहा था। इस संसार में फिर लौटना होगा, यह उसने कब सोचा था? उसने जिस तरह का अहम से भरा जीवन यहाँ फ़ौज में जिया था, बिना किसी की चापलूसी किये, अपने मूल्यों पर अडिग; उसे उम्मीद यही थी कि एकाध स्क्वाड्रन कमांड करने के बाद उसका कैरियर धुल जायेगा और वह एयर कोमोडोर बनकर ही रिटायर हो जायेगा। लेकिन समय बलवान था कि उसके सितारों ने चाल बदल ली थी। उसे समय से प्रमोशन मिलते रहे और दो साल यूनाइटेड किंगडम में एयर-अटैशे रहने के बाद सीधे उसे कमांड मिल गयी। लन्दन में बीता समय बहुत अकेला मगर सार्थक था, उसने ख़ूब घूमा और फ़िलॉसफ़ी पढ़ी। लन्दन में उसका प्रवास ख़त्म होने को था कि माँ की मृत्यु की ख़बर आयी। इस दुःख ने उसे रीता हुआ छोड़ दिया था कि एक तो कोई था जो उसके जागने-सोने और खाने की परवाह अब भी करता था। बहनें तो अपने घरों में व्यस्त थीं। पिता ग्यारह बरस पहले ही चले गये थे। कोलकाता जाकर वह अन्तिम संस्कार कर, महीना भर शहर में अपनी पहचान की खोज में नाकाम भटककर एक दिन पुराने घर में ताला लगाकर दिल्ली आ गया। फ़ौज की ख़ानाबदोश ज़िन्दगी में एक ही शहर था जिसे वह अब तक घर कहता आया था, वह भी अब अजनबी हो गया।

नकुल की सोच को ब्रेक लगा। जब बहुत देर तक स्कॉर्पियो ट्रैफ़िक जाम में फँसी रही। अब यहाँ भी जाम? मैदानी इलाक़ों की तुलना में यह जाम थोड़ा अनुशासित ज़रूर था, ख़ासतौर पर दिल्ली की। गाड़ियों की एक लम्बी घुमावदार क़तार थी जो आगे की कारों के निकलने का धैर्यपूर्वक इन्तज़ार कर रही थी। हमें शहर तक पहुँचने में कुछ देरी हुई मगर आगे ऊँचाई पर जाकर रास्ता खुलता गया और सामने ही ईस्टर्न एयर कमांड का नीला बोर्ड लगा था। उसे लगा वह घर लौट आया है। जॉइन करने के बाद का एक महीना तो तमाम औपचारिकताओं और पूरे कमांड के स्टेशंस में अपने स्वागत में रखे गये जलसों में जाने में ही ख़र्च हो गया।

वह शिलॉन्ग आकर अपनी आत्मा को विशाल घाटियों, गोल्फ़ कोर्स, घनी कतार में देवदार और रोडोडेंड्रोन के पेड़ों के रोमांस में भिगोने की उम्मीद कर रहा था। और शिलॉन्ग ने उसे व्यंग्य से कहा–किस ज़माने की बात करते हो? वह हैरान था कि इस शहर की मौलिकता को क्या हुआ? पहले लोग फ़ुरसतों में बतियाते, धूप सेंकते, ताम्बूल खाते दिख जाते थे। अब शिलॉन्ग में लोगों से ज़्यादा कारें हैं। कभी केवल काले और पीले रंग की मारुति-800 टैक्सियाँ शहर की सड़कों पर गर्व से राज करती थीं। अब सड़कें उतनी ही सँकरी मगर गाड़ियाँ मिनी-ट्रकों के आकार की हो गयी हैं, अफ़सोस होता है कि यह शहर न केवल टूरिस्टों बल्कि अपने ही लोगों की दुनियावी लालसाओं से नष्ट हो रहा है। पुलिस बाज़ार का दुकानों से घिरा पैवमेंट लाल-भूरे थूक और कचरे से ढका हुआ है। शहर सौन्दर्यीकरण परियोजना एक मिथक बनकर रह गयी है। अव्यवस्था और गन्दगी के बीच शहर के चौक पर एक बड़े एलसीडी पर चमकदार लाल रंग में उभरता है 'पूर्व के स्कॉटलैंड' में आपका स्वागत है'। यह शिलॉन्ग का पुराना नाम है, जो शहर की बढ़ती गन्दगी को देखते हुए अब मज़ाक़ बन गया है। शिलॉन्ग के औपनिवेशिक अतीत की निशानियों धुन्ध और घास के मैदानों, के अलावा यहाँ बमुश्किल कुछ भी स्कॉटिश बचा है।

नकुल अपने ड्राइवर को कहकर शहर की पुरानी किताबों की दुकानों, चाय की दुकानों, चायनीज़ रेस्तराँ और बार की तरफ़ से भी गुज़रा मगर बहुत निराश हुआ। उसे यह यक़ीन करना मुश्किल लग रहा था कि शिलॉन्ग की पुरानी संस्कृति संक्रमित हो गयी है और पुराना शिलॉन्ग मर रहा है। फिर भी शिलॉन्ग के कुछ बचे हुए ब्रिटिश काल के बँगलों की ऊँची छतें, चौड़े बरामदे और विशाल बग़ीचे इस बात की गवाही देते हैं कि उन्नीसवीं सदी में यह एक खुली जगह हुआ करती थी, हर जगह मनुष्य नहीं अटा रहता था। इस शहर के शायराना मिज़ाज की जगह मानो हड़बड़ाहट और पैसे के दिखावे ने ले ली है। न केवल जगहें बल्कि जाने क्यों समय भी सिकुड़ गया है। वह जबसे आया है, समय बेवजह बीतता जा रहा है।

दिसम्बर का महीना लगा ही था, शिलॉन्ग बहत ठण्डा हो चला था। उसे अपने टूर्स से कुछ अवकाश मिला और जब उसने रुककर साँस ली तो 'गोल्फ़' याद आया। उसने लन्दन से ख़रीदा 'कॉलावे पैराडाइम' का नया सेट निकाला। अपने स्टाफ़ को तीन घण्टे डिस्टर्ब न करने की हिदायत देकर उसने गोल्फ़ कोर्स की तरफ़ रुख़ किया। वह जानता था कमांडिंग इन चीफ़ होने की तमाम मुसीबतों में सबसे बड़ी बात है कि एक हुजूम आपके आसपास बना रहता है। सीइनसी को खेलने आया देख आसपास लोग घिर गये। फिर भी उसने डॉक्टर यासेर के बारे में इंचार्ज ऑफ़िसर से पूछ ही लिया।

"सर, आप जानते थे उन्हें? ग़ज़ब के सिंसियर गोल्फ़र थे। अपनी मौत के कुछ घण्टों पहले वे गोल्फ़ खेलकर गये थे। उनके जैसा पाबन्द आदमी मैंने नहीं देखा था।"

"मौत!" नकुल ने अपनी रीढ़ पर एक ठण्डी लहर गुज़रते हुए महसूस की।

"बस बीस-पच्चीस दिन पहले ही, सर..." फिर नकुल बहुत देर गोल्फ़ नहीं खेल सका, आकर उसने अपनी सिंगल मॉल्ट के दो पैग लिये और शाम ढलने के बाद से अपने बेडरूम में बन्द हो गया। बहुत समय बाद वह लम्बा सोया। अगले दिन इतवार था। सुबह सात बजे उठते ही उसने अपने स्टाफ़ अफ़सर को कहकर डॉ. यासेर के घर का पता मालूम किया। 'छोटा-सा शिलॉन्ग है यहाँ कौन खो सकता है' वाला जुमला अब काम नहीं आता। बहुमंज़िला इमारतों और सँकरी होती जाती गलियों में बहुत-से बाहरी और बहुत-से मेघालय के अन्दरूनी पहाड़ी इलाक़ों वाले लोग आ बसे हैं। उसके किसी से मिलने निकलने की बात पर स्टाफ़ अफ़सर कुशवाह प्रोटोकॉल और सिक्योरिटी मुस्तैद करने में लग गया और ख़ुद भी साथ चलने को तैयार हो गया।

"नोप! फ्रेड की डेथ हुई है वहाँ कोई प्रोटोकॉल नहीं। बस मैं अकेला ड्राइवर के साथ जाऊँगा, वह भी अपनी निजी कार में।"

"जी सर!"

पते में लिखी जगह की लोकेशन उसे याद आ गयी 'जियाओ'। तब वह इलाक़ा सुनसान होता था, बस कुछ ही बँगले होते थे। अब कुछ और नये बँगले बन गये हैं। शहर की ऊँचाई को जाती मुख्य सड़क के दायीं ओर मुड़ने पर एक वीपिंग विलो का वनमानुष हिलता खड़ा रहता था। जिसे रात को देखने पर भ्रम होता था कि वह चल भी रहा है। उसे बताया गया कि वहीं कुछ आगे जाने पर चीड़ के पेड़ों में छिपी उनकी 'ब्लू विला' है जिसके गेट पर आज भी डॉ. यासेर की नेमप्लेट लगी है। यह लकड़ी सीमेंट और काँच की बनी दुमंज़िला विला, थोड़ी ब्रिटिश स्टाइल की थोड़ी ट्रेडीशनल खासी अन्दाज़ की थी। वहाँ लाइन से बने आधुनिक घरों के गेट पर चढ़ी पहाड़ी गुलाबों की बेल और किनारे-किनारे सन्तरों से लदे पेड़ बड़े मोहक लग रहे थे। 'ब्लू विला के बाहर लगा साइनबोर्ड मिल गया था–डॉ. यासेर एंड मम्मा मार्गरीटा मम्मा! मुझे अटपटा लगा। माइया अब जगत् मम्मा हो गयी है?! बाहर कुछ और गाड़ियाँ खड़ी थीं, क्या शोक की अवधि अब तक चल रही थी?

नकुल गेट से भीतर आ गया तब वहाँ खड़ा एक युवक उसे बैठक में ले गया, जहाँ अपना नाजुक चेहरा लिये, काला स्कार्फ़ बाँधे माइया शोक में बैठी थी। कुछ

और भी स्त्री-पुरुष वहाँ थे और धीमी आवाज़ में बात कर रहे थे। नकुल ने नमस्कार किया, उसने गर्दन हिला दी। शायद वह उसको पहचान न सकी। वह अब कुछ मोटा हो चुका था, गर्दन के नीचे एक और गर्दन उग आयी थी और बाल भी काफ़ी कम हो चले थे। लेकिन माइया मार्गरीटा में कुछ ख़ास नहीं बदला था। आखों के नीचे आ जमे परत-दर-परत वक़्त के सिवा।

"एयर मार्शल नकुल भट्टाचार्य...। डॉ. यासेर मेरे गोल्फ़ फ्रेंड थे। उनके जाने का सुनकर बहुत अफ़सोस हुआ, वे एक बेहतरीन इन्सान थे।" परिचय पाने पर उसने अपनी मुस्कान को दबाया, मगर नकुल ने महसूस किया कि वह मुस्कान उसकी त्वचा के नीचे अब भी मौजूद थी। उसे अभी औपचारिक बने रहना था, वहाँ मौजूद लोगों को सुनाई दे इतनी आवाज़ में उसने कहा–

"यासेर डिफ़ेंस के सर्कल में भी उतना ही पॉपुलर था, जितना सिविल में। मैं पिछले पूरे सत्ताईस दिनों में शिलॉन्ग की आधी से ज़्यादा आबादी से मिल चुकी होऊँगी, सबकी ज़बान पर यही जुमला, बेहतरीन इन्सान थे। या कि बहुत अहसान रहा है डॉ. यासेर का। कोई मिनिस्टर हो या कोई ग़रीब वेंडर...बच्चों के मसीहा थे मानो यासेर। उसकी सोल सुकून पाती होगी।"

"जी डॉ. यासेर...मुझसे वे गोल्फ़ कोर्स में मिले थे क़रीब पच्चीस साल पहले, जब मैं यहाँ पोस्टेड था...दुबारा आया हूँ तो आते ही पता चला। यह तो उम्र नहीं थी उनके जाने की।" वहाँ चार-पाँच और लोग उस तक अपनी सांत्वना पहुँचाने के लिए कतार में लगे थे। लगता था, वह आने-जाने वाले लोगों से मिलते और लगभग एक-सी बातें कहते-सुनते थक गयी थी। वह कुछ समय को भीतर चली गयी, उनका युवा बेटा बाहर आ गया, साथ ही एक वेटर जिसके पास चाय थी। नकुल चाय पिये बिना उनके युवा बेटे का कन्धा थपथपाकर एक अधूरेपन के साथ उठ गया। वह गेट तक पहुँचा भी न था कि एक अधेड़ उम्र की नौकरानी ने उसे धीरे-से पुकारा।

"सर! सर! मम्मा आपको बुलाती हैं भीतर, जी इधर से आयें।" नकुल बग़ीचे से जुड़े एक गलियारे से होकर डायनिंग हॉल में पहुँचा। वहाँ से एक कमरे में दाख़िल हुआ। यह स्टडी रूम था जो कि किताबों से भरा हुआ था। वह आर्मचेयर पर अपने लचीले शरीर को किसी बेंत की बनी कलाकृति की तरह खम देकर बैठी थी। उसने पैरों पर शॉल डाल रखी थी। इस पल बीत चुकी चोर उम्र उसके चेहरे और आँखों के नीचे छिपी हुई उसे मिल गयी थी।

"भट्टा कैसे हो?" वह धीरे-से शब्दों को जीभ से लुढ़काकर बोली। आख़िरकार वह रेडियो अनाउंसर रही है।

"ना जाने क्यों मुझे इंट्यूशन था कि आख़िर में तुम लौटोगे।" उसकी आवाज़ पहले से मांसल हो गयी थी।

"बाहर आप बहुत-से लोगों में घिरी थीं, मैं ठीक से...बता भी नहीं सका कि मैं..."

"आप? प्लीज़ भट्टा! अधेड़ हो गये हो पर दोस्त तो अब भी हो। आज यहाँ फ़ेमिली और फ्रेंड्स का फ़ॉर्मल लंच है, अगर कोई प्रोग्राम न हो तो रुककर जाओ। मुझे अच्छा लगेगा।" वह शोक से निकलकर ठीक से मुस्कुरायी।

"मैं फिर आऊँगा, माइया!" नकुल उसका हाथ थामकर बोला।

"अह! मैं अपना यह नाम भूल चुकी थी, अब तो मम्मा मार्गरीटा के नाम से ही शिलॉन्ग जानता है। यह अच्छा हुआ कि तुम लौट आये हो।"

"तुमने जोधपुर के बाद मुझसे कोई कनेक्ट नहीं रखा कितने साल...। जबकि तुम कहती रही थीं कि अगर सात-आठ साल से ज़्यादा..." नकुल ने गर्दन घुमाकर उसका चेहरा ग़ौर से देखते हुए कहा। उसकी रंगत उतनी ही साफ़ थी, उतनी ही चमक से भरी।

"तो तुमने मान लिया था कि मैं मर गयी होऊँगी?" उनकी आँखों में ज़िन्दा मछली की देह जैसी नमी तैर गयी। फ़ायरप्लेस में जलती आग का लाल ताप उसके पीले चेहरे पर पड़ रहा था। आँखों के सफ़ेद हिस्से में बर्फ़ थी। बर्फ़ और आग का सम्मोहन मुझे दूसरी बार अवाक् कर गया। इस पल उसकी आँखों में तल्लीनता और इत्मीनान था।

"मैं यासेर के जाने का दुःख एकदम अकेले झेलना चाहती थी, लेकिन...अब तक वह अकेलापन नहीं मिल सका है मुझको। और अब तक यक़ीन भी नहीं हो पा रहा। अब शायद सोच सकूँ कि यासेर...सच में वह जल्दबाज़ी में चला गया। ऐसा लगता है उसने मुझसे दूसरी बार चीटिंग की..." नकुल देख रहा था, वह उसके बहाने ख़ुद से बात कर रही है।

"मुझसे कहता रहता था, सोप-ऑपेराओं जैसी नहीं होती ज़िन्दगी...और देखो वही हुआ, अचानक...यूँ चला गया।" कहकर वह रोने लगी, चुपचाप...बिना सिसकियों का रुदन, गाल से टपककर गर्दन पर विलीन होते अनवरत आँसू। फिर वह उठकर बाथरूम में मुँह धोने चली गयी। वह लौटी तो नकुल खड़ा हुआ था जाने के लिए। निश्चय ही जवानी के दिनों के नुकूश कम ही थे, मगर इस उम्र का अपना प्रभाव था। चौड़े कन्धों पर गहरी नीली टी-शर्ट जींस में वह अच्छा दिख था। ऊँचा माथा बाल कम होने से और ऊँचा हो गया था, बड़ी आँखों में अब

उस भोलेपन की जगह अनुभव ने ले ली थी। चौड़ी कलाई पर बँधी रोलेक्स की घड़ी भी उस पुराने मोटरसाइकिल वाले दिनों को लौटा नहीं सकेगी, यह माइया जान रही थी।

"अभी जाना चाहूँगा, माइया! जल्दी मिलेंगे।"

आँखों में बाढ़ के चलते वह दरवाज़े तक न आ सकी, वह रोने लगी जैसे उसकी उमर की हर स्त्री रोती है, हर उस वजह को याद करते हुए जो बीत गयी थी। रिश्ते चाहे ख़त्म हो जायें, सम्पर्क का कोई सूत्र न छूटा हो, परिचय की कोई परछाईं तक न बची हो। दीवारें खिंच गयी हों! दायरे बँट गये हों। फिर भी क्या है जो रह जाता है अटका हुआ, खेद के रेशे-सा! दाँत में! उसे रिश्ता नहीं कहेंगे, प्रेम क़तई नहीं, याद कह सकते हैं मगर यह शब्द भी अधूरा है। वह कौन-सी भावना है कि अतीत के उस कड़े खोल को मुलायम कर जाती है?

लेकिन क्या सच में जीवन टेलीविज़न सीरीज़ या डेली सोप होता है? यक़ीन मानो, यह उससे भी आकस्मिक होता है। सॉल्ट एंड पेपर बाल, गोल काली आँखों और गोल चेहरेवाली आदर्श पूर्वोत्तरी सुन्दरता लिये मम्मा मार्गरीटा रुसवाइयों से रची गुड़िया थी। उसके व्यक्तित्व में अब भी कुछ आकाशगंगाएँ थीं, उसके दिल और दिमाग़ में कुछ ब्लैक होल थे। उसके भीतर अगर भावनाओं के सुनहरे तारों के पुल थे तो वहीं छिपे आदिम वासना की मधुमक्खियों के छत्ते भी थे। बाहर से बहुत मज़बूत दिखने वाली मम्मा मार्गरीटा अपने भीतर अपने बिखरे हुए टुकड़े बटोरने और उन्हें चिपकाने की जापानी विधि किंत्सुगी की माहिर थी। उसने पच्चीस साल पहले, नकुल से विदा लेते हुए कहा था।

"यार भट्टा, मैं जीना चाहती हूँ। मैं नाचना चाहती हूँ, लोगों से घिरे रहना चाहती हूँ। ग़लत निर्णयों पर पछताती रही, तो मेरे पास जीने के लिए समय बचेगा? अपनी मदर को छोड़कर गाँव से शिलॉन्ग आना, फिर पार्टी, पिकनिक, मस्ती, डेटिंग...के बाद सीधे एक यू टर्न...शादी! वो भी...ख़ैर छोड़ो ना। हमारे गाँव में कहते हैं जो लोग अपना रास्ता नहीं बनाना सीखते गॉड उनके लिए 'ट्विस्ट और टर्स' डालता है और बोर्ड भी नहीं लगाता कि आगे ख़तरनाक मोड़ है।" कह कर वह भीगी आँखों से हँस दी थी। भट्टा तब भी जानता था कि लोग उसके जिस्म के लिए शैम्पेन-सिंगलमॉल्ट जो नाम दे दें, उसकी आत्मा शरद पूर्णिमा की रात, रात भर चाँदनी में रखी गाढ़ी खीर भरा चाँदी [illegible] मगर अब? पच्चीस साल बाद [illegible] समय में से निकलकर वह जो 'बची' थी, [illegible] परिस्थितियों के घालमेल में जो बन 'चुकी'

थी, और वह ख़ुद जो होना चाहती थी, वह इन सब के बीच की अवस्था में थी। उसने अब तो यात्रा मानो शुरू की थी, उसे अभी ही तो इन यात्राओं से लगाव हुआ था और...यासेर! यासेर का जाना उसे बेमक़सद कर गया था।

डॉ. यासेर मेडिकल कॉलेज में पढ़ते थे तभी उनका विवाह एक खासी कुडु लड़की से हुआ था। रिवाज के अनुसार वे उसकी माँ के घर रहने चले गये। पढ़ते-पढ़ते ही दोनों बेटे हो गये। जब तक यासेर को नौकरी मिली, उनकी पत्नी सर्वाइकल कैंसर से मर गयी। अब उनके पास कोई घर नहीं था। उन्होंने अकेले बच्चे और नौकरी सँभाली। गाँव-गाँव घूमकर बच्चों के इलाज किये, पोलियो उन्मूलन से जुड़े। एक नाम हासिल किया, फिर एक छोटा-सा अस्पताल खोला। आज वह शहर का सबसे बड़ा बच्चों का अस्पताल है–सुपर केयर नाम से। सच तो यह था कि माइया शुरू से जानती थी, यह शादी एक सोशल सिक्योरिटी भर है। फिर साथ रहते-रहते भावनात्मक जुड़ाव भी हो जाता है और अन्तरंग पल भी आते हैं। कौन शादीशुदा नहीं जानता कि शादी में प्रेम से ज़्यादा तालमेल, एक-दूसरे को समझना ज़रूरी है। माइया ने बरसों के लिए ख़ुद को इस परिवार और यासेर के सोशल सर्कल में डुबो लिया था। अब अचानक सब ख़ाली हो गया माइया के लिए। इन दिनों वह जिसे भी जानती है, वह यासेर के कारण परिचित है। नौकरी छोड़ने के बाद वह सर्कल भी बिखर गया। उसका अपना अब क्या है?

पहले वह कभी ही झाँका करती थी डॉ यासेर के स्टडी में मगर अब अक्सर वह यहाँ आकर बैठ जाती है। उसके स्टडी की रॉकिंग चेयर मानो उसके लिए सुकून की जगह थी। उस पर दोनों लड़के इधर कम ही आया करते हैं। वह यासेर को सोचना शुरू करती है, नकुल पर आकर रुक जाती है। जब नकुल के बारे में सोचती है, भटककर यासेर की बातें याद आने लगती हैं। माइया मार्गरीटा उम्र के उस असर में थी जहाँ धर्म, प्रेम, आस्थाएँ सब एक जगह इकट्ठे हो सूफ़ीज़्म में पनाह ले लेते हैं। उम्र के किनारों पर पारदर्शी तल दिखने लगते हैं। 'ब्लू विला' के गुलाब यासेर की अनुपस्थिति में झाड़ बनने लगे हैं। अब उसे शोक से निकालकर सब सँभालना होगा। अब तक वह गृहस्थी की साइड सीट पर बैठती थी, अब स्टीयरिंग सँभालना होगा। गुलाबों की क्यारियों के साथ अस्पताल का मैनेजमेंट देखना होगा। कहीं भूरी बुशचैट चिड़िया बोल रही है! आगाह कर रही है क्या? कि बाहर तो ठीक है मगर भीतर भी तो मन के तरल रंग की एक परत सूखकर जम रही थी, हाँ, बन्द डिब्बे में भी। अगर यह परत नहीं टूटी तो भीतर दूसरी जमेगी।

परत-दर-परत रंग सूख जायेगा। एक दिन डिब्बा खोलोगी तो ब्रश की कोई नोक रंग के गीलेपन को नहीं निकाल सकेगी।

उसे यक़ीन नहीं हो रहा कि नकुल लौट आया है और इसी शहर में है। नकुल जिसने उसे कभी ऐसे छुआ था कि मानो वह लड़की ना होकर एक रेशम की उलझी डोर हो। नकुल जिसने कहा था कि वह उसे उसके तमाम पागलपन और ग़लतियों के साथ चाहता है। नकुल जो अचानक अपनी सारी अच्छाइयाँ और नेकदिली लेकर एक दिन रेल पकड़कर इस शहर से चला गया था। लौट तो आया है मगर शहर में होकर भी व्यस्त है। वह जानती है, वह अब जिस पोस्ट पर है वहाँ उससे लड़कों जैसी फ़ुरसत की उम्मीद करना भी बेमानी है। लेकिन फ़ोन पर बात तो की जा सकती है। उस दिन, स्टडी में अनमने बैठे हुए माइया ने लैंड-लाइन फ़ोन से ईस्टर्न एयर कमांड एक्सचेंज का नम्बर मिला दिया। "मैं मिसिज़ लिंगदोह हूँ, मुझे आप एओसीइनसी (एयर ऑफ़िसर कमांडर इन चीफ़) से कनेक्ट करेंगे प्लीज़?"

"मैम, पहले आप उनके स्टाफ़ ऑफ़िसर से बात कर लें।"

"जी करवायें।"

"विंग कमांडर कुशवाह।" उधर से आवाज़ आयी तो माइया ने फिर अपनी बात दोहरा दी।

"यस मैम, आय'म अवेयर ऑफ़ इट, आप अपना मोबाइल नम्बर दे दें। सर एक ब्रीफ़िंग से लौटकर आपसे बात कर लेंगे।" आधे घण्टे में ही फ़ोन बज गया।

"सॉरी, मैं तुरन्त कॉल नहीं कर सका, यह मेरा पर्सनल नम्बर है। आप इस पर कॉल कर सकती हैं या मैसेज।"

"नकुल, मुझे ऑफ़िशियली फ़ोन नहीं करना चाहिए था। लेकिन उस रोज़ तुम अचानक आये और माहौल ऐसा था कि..."

"समझता हूँ।" वह शायद जल्दी में था।

"लंच पर कब आ रहे हो?"

"इस पूरे हफ़्ते तो मैं शिलॉन्ग से बाहर हूँ, उसके बाद किसी इतवार गोल्फ़ के बाद?"

"हम्म!" उधर से फ़ोन कट गया था। माइया और उदास हो गयी।

"मेरे हिस्से में हमेशा भीड़ के बीच का अकेलापन क्यों आता है? शोर के बीच सन्नाटा।" वह सोच रही थी। उसके सामने किशोर सिल्वर बर्च खड़ा था। अपनी छोटी तिकोनी सुनहरी पत्तियाँ झलमलाता। फ़ोन मिलाकर माइया और उलझ

गयी थी कि कहीं वह बेवजह तो उसकी ज़िन्दगी में दख़ल नहीं दे रही? उसे तो यह भी नहीं पता कि उसकी बीवी कहाँ है, कौन है? बच्चे वग़ैरह। वह नकुल से फिर से क्यों मिलना चाहती है? क्या वह भी ऐसा चाहेगा? वह भला क्यों चाहेगा लौटना गुज़र चुके मरहलों पर? बचकाने दिन थे वो, अब उन बातों के क्या मायने? माइया महसूस कर रही थी कि एकान्त के सारे संगीत हैं, फिर भी मन में अजीब-सा कोलाहल भर गया है। अह! उसने फ़ोन मिलाया ही क्यों था? वह ख़ुद को अकेले छूट गये हैरोन पक्षी की तरह ठहरे तालाब की काई जमी सतह पर किंकर्तव्यविमूढ़ बैठा महसूस कर रही थी। बहुत ही अकेला।

उसके हिसाब से उसने नकुल के इन्तज़ार को पुड़िया में बाँध कहीं फेंक दिया था। फिर भी उसके भीतर कौन था जो एक यक़ीन के साथ इन्तज़ार कर रहा था, ठीक एक हफ़्ता बीतने पर नकुल का फ़ोन आया।

"अभी घर से निकल सकोगी?"

"कहाँ के लिए?" उसने चौंककर पूछा।

"लोकेशन वाट्सएप कर रहा हूँ। उठाओ गाड़ी और आ जाओ।"

"मैंने तो ड्राइविंग तो कब की छोड़ दी। क्या तुमने आजकल का शिलॉन्ग का ट्रेफिक नहीं देखा है। मैं ड्राइवर के साथ आती हूँ।"

"नहीं ड्राइवर नहीं...कैब कर लो।"

"अरे!"

"जैसा कह रहा हूँ...प्लीज़। जैसे बैठी हो वैसे ही आ जाओ।"

"पाँच मिनट तो...दो "

माया ने लम्बी काली स्कर्ट और काई रंग का स्वेटर पहना था, बस पैरों में जूते डाले और बिना किसी को कहे नीचे चली आयी, ब्लू विला का अहाता किसी चैपल की तरह शान्त था। केवल गार्ड को बताया कि वह दो-तीन घण्टों के लिए पड़ोस में जा रही है और निकल गयी। उनकी गली उस वक़्त राहगीरों से सूनी थी, मुख्य सड़क से उसने ऑटो किया। गूगल पर दर्ज जगह पर पहुँचकर चौंक गयी। यहाँ? इस जगह? बड़े साहब के प्रॉटोकॉल का क्या हुआ? यह शहर में उतरते हुए एक पहाड़ी रास्ते पर घाटी की तरफ़ खुलता एक पुराना चायघर था, जहाँ पच्चीस बरस पहले दोनों चाय पीने रुकते थे। चायघर में इन दिनों नयी कोरियन हीरोइनों के पोस्टर लगे थे और कुछ प्लास्टिक के पौधे। मेज़ों पर लाल-सफ़ेद चैक का मेज़पोश। इसे उन दिनों ओटिमाई आंटी चलाती थी। इन दोनों को छेड़ती थी–"तुम्हारा पेयर अच्छा है। कब शादी कर रहे हो?" दोनों हँसते थे।

माइया को चायघर के बाहर कोई सरकारी गाड़ी नहीं दिखी। बस एक जंगल ग्रीन बाइक खड़ी थी–या कुछ साइकिल्स। वह भीतर गयी, ओटिमाई की तस्वीर के आगे कैंडल स्टैंड रखा था, वह उदास हो गयी। इस शहर में रहते पच्चीस बरस बीत गये और वह यहाँ नहीं आ सकी और ओटिमाई...चुपचाप जाने कब दुनिया से चली भी गयी।

"माइया!" वह भीतर था, भीतर नहीं भीतर के भी बाहर, जहाँ घाटी में झाँकती बॉलकनी में टेबल लगी थी।

"भट्टा! अचानक यहाँ आने का क्या सूझा? आये कैसे?"

"बाइक से?"

"बाइक!"

"भूल गयी बाइकर हूँ पुराना, कितना तो बैठी हो मेरी कावासाकी बजाज पर, आजकल निंजा है मेरी हमसफ़र।"

"और कमांडर इन चीफ़ साहब का प्रॉटोकॉल?"

"हेहे...सबको गच्चा देकर आया हूँ, छोड़ो ये सब सरप्राइज कैसा लगा?" माइया हँसकर गहरी साँसें लेने लगी। उसके मन पर जमा गाढ़ा-गाढ़ा दुःख वाष्प हो गया।

"सुनो, इन पच्चीस सालों में क्या बीता-क्या नहीं इस पर हम आज कोई बात नहीं करेंगे। बस चाय पियेंगे और एक-दूसरे को देखेंगे।" बिना लाग-लपेट के वह बोला तो माइया को राहत मिली कि उन दोनों के बीच वही पुरानी सहजता लौट आयी है। भट्टा की बॉडी लैंग्वेज में वही फ़्लाइट लेफ़्टीनेंट लौट आया था, जो उसके साथ फिर से तमाम एडवेंचर करना चाहता हो। उस पल माइया को लगा कि वह ज़िन्दगी की ढलान पर चल रहे उन सुखी जीवों में से है जिसकी रोमानी वृत्ति अभी तक मरी नहीं है। ऐसे में यह ढलान भी ख़ूबसूरत लगने लगता है।

"नकुल! एग्ज़ैक्टली यही कहना चाह रही थी मैं कि कुछ पूछना मत यहाँ बैठकर! मैं इस पल को जीना चाहती हूँ।"

"फिर से यूँ मिलना बहुत अच्छा लग रहा है। तुम पर उम्र बड़े सलीक़े से आयी है, माइया!" माइया के सॉल्ट-पेपर सीधे बाल ऑटो में आते हुए क्लच से निकल भागे थे। वह उन्हें सहेजने लगी।

"अच्छा हुआ तुम थोड़े मोटे हो गये, सीनियर अफ़सर ऐसा ही होना चाहिए!" दोनों देर तक एक-दूसरे को देखते हुए चाय पीते रहे।

"बाइकिंग, बहुत पसन्द है तुम्हें अब भी?"

"बीच में बन्द हो गया था, फिर बैंगलोर में, वहाँ ग्रुप था एक। उनके साथ लेह तक गया। शिलॉन्ग आया तो सबको कहकर आया, मेरी बाइक सबसे पहले भेजें। फ़िनिश योर टी!" कह कर नकुल ने अपना ढेर सारे स्टिकर लगा हेलमेट उठा लिया।

"नहीं!"

"चलो भी। ज़्यादा दूर जाना तो मैं भी अफ़ोर्ड नहीं कर सकता। दूसरा हेलमेट बाइक पर बँधा है। लगा लो।" वह उसका हाथ थाम बाहर आ गया, मानो वही पुराना वक़्त हो। माइया सिहर गयी। वह इस शहर में अब लड़की नहीं एक प्रतिष्ठित चेहरा है। मगर वह बाइक स्टार्ट कर चुका था और इधर-उधर देखती हुई, हेलमेट बाँधकर उसके पीछे जा बैठी। बाइक कुछ चढ़ाइयों और दो ढलानों के बाद एक मैदान तक जा पहुँची। मैदान के चारों ओर वे निरुद्देश्य चलते रहे और बातें करते रहे।

"यार, यह शहर मुझे बहुत उदास ढंग से याद आता था। मैं लौटा हूँ तो सोचता हूँ कि उन यादों के फ्रेम्स से उदासी पोंछकर जाऊँ।" माइया ने गुज़रते दृश्यों को देखा, पेड़ों के तनों पर लटके आर्किडस, फूशिया के फूलों के झुमके, बादल, कोहरे की नमकीन महक...व्हिसलिंग थ्रश की टुइट टू...यह सब उसे बीते पच्चीस सालों में क्यों नहीं इस तरह महसूस हुए? किसी एक के लौटने से क्या यह सब लौट आता है?

"चुप क्यों हो?" सुनकर माइया ने अपना हाथ नकुल की बांह पर रख दिया।

"चुप रहना अच्छा लग रहा है। महसूस करना है।"

"तुम लोग अब भी जंगल में बैरीज़ बटोरने जाते हो?"

"वो जंगल ग़ायब हो गये, भट्टा! कुछ बैरीज़ विलुप्त! बहुत ऊपर हों तो हों।"

"हम चलेंगे बहुत ऊपर एक रोज़ बाइक से, आज इतना ही। वापस चलें?"

"हाँ।" उसने अपने मुँह में एक क्वाई (पान-सुपारी) डाला और शहरी पागलपन में वापस जाने से पहले एक बार नकुल को गौर से देखा।

"तुम तो ये नहीं खाती थी।"

"हाँ तब दिल्ली का असर था। अब पक्की खासी वुमन हो गयी हूँ। मुझे वहाँ वो नीचे पालोमा होमस्टे है ना वहाँ उतार देना, वहाँ से ऑटो लेकर चली जाऊँगी।"

"डरती हो?"

"नहीं, बेवक़ूफ़ी नहीं करना चाहती।"

"और वो बिन्दास माइया जो रात भर बैचलर्स के साथ नाचती थी? वो कहाँ गयी?"

"तुमने कहा था ना, आज हम एक-दूसरे से कोई सवाल नहीं करेंगे। प्लीज़, कभी इत्मीनान से घर आना तब किसी दोपहर बताऊँगी...तुम्हारे पास भी बताने को होगा और मेरे पास भी बहुत कुछ है पूछने को।"

"इत्मीनान! छीनना पड़ेगा एयरफ़ोर्स से...आसानी से तो देगी नहीं।" एक बार उसके हाथ को चूमा, फिर चुपचाप उसे 'बाय' कहकर वह सीधे बाहर चला गया।

माइया जानती है, इत्मीनान के पैरों के नीचे ज़मीन नहीं होती। वह जब होता है पर फड़फड़ाता हुआ तो कुछ और नहीं होता, जब वह नहीं होता तो कितने दाने डालो, वह नहीं उतरता ज़िन्दगी की छत पर। उसे जाल डाल उतारना होता है। नकुल के लौटने से माइया मार्गरीटा अपनी ही राख से जी उठी थी, फीनिक्स की तरह। जीवन के इस ढलते हुए समय में नकुल के आने पर उसे ऐसी अनुभूति हुई जैसे कोई लम्बा नाटक समाप्त हो चुका हो और हॉल ख़ाली होने के बाद वह चुपचाप भीतर आ गया हो, और उससे पूछा गया हो–अब आ गये हो तो कौन-सी भूमिका अदा करोगे? लगते तो जाने-पहचाने हो। हलके धुँधलके में वह सिहर गया हो, और उसने बन्द थियेटर की ख़ाली खिड़कियाँ खोल दी हों और बोला हो–नाटक तो समाप्त हुआ, आओ अब जीवन जिएँ। जो तुमने और हमने जिया, वे वासनाएँ थीं, अब यह प्रेम है।

"फ़र्क़ जानती हूँ मैं, दोनों का अच्छी तरह से। प्यार की एक निश्चित शुरुआत और तयशुदा अन्त होता है। लेकिन वासना में ऐसा कोई दोष नहीं होता।" ख़ुद से कहकर वह मानो हँसी हो। पुरानी इच्छाओं ने दरवाज़े खुले पाकर ज़बरदस्ती से दोनों के दिलों में तिनके जमा लिये थे और दोनों असमंजस में थे कि इन्हें बुहार दें या...रहने दें! जिस तरह आजकल शहर हो गया था और नकुल का जो पद था, उसके चलते उन दो अधेड़ों के मिलने के लिए डॉ. यासेर की स्टडी से सुरक्षित कुछ और नहीं था। वह ज़ब वहाँ जाता, उसे यासेर की मेज़ पर पेशेंस खेल के लिए ताश जमे हुए मिलते थे। वह असमंजस में पड़ जाता कि माइया यासेर को इस क़दर याद करती है!

"हम हर शाम चाय के साथ पेशेंस खेलते थे। वह हर खेल ईमानदारी से खेलता था।" माइया यासेर के बारे में कुछ देर ज़रूर बात करती। भीतर कहीं गिटार के सुर बजते रहते।

"यह नासेर है, वह अपने डैडी को भूल नहीं पा रहा। दोनों यासेर के जाने के दु:ख में मुझे शामिल ही नहीं करते, न मेरे दु:ख को बाँटते। मानो वह बस उनका पिता था। मेरा कोई नहीं।"

"होता है।" नकुल क्या कहता?

"नकुल कभी-कभी लगता है यासेर मेरे जैसी अनमुक्त आत्मा के लिए ढेर सारे रिश्तों का एक पिंजरा छोड़ गया है, जिससे मेरा कोई लेना-देना नहीं था। देखो ना! ये बच्चे उसके, अस्पताल उसका, रिश्तेदार उसके, मरीज़...एक यह घर मेरा था जिसमें मैं बस इस स्टडी में अपने लिए एक कोना पाती हूँ, बेडरूम में अब भी उसकी चीज़ें हैं, फ़ोन भी उसके लिए बजता ही है अब तक।"

"समझ सकता हूँ।" नकुल ने उसके कन्धे पर हाथ रखा तो उसे ऐसा लगा कि कोई गर्मी से झुलसा जंगल भीग रहा हो। उसकी देह भारहीन हो गयी थी।

"आज बताओ न, माइया, यासेर से तुम कैसे मिली? तुम तो उन दिनों शादी के नाम से चिढ़ती थी, क्या हुआ कि..."

"सुनो अगले वीकेंड तुम्हारा बर्थडे है..."

"तुम्हें याद है?" नकुल चौंका। क्योंकि उसे एकदम याद नहीं था।

"हाँ तो उस दिन हम नार्तियांग चलें? इस ख़ास दिन पर तुम्हारा यहाँ होना एक दुर्लभ घटना है। चलो ना! वहाँ सुनते-सुनाते हैं अपनी कहानियाँ। वहाँ मोनोलिथ पार्क है जो तुमने पहले नहीं देखा होगा। तुम इंग्लैंड का स्टोनहैंज भूल जाओगे।"

"हाँ सुना था, जा नहीं सका...तब गोल्फ़ का जुनून था। पर मुझे कुशवाह से पूछना पड़ेगा शेड्यूल, शाम को तो बिना मेरे चाहे भी मेरे घर पूरे कमांड के अफ़सर और वाइव्ज़ विश करने आयेंगे ही और पार्टी अरेंज होगी ही। तो सुबह-सुबह ही हो सकता है कितनी दूर है?"

"फ़िफ़्टी सेवन किलोमीटर, यहाँ से।"

"पूरी कोशिश रहेगी। जानती हो, मेरा जो शिलॉन्ग था, वह यहाँ से मिट चुका था, लेकिन मैं लन्दन में इसके देवदार के पेड़ों, शाम को चर्च के घण्टे, नीले आसमान और यहाँ तक कि कमरे के बीच में कोयले से जलने वाले 'अंगथा' को महसूस करता था, फिर तुम याद आ जाती थीं...और भी लड़कियाँ रहीं मेरी लाइफ़ में पर तुम एक खोया हुआ शहर बनकर रहीं। वहाँ मैंने इसके लिए एक नया शब्द सीखा था 'हिराएथ', जो इस तड़प को एक्सप्रेस करता है। यह एक वेल्श अवधारणा है, पुरानी यादें और एक ऐसे घर की चाहत, जहाँ कोई वापस नहीं आ सकता। मगर

मुझे यह अवसर मिला है, माइया!" दोनों सोफ़े पर एक-दूसरे के आलिंगन में थे। नकुल की आँखें मुलायम होकर मुँद गयीं। उसके सफ़ेद-काले बालोंवाला सर माइया के गुलाबी स्वेटर पर टिका किसी पेंटिंग-सा लग रहा था।

माइया शनिवार की सुबह पाँच बजे रोशनी-भरे वजूद के साथ उठी। पिछले तीन दिनों से बारिश हो रही थी, जो आज थोड़ा रुकी थी। यह दिन अपने आप में एक उत्सव था–यह नकुल का जन्मदिन था। उसने कुक को कहकर केक सहित पूरी पिकनिक बास्केट तैयार करवा ली थी। माइया का विश्वस्त ड्राइवर ठीक साढ़े पाँच बजे पहुँचा, छह बजे नकुल और वे निकल पड़े। कुछ दूर चलने पर घनी धुन्ध के कारण यह जानना असम्भव हो गया था कि सड़क के दोनों ओर क्या है। मगर चीड़ की ख़ुशबू गाड़ी के चारों ओर से बन्द होने के बावजूद भीतर तक आ रही थी। पहाड़ी कोहरे का रोमांस दोनों महसूस कर रहे थे। नकुल ख़ाकी ट्रेंचकोट में कोई हॉलिउडियन पात्र लग रहा था। माइया–काली स्कर्ट और काले हाइनेक स्वेटर में 'लेडी इन ब्लेक'।

"हैप्पी बर्थडे, नकुल!"

"माइया, थैंक यू।"

आगे जब कोहरा छँटा तो लुप्त हो रही नदियों के गीत और रंगों से भरी जंगली फूलों की क्यारियाँ सज गयीं। अब गाड़ी में एफ़एम पर बॉलीवुड चला आया था–गुलज़ार ने जब कहा मिसरा ग़ालिब का है और कैफ़ियत हरेक की अपनी-अपनी..."दिल ढूँढ़ता है...।" वो दोनों अपनी-अपनी मोहक चुप्पियों में डूब गये। चुपचाप एक-दूसरे की हथेलियाँ थाम लीं। गाना ख़त्म हुआ तो नकुल ने अंग्रेज़ी में पूछा–"लेट्स कैचप ऑन मिस्टीरियस स्टोरी ऑफ़ योर मैरिज।" माइया हँसी।

"यह चालक यह भाषा ज़्यादा जानता है, हिन्दी में बात करो।"

"हाँ तो यासेर से आपकी..." नकुल ने फुसफुसाकर पूछा।

"हाँ, सब चौंके तो थे। सबको यही लगा होगा शायद कोई दबाव, कोई आर्थिक वजह। यासेर कोई आकर्षक व्यक्ति नहीं था। उस पर विधुर। लेकिन यह तय था कि मेरी शादी किसी खासी लड़के से होगी। क्योंकि माँ लोकसभा सांसद थीं, मेरे ऐसा करने पर उनका पूरा राजनैतिक कॅरियर ख़त्म हो जाता।"

"बताया नहीं तुमने कभी।"

"उसमें बताना क्या था? और उनके सांसद बनने के पीछे उनका अभियान ही था कि बाहरी लोग आकर हमारी मातृवंशी व्यवस्था का फ़ायदा न उठायें और हमारे

पहाड़, हमारी ज़मीनें हमारे रहें। ऐसा हो भी रहा था, क्योंकि खासी लड़के ह्वाइट कॉलर्ड जॉब में बहुत कम थे, लड़कियों को अब वैसे ही लड़के चाहिए थे। तो वे फ़ौजियों और बंगालियों, मारवाड़ियों से शादी कर रही थीं। उन दिनों मैं भी अपनी आज़ादी का पूरा फ़ायदा उठा रही थी, अपनी मजबूरी के ख़िलाफ़ विद्रोह कर रही थी। पार्टी, डांस, पिकनिक...बैंड। मेरी ही किसी सहेली ने मेरी सांसद माँ 'सारा सेयेम' तक मेरी तरह-तरह की कहानियाँ पहुँचा दीं। मेरी माँ आख़िर पॉलीटिशियन थीं, डाँटा नहीं, ना ही कुछ पूछा। मुझे बस ये कहा गया कि अगर मैं डॉ. यासेर से शादी करती हूँ, वो अपनी शिलॉन्गवाली 'ब्लू-विला' मेरे नाम कर देंगी। उन दिनों मुझे घर की सख़्त ज़रूरत थी, और मैं 'कुडु' नहीं थी। यानी माँ की सारी सम्पत्ति की हक़दार मेरी छोटी बहन होती। ऐसे में माँ की चाव से बनवाई शानदार 'ब्लू-विला' का मिलना बड़ी बात थी। मेरी उम्र भी अट्ठाईस साल हो गयी थी, मैं यासेर को जानती थी, भला बन्दा, अच्छी नौकरी, समाज में नाम। मेरे हाँ बोलते ही माँ आयीं और बस परिवार के लोगों के बीच हमारी शादी हो गयी। अब तो चार साल हुए माँ नहीं रहीं, मेरी बहन अब सांसद है, उसका पति उसके बाक़ी काम देखता है। उसे माँ का सबकुछ मिला, फिर भी वो कहती है 'कुडु होना आसान नहीं, पूरे परिवार की देखभाल करो, परिवार की इज्जत भी सब कुडु की ज़िम्मेदारी होती है।'

"इसलिए तुमने कोई कुडु पैदा नहीं की?" नकुल ने माहौल हल्का करना चाहा।

"हहह! इसकी भी एक कहानी है, नकुल! नार्तियांग पहुँचकर सुनाऊँगी। और तुम? तुमने कुछ नहीं बताया। शादी तो तुमने भी की थी। पता चला था। लव मैरिज?"

"हाँ! हुआ था एक रिश्ता, फिर शादी हुई। वह आई.ए.एस. थी। दोनों की नौकरी के कारण लम्बे समय तक हम अलग-अलग रहे। मैं ही जाता रहा उसके पास, वह अक्सर रही ही नहीं मेरे साथ। जब साथ हुए तब भी हम अलग-से ही रहे। फिर आठ साल में क़ानूनन ही अलग हो गये।"

"बच्चे?"

"पहले किये नहीं...फिर हुए नहीं।"

"मैंने भी द ग्रेट मम्मा मार्गरीटा बनकर बच्चे नहीं किये कि यासेर के बच्चे ही मेरे बच्चे रहें!"

"हम दोनों ही पैदाइशी भगोड़े, पलायनवादी हैं। हैं ना!" नकुल मुस्कुराकर बोला।

"सही कहा।"

"तो तुम आज शाम मेरी बर्थडे पार्टी में आ रही हो? बस एक फ़ॉर्मल डिनर दे रहा हूँ सबको।"

"मैं तय नहीं कर पा रही, नकुल! बच्चों को बताना होगा तभी आ सकूँगी ना।"

"ठीक है, मैं ज़िद नहीं करूँगा, मगर आओगी तो अच्छा लगेगा।" नकुल का यह कहना ही माइया को भीतर छू गया। वह कह नहीं सकी कि अब वह 'माइया द रिबेल' नहीं है। नहीं कह सकी कि इतने फैले हुए जीवन में से केवल ये कुछ पल हमारे हैं, केवल अपने। नार्तियांग के सीढ़ीदार धान के खेत दिखने लगे थे। वे दस मिनट में मोनोलिथ पार्क पहुँच गये थे। ड्राइवर को कार में रहने की हिदायत देकर माइया आगे चली, नकुल उसके पीछे। जैसे ही वे उस जगह दाख़िल हुए, एक छोटी पहाड़ी पर सभी आकारों के कई सौ मोनोलिथ देख नकुल आश्चर्य में पड़ गया। कुछ नीचे गिरे हुए थे, अन्य ऊँचे उठे हुए विशाल पेड़ों के साथ एक होड़ में थे। धुन्ध इस दृश्य को और रहस्यमय बना रही थी। वे दोनों एक विशाल मोनोलिथ की छाया में खड़े थे।

"हाँ, तुम सही कह रही थीं यहाँ तो ये पत्थर स्टोनहैंज से भी ज़्यादा हैं, बस ये थोड़े छोटे हैं।"

"ये ग्रेनाइट के सिंगल ब्लॉक से बने हैं। ये पूरे मेघालय में बिखरे हैं, नार्तियांग में सबसे बड़ा संग्रह है।" वहाँ उन दोनों के अलावा कोई नहीं था। जानकारी देने के लिए केवल एक धूल-भरा साइनबोर्ड था। जिस पर लिखा था–सबसे ऊँचा मेनहिर आठ मीटर ऊँचा और अठारह इंच मोटा है और जैंतिया किंवदन्ती के अनुसार इसे मार फालिंगकी नामक एक विशालकाय व्यक्ति ने बनवाया था।

"इनकी एक कथा है, पीढ़ियों से मौखिक रूप से चली आ रही है। जो दरीबा मेरी सिस्टर इन लॉ सुनाती है। मेरा ससुराल यहीं पास ही है।"

"बताओ!"

"उस समय नार्तियांग में कोई बाज़ार नहीं था और सबसे नज़दीकी बाज़ार रालियांग में था, ऐसे ही एक बाज़ार के दिन, मार फालिंगकी नामक एक जैंतिया दैत्य वापस लौटते समय मूसलाधार बारिश में फँस गया। उसने रालियांग के मुखिया की सबसे छोटी बेटी से एक छाता उधार माँगा, लेकिन वह उसकी महान शक्ति का परीक्षण करना चाहती थी। 'तुम बाज़ार में उस विशाल पत्थर को उठाकर छाते के रूप में क्यों नहीं इस्तेमाल करते?' उसने उठा लिया। तो ये दैत्यों के शक्ति परीक्षण हैं।"

"स्टोनहैंज में वे ऐसी मौखिक कथाएँ नहीं वैज्ञानिक तथ्य खोजते हैं, कि वे धूपघड़ी हैं या समाधियाँ।" नकुल को एकदम बेजा लगी थी कथा। लेकिन ये पत्थर उसे आदि-मनुष्यों के प्रति जिज्ञासा की तरफ़ ले गये। वह इनके बारे में खोज कर पढ़ेगा। माइया को ख़ुद को बुद्धू समझा जाना नागवार गुज़रा।

"उस तरफ़ गोल घेरे में लगे धूपघड़ी जैसे भी पत्थर हैं।"

"ग़ज़ब ही जगह है यह...मेरा मन इसकी फ़ोटोग्राफ़ी करने का हो आया। अगली बार फिर आयेंगे।"

"हाँ आओ अभी एक झरने पर चलें, वहाँ ब्रंच करेंगे तुम्हें भूख लगी होगी।"

"दो मिनट तुम कुडु स्टोरी भूल रही हो, यहाँ एकान्त है वह भी बता दो।"

"पहले तुम बताओ...ऐसा क्या हुआ कि आठ साल में तुम्हारी पत्नी ने तुम्हें छोड़ दिया..."

"हम्म, हम डेट कर रहे थे, वह तैयारी कर रही थी। हमारी सगाई हुई और कीर्ति का प्रीलिम्स में सलेक्शन हो गया, शादी हुई तो मेंस में। फिर वह दो साल आई.ए.एस. ट्रेनी बनकर बाहर रही। मध्य प्रदेश काडर मिला तब मैं दिल्ली था तो हम आते-जाते रहे। फिर मुझे कश्मीर जाना पड़ा। बस तब तक उनको पता चल गया कि आई.ए.एस. अफ़सर के जलवे किसी फ़ाइटर पायलट से कहीं ज़्यादा होते हैं। उन्हें कोई मिल गया था। हम अलग हो गये।"

"तो मिल तो तुमको भी जाता ना, भट्टा!"

"मिलीं कुछ मगर बात शरीर से आगे मन तक गयी नहीं, तब तक आज़ादी की लत लग चुकी थी, मेरे साथ के जब बीवियों को कैफ़ियत देते रहते थे, मैं मज़े कर रहा होता था। मगर जब देखा कि बतौर बैचलर अपने दोस्तों के घर मैं जब-तब नहीं जा पाता हूँ तो लगा...अकेले होने के अपने नुक़सान हैं, सोशल लाइफ़ डल हो जाती है। पर मेरे बाइकिंग के शौक़ ने मुझे अब तक सहेजे रखा है। अब मुझे ज़्यादा कुछ नहीं चाहिए।"

"सच्ची?"

"हाँ! मुझे नहीं पता था कि शिलॉन्ग आ रहा हूँ, तुमसे मिल भी पाऊँगा कि नहीं। तुम मुझसे बात भी करना चाहोगी कि नहीं? बस इस शहर का नॉस्टैल्जिया...डेढ़ महीने तो मैंने पता ही नहीं किया। गोल्फ़ खेलने गया तब पता चला...कि...ख़ैर यह बताओ चल क्या रहा है? कल तुम कुछ परेशान थी फ़ोन पर।"

"हाँ! हमारे बड़े बेटे अब्राहम ने मुझसे अपने पापा की विल माँगी। किसने सोचा था डॉक्टर बासठ साल में ही दिल के दौरे से चले जायेंगे? मैंने कहा उन्होंने कोई

विल नहीं बनायी तो मुझे भला-बुरा कहकर अपनी पत्नी और बेटे के साथ यासेर के ही ख़रीदे फ़्लैट में रहने चला गया। इससे पहले उसने ऐसा व्यवहार नहीं किया था।"

"माइया, निराश मत हो। जो उनका है उनको देदो।"

"नकुल, बात इतनी-सी नहीं है। इन लड़कों को बड़ा करने में मैंने अपनी उम्र ख़र्च की है और अपना बच्चा नहीं किया। आज इनके लिए मैं इनके पापा की विडो हूँ केवल? एक वक़्त था दोनों मेरी एक आवाज़ पर आ खड़े होते थे। छोटे नासेर ने ही मेरा नाम मम्मा मार्गरीटा रखा था। जब शादी के बाद डॉक्टर यासेर ने मुझे इन दोनों से मिलवाया था, तब तीन साल के नासेर ने मेरा हाथ पकड़ लिया और कहा था–'मम्मा मार्गरीटा!' सब मेहमान मुस्कुरा दिये थे और तब से सब यही बुलाने लगे। मुझे कुछ नहीं चाहिए, नकुल! इनके पिता का सब इनका है। मगर एक और भी है जो यासेर की सम्पत्ति का हक़ रखती है।"

"कौन?"

"यारिसा! उसका पता मुझे नहीं मालूम लेकिन अस्पताल के रिकॉर्ड में होगा।"

"यही वह कुडु-कथा है?"

"हम्म! चलो बताती हूँ, एक दिन मैं कह रही थी ना यासेर हर खेल ईमानदारी से खेलता था। मगर ज़िन्दगी में उसने यह ईमानदारी बरती होती। वह मिलेनियम का पहला दिन था। मैं उस रोज़ शॉपिंग और उसके बाद यासेर के साथ 'पाइन-वुड' में लंच का कार्यक्रम बना चुकी थी। मैं अस्पताल पहुँचकर यासेर के फ़्री होने का इन्तज़ार कर रही थी। नये साल के पहले दिन के बावजूद मरीज़ों की लाइन लम्बी थी। बारह बजे के क़रीब एक दुबले-से शरीरवाली सुन्दर महिला हाँफती हुई, गोद में बच्ची लिये दाख़िल हुई। वह बोल रही थी किसी पास के गाँव से आयी है, उसकी बेटी को साँस लेने में परेशानी हो रही है। यह एक साधारण-सा दृश्य था मेरे लिए। सर्दियों के दिनों में लाल गाल और लाल नाक लिये, तपते या कराहते, सोते हुए, मम्मियों के सीने में दुबके बीमार बच्चों की लम्बी क़तार इस अस्पताल के लिए सहज-सी बात थी। परेशान मम्मियाँ, बेपरवाह नर्सें। क्योंकि डॉ. यासेर ने पिछले दस सालों से अपनी फ़ीस सत्तर रुपये ही कर रखी थी, ज़रूरतमन्दों को वे मुफ़्त दवाएँ भी देते थे तो पूरे मेघालय क्या मिज़ोरम से भी मरीज़ चले आते थे। मैं काँच के पार से देख रही थी उस बच्ची को न्यूमोनिया ने लगभग अचेत कर दिया था। लम्बी लाइन थी, वह माँ बिलखने के सिवा कुछ कर नहीं पा रही थी। उस पर मेडिकल असिस्टेंट की डाँट। मैं बैठी न रह सकी और उस माँ को लेकर यासेर के चैम्बर में भीतर चली गयी, जहाँ वह एक सन्त की तरह न जाने कितने इंफ़ेक्शनों से ग्रस्त

मरीज़ बच्चों को बहुत प्यार से देख रहा था और उनके नन्हे सीनों से स्टेथस्कोप लगाता, दवा लिखता हुआ बैठा था।

"यासेर! पहले इस बच्ची को देख लो।" मैंने लाइन तोड़ आगे बढ़कर कहा था। पहले उसने बच्ची को देखा फिर माँ को। उसका चेहरा सफ़ेद! वह तुरन्त बच्ची को लेकर इमरजेंसी रूम में भागा। भीतर जाकर जब वह घण्टे भर बाद बाहर निकला, मैंने यासेर को इतना बौखलाया हुआ कभी नहीं देखा था।

"तुमने इतनी देर क्यूँ की? कुछ हो जाता तो यारिसा को?" इस पर वह औरत यासेर के ऊपर ढह गयी थी। यासेर अटपटी स्थिति में मेरे आगे सुन्न खड़ा था। मैं पास पहुँची तो उसने ख़ुद को सँभाला।

"कोई बात नहीं, कैसी है बच्ची अब?" वह औरत हकलाकर रह गयी। तब यासेर बोला।

"स्टेबल है, सलाइन लग रहा है। थोड़ा और स्टेबल होने पर और क्लीन करना होगा उसका चेस्ट, कंजेशन बहुत ज़्यादा है।" मैं उसे इमर्जेंसी में देखने गयी तो बच्ची की नाक में नेब्यूलाइज़र लगा था और वह हाथ से दीवार टटोल रही थी। उसकी आँखों में रोशनी नहीं थी, यह जानकर मेरा मन बहुत उदास हो गया।

"यासेर, आप इस बच्ची को सँभालें, मैं घर जा रही हूँ। लंच भेज दूँगी।" फिर क्या तो मैं शॉपिंग करती। उस रात यासेर मुझसे कुछ छिपा न सका। उसने जो बताया, वह बड़ा आम-सा वन नाइट स्टेंड था। उन दिनों वह पॉलियो–उन्मूलन के कार्यक्रम से जुड़ा गाँवों में जाता था वहीं वह मिली, एक सरकारी स्कूल टीचर। फिर बच्ची के पैदा होने की सैड स्टोरी थी। मैंने कुछ सुना, कुछ नहीं मगर वह अन्धी बच्ची मेरे सीने की हूक बनकर रह गयी।

मैं बहुत परेशान थी, बहुत नाराज़ थी। अगले ही दिन मैं अपनी माँ के पास दिल्ली चली गयी। माँ को बताया तो वो कहने लगीं–"ये खासी मर्द का पुराना ढर्रा है, बाबा! मैंने अपने बच्चों को बहुत अलग तरह से बड़ा किया है, तुम नौकरी करती हो, घर है तुम्हारे पास...उसे समझा दो। नहीं तो...मुझे सत्र छोड़कर आना पड़ेगा। सदन में एक ज़रूरी मुद्दा चल रहा है।"

भट्टा, कई बार मैट्रिलीनियल समाज दूर से कितना प्रोग्रेसिव दिखता है न? मुझे क्या मिला था? मम्मा मार्गरीटा नाम भर? क्योंकि उन दो छोटे लड़कों के मासूम चेहरे देखकर मैंने ही कहा था कि मुझे बायलॉजीकल मदर बनने की ज़रूरत नहीं है। मैं इन बच्चों की दोस्त ही बनी, इन दोनों ने मुझे अपने सीक्रेट्स बताये। लेकिन उस दीवार पर हाथ से टटोलती बच्ची को लेकर मेरा मन कराहता रहा। यासेर?

जैसा फीका–अनरोमांटिक इन्सान यह सब कैसे कर सका? मेरी आत्मा को यह सवाल ही कचोटता रहा। मैं दो तरफ़ से मर रही थी, एक तरफ़ यासेर की बेइमानी से, दूसरी तरफ़ उस अन्धी बच्ची के लिए गिल्ट से। उसे फ़र्क़ नहीं पड़ा, उसके बाद भी वैसी ही ज़िन्दगी जीता रहा। गोल्फ़, फ्रेंड्स, अस्पताल...उसे कभी अपनी ज़िम्मेदारी महसूस नहीं हुई उस औरत उस बच्ची के लिए। इस बात ने मुझे उसके लिए उदासीनता से भर दिया था। मुझे उसे छूने का इसलिए मन नहीं करता था कि उसने किसी और को छुआ। बल्कि इसलिए कि उस बच्ची को अपनाने का साहस क्यों नहीं किया? हम खासियों में नाजायज बच्चे नहीं होते। मैरिज से बाहर हुए बच्चे को छोड़ा नहीं जाता है, बल्कि इस दुनिया में उसका स्वागत किया जाता है।"

इन पथरीले मोनोलीथों के बीच धुन्ध में बेंच पर बैठी, काले कपड़ों में अपना मोहक सफ़ेद चेहरा लिये कथा सुनाती किसी पिछली सदी की कोई नायिका नहीं थी वह। वह जीती-जागती माइया थी। यह नकुल ने अब जाना कि वह उन औरतों में से नहीं थी, जो कुछ पाने और खोने पर हाय–तौबा मचाती हों। वह जाने देना जानती थी और अचानक उठकर चल देना भी।

"फिर तुम लौटीं?"

"हाँ, वह मेरे घर में रह रहा था, मैं नहीं! ब्लू विला मेरा था। मैं कुछ दिन और मम्मी के साथ रहती लेकिन यासेर बच्चों से कॉल करवाने लगा। मैं लौट आयी। कह सकते हैं कि एकबारगी मैं हिल गयी थी। मेरी माँ और यासेर की बहन दरीबा मेरी ताक़त बने। ख़ुद दो बार की तलाकशुदा दरीबा मुझे समझाती थी–'तुम पैगन सभ्यता के मलबे से उठे क्रिश्चियन हो। जब अंग्रेज़ हमें हथियारों से नहीं जीत सके तो मसीह और उसकी बाइबल ले आये। इसलिए तुम लोग शादी को बहुत सीरियसली लेते हो। हमारे यहाँ शादी यानी दो लोगों का साथ रहना। इसके लिए किसी पादरी के 'यू आर मैन एंड वाइफ़' कहने की क्या ज़रूरत? तुम इस शादी में सबका नहीं अपना सोचो। साथ रहना है रहो नहीं तो निकलो इससे। औरत जितना डिवोटेड होती है, मर्द उतना बाहर भागता है। इनको थोड़ी इनसिक्योरिटी ज़रूरी है।' बस मैंने बाहर निकलना शुरू किया। ख़ूब सारी सोलो ट्रैवलिंग की।"

"और वह बच्ची?"

"हाँ पता चला था, उसकी माँ एक सरकारी टीचर है, ईस्ट खासी हिल्स में किसी गाँव में। उसने मुझे लेटर लिख कर दरख्वास्त की थी कि मैं उन लोगों से सम्पर्क न करूँ तो अच्छा। अब वह यासेर से नहीं मिलती है। उस दिन भी नहीं आती अगर बच्ची बुरे हाल में न होती तो। क्या यासेर से उसका न मिलना मेरी हूक

का इलाज था? नहीं। नकुल, मुझे क्यों लगता है, अब मैं उस बच्ची को खोजूँ और यासेर की सम्पत्ति का हिस्सा उसे भी मिले।"

"माइया, तुम कितनी पवित्र हो। प्रेम से भरी। मुझे भी कुछ चाहिए इसमें से।"

"नकुल!" माइया ने उसे गले लगाकर माथे पर चूम लिया। "हैप्पी बर्थडे। आज मुझे तुम्हें सॉब स्टोरीज़ नहीं सुनानी थीं। चलो निकलें इस भूतिया माहौल से। क्रांगशुरी फॉल्स चलें। वहाँ से ब्रंच करके लौटेंगे।"

"इतनी बड़ी बास्केट में क्या लायी हो?"

"जो खासी डेलीकेसीज तुमको पसन्द थीं। अपोंग बीयर, पुथारो, दोह-जैम, मैकिन-सोबोक चटनी, और वाइल्डबैरी चीजकेक।"

"भूख जागा दी तुमने, मेरे कुक ने तुम्हारे लिए मटन बिरयानी पैक की है।"

"वाह!। यहीं दस बज गये। पहुँचते हुए ग्यारह बजेंगे। तब तक कॉफ़ी पीते हैं गाड़ी में बैठकर और केक खाते हैं। ड्राइवर सोयोम भी भूखा होगा। वह मेरी मम्मी का ड्राइवर रहा है। बहुत भरोसेवाला है। इसीलिए तुमको कहा कि अकेले आना।" गाड़ी से बाहर किसी फ़िल्म की तरह दृश्य बदल रहे थे। वो दोनों एक जादुई झरने पर पहुँच गये–जिसका फ़िरोज़ा रंग का पानी था जो बड़ी साँवली चट्टानों से बहकर नीचे गिर रहा था। बहते पानी का एक पर्दा बन रहा था एक गुफा के ऊपर गिरता हुआ।

"क्रांगशुरी झरने की ख़ूबसूरती अलग है। एक चुपचाप बहती नदी अचानक आकर गिरने लगती है।" माइया ने अपने फ़ोन से झरने के साथ नकुल की फ़ोटो खींचते हुए कहा।

"हाँ तुम्हारी तरह ही।"

"क्रेजी! तुम्हारा माइंड एक ही ट्रैक पर चलता है।"

"अकेले मिलने पर तो तुम भी कम नहीं मायाविनी!"

"यार, मैं विच जैसी दिखती हूँ? वो लम्बी नाकवाली...झाड़ू पर उड़ने वाली।"

"कुछ विचेज़ बहुत सुन्दर होती हैं।"

घास पर दस्तरखान बिछा, खाना लगा मानो पाँच जनों की दावत हो। अपोंग बियर पी गयी। अधेड़ सोयोम वहाँ से बर्तन समेटकर चला गया उन्हें धोने नीचे किसी धार पर। नकुल ने माइया के पैरों की उँगलियों को अपने पैरों से छुआ। आसमान में बिन पानी के सफ़ेद बादल खेल रहे थे। नकुल माइया के एकदम पास आ बैठा। रसायनिक प्रक्रियाएँ केवल कैमिस्ट्री लैब में ही नहीं घटतीं। रसोई का अपना रसायन

होता है, रंगरेज़ों का अपना, शराब मैच्योर होने का अपना। इन दोनों के बीच भी एक रसायन था ज़बरदस्त, डोपामाइन, एड्रिनलिन...भक्क से सीली लकड़ियों में आग जल गयी। हथेलियों मे एकाकीपन लिखवाकर लाये दोनों नियति के मारों के लिए मानो ने सितारों अपनी चाल बदल ली थी...

शाम चार बजे घर लौटकर माइया ने बहुत सोचा मगर बच्चों से पूछना तो दूर ख़ुद को भी नहीं मना सकी एयर मार्शल नकुल भट्टाचार्य यानी एयर ऑफ़िसर कमांडिंग इन चीफ़ के जन्मदिन पर जाने के लिए। वहाँ हो सकता है, उस ज़माने के कुछ पुराने लोग मिल जायें। वह पुरानी माइया होती तो बिन परवाह चली ही जाती मगर अब उसे सत्तर प्रतिशत शहर डॉ यासेर लिंगदोह की पत्नी की तरह जानता था, जिसे गुज़रे अभी छठा महीना बीता ही था।

अगली बार जब वह आया तब शिलॉन्ग की हवा में मौसम बदलने की आहट थी। बूढ़ों ने मफ़लर पहनने शुरू कर दिये थे मगर लड़कियाँ अब भी टाल रही थीं। वह डिनर टाइम ख़त्म होने पर आया था। बच्चे उसके साथ कुछ देर समय बिताकर अपने-अपने कमरों में गये ही थे।

"एक तो डेढ़ महीने बाद आ रहे हो, उस पर बिन बताये..."

"यक़ीन करो बहुत व्यस्त था, चीफ़ की विजिट...फिर मुझे दिल्ली जाना पड़ा। कई विजिट ड्यू थे। छोड़ो, बताओ कैसी हो?"

"ठीक हूँ, अब्राहम लौट आया है। मेरा पोता 'नोआह' भी। मैं ख़ुश हूँ।" उसने बाँहें बढ़ाकर उसे खींच लिया।

"मैं तुम्हें और ख़ुश देखना चाहता हूँ। ठीक यही पागलपन जो मैं ख़ुद में पाता हूँ, तुम में है।"

"अरे! अचानक क्या हो गया तुम्हें?"

"क्या अब भी तुम मुझे प्रेम नहीं करती हो? बताओ?" नकुल ने उसे खींचकर अपने सीने पर ज़ोर से जकड़ लिया।

"नकुल, मुझे नहीं पता इस 62 की उम्र में 'प्रेम' का सो कॉल्ड मीनिंग क्या हो सकता है। पर मुझे तुम्हारा साथ होना, तुम्हारे साथ होना बहुत पसन्द है। सुनो! बच्चे सब घर में हैं। तुम्हारी गाड़ी बाहर है। मुझे अजीब-सा लग रहा है।" कहकर उसने आहिस्ता से नकुल की जकड़ से ख़ुद को अलग कर लिया।

"जानता हूँ, माइया! मैं तुमको एयरफ़ोर्स डे के लिए इन्वाइट करने और बस अपने मन की बात कहने आया था। सॉरी! गुडनाइट।" कहकर बग़ीचे की तरफ़

के गलियारे से निकल गया। बग़ीचे में सुर्ख़ गुलाबों की क्यारी पर बहार थी। एक तोड़कर उसने अपने पास रख लिया। गाड़ी स्टार्ट की और गुनगुनाता हुआ चला गया। कुछ देर बाद ही नासेर स्टडी में आ गया, हिचकते हुए बोला, "आप सोयी नहीं? नकुल अंकल आये थे क्या?"

"हाँ, एयरफ़ोर्स डे पर इन्वाइट करने।"

"वाह, वो आपके फ्रेंड हैं?" नासेर ने संजीदगी से पूछा।

"नहीं, पापा के फ्रेंड थे।" माइया ने अपनी आवाज़ को साधकर कहा।

"आपकी केयर करते हैं?"

"हाँ!"

"आप ख़ुश लगती हैं जब वो आते हैं।" सत्ताईस साल का था नासेर, वह पढ़ सकता था चेहरे। वह भीतर से काँप गयी। फिर सम्भलकर उसने यासेर की बात याद की, जब उनकी शादी हुई ही थी और अब्राहम बहुत सवाल करता था। तब वो कहते थे—बच्चों को माँ-बाप सफ़ाई थोड़े ही देंगे। हर सवाल का जवाब मत दिया करो, चुप साध लो।

"नासेर, मैं चाहती हूँ, तुम अब अपने पापा के अस्पताल का एडमिनिस्ट्रेशन सँभालो, हम नये डॉक्टर हायर करेंगे।"

"ठीक ही मम्मा, जैसा आप चाहेंगी। गुडनाइट!"

वह जानती थी बात अब्राहम तक भी जायेगी नकुल के अक्सर आने की। लेकिन उसे कोई सफ़ाई नहीं देनी थी।

"मैं ठीक तो कर रही हूँ, यासेर।" उसने बुदबुदाया...और पेशेंस के ताश-पत्ते उठाने लगी।

दो-तीन बार टाल देने के बाद भी जब नकुल के ऑफ़िस की तरफ़ से उसे एयरफ़ोर्स डे पार्टी का निमन्त्रण आया तो वह टाल नहीं सकी। दो दशक बाद माइया कमांड ऑफ़िसर्स मेस पहुँची थी। उसने पिश्ता रंग की साड़ी पहनी थी। बहुत सादगी से अपने बालों को एक फ़िरोज़ा जड़ी ट्राइबल हेयर-पिन में बाँधा था। पेल पिंक लिपस्टिक के अलावा कुछ चेहरे पर लगाया नहीं था। तब भी वह कोई कोरियन सीरीज़ की 'रानी-सी' लग रही थी। तमाम औपचारिकताओं, परिचयों के बाद दोनों एक साथ कुछ देर को खड़े हुए।

"कैसा लगा इतने बरसों बाद इस दुनिया में फिर आना?"

"बाहर दुनिया बहुत बदल गयी है भट्टा यहाँ वही हैरार्की, फ़ॉर्मेलिटीज़।"

"सो तो है, बाहर से यह सब बोझिल लगता है, भीतर हम सबको आदत हो जाती है। एक बार सोचकर देखो...तुम मिसिज भट्टाचार्या हो। और ये सब तुम्हें घेरकर खड़े हैं।"

"ये बेकार का मज़ाक़ है। प्लीज़! मुझे घर जाना है अब।"

"बी नॉर्मल, लोग हमें देख रहे हैं और तुम ब्लश कर रही हो। वैसे यह मज़ाक़ नहीं था। प्रपोजल था।"

उस शाम माइया से खाना नहीं खाया गया, जबकि उसे कमांड अफ़सर मेस का मटन बहुत पसन्द था। वह घर पहुँचकर बिस्तर में घुसकर अपने पैरों पर मॉइश्चराइजर लगा ही रही थी कि नकुल का फ़ोन आ गया।

"तुम क्या सोच रही थीं? मुझे चढ़ गयी थी जब तुम्हें मिसिज भट्टाचार्या कह रहा था?" उसकी आवाज़ में खुमार था।

"अब भी चढ़ी है। नासेर अभी मेरे पास ही था। हॉस्पिटल की फ़ाइल्स के साथ। वैसे एक ख़ुशख़बर है।"

"तो तुम्हें मंजूर है...तो हम..."

"नहीं! अब्राहम मुझसे नॉर्मली बात कर रहा है, नासेर हॉस्पिटल सँभालने को तैयार है।"

"बस तो कल सबको बता दो कि वो सब कुछ रख लें, बस तुम्हें मुझे दे दें।"

"गुडनाइट!" मुस्कुराकर माइया ने फ़ोन काट दिया। इस पागलपन का कोई मतलब है? भीतर से किसी ने कहा–अगर मतलब है तो? माइया उन हज़ार सम्भावनाओं के हुजूम से टकराकर ध्वस्त हो गयी और नींद की गोली खाकर सो गयी। सपनों में न जाने कौन से अनजाने जंगल आते रहे। कहते हैं जंगल अवचेतन की कामनाओं के प्रतीक हैं। माइया को नहीं पता था 62 साल की वयस के बाद भी सम्भावनाओं की क्या सम्भावना होती है? फ़िलहाल वह उस एक घने अँधेरे से जूझ रही थी जो उसने बरसों पहले किन्हीं नन्ही आँखों में देखा था।

वह अगले दिन सुबह उठते ही तैयार होकर 'सुपर केयर' हॉस्पिटल पहुँच गयी और यासेर के एक पुराने विश्वस्त क्लर्क को रिकॉर्ड खँगालने बिठा दिया। यासेर कितना घुन्ना था, उसने उस टीचर का कोई मैसेज फ़ोन में नहीं रखा, न कोई फ़ोटो, ना ही नम्बर? तभी उसे याद आया कि वह मिलेनियम की पहली-पहली सुबह थी।

उसने क्लर्क को बरस और तारीख़ के हिसाब से ढूँढ़ने को कहा।

"मैडम बच्ची का नाम यारिसा, जन्म 3 मार्च 1997, माँ का नाम अमाबेल साविआन, गाँव नोंगसावलिया, सोहरा। पता और फ़ोन नम्बर नहीं है।"

"कोई बात नहीं।" माइया सिर्फ़ एक कप चाय पीकर निकली थी घर से, सोहरा पहुँचते हुए उसे बारह बज गये। यहाँ एक पुराना गिरजाघर था। टूटी-फूटी विलक्षण मेहराबदार बैंगनी रंग के काँचवाली खिड़की में से मन्द प्रकाश निकल रहा था और भीतर से पियानो के संगीत की मधुर-पवित्र आवाज़ के टुकड़े बाहर आ रहे थे, निश्चय ही कोई आने वाले इतवार के लिए प्रार्थना-गीत का अभ्यास कर रहा होगा। उसने गिरजे के मुख्यद्वार से अन्दर जाने का फ़ैसला लिया। उसके सुन्दर बूटों पर कीचड़ लगा था। उसने पर्स से टिशू पेपर निकालकर पोंछा, सीढ़ियाँ चढ़कर भीतर पहुँची। मसीह सलीब पर भी मुस्कुरा रहे थे, दर्द झेलने की पराकाष्ठा की मुस्कान। उसने छाती पर क्रॉस बनाया। फिर टहलकर संगीत की दिशा में गयी। गिरजे के दाहिने गलियारे में एक लम्बी, दुबली लड़की आसमानी रंग की पोशाक में उँगलियाँ पियानो पर थिरका रही थी।

"खु-ब्लेई।" मार्गरीटा ने धीरे से कहा। तभी लड़की चौंक गयी और उसने उँगलियाँ रोक दीं।

"आप कौन?" उसने शून्य में आँखें घुमायीं और मार्गरीटा की देह में बहता रक्त मानो थम गया। यह वही थी।

"मैं डॉक्टर यासेर की पत्नी हूँ, तुम्हारे गाँव में कोई अमाबेल साविआन रहती हैं? स्कूल टीचर...म्यूज़िक टीचर?"

"ओ तो आप हैं, मम्मा मार्गरीटा!"

"तुमने कैसे जाना?"

"क्योंकि अमाबेल मेरी माँ थीं।"

"हम तुम्हारी माँ से मिल सकते हैं?"

"आपने सुना नहीं, मैंने कहा थीं!" उसकी आवाज़ थरथरायी..."कोरोना के दिनों में...उनका..."

"ओह! जानकर दुःख हुआ, बच्चे!" माइया को सच में धक्का पहुँचा था, यह बच्ची कैसे जानेगी? वह तो यही सोचेगी कि ये कोरे शब्द हैं।

"मुझे आपकी सहानुभूति नहीं चाहिए। आप यहाँ तक क्यों आयी हैं? मेरा कोई साइन चाहिए? वैसे मैंने या मेरी मम्मी ने कोई दावा भी नहीं किया है। मुझे पता चला डॉक्टर यासेर भी मर गये हैं।"

"यारिसा! हम खासियों में बेटियों को कब दावा करना पड़ता है? वे तो नेचुरली अपनी माँ की सम्पत्ति की हक़दार होती हैं।"

"हाँ मेरी माँ ने मेरे लिए अपार संगीत छोड़ा है...अब आप जायें।" उसने अपने होंठ टेढ़े कर ठण्डे काले गोलकोंवाली आँखें मिचमिचायीं। माइया चुपचाप बाहर चली आयी। उसे सन्तोष था, उसने उसे खोज लिया है। लेकिन क्या यासेर ने इन माँ-बेटी की कोई सहायता नहीं की होगी? क्या पुरुष इतने डरपोक होते हैं? वह जब चर्च से बाहर निकलकर गाँव के एक खुले मगर ख़स्ताहाल रेस्तराँ की बेंच पर आकर बैठी तो कुछ किशोर बच्चे वहाँ आ गये। वे यारिसा की ही बात कर रहे थे।

"तुम लोग जानते हो उसे?"

"कौन नहीं जानता है? वह शिलॉन्ग में होने वाले चैरी ब्लॉसम फ़ेस्टिवल में 'सोल-करी' बैंड की डेब्यू सिंगर चुनी गयी है।" वह कौन थी यारिसा की जो अपार ख़ुशी से भर गयी थी?

"वह कहाँ रहती है?"

"दो साल से चर्च के कॉनवेंट में सिस्टर एल्मा के साथ।"

"वह कहाँ है?"

"यहाँ से बाईस सुपारी के पेड़ के आगे तेईसवें से पहले।" माइया मुस्कुरा दी, उसके ससुराल के गाँव में भी घरों के बीच दूरी को सुपारी-पेड़ों की संख्या से मापा जाता है। वह लौट आयी, उसे लौटते हुए कितना अजीब लगा। सामनेवाले पहाड़ कुछ धसक गये थे। तलहटी में सड़कों पर जैम में दूर तक फँसे ट्रैफ़िक की गुर्राहटें थीं। यारिसा इस जगह से शिलॉन्ग कैसे पहुँचती होगी? वह उसका कार्यक्रम देखने टिकट ख़रीदकर जायेगी। ज़रूर जायेगी। रास्ते से उसने नकुल को फ़ोन किया, उम्मीद के परे उसने उठा लिया।

"अरे! न कोई ब्रीफ़िंग, न कोई टूर, न कोई विजिट, न कोई फ़ॉर्मल लंच.... आज एकदम खाली हो?"

"एक विजिट पर तेजपुर आया हुआ हूँ। वॉशरूम में था कि रिंग बजी। मुझे इस फ़ोन पर एक ही कॉल आता है।"

"मैं आज...यारिसा से मिली।"

"समझा नहीं।"

"वह अन्धी बच्ची, अब बाईस साल की है, सोहरा में चर्च में रहती है। अब वह स्कूल टीचर उसकी माँ भी नहीं रही। मगर वह एक नामचीन बैंड में सिंगर चुन ली गयी है। और पता है..."

"माइया-माइय।! आकर सुनता हूँ। बाहर लोग इन्तज़ार कर रहे हैं।" नकुल ने जेब में अपना रुमाल वापस रखते हुए कहा।

"मैं कितनी बेसब्र हूँ।" माइया ने ख़ुद को डाँटा।

अगले दिन उसने दोनों बेटों को स्टडी में बुलाया। उनके साथ बुआ दरीबा और परिवार के वकील और अकाउटेंट को भी। दोनों के चेहरे पर सवाल था। दोनों वहाँ रखे सोफ़े पर बैठ गये थे। नासेर के मासूम चेहरे पर अब भी उदासी के साये थे। अब्राहम शादीशुदा था, एक बच्चे का पिता। उसने इस दु:ख को दुनियादार ढंग से लिया था। वह आर्किटेक्ट था और अपने ही किसी प्रोजेक्ट पर काम कर रहा था उन दिनों। माइया जानती थी उसे फंड्स चाहिए।

"बैठो, मिस्टर रॉय आप मेरे दोनों बेटों को बतायें क्या यासेर की कोई विल है?"

"नहीं, मैम! बस वे बात कर रहे थे मगर बनवा नहीं सके। लेकिन उनकी हर प्रॉपर्टी और अकाउंट का कोई न कोई नॉमिनी है, वह अकाउंटेंट अभिरंजन बतायेगा।" यासेर ने दोनों बेटों के लिए अलग-अलग अकाउंट्स में पर्याप्त फ़ंड्स रखे थे, मगर वे उन्हें माइया के हस्ताक्षर से मिल सकते थे।

"अब्राहम! तुम्हें जितने फ़ंड की ज़रूरत है, मुझसे खुलकर कहो, सब तुम्हारा है। लेकिन जो बाक़ी चीज़ें हैं, अस्पताल, ऑरेंज ऑर्चड्स इनको लेकर मैं तुम दोनों से मैच्योरिटी के उम्मीद रखूँगी। कुछ भी बिकेगा नहीं। मेरे रहते ये बदस्तूर चलेंगे। डैडी का अस्पताल का मैनेजमेंट नासेर से अकेले नहीं सम्भल रहा तो तुम्हारी पत्नी सहायता तो कर सकती है ना? कुछ और इंवेस्टमेंट्स हैं तुम्हारे पापा के जिनकी नॉमिनी पूरी तरह मैं हूँ, उन्हें मैं...इस घर की 'कुडु' को देना चाहूँगी।"

"कुडु कौन?" नासेर ने पूछा।

"अभी बहस नहीं करेंगे हम, वक़्त आने दो मैं तुम लोगों को बताऊँगी।"

"मम्मा आप तो हवा में 'कुडु' खड़ी कर रही हैं?" नासेर ने कहा मगर अब्राहम चुपचाप माइया को देखता रहा मानो वह कोई शतरंज की बाज़ी चल रही हो जिसे ख़ामोश रहकर भाँपना ज़रूरी हो।

"तुम्हारी आंटी दरीबा जानती हैं, यह हवाई बात नहीं है।"

"मम्मा आप क़ानून की ज़द में चलिएगा हाँ..." अब्राहम बोला।

"मैं क़ानून बिल्कुल भी नहीं जानती, अब्राहम! लेकिन इतना ज़रूर जानती हूँ जो जायज़ तौर पर मेरा है, वह इस घर की बेटी का होगा। यह 'ब्लू विला' मेरी माँ की दी हुई है, इसमें तुम दोनों मेरी मर्ज़ी से ही रह सकते हो। और खासी नियम के हिसाब से गाँव का घर और सम्पत्ति तुम्हारी दादी की होती जो तुम्हारी बुआ की है, आगे वह भी 'कुडु' के पास ही जायेगी। क्योंकि तुम्हारे पापा की अर्न्ड प्रॉपर्टी और सेविंग में वे तुमको नॉमिनी बनाकर गये हैं तो वह तुम्हारी है, इसमें मेरा कुछ भी नहीं है।"

"राइट मम्मा! इसी कारण मेघालय का यूथ बेकार हो गया। मैं देखता हूँ कि इस राज्य इकॉनमी का अधिकांश हिस्से का नियन्त्रण बाहरी लोगों के हाथों यूँ ही नहीं है और बाक़ी बचे हिस्से पर खासी महिलाओं का नियन्त्रण है। पुरुष के तौर पर हमारे पास ना तो नाम है और ना ही सम्पत्ति। लड़के इस समाज में ख़ुद को बेकार पाते हैं। पत्नी के घर जायें तो नौकर, माँ के घर भी उनकी चलती नहीं। अच्छी नौकरियाँ बाहर के लोग ले जाते हैं। मैं कितने केसेज़ रोज़ देखता हूँ और मुझे यह मैट्रिलिनीयल सिस्टम यूज़लेस लगने लगा है। लड़के बेकार बैठे हैं, लड़कियाँ बिजनेस सँभाल रही हैं। अरे बैलेंस तो हो कोई। सबको बराबरी से मिले। मायकल सेयम यूँ ही तो नहीं इस सिस्टम को बदलने के लिए बरसों से लड़ रहे हैं।" अब्राहम जब बोल चुका तो अब तक चुप बैठी दरीबा ने हस्तक्षेप किया।

"खासी कहावत है, 'लॉन्ग जैद ना लोआ किन्थेई,' वंश की गिनती माँ से ही शुरू होती है। और ऐसा नहीं है कि औरतें महारानी बन के रहती हैं बल्कि उन्हें ज़्यादा काम करना पड़ता है। तुम्हारे पापा तो शिलॉन्ग आ गये, छोटे भाई, माँ-बाप की देखभाल किसने की? मैंने, खेत सँभाले, खेती की, रिश्तेदारियाँ निभायी यहाँ तक कि मेरे दोनों पति मेरी ज़िम्मेदारियाँ देखकर मुझसे दूर भाग गये। मगर मैंने पुरखों की ज़मीनें नहीं बेचीं। पूरे परिवार को सहेजा।"

"मम्मा, मेरे स्कूल का एक फ्रेंड था। उसने बड़ी ख़ुशी-ख़ुशी एक रॉयल कुडू से शादी की। बड़ा ख़ुश था। लेकिन एक दिन जब उसे टूथपेस्ट उलटा दबाने पर उसकी सास ने बुरी तरह डाँटा तो बेचारा भाग आया। वह अपनी पत्नी के घर में एक अजनबी की तरह रहता था।" नासेर की बात पर सब हँस पड़े मगर दरीबा संजीदा थी।

"हाँ, तो वह उनके घर के त्योहार और पूजा में भी बाहर रहेगा। यही रिवाज़ है।"

"आंटी दरीबा, चिन्ता न करें, अब लड़के सँभाल लेंगे। सिंगखोंगग रिम्पई थेम्माई (एक नया घर) संस्था ने इस यूजलेस सिस्टम को बदलने के लिए कोर्ट में अपील कर राखी है।" अब्राहम ने तल्ख़ी से कहा।

"किसी भी संस्था को मिटाना आसान है, अरे गर्व करो कि भारत में यह आख़िरी मातृवंशी प्रणाली है।" दरीबा कहकर उठ खड़ी हुई। उसे आज निकलना था गाँव। कल से सन्तरों के फलों की तुड़ाई शुरू होगी।

"अब्राहम, तुम्हारे तर्क अपनी जगह सही होंगे, लेकिन मेरी माँ को नानी से फिर माँ से मुझे कुछ सम्पत्ति मिली है। तुम्हारे पिता ने भी मेरे नाम कुछ किया है, उसे मैं अपनी बेटी न होने की स्थिति में किसे देना चाहूँगी, यह निर्णय मुझ पर छोड़ा जाये। मैं इस घर की मुखिया हूँ और मैंने अपनी कुडु यारिसा को चुना है। जो किसी और महिला से तुम्हारे पापा की बेटी है।"

"यारिसा तो एक ही है, वह फ़ेमस ब्लाइंड सिंगर! क्या वही?" नासेर के सुन्दर-पारदर्शी चेहरे पर तरह-तरह के भाव आये और चले गये।

"आई कान्ट बीलीव इट।" अब्राहम खीजकर वहाँ से उठकर चला गया।

सुबह माइया की नींद ज़रा देर से खुली। सामने के पेड़ पर लटके नीले आर्किड हल्के से हवा में डोल रहे थे। माइया अपने निर्णय से सन्तुष्ट थी। बस यारिसा को मनाना होगा, ज़िन्दगी ने उसके साथ जो ज़्यादतियाँ की हैं, उनको तो वह मिटा नहीं सकती। लेकिन आगे वह सुकून पा सके इतना तो 'मम्मा' कर सकती है ना! वह चैरी ब्लॉसम म्यूज़िक फ़ेस्टिवल की तारीख़ गूगल पर खोज रही थी कि फ़ोन बजा। नकुल था...वह मुस्कुरायी।

"हेलो! तुम मेरे साथ हासीमारा चलना चाहोगी। वहाँ पास ही फ़ेमस डुआर्स के जंगल हैं। सड़कों पर हाथियों के झुण्ड घूमते हैं। तुमने एक बार कहा था न जंगल-सफारी के लिए चलेंगे। यह वही जगह है। चलोगी ना?"

"ओह गॉड! मर्सी! कितने सारे मुद्दों पर मैं अकेले डील करूँगी? कल यासेर की प्रॉपर्टी पर दोनों लड़कों के साथ मीटिंग की। कितना हंगामा हुआ। अब तुम चाहते हो कि मैं उनसे कहूँ कि मैं अपने बॉयफ्रेंड के साथ जंगल ट्रिप पर जा रही हूँ?"

"सब सच क्यों कहना, बहाने बना दो। बस मुझे चॉपर से जाना होगा, तुम गाड़ी से आ सकोगी?"

"ये क्या बात हुई?"

"तभी तो कहता हूँ, इसे ऑफ़िशियल कर दें ताकि तुम भी एम आई-8 में मेरे साथ उड़कर चल सको।"

"कितनी बंबार्डमेंट करूँ मैं अपने लड़कों पर?" कहकर माइया हँसने लगी। उसकी हँसी से खिड़की के बाहर बैठी सुनहरी बिल्ली ने उसे घूरकर देखा।

"बस एक बार आख़िरी, मम्मा मार्गरीटा! मैं तुम्हें जीतते हुए देखना चाहता हूँ।" माइया ने खिड़की के बाहर देखा। एक छोटी-सी नीली चिड़िया विलो के तने की ठण्डी सख़्त छाल को अपनी छोटी लम्बी चोंच से ठक-ठक करके छीले जा रही थी।

"कब?"

"कमिंग मंडे..."

"नॉट पॉसिबल। मुझे यारिसा से मिलने जाना है। परसों फ्राइडे तो उसका कॉन्सर्ट है, वह आ रही है।"

"आई डॉन्ट नो मेक इट पॉसिबल। सोच लो ऐसा ना हो कि फिर से गुवाहाटी रेलवे स्टेशन पर अपना बैंगनी स्वेटर पहनकर गुडबाय कहने ही आना पड़े!"

"क्यों पोस्टिंग आ गयी तुम्हारी?"

"एयरफ़ोर्स दाय नेम इज़ अनसर्टेनिटी"

"पहेली मत बुझाओ..."

"....." फ़ोन कट चुका था, वह चिड़िया अब भी तने को छीले जा रही थी। आसमान में सफ़ेद लकीरें थीं बादलों की। माइया फिर असमंजस के दायरों में सुन्न खड़ी थी।

4

त्रिमाया

सोपान-कथा

त्रिवेन्द्रम से दिल्ली टर्मिनल तीन के लिए तीन घण्टे लम्बी उड़ान भरना तो पता नहीं चला लेकिन गुवाहाटी वाली फ़्लाइट दिल्ली के स्मॉग के चलते पूरे तीन घण्टे देरी से चली। मैं रात आठ बजे गुवाहाटी एयरपोर्ट से शिलॉन्ग की कैब बुक कर रहा था। पूरे रास्ते धीमी-तीखी बरसात के साथ रात को ग्यारह बजे मैं 'नागालैंड हाउस' पहुँचा, जहाँ माया रह रही थी। वहीं उसने मेरे लिए भी रूम बुक किया था। मैंने उसे रास्ते से कॉल किया था कि वह चाहे तो सो जाये, मैं फ्रंटडेस्क से चाभी लेकर कमरे में सो जाऊँगा। इतना लेट खाना नहीं खाऊँगा, रास्ते में कुछ पैक करा लूँगा।

"ठीक है।" उसने कहा था। मगर जैसे ही मेरी टैक्सी रुकी वह नवम्बर की, वह भी शिलॉन्ग की ठण्ड में एक शॉल लपेटे बाहर खड़ी मिली। मुझे अच्छा लगा मगर उसकी ठण्ड से उसकी नाक लाल हो गयी थी।

"तुम जागी हुई क्यों हो? कल वर्किंग है तुम्हारा।"

"कल मैंने ऑफ़ ले लिया बहाना बनाकर। सामान पहुँच जायेगा आपके कमरे में आप मेरे कमरे में चलें, फ़िल्टर कॉफ़ी इन्तज़ार कर रही है।" मैंने कॉफ़ी के कुछ घूँट भरे और देखा माया को, अकेले रहकर पैदा हुई समझ ने उसे और आकर्षक और आत्मविश्वासी बना दिया था। जीवन को लेकर समझ भी निखरी होगी। ख़ूबसूरती का असल मयार यही है।

"माया मैं बहुत एक्साइटेड था आने के लिए, 'चैरी ब्लॉसम म्यूज़िक फ़ेस्टिवल' तो बहाना बन गया।"

"मेरा मन तो आपको लेने गुवाहाटी एयरपोर्ट पहुँचने का था, बॉस ने एक फ़ालतू-सी मीटिंग रख दी और मुझे क्योंकि कल पूरा दिन ब्रेक चाहिए था तो प्लान छोड़ना पड़ा। नहायेंगे आप?"

"इतनी ठण्ड में एकदम नहीं, लेकिन हाथ-पैर धोकर ही सोने जाऊँगा।"

"आप पहुँचिए, मैं गरमा-गरम रैमन नूडल सूप लेकर पहुँचती हूँ, यहाँ मज़ेदार नूडल्स कोरिया से आते हैं।"

"ठीक है।"

कुछ देर में हम दोनों बग़लवाले मेरे कमरे में आमने-सामने कम्बल में बैठे सूप नूडल्स सुड़क रहे थे।

"माहौल कैसा है यहाँ।"

"कुछ ज़्यादा ही खुला और आधुनिक कि मेरे ऑफ़िस के सामने बन रही बिल्डिंग में काम करने वाली मज़दूरनियाँ भी शॉर्ट्स पहनकर बंडाना बाँधकर ईंटें उठा रही होती हैं।"

"वाह!"

"कपड़े ही नहीं सोच भी आधुनिक है, इनके हिसाब से इंडेजीनस थिंकिंग है मगर काफ़ी मॉडर्न। आप समय से पहुँचते तो मेरा प्लान था कि हम वाईस लेक पर धुन्ध में टहलने जाते।"

"यशराज की हिन्दी फ़िल्म्स के जैसा? ओवरकोट पहने हीरो...और" मैंने उसके पैरों के अँगूठे को अपने हाथ से छुआ। वह सिहर गयी।

"यहाँ तो हर लोकेशन वैसा ही है। कल घुमाती हूँ आपको अभी आप आराम से सोइए।" वह काँच के कटोरे उठाकर जाने लगी। मैंने उसे कन्धों से पकड़ लिया।

"सच कहो तुम्हें इन्तज़ार था मेरा?"

"एकदम नहीं! क्यों होगा? आप कौन-सा मेरे लिए आये हैं? चेरी ब्लॉसम म्यूज़िक फेस्ट के लिए आये हैं।" उसने होंठ टेढ़े करके कहा। उसके मांसल भूरे होंठ जिन पर असंख्य मादक महीन लाइनें थीं।

"फिर तो पहले भी आया होता ना यहाँ! ऐसे सीधे सब छोड़कर अम्मा-अप्पा की एनीवर्सरी छोड़कर?" माया की आखों में विश्वास था कि मैं जो कह रहा हूँ, उसमें कुछ दिखावा नहीं है। पहले मैंने वह विश्वास चूमा और फिर वह मुस्कान जो उसके होंठों पर आने से हिचक रही थी। "गुडनाइट।" माया ने हँसती आँखों से कमरा बन्द कर लिया था।

मुझे मेघों के देश की सैर करवाते हुए माया पुलकित थी। वह वेस्टर्न कपड़ों में बहुत स्मार्ट लगती है। बाल भी कटवा लिए हैं तो उसके पान के पत्ते जैसा चेहरा और सुन्दर लगता है। वह मुझे पूरा शहर घुमा देना चाहती है एक दिन में, मैं ठहरकर उसके साथ बैठना-बतियाना चाहता हूँ। प्राकृतिक सौन्दर्य तो यहाँ बिखरा हुआ है।

शहर और वार्ड्स लेक के आकर्षण को पर्यटकों की भीड़ ने ढक लिया था। मुझे बस हैदरी पार्क की वह पहाड़ी मैना मज़ेदार लगी। हुआ यूँ कि उस बेहद छोटे-से ज़ू में एक पिंजरे के पास भीड़ थी। लोग उससे कुछ बोल रहे थे और मैना कुछ-कुछ दोहरा रही थी। वह स्थानीय भाषा थी। जब भीड़ छँटी तो मैंने मैना से कहा–माया! मैना एकदम चुप। मैंने फिर कहा और फिर फिर कहा मगर उसकी चुप्पी बनी रही। हम चल दिये। सात-आठ क़दम चले होंगे कि वह बोली–माया! माया!

हम पलटकर भागे–विपिंग विलो की हरियाली लटकनों के बीच पीली चोंच और लम्बी काली पूँछवाली मैना फुदक रही थी। मैंने कहा–माया तो उसने गर्दन टेढ़ी करके कहा–माया!

माया ने उसे कहा–सोपान सर...इस पर वह उड़कर पिंजरे में उल्टा लटक गयी।

"मैनाओं के यहाँ 'सर' नहीं होते। तुम मेरा नाम इस विशेषण से हटाओ।"

"सोपान! सोपान!" इस पर मैना बोली 'टाउकान' हम हँस पड़े।

"माया-टाउकान" मैना बोली।

मैंने लगभग पिंजरे में मुँह घुसाकर पूछा–"मैना, माया से पूछो उसे यह सरनेम पसन्द है–माया टाउकान!" माया ने अपनी विशाल आँखें फैलाकर मुझे देखा और मैना से बोली–बोलो यस! मैना टैं-टैं करने लगी क्योंकि बच्चों की एक भीड़ आ गयी थी।

"बोलो यस! हं!" मैंने माया को छेड़ा।

"अब कहना-पूछना बचा है क्या? अब बस इसकी व्यवस्था सोचिए। यह कैसे सम्भव होगा?"

"खासी अन्दाज़ में, तुम मुझे वरण कर यहाँ ले आओ, मैं तैयार हूँ शिलॉन्ग का जँवाई बनने को।"

"करेंगे क्या आप यहाँ?"

"हाँ ढेर सारे ऑप्शन हैं, घर सँभालूँगा, हम एक हिमालयन मस्टिफ़ डॉग पालेंगे, मैं यहाँ के लोकल बैंड्स पर किताब लिखूँगा, ब्लॉग बनाऊँगा, हर साल हम घूमने जायेंगे, उसकी आइटनरी और बजट बनाने का काम मेरा, बच्चे हुए तो मैं टोटल बिज़ी..."

"आगे कभी इस बात पर आपका ईगो अड़ गया तो।"

"देखो अभी प्रपोजल पास हुआ है, प्रोजेक्ट की बारीकियों पर आगे बात करेंगे। एक मॉडर्न मैट्रियार्की! यार पुरुषों को भी तो अवसर मिले रुटीन से हटकर जीने का,

कमाने के तनाव से मुक्त होने का।" मैंने ठण्ड से जम गयी हथेलियों को आपस में रगड़ते हुए कहा।

"हम्म, आगे चलें? एक बहुत सुन्दर जगह है उमियम, उसे बड़ा पानी भी कहते हैं। नॉर्थ हिल्स में अपनी अष्टमुडी लेक की तरह पन्द्रह किलोमीटर में फैली झील है, जहाँ दो नदियाँ वाह उमख्राह और वाह उमशिरपी, उमियम झील में मिलती हैं।"

"वाह मैं शहर से बाहर ही जाना चाहता था। क्या तुम ड्राइवर को जाने के लिए नहीं कह सकतीं? मैं ड्राइव करूँगा।" पार्किंग में जाने के लिए ढलान सड़क पार करते हुए सोपान ने माया का हाथ थाम लिया।

"पहाड़ है यह।" माया ने नाक सिकोड़कर कहा।

"यार, क्या समझती हो? हिमाचल में ख़ूब ड्राइव किया है दोस्तों के साथ। बस तुम रास्ता बताना।"

रास्ते में हमें अनानास के खेत दिखे। सड़क पर एक आदिवासी पोशाक पहने एक लड़की अनानास बेच रही थी, उसने छीला और धोया उस पर थोड़ा नमक और लाल मिर्च पाउडर डाला, फिर उसे एक ताज़ा पत्ते पर पेश कर दिया। हम दोनों ने उसे ख़त्म करने में बस पाँच मिनट लगाये। मौसम थोड़ा बादलदार था और सूरज निकलकर बादलों में छिप रहा था। वहाँ बहुत ज़्यादा लोग नहीं थे, शायद इसलिए भी कि यह सप्ताह के बीच के दिन थे। हम इधर-उधर घूमे और फिर छोटी नाव पर हाथ आज़माया। ठण्डी हवा हमारे चेहरे को छू रही थी। झील का पानी छोटे ज्वार की तरह अपने किनारों पर लहरा रहा था ठीक वैसे ही हमारी बातचीत बहती रही। हर रहस्योद्घाटन के साथ, हम एक-दूसरे में अब तक छिपी चाह को पाकर हैरत में थे।

"हम कोचिंग के बाद एक फ्रेंड के घर 'ट्रुथ और डेयर' खेल रहे थे, मुझ पर सवाल आया, 'प्रेजेंट क्रश' तो मुझे हिंट देना था, मैंने यूँ ही गप्प मारी, कोचिंग से है, उन्होंने पूछा साथ पढ़ता है? मैंने मना किया तो सबने चिल्लाकर कहा–पढ़ाता है? तो वह है सोपान सर!! मेरा अर्थ वह नहीं था पर अनजाने में निकल गया। मैं आगे बैठती थी और आपके आफ्टर शेव की महक जब भी मुझ तक पहुँचती मैं बेवजह ब्लश करती।" माया के मन के पुराने पन्ने पढ़ने में जो आनन्द मुझे आ रहा था वह पहले कभी नहीं आया था।

"मुझे कभी-कभी लगता था, यह लड़की मौक़ा खोजती है सवाल करने का।"

"हट! ऐसा भी नहीं था।" कहकर माया ने मेरी बाँह पर चपत लगा दी।

"आपको कब महसूस हुआ?"

"जब तुम्हारे कॉल आते थे मसूरी से। जिस दिन नहीं आता तो मैं अपनी मायूसी समझ नहीं पाता था। इसीलिए लेने ही पहुँच गया था और तब सोचा था बोल दूँगा कि...पर लगा कि तुम इसे ग़लत अर्थ में न लो कि अब जबकि तुम सफल हो तो... इसलिए हिचक गया।"

"और मुझे लगा कि मुझे आपकी तरह कोई नहीं समझ सकता, ना मेरे भीतर की उलझनों को यूँ कोई सुलझा सकता है। फिर मैं आप पर पूरा ही निर्भर हो गयी। हमारा रिश्ता क्या है? यह सवाल त्रिशूर जाकर और उलझा क्योंकि सब इसे जज कर रहे थे। मैं घबरा गयी थी। मगर यहाँ आकर मैंने हर पल आपको याद किया। फिर बहाना मिल गया जब पता चला कि चैरी ब्लॉसम म्यूज़िक फ़ेस्टिवल–2023 शिलॉन्ग होस्ट कर रहा है।"

"मैं इन्तज़ार में था तुम्हारे बुलाने के। माया। मेरी सभी अनिश्चितताएँ दूर हो गयी हैं अब।" मैंने माया को पहली बार बाँहें फैला कर आलिंगित किया और उसने आँखें बन्द कर लीं। उस मोहक आलिंगन में, हम एक साथ थे, पूरे थे। मेरा वह लापता टुकड़ा माया का साथ था, जिसे मैं वास्तव में प्यार करता हूँ। जीवन की भव्य मौजेक में हमेशा के लिए आ जुड़ा है। मैंने उसे चूमा देर तक, मेरे होंठ साँस लेने लगे थे। उसके होंठों ने पलटकर मेरा शुक्रिया अदा किया। फिर हमने झील के सामने बने रेस्टोरेंट में दोपहर का खाना खाया।

"म्यूज़िक फ़ेस्टिवल 'नागालैंड हाउस' के पास ही होता होगा ना! वार्ड्स लेक पर?"

"पिछले साल असम-मेघालय बॉर्डर की हिंसा के कारण चैरी ब्लॉसम म्यूज़िक फ़ेस्टिवल हुआ ही नहीं था। इस बार यह आरबीडीएसए स्पोर्ट्स कॉम्प्लेक्स, रिभोई में सुरक्षा इन्तज़ाम के साथ होगा।" माया ने घास पर लेटे आसमान ताकते हुए कहा।

"रॉक कॉन्सर्ट, अनप्लग्ड वेस्टर्न म्यूज़िक...बॉनीएम, जसलीन रॉयल, लुकास, एकोन, सोलकरी–विश्वास नहीं हो रहा तीन दिन बाद हम उसका हिस्सा होंगे।"

"यहाँ के लोग के-पॉप के दीवाने ज़्यादा हैं सोपान, वैसे आप सब गूगल करके आये हैं। वी.आई.पी. पासेज़ मैंने सीनियर्स को कह-कहकर कलेक्ट कर लिए हैं। मैं हर रोज़ शायद नहीं आ पाऊँ, मेरे प्रोबेशन का सबसे व्यस्त समय आने वाला है। मेरी गाड़ी आपके साथ रहेगी।"

"ब्रावो माया, तुम जब भी आ सको, तुम्हारे साथ ज़्यादा मज़ा आयेगा। ज़ोर-ज़ोर से मुट्ठी लहराकर सिंगर्स के साथ गाना।"

"मैं भी तो चाहती हूँ, पर यही कहूँगी कि कोशिश करूँगी।" कहकर वह घास पर पलटकर मेरे चेहरे के एकदम निकट आ गयी। बस तभी सूरज ने विदा लेने की तैयारी कर ली। लौटना होगा।

फ़ेस्टिवल का पहला दिन शुक्रवार को शुरू नहीं हो सका क्योंकि बंगाल की खाड़ी में आये चक्रवात के कारण आयी बरसात से समारोह धुल गया था। मैं बहुत निराश हुआ था। माया दिन भर मीटिंगों में व्यस्त रही, मैं कमरे में बैठा किताब पढ़ता रहा। शनिवार शाम चार बजे से मैं वहाँ पहुँच गया। आसपास घूमता रहा। देखते-देखते बड़ी संख्या में लोग इकट्ठे होने लगे। मैं समय पर वी.आई.पी. गलियारे में जा बैठा, लोग मुझे देख रहे थे। एक अधेड़ ख़ूबसूरत महिला एक सुन्दर गाउन पहने और शॉल ओढ़े हुए मेरे पास बैठी थी। सोच रही होगी यह ठण्ड से ठिठुरता, जैकेट और उस पर ट्रेंचकोट पहने कौन बन्दा है? किन्हीं मन्त्री जी ने महोत्सव का उद्घाटन करते हुए कहा, "भले ही हमारे पास एक दिन कम हो गया है मगर हमारा उत्साह अधिक है।"

सोलकरी ब्लूज़ रॉक बैंड से कार्यक्रम शुरू हुआ। अनाउंस हुआ सोलमेट, भारत का पहला ब्लूज़ बैंड जो अपना ख़ुद का संगीत तैयार करता है, सोलमेट ने आज अपने ब्लूज़ के लिए एक नये सेशन ड्रमर–एक रॉक ड्रमर और एक फीमेल सिंगर को शामिल किया है। मोहक पॉल, कीथ स्येयम, और यारिसा लिंगदोह। मेरे कानों ने अलग-अलग वाद्यों को पहचानना शुरू किया। ड्रम, बास, ऑर्गन... इलेक्ट्रिक गिटार। मेरे पास बैठी वह महिला मेरी तरफ़ मुड़ी और बोली–"मैं मिसिज़ लिंगदोह हूँ, लेट डॉ. यासेर की वाइफ...माइया मार्गरीटा। मैं बस यारिसा को सुनने आयी हूँ। आप?"

"मैं एक टूरिस्ट हूँ बस!" मैं थोड़ा रूड हो गया। वह यारिसा के मंच पर आने के इन्तज़ार में ड्रम का कानफाड़ू शोर आँखें मिचमिचाकर सहन कर रही थी। इस बीच एक लड़की सन-ग्लासेज़ लगाये ग्लिटरी ख़ूबसूरत ड्रेस में आयी। तब तक स्टेज पर पियानो लग गया और उसे जब किसी ने हाथ पकड़कर पियानो के आगे बिठाया तो शोर मचाते लोग चुप हो गये। तभी रॉक बैंड के फाउंडर 'जेम्स वॉलोंग' माइक थामे स्टेज पर आये।

"हेलो डियर, गिव योर इन्ट्रो..."

"गुडइवनिंग ऑल, नमस्ते, कुमनो! आय'म यारिसा!"

"हाऊ लॉन्ग यू हैव बीन सिंगिंग?"

"मे बी सिन्स आय वाज़ बोर्न..."

"ओके वी आर एक्साइटेड यू आर हियर...गुड लक..." तालियाँ बजने लगीं। उसने जब गाना शुरू किया सन्नाटा छा गया..."मिज़री इन माई हार्ट व्हेन द स्नो इज़ फॉलिंग।"

एक आवाज़ जो जितनी मुलायम थी उतनी ही पावरफुल। मेरे कान एक कमाल से रूबरू हो रहे थे...यह गीत दिल को छू लेने वाला और आवाज़ दिव्य थी। जब उसने 'माई हार्ट' गाते हुए अपनी पिच को बहुत ऊँचा उठाया और 'स्नो इज' में एकदम आवाज़ को नीचे लाकर 'फॉलिंग' गाते-गाते उसने आवाज़ को जिस तरह लहराया, उसे सुनकर मेरी छाती में ऐसा दर्द हुआ मानो मेरा दिल फट जायेगा। और हद तो यह कि मैं इस बच्चियों जैसी मासूम लड़की की आवाज़ सुनकर रो पड़ा।

"तुम भी रो रहे हो? देखो सब रो रहे हैं..." मेरे पास बैठी स्त्री ने मेरा हाथ थपथपाकर कहा, उसके गाल गीले थे, रूमाल तर।

"इसकी आवाज़ की रेंज, पिच और नियन्त्रण अद्भुत है! इसे बहुत आगे जाना है! उम्मीद करता हूँ कि उसे कहीं और भी सुनूँगा। देखिए ना वह दुनिया को नहीं देख सकती लेकिन दुनिया उसे देख सकती है।" मैंने उन्हें कहा।

उससे दूसरे गाने की फ़रमाइश हुई तो वह बोली अभी जो गीत मैंने गाया वह मेरा ही लिखा और रचा हुआ है। इस पर मेरे बग़ल में बैठी 'मिसिज़ मार्गरीटा' फफककर रो पड़ीं, रूमाल थामे बाहर निकल गयीं। मगर लोग मानो उसे रात भर सुनने को तैयार थे। इसके बाद और भी ब्लूज़, जैज़, रिदम और गॉस्पेल के मिश्रणों और सोल संगीत को हम सबने बड़े आनन्द से सुना।

अगले दिन संडे था और मेरी नाउम्मीदी के लिए माया को पास के तीन गाँवों में बारिश के कारण हुए लैंडस्लाइड और नुक़सान के कारण दौरे पर निकलना पड़ा। प्रोबेशनर्स की यही मुसीबत है उन्हें हर फील्ड में बैलों की तरह जोता जाता है। मुझे ग्लानि हुई कि मैं मज़े कर रहा हूँ और वह काम में लगी है। उस शाम की फ़ेस्टिवल की शुरुआत डिस्को फंक बोनीएम की धमाकेदार प्रस्तुति से हुई, और अन्त हिपहॉप सेन्सेशन एकॉन से। मज़ा ही आ गया बस कसक रही तो यारिसा को दुबारा नहीं सुन पाने की। हाँ संडे शाम भी मैं समय से पहले पहुँच गया था तो मेरी मुलाक़ात गलियारे में मिसिज़ मार्गरीटा से हो गयी। वे भी यारिसा को दुबारा सुनने आयी थीं। उन्होंने ही बताया कि वह बहुत छोटे गाँव की लड़की है, चर्च में रहती है। वे उसी से मिलने आयी थीं, खोज-बीन से उन्हें पता चला है कि वह पास ही किसी होटल

में ठहरी है तो वहीं जा रही हैं। उनको बाक़ी किसी को सुनने में दिलचस्पी नहीं थी यह जानकर मुझे अटपटा लगा। मैं अपने कमरे पर रात बारह बजे पहुँचा। माया के कमरे की लाइट बन्द थी। मैंने उसे जगाया नहीं, मेरा खाना कमरे में ढका हुआ रखा था। उसके नीचे एक नोट रखा था माया का लिखा।

"सुबह सात बजे तैयार रहना। दो दिन के लिए सामान पैक करके। बाक़ी सरप्राइज़!"

"जो हुकुम मेरी अल्फ़ा! मैंने जो दिखा सामने वह एक बैकपैक में पैक कर लिया।" सामने रखी प्लेट में से दाल-चावल खाये जो बर्फ़ की तरह ठण्डे हो चुके थे। सात-आठ निवाले निगलकर पानी पीकर सो गया। यारिसा की आवाज़ मेरे कानों का हासिल थी।

"मिज़री इन माई हार्ट व्हेन द स्नो इज़ फॉलिंग।"

"अब तो बता दो भई हम कहाँ जा रहे हैं?" माया की ऑफ़िशियल गाड़ी में सुबह साढ़े सात बजे से चलते हुए जब डेढ़ घण्टा हो गया और उसे बिना बात किये लगातार फ़ाइल्स पढ़ते देख जब मैं खीज गया तब पूछा।

"दिख रहा है ना सामने गुवाहाटी एयर पोर्ट।"

"क्या हम त्रिवेन्द्रम जा रहे हैं।"

"हेहे, त्रिवेन्द्रम! दो दिन में शादी करके वापस आने को? जी नहीं, हम बागडोगरा जा रहे हैं, मेरा एक छोटा-सा ऑफ़िशियल काम है और उसके बाद 'जलदापारा' जंगल सफारी। शूज लिए ना?"

"पहने हुए हैं।" मैंने मुँह फुलाये खिड़की से बाहर देखते हुए कहा।

"गुड ब्वॉय!" कहकर उसने मुझे कमर में गुदगुदी कर दी।

"बहुत अर्जेंट था, कोई वाइल्ड लाइफ एक्ट वॉयलेशन का केस है, ह्यूमन-एलीफेंट कॉनफ्लिक्ट में वेस्ट बंगाल के जलदापारा से माइग्रेशन कर रहे हाथियों के झुण्ड को असम बॉर्डर पर जलती आग से हमला किया और हाथियों ने एकड़ों में फ़सल नष्ट की थी, तीन आदमी और एक बच्चा कुचल दिया। अब इसमें दो स्टेट्स इनवॉल्व हैं।"

"इसमें आई.ए.एस. प्रोबेशनर का क्या रोल? बस यूँ ही जानना चाहता हूँ।" मैं सोच रहा था हम जो कोचिंगवाले हैं वो भी किसी आई.ए.एस. प्रोबेशनर को सिखाने के नाम पर थोपी गयी फ़ालतू ज़िम्मेदारियों की कल्पना भी नहीं कर सकते।

"यही कि मुआवज़े कौन देगा? बंगाल या असम? इसी पहेली का क़ानूनी पेंचोखम जानना है, सो डेप्युटी कंजरवेटर ऑफ़ फॉरेस्ट से मीटिंग है तो प्रोबेशनर को भेज दो।"

"हम्म।" मैंने शॉल के नीचे से उसका हाथ थाम लिया।

"बस बड़ा गिल्ट हो रहा था कि आपको एक और दिन अकेले छोड़ने का...? तो अपने सीनियर्स से डिस्कस करके यह प्लान बना लिया। लौटकर सबसे मिलवाती हूँ। अच्छा बताओ हाऊ वाज़ म्यूज़िक फ़ेस्टिवल? मैंने मिस किया। पर अब यहीं रहना है तो हर साल साथ देखेंगे ना!" ड्राइवर के चलते वह मलयालम में लव यू बोलकर इतना मीठा मुस्कुरायी कि मैं ख़ुश हो गया।

"माया! बाक़ी सब तो शानदार था मगर एक अन्धी सिंगर थी यारिसा, उसकी आवाज़ ने मुझे रुला दिया।" मैं उसकी आवाज़ याद कर भावुक हो गया था।

"ओ वह कल से शिलॉन्ग के अख़बारों में छायी हुई है। एक अमीर महिला 'मम्मा मार्गरीटा' ने उसे अपनी बेटी की तरह गोद लेने और अपनी सम्पत्ति देने की घोषणा की है। देखो..."

"ये तो वही लेडी मार्गरीटा है! यह मेरे पास ही बैठी थी, वी.आई.पी. रो में..."

"वाकई कमाल की सिंगर होगी यह..." माया ने अख़बार में उसका फ़ोटो गौर से देखते हुए कहा।

"मैम...सीधा वी.आई.पी. लाउंज ले लें, सिक्योरिटी चेक की लम्बी लाइन से बच जायेंगी?" ड्राइवर ने माया से पूछा, माया हिचक गयी मेरे सामने। मैं मन ही मन मुस्कुराया।

"आं...सामने से ही ले लीजिए...अभी बोर्डिंग शुरू नहीं हुई होगी, सिर्फ़ केबिन लगेज है साथ।"

बागडोगरा पहुँचना ऐसे था मानो आप प्लेन में चढ़े एक कॉफ़ी पी और उतर गये। फ़्लाइट में माया मुझे बस यह बता पायी कि हम बहुत ही सुन्दर डिस्ट्रिक्ट 'जलपाईगुड़ी' जा रहे हैं, उसकी मीटिंग भी एक ब्रिटिश समय के 'फॉरेस्ट-गेस्टहाउस' होलोंग बंग्लो में थी। जहाँ जंगलों में हाथियों, गैंडों के समूह मज़े से खुले घूमते हैं। बागडोगरा एयरपोर्ट पर गाड़ी माया मैडम के इन्तज़ार में थी। एक सरकारी वकील भी फ़ाइलें लिए खड़ा था। बहुत सुन्दर रास्ता था। केरल भी हरा-भरा है मगर यह हरियाली अलग थी। मीलों चाय-बाग़ान फिर जंगल। कोरोनेशन ब्रिज पर सुनहरे लंगूरों के झुण्ड देखे। फिर तीस्ता नदी शुरू हो गयी साथ बहना। हम दोनों सम्मोहित रास्ते को और एक-दूसरे को निहारते हुए तीन घण्टों में मदारी-हाट आ गये। हाईवे

से होलोंग बंग्लो तक पहुँचना भी एक जंगल सफारी की तरह था। मैं महसूस कर रहा था जंगल की कई जोड़ी आँखें हम पर टिकी हुई। केवल पाँच कमरोंवाली यह इमारत बहुत सुन्दर थी। इसमें कंक्रीट कहीं नहीं लगा था। अपने कमरा नम्बर पाँच में से मैंने अपनी बड़ी-सी खिड़की से देखा एक सँकरी धारा के पार मैदान में गैंडे और बाइसन घूम रहे थे। वहाँ दूर एक हाथी का झुण्ड भी था।

"सर, वहाँ नमक डाल कर रखते हैं, जिसे हाथी और गैंडे चाटने आते हैं। सर यह कमरा बेस्ट है आपके और मैम के लिए। यहाँ से सबसे अच्छा जंगल दिखता है।" नीचे से साथ आया अर्दली बोला।

"मैम कहाँ रह गयीं?"

"सर, वो बस फ़ाइल्स रखवाकर आ रही हैं, कंजरवेटर सर पहुँचने वाले हैं, एक घण्टे में तब तक आप लंच कर लें।" मैं माया की बेचैनी देख रहा था। कितना दबाव है बेचारी पर। आख़िर इतना सरल नहीं होता एडमिनिस्ट्रेशन। बहुत कुछ सीखना और जानना होता है।

लंच में मछली और चावल था, मेरा मन-पसन्द लेकिन स्वाद बंगाली था। मैंने फिर भी भरपेट खाया। माया ने थोड़ा ही खाया, मैं अपने कमरे में आकर सो गया, वह मीटिंग के लिए चली गयी। मैं सपना देखता रहा कि पानी में पैर डाले हूँ और मछलियाँ मेरे पैरों में गुदगुदी कर रही हैं। अचानक किसी मछली ने दाँत गड़ा दिये। मेरी नींद खुल गयी। यह माया थी अपनी हेयर-पिन से मेरे तलवों को गुदगुदा रही थी। मैंने उसे खींच लिया बिस्तर में वह छटपटाती रही, फिर समर्पण करके बोली–"सफारी पर नहीं चलना?"

"चलना है!" मैं तुरन्त उठ गया। "वैसे मीटिंग कैसी रही।" वह बाथरूम के अधखुले दरवाज़े में से साड़ी बदलकर जींस-टीशर्ट पहनते, जूते बाँधते हुए बात करती रही।

"वे ज़िद पर अड़े रहे कि यह मुआवज़े का मसला नहीं है, हाथियों के बच्चों पर आगजनी और हमला होगा तो वो पलटवार करेंगे। वे शान्त जीव हैं मगर युद्ध-कला में माहिर हैं। माइग्रेशन उनका जीने का तरीक़ा है, उनके लिए राज्यों की सीमाएँ मायने नहीं रखती हैं। मुझे कुछ सनकी लगे। फिर कहने लगे, मेरे गुरु 'वापी बर्मन' कहते हैं किसी दिन हाथियों ने अगर मुआवज़ा माँगा तो हम ख़ज़ाने ख़ाली करके भी नहीं दे सकेंगे हम इतने हाथी नष्ट कर चुके हैं। मिलवाऊँगा तुम्हें कल अगर वे यहाँ आने को राज़ी हुए तो। फिर मुझे दर्जन भर पेपर पकड़ा दिये, कुछ नक़्शे जहाँ हाथियों के तयशुदा रास्ते दर्ज थे। वहाँ फॉरेस्ट की ज़मीन साफ़ कर शरणार्थियों ने

ग़ैर-क़ानूनी तौर पर खेत और घर बना दिये थे। कुछ प्रपोज़ल यह कहते हुए पकड़ा दिये कि आपकी ढुलमुल स्टेट-पॉलिसी पर फॉरेस्ट मुआवज़ा क्यों दे?" वह पोनीटेल में रबरबैंड बाँधते हुए बाहर निकल आयी थी।

"सही बात, फिर आगे?"

"मैंने अपनी स्टेट की तरफ़ से इन्क्वायरी की डिटेल्स, मरने वालों के आईडी दे दिये, कल एक प्रपोज़ल लिखूँगी। उनसे उस पर दस्तख़त लेकर मेरा काम ख़त्म। उनके गुरु भी उनसे ही सनकी होंगे। चलो अब!"

हमने आसपास के घने जंगल और उथली धाराओं से गुज़रते हुए वन्यजीवों को क़रीब से देखा, बायसन और एक सींगवाले गैंडे, ढेर से बन्दर।

"माया वह जंगली हाथियों का एक विशाल झुण्ड तो देखो अब भी वहाँ है।" जंगल का स्वाद मेरी जीभ पर था। केरल में मैंने सुना था, थेक्कड़ी के जंगल तो बेहतरीन हैं ही मगर डुआर्स का अपना आकर्षण है। यह सच है।

तोरसा की साफ़ पानी की हरियाली से चौतरफ़ा घिरी धार के पास एक पीले फूलोंवाले पेड़ के नीचे बैठ मैंने माया को एक पीला फूल तोड़ दिया और कहा– "कल हम सबको ज़ूम कॉल करें? मेरी अम्मा-अप्पा, तुम्हारे मम्मी-पापा, नव्या को? तुम तैयार हो माया? मुझसे शादी करोगी? मेरी अल्फ़ा-वुमन! बोलो माया!"

माया...

माया चौंकी।

नकुल-नियति

माइया मार्गरीटा कैरम की क्वीन की तरह है, जो हालत के बोर्ड से टकराकर मेरी ज़िन्दगी में रिबाउंड होकर लौटी है। बाहर से कितनी भी आधुनिक और ख़ूब किताबें पढ़ती हो भीतर वह मज़बूत, स्वाभिमानी निखालिस खासी स्त्री है। खासी स्त्री की परिभाषा मेरे शब्दों में–वह मोहक रंगों के जैनसेम पहनती हैं। वह प्रार्थना करती है, गाती है, नाचती है। वह विवाह के बाद भी माँ के दिये घर में रहती है और अपने माता-पिता का सहारा है। वह अपने परिवार के ज़रूरतमन्द भाई-बहनों को आश्रय देती है। हाँ अगर उसे किसी ख़ूबसूरत अजनबी से आकर्षण हो जाता है, तो वह अपने दिल की बात मानने के लिए काफ़ी साहसी होती है। इनके लिए शादी एक महत्त्वपूर्ण सामाजिक व्यवस्था है, वह जीवन में विश्वासघात को भी गरिमा और दृढ़ बुद्धि के साथ सहन करती है। किसी बात को ठान लें तो उस मामले में, वह ज़िद्दी भूत भी बन जाती हैं! सुबह उठा तो अर्दली ने रोज़ की तरह मेरे आगे चार अख़बार

रख दिये। रात के हैंग-ओवर के चलते मैं एक काली कड़क कॉफ़ी पी रहा था कि मेरी नींद एक ख़बर ने उड़ा दी।

"मम्मा माइया मार्गरीटा ने सोल-करी की नयी सेन्सेशन, सिंगर 'यासिरा' को गोद लेने की मंशा ज़ाहिर की और शिलॉन्ग के बेहतरीन इलाक़े में बने अपने बँगले 'ब्लू विला' में रहने का आमन्त्रण दिया।"

उसके नीचे उस लड़की का इंटरव्यू छपा था।

"मेरी संगीत शिक्षिका मेरी माँ ने मुझे ब्रेल संगीत का उपयोग करना सिखाया, जो एक कठिन प्रक्रिया है जिसमें दायें हाथ से ब्रेल पढ़कर बायें हाथ की हरकतों को सीखना और बायें हाथ से ब्रेल पढ़कर दायें हाथ की हरकतों को सीखना, फिर दोनों भागों को मिलाना शामिल था। उनका दु:ख मेरे गीतों में था। वे एक सिंगल मदर थी, जिसे एक अन्धी बच्ची को अकेले पालना था। अब कोई और मेरी माँ बनने का क्यों दावा करे? मैं ख़ुश हूँ जहाँ हूँ।"

उफ़! ये मायाविनी क्या करती रहती है? मुझे इस वक़्त उसे लेकर कोई विवाद नहीं चाहिए। मैंने तुरन्त उसे फ़ोन किया।

"सो रही हो?"

"नहीं, नासेर और यारिसा के साथ थी, दोनों अभी गाँव के लिए निकले हैं, नासेर उसे छोड़ने गया है। वह अगले महीने से यहाँ आकर रहने को लगभग राज़ी है।"

"मगर अख़बारों में क्या लिखा है यह सब?"

"वह परसों की बात थी। अब वह मान गयी है, और परिवार का हिस्सा है। वह यासेर की बेटी है और अब मेरी भी।"

"जल्दी क्या थी तुम्हें?"

"भट्टा! जल्दी तो तुमको थी ना! अब तक! मैं अपनी ज़िम्मेदारियाँ अनसुलझी कैसे छोड़ दूँ?"

"ओ हाँ!" मैं नींद से जागा, क्या मैं गम्भीर हूँ अपने इरादे को लेकर? मुझे ख़ुद पर शक हो आया। उस पर यह है कि अपने इर्द-गिर्द जाल और उलझा रही है। ख़ैर...हासीमारा में बैठकर आराम से बात करूँगा। मुझे अब कोई धुँधला रिश्ता नहीं, एक मज़बूत साथ चाहिए। माँ के आख़िरी शब्द याद आ रहे हैं...'निक्कू और कितना अकेला रहेगा? अभी तो नौकरी है, फिर यहाँ आकर मेरी तरह इस घर में भूत की तरह अकेला रहेगा?'...मुझे नहीं पता मैं कोलकाता लौटूँगा भी या नहीं। माइया चाहेगी...तो शिलॉन्ग भी मुझे प्रिय है। लेकिन अभी मुझे उसे लेकर कोई मीडियाबाज़ी नहीं चाहिए।

फ़िलहाल कल मैं पश्चिमी बंगाल ही जा रहा हूँ, हासीमारा मेरा प्रिय एयरफ़ोर्स स्टेशन रहा है। हरा-भरा शान्त। तोरसा नदी और जंगल। हाथियों के झुण्ड और पीली तितलियाँ...। विशालकाय डायनोसोर जैसे सेमल के पेड़ और टूटे-बिगड़े मिग्स के ग्रेवयार्ड पर तेंदुओं का क़ब्ज़ा। आसपास चाय के बाग़ान और सामने भूटान की क्लाउड फैक्ट्री। जानदार पार्टियाँ। मैं यहाँ टेम्परेरी ड्यूटीज़ पर आया करता था। हम मोटरसाइकिलों पर भूटान के गेटवे-टाउन फुनशिलिंग पहुँच जाते। सुन्दर लड़कियाँ देखते और होटल ड्रुक के पनीर मोमोज खाते, नामगे से सस्ती इम्पोर्टेड टी-शर्ट्स ख़रीदते, आधे दाम में बाइक में पेट्रोल फुल करवाते और गाने गाते हुए आ जाते थे।

अब यहाँ एयर ऑफ़िसर कमांडिंग-इन-चीफ़ बनकर आना एकदम अलग था। मेरी विजिट के लिए पूरा स्टेशन चमकाया गया था, हर कोई आवभगत में लगा था। परेड, ऑफ़िशियल लंच, कल्चरल ईवनिंग, डायनिंग इन नाइट...पूरा मिनट-दर-मिनट व्यस्त। मैंने पहले से हिदायत दी थी मेरे आने की तैयारी में कोई पेड़ नहीं कटेगा। क्योंकि मुझे अपने बत्तीस साल लम्बे करियर में सबसे ज़्यादा यही बात अखरती आयी थी, हर वी.आई.पी. विजिट में पेड़ काटे जाते थे। इसकी भी एक हैरार्की थी, सबसे ज़्यादा तब काटते जब राष्ट्रपति आते। इसी हासीमारा में एक ख़ूबसूरत मैग्नोलिया होता था, कलर-प्रेजेंटेशन में टैंट लगाने में शहीद हुआ था। उसी की याद में मैंने पहली शर्त यही रखी। आज शाम माइया भी पहुँच रही है। उसकी हिचक स्वाभाविक है। पर उम्र के इस हिस्से में आकर अकेले रहते हुए मैं कुछ सोचना नहीं चाहता। वह मेरा बहुत ख़ाली हिस्सा भरती है, समझती है मुझे। मैं उसे प्रेम करता हूँ। अब हम साथ रह सकते हैं। मगर घबराता भी हूँ कि इतने दिन अकेले रहने की आदत के बाद किसी के साथ रहना आसान होगा? पता नहीं! फ़िलहाल मैं ख़ुद को भावनाओं में उलझना नहीं चाहता था। हासीमारा एयरफ़ोर्स स्टेशन की विजिट के बाद सोचूँगा।

आज सुबह की बात है कमांडर्स की ब्रीफिंग में कुछ सीनियर अफ़सर कांग्रेच्युलेशन्स कहकर मुस्कुरा रहे थे। मैं चौंका—इनको माइया और मेरा कैसे पता? मगर बात कुछ और निकली।

"सर, दिल्ली से ख़बर उड़ी है आपका नाम भी रेस में है, दमदारी से है।"

"ख़बरों पर ध्यान मत दिया करो अरोड़ा..." कहकर मैंने टाल तो दिया मगर इस ख़बर का एक रेशा-सा मन में फँसा रहा। विचार रह-रहकर उसे टटोल आता। सोयी हुई महत्त्वाकांक्षा कुनमुनाने लगी। दोपहर तक माइया स्टेशन में आ गयी थी, फ़िलहाल एक लेडी अफ़सर उसके साथ है। वह शाम तक अपने कमरे में

आराम करेगी। डायनिंग इन नाइट में वह मेरी गेस्ट रहेगी। कल सुबह हम सफारी पर जलदापारा जायेंगे। मेरी अगली विजिट बागडोगरा एयरफ़ोर्स स्टेशन की है वह बागडोगरा से अगली सुबह गुवाहाटी की फ़्लाइट लेगी। कुल मिलाकर यह कार्यक्रम था। मैं शाम साढ़े छह बजे सारी औपचारिकताओं से रस्सी छुड़ाकर माइया के पास पहुँचा। लेडी ऑफ़िसर फ़्लाइट लेफ़्टीनेंट सुनन्दा वहीं थी।

"नकुल!" वह उत्सुक हो मेरी तरफ़ बढ़ी।

"हाउ वाज़ योर जर्नी मैम!" मैं कुछ औपचारिक हुआ तो वह समझ गयी।

"लवली प्लेस..." लेडी ऑफ़िसर के जाने के बाद वह गहरी साँस लेकर बोली।

"भट्टा कितना सफोकेटिंग है यह प्रॉटोकॉल!"

"हाँ है तो! मगर लोग इन्जॉय करने लगते हैं इसे भी।" मैंने उसकी कोमल हथेली अपने सीने से लगाते हुए कहा।

"यू टू?" उसने भौंहें चढ़ाकर पूछा।

"स्वीटहार्ट, तैयार हो जाओ। साथ चलेंगे। कल का दिन हमारा, जंगल की सैर...जंगल से याद आया कुछ?..."

"अरे यार! वो मेघालय के पाइन के रोमांटिक जंगल थे, ऐसे साँप-बिच्छूवाले नहीं। अभी आर्डरली बता रहा था कल यहाँ एक लाल धारीवाला साँप निकला था।"

"माय लव, रोमांस मन में होता है, फिर जंगल हो कि रेगिस्तान। " फिरोज़ी साड़ी में वह युवती लग रही थी। मैंने उसके पीछे आईने में खड़े होकर देखा और उसकी कमर में हाथ डालकर कहा।

"वी मेक अ गुड पेयर।"

"अ गुड एल्डरली पेयर, मूँछें सफ़ेद हो गयीं भट्टा अब तुम्हारी और मेरे बाल!" अपने होंठों पर लिप-ग्लॉस लगाते हुए कहा। "हाँ, हम साथ में अच्छे लगते हैं।"

"चलें?"

भव्य एन्टे-रूम में पहुँचकर सब कुछ औपचारिक हो गया। सब अफ़सर बारी-बारी हमसे आकर मिले, मैंने सबसे माइया को मिलवाया।

"मेरे मरहूम दोस्त डॉ. यासेर की वाइफ मिसिज़ मार्गरीटा यासेर, आज मेरी गेस्ट हैं।" एक-दो दौर ड्रिंक्स के चले, फिर लाइव बैंड पर बड़े औपचारिक से म्यूज़िक पर थोड़ा-बहुत थिरककर सब डायनिंग टेबल्स पर आ गये। जहाँ जिसका

नाम लगा था उसी क्रम में बैठ गये। लाइव बैंड के साथ सेवन कोर्स डिनर सर्व हुआ। माइया स्टेशन कमांडर एयर कोमोडोर दोषी के साथ बैठी थी, मैं श्रीमती दोषी के साथ। देख रहा था माइया बोर हो रही थी। वाइन, सूप, कई तरह की ब्रेड्स, कटलेट्स, रशियन सलाद, रोस्टेड चिकन, फिश, पनीर, बीन्स, आख़िर में पुडिंग्स...सात कोर्स की यह क़वायद पूरी हुई। लाइव बैंड के पास जाकर सबने एक मोत्ज़ार्ट की सिम्फनी-25 सुनी, मैंने बैंड-लीडर को शाबाशी दी, उसने सैल्यूट मारा। अब सब समूहों में बिखरकर गप्पें मारने लगे। माहौल थोड़ा हल्का हो गया। मैं भी लेडीज के ग्रुप में मिल आया। कुछ अफ़सर माइया के पास जाकर बतियाने लगे। हँसी गूँजने लगी, आयरिश कॉफ़ी सर्व होने लगी। मुझे फिर से चढ़ाया गया–"सर, अब तो दिल्ली में मिलेंगे आपसे...नहीं सर हवा नहीं है। सॉलिड है सर...नेक्स्ट चीफ़..."

मेरे सुरूर को यह बात और गाढ़ा कर गयी।

"सुना माइया तुमने?" मैंने सबको विदा देकर माइया को उसके कमरे तक छोड़ते वक़्त फुसफुसाकर कहा।

"हाँ नकुल सुना...था।" वह कमरे के दरवाज़े को धकेलते हुए बोली।

"मुझे लगता तो था कि...एक दिन।"

"इसीलिए तुम मुझे प्रपोज़ कर रहे थे?" उसने पलटकर गुर्राते हुए कहा, मैं गलियारे में खड़ा था। मुझे वह जंगली बिल्ली लिंक्स की तरह लग रही थी।

"मतलब?" मैं हल्का सा लड़खड़ा गया।

"मैंने कुछ लोगों को मेरे पीछे फुसफुसाकर बात करते सुना कि 'चीफ़ ऑफ़ एयर स्टाफ़' को मैरिड होना ज़रूरी है, इसलिए सी.इन.सी. इन मैडम को..."

"क्या? ब्लडी, गॉसिप मोंगर्स! वैसे किसी रूल बुक में ऐसा लिखा नहीं है। हाँ, मगर प्रोटोकॉल का ख़याल रखते हुए चुनते हुए ऐसा सोचा जाता है कि चीफ़ शादीशुदा हो तो बेहतर।"

"प्रॉटोकॉल अगेन!" उसने खीज कर दरवाज़ा बन्द कर लिया और मेरा अधूरा वाक्य हवा में तैरता रहा–

"मगर मैंने तुम्हें...इसलिए तो नहीं...प्रपोज किया था मायाविनी!" मैं अपने कमरे में आकर बिना कपड़े बदले सो गया था।

अगले दिन सबसे विदा लेकर, जलदापारा के जंगलों में बहती तोर्सा की धारा के पास खड़े होकर मैंने उसे समझाना चाहा।

"तुम ग़लत सोच रही हो, मुझे ख़ुद हासीमारा आकर पता चला ऐसी कोई अफ़वाह है।"

"कुछ मत कहो भट्टा, सवाल मत करो प्लीज़ कोई सवाल मत करो। हम प्रेम के उस दौर में हैं जहाँ शब्द कबाड़ा करते हैं। हम आवाज़ों के प्रति बहुत सेंसिटिव हो चले हैं, हम टोन ही तो छू पाते हैं। बॉडी लैंग्वेज़ तो देख नहीं पाते न, मुझे इस हवा में साँस लेने दो। मुझे कुछ नहीं समझना है फ़िलहाल। ऐसी मेरी कोई मंशा नहीं कि तुमको सफ़ाई देनी पड़े। अभी इस पल को जियो प्रॉटोकॉल से परे। सोचो वो वक़्त जब हमारे बीच कुछ नहीं था और पेड़ से टिक कर हम आनन्द में डूबे थे। उसने हमें जोड़े रखा अब तक...तो..." वह मुस्कुरा रही थी और उसके सफ़ेद सुन्दर दाँत...लाल होंठों से किसी पक कर फूटे अनार से लग रहे थे। मगर आँखें छलक रही थीं, आँसू ढुलक रहे थे।

"मैं कभी-कभी तुमको समझकर भी नहीं समझ पाता...मगर इस बार तुम्हें बिना कुछ कहे जाने नहीं दूँगा, तू जानती है मायाविनी! उस पेड़ के तले का हर पल मुझमें ज़िन्दा है। देवता और जानवर दोनों जिस गुफा के निबिड़ में बसते हैं उस गुफा की सारी संधों में जैसे रोशनी भर गयी थी तेरे शरीर की जो अब भी मुझे रोशन रखे हुए है। अब जाने तो नहीं ही दूँगा।" मैंने माइया की कलाई को कसकर पकड़ लिया था।

"माया...विनी!"

जंगल के पिता : वापी दा

मैं अब बूढ़ा हो गया हूँ मगर ये जंगल हैं कि अब भी बुला भेजते हैं। किसी हथिनी को बच्चा हो तो वापी बर्मन, कोई बच्चा अनाथ हो जाये और भोजन ना करे तो वापी अंकल। जलदापारा रेंज के सब हाथी पहचानते हैं मुझे। कुछ बदमाश जवान हाथी तो मुझ बूढ़े को सताने मेरे घर तक चले आते हैं। मेरा घर और कहाँ होता? बस यहीं जंगल के मुहाने पर मदारी हाट से लगता हुआ एक एकड़ खेत है जहाँ मैं इन नामुरादों के लिए गन्ने लगाता हूँ और एनीमल रेस्क्यू सेंटर के साथ तीन कमरों का घर है मेरा। अच्छा हुआ मैंने शादी नहीं की। जवानी से ही मुझे इन हाथियों ने कभी छुट्टी नहीं लेने दी, एक बार प्रेम किया था एक आदिवासी नर्स से वह भी हाथियों के लिए मेरा पागलपन देखकर भाग गयी। ये कहीं जाने भी तो नहीं देते। बस माँ के अन्तिम संस्कार के समय वर्धमान गया था। तीसरे दिन लौट आया क्योंकि मेरी प्रिय हथिनी तीस्ता गर्भ से थी, कभी भी बच्चा दे सकती थी। ख़ैर...माँ जानती थी कि हाथी मेरा मेरे जीवन का जुनून और प्रेम है।

फॉरेस्ट के ऊँची पोस्टों पर जा बैठे मेरे चेले भी कब मुझे फुरसत देते हैं। बुला भेजते हैं। मैं भी दौड़ा चला आता हूँ जब तक हूँ। कभी-कभी अपने मरने से डरता हूँ। मुझे कुछ हो गया तो मेरे ये दर्जनों हाथी मुझे खोजने निकल पड़ेंगे। बीमार पड़ता हूँ तो घर के बाहर जमा होने लगते हैं। तब भगाता हूँ अपनी शक्ल दिखाकर और चिल्लाकर—मैं ठीक हूँ कल आऊँगा जंगल की तरफ़। क्योंकि मदारी हाट के किसान मुझे धमकाने लगते हैं। बन्दूक़ निकाल लाते हैं। अजीब मुसीबत है।

अब ये देखो वो सरकारी गाड़ी मेरे चेले कंजरवेटर ऑफ़ फॉरेस्ट की है, अनुराग माथुर। जानता हूँ इन्क्वायरी चल रही है आया होगा। फिर से महीना भर पहले असम-पश्चिम बंगाल के बॉर्डर पर कई हाथी और उनके बच्चे और कुछ मनुष्य मारे गये हैं। सच पूछिए मुझे दोनों के लिए समान दु:ख होता है। वे मुझे बुलाते हैं किसी समाधान के लिए। मैं बरसों से अपना दिमाग़ उलीच कर समाधान निकालता हूँ, वो समाधान काग़ज़ों में बन्द हो जाते हैं, ना हाथी मरना बन्द होते हैं ना मनुष्य। कितना कहता हूँ शौचालय बनवाओ घरों में, हाथियों की वजह से होने वाली आधी मौतें बन्द हो जायेंगी। भई एक बात और सोचने की है इन सीमान्त गाँवों में अधिकतर आदिवासी और अल्पसंख्यक शरणार्थी हैं, जिनके अस्थायी घरों में शौचालय नहीं हैं, वे सुबह-सुबह जंगल जाते हैं और हाथियों के ग़ुस्से का शिकार होते हैं। सब बन्द फ़ाइलों पर सोते रहते हैं।

दूसरा समाधान है मधुमक्खी, हाथी किसी से डरते हैं तो इस डंकवाली मक्खी से, जहाँ छत्ते होंगे ये दूर रहेंगे, अपनी फ़सलें बचानी हैं तो इनको पालो। खेत की हदों पर, चाय बाग़ानों के मुहानों पर मधुमक्खी पालन करो एक पन्थ दो काज हो जायेंगे। मधुमक्खियाँ फ़सलों का बढ़िया परागण करेंगी, चाय के फूलों का शहद बहुत पौष्टिक होता है, दूसरा हाथी उधर फटकेंगे तक नहीं। लेकिन नहीं, इस बूढ़े वापी की बातों को अपनी फ़ाइलों में लिख-लिखकर लगा लेंगे अपने नाम से, आगे अमल नहीं करवा सकते। अनुराग माथुर बहुत अच्छा चेला है मेरा। बहुत काम करता है जंगलों और जीवों के लिए। ईमानदार बन्दा है मगर उसकी सोच आधुनिक है। अब ये नयी दूर की कौड़ी लाये हैं—हाथियों की गतिविधियों पर नज़र रखने के लिए रेडियो टैगिंग। पहले उनके गलियारे तो बचा लो जहाँ वे मज़े से घूम सकें। जानवरों के व्यवहार को तो समझो। ये जीव आजकल बहुत ज़्यादा मानसिक दबाव में हैं, इनके बच्चे भी इनको बहुत प्यारे हैं, ये भी उनकी रक्षा के लिए तुम्हें हर सम्भव रोकेंगे, युद्ध करेंगे, मोर्चा खोलेंगे। तनाव बढ़ेगा तो पागल होकर सब कुचल डालेंगे। समझो इन्हें अब वक़्त नहीं है।

मैं मानता हूँ हाथियों और मनुष्य का आपसी संघर्ष आज से नहीं प्राचीन काल से होता आ रहा है। छठी या पाँचवीं शताब्दी ईसा पूर्व में किसी समय लिखे गये गजशास्त्र में इसका ज़िक्र किया गया है। रोमपाद के शासनकाल के दौरान बड़े-बड़े हाथी दलों ने फ़सल लूटने के चककर में समूचे अंग राज्य को नष्ट कर दिया था। फिर मनुष्य तो मनुष्य है उसने हाथियों को युद्ध और बोझ उठाने वाले जानवर के रूप में पकड़ना शुरू किया। जाल और लोहे के कीलकाँटे बिछाकर, गड्ढे खोदकर। बस तभी से दोनों में संघर्ष जारी है। मगर ज़्यादा क़ीमत हाथी ने चुकाई है। वरना वे हमसे अधिक होते।

अपने इन लाड़ले बदमाशों के कारण बरसों पहले मैंने ऋषि पालकाप्य का लिखा गजशास्त्र.भी पढ़ा है, जबकि वह संस्कृत में था। मैं एक संस्कृत के जानकार के पास जाता था उन दिनों। मुझे हैरत हुई पढ़कर यह ईसापूर्व पाँचवीं सदी का लिखा हाथियों से जुड़ी जानकारी देने वाला भारतीय मैनुअल है। इसमें हाथियों को पालने, उनकी देखभाल करने, उनकी विशेषताओं और प्रवृत्तियों को समझने की वैज्ञानिक प्रणाली है। हाथियों की उत्पत्ति के बारे में 'हस्त्यायुर्वेद' में एक कथा है, कि उनका जन्म सृष्टिकर्ता ब्रह्मा की हथेलियों से तब हुआ था, जब उन्होंने अपने हाथों में ब्रह्मांड-पिंड लेकर मन्त्रोच्चार किया था। पहले हाथी आसमान में उड़ सकते थे। एक बार आकाश में उड़ते समय उनकी एक भूल से क्रोधित होकर ऋषि दीर्घतपा ने उन्हें पृथ्वीलोक में जाकर मनुष्य का वाहन बनने का श्राप दे दिया। इससे चिन्तित होकर दिग्गजों ने जब ब्रह्मा से कहा कि पृथ्वी पर जाकर दूषित भोजन करने से हाथी संक्रामक बीमारियों के शिकार हो सकते हैं, तो इस पर ब्रह्मा ने आश्वासन दिया, कि पृथ्वी पर एक ऐसा ऋषि जन्म लेगा जिसका सम्बन्ध हाथियों से होगा और वह उनकी रक्षा करेगा। कभी-कभी मुझे लगता है मैं कलयुग का पालकाप्य हूँ। बस किसी श्राप से अपनी विद्या भूल गया हूँ। और वो मुझसे मनुष्य-हाथी के आपसी झगड़े का निदान चाहते हैं जो मैं कर नहीं पा रहा हूँ।

हाथियों से जंगल और उनके गलियारों की ज़मीन छीनकर उसे लगातार 'लैंड यूज एंड लैंड कवर चेंज' नियम के तहत मनमाने ढंग से बदला जा रहा है। तो और क्या होगा भाई? हाथी चौंक जाते हैं कि अभी तक यह हमारा जंगल था, रातों-रात रिश्वत खिलाकर जंगल की ज़मीन को बाग़ान में बदलवा लिया या खेत में और सैकड़ों नुमाइन्दे आकर उनके घर के पेड़ और घास काटने लगे। ज़मीन सफाचट कर दी। तो वह ग़ुस्सा नहीं होंगे? मेरे देखते-देखते गलियारों की किलोमीटरों में फैली ज़मीन पर गाँव बस गये। इस बरस मदारीहाट और जलदापारा नॉर्थ रेंज के

सीमान्त गाँवों में बारह मनुष्य और चौंतीस हाथी मारे गये। अब जवाब देते रहिए जनाब–मनुष्यों को तो मुआवज़ा दे देंगे, उनके प्रियजन ख़ुश कि मौत किसी काम तो आयी मगर हाथियों का क्या? इस धरती का सबसे बुद्धिमान और ताक़तवर जीव विलुप्त होने की कगार पर और आगे धकेल दिया गया।

कौन जानता है? कौन जानना चाहता है कि इतने बड़े जटिल मस्तिष्क के साथ, हाथी सब कुछ मनुष्यों की तरह बल्कि ज़्यादा शिद्दत से महसूस करते हैं। हाथी अपनी बुद्धिमत्ता, घनिष्ठ पारिवारिक सम्बन्धों और सामाजिक जटिलता के लिए प्रसिद्ध हैं। आख़िर इन्सानों की तरह, हाथी भी परिवार में मौत से तनाव, आघात, प्रेम में चोट, सेक्स की अधूरी चाह के चलते डिप्रेशन में चले जाते हैं। वे भी वर्षों तक व्यक्तियों और उनकी हरकतों और स्थानों को याद रखते हैं। हाथियों के बीच तरह-तरह के व्यक्तिगत और विशेष रिश्ते जीवन भर चल सकते हैं, दोस्त, मददगार, भाई, शत्रु, माँ, पिता, अंकल, पिता के दोस्त, स्थायी प्रेमिका, वन नाइट स्टैंड आदि। तुम हाथ मिलाते हो? ये सूँड़ मिलाते हैं अपने दोस्तों से, शाबाशी देते हैं सूँड़ से, अपनी प्रेयसी को उत्तेजित करते हैं, बच्चों को गुदगुदाते हैं, सूँड़ दिखाकर ग़ुस्सा प्रकट करते हैं।

हमारी तरह ही ये, बचपन के दोस्त, अन्य हाथियों को याद रखने में सक्षम होते हैं जिनसे वे बहुत पहले मिले थे। और वे महत्त्वपूर्ण स्थानों को याद रखने में बहुत अच्छे होते हैं, जैसे कि निकटतम पानी का गड्ढा कहाँ है। ये समस्याओं के हल खोजने में चतुर जीव हैं, ज़मीन के नीचे पानी खोजने के लिए टहनी-तीखे पत्थर के उपकरणों का उपयोग करते हैं। और वे बंगाली-हिन्दी-अंग्रेज़ी के बीच अन्तर भी कर सकते हैं। साथ ही, इनके अपने त्योहार, जन्म और मौत के रीत-रिवाज़ होते हैं। जन्म के समय बच्चे को धूल से नहलाना, मौत पर हाथी के शरीर की परिक्रमा करना, बार-बार उस स्थान पर तयशुदा दिनों तक आना। शरीर के हड्डियों में बिखने तक पत्तों-डालियों और गोबर से ढकने की कोशिश करते हैं। मैंने कई बार सुना ये कुछ श्लोक-नुमा बुदबुदाते भी हैं। काश उन्हें हम डीकोड कर पाते।

मैंने इस एक धैर्यवान हाथी 'मारूत' को अपने भाई की रेल से कटकर मौत के बाद एकदम दस्यु बनते देखा है। अपनी जवानी से अब इन दिनों की बात कहूँ तो मैंने हाथियों की आँखों में कुछ बरसों से सुकून नहीं देखा। अब बस दिखता है तो डर, जल्दबाज़ी और ग़ुस्सा...। सड़क पार करने में डर, जल्दबाज़ी और ग़ुस्सा। सेक्स में भी यही, भोजन करते हुए भी यही, जंगल में भी डर और ग़ुस्सा...इनका इत्मीनान खो सा गया है। पहले हाथियों के बच्चे ग़ज़ब खेल खेला करते थे, ढलानों

पर फिसलना, बत्तखें भगाना, कीचड़ में लोटना। मगर मासूम बच्चे भी अब डरे हुए रहते हैं, खेलते बस वे 'रेस्क्यू सेंटर' के अहातों में ही आकर हैं। अफ़सोस होता है। लाखों सालों से ये जेंटल जायंट्स हमारे साथ हैं—हमने इनसे कुछ नहीं सीखा। हम इनके अहसानमन्द होते तो अच्छा था। हाथी सिखाते हैं नेतृत्व हमेशा आक्रामकता से नहीं होता है, क्योंकि यह नेतृत्व मादाएँ जो करती हैं। वहाँ अनुभव से आपको मुखिया पद मिलता है ना कि ख़ून-ख़राबे, षड्यन्त्र से। काश हमने सीखा होता इनसे कि समाज की सत्ता मादाओं को दे दो। ये इसे बेहतर ढंग से सँभाल लेंगी। हमसे बेहतर हैं ये, इनका दिल महासागरों जितना बड़ा होता है और वह हमेशा अपने डर का सामना करती हैं, बिना सन्तुलन खोये। जीने का आनन्द जानती हैं, समूह को बाँधकर चलती हैं। सबको काम बाँटना जानती हैं। वह ध्यान आकर्षित करने के लिए ख़ूनी-लड़ाकू तरीक़े नहीं अपनाती। इन हथिनियों के लिए नर लड़ाई का कारण नहीं होते, वे आते हैं और चले जाते हैं, लेकिन ये सदा एक-दूसरे के साथ बनी रहती हैं। मैंने बहुत समझदार कुलमाताओं को देखा है, बड़े-बड़े अकाल, भीषण बाढ़ों से झुण्ड को बचाकर ले जाते हुए। एक अलकनन्दा थी...आह क्या नेत्री थी। वह ज़मीन की हर हक़ीक़त जानती थी, वह तारों को देखकर रास्ते खोजती थी। ख़तरे परखते हुए अनजान रास्ते ले सकती थी। वह नब्बे साल जी मगर तब भी उसकी आत्मा हमेशा युवा और अनुभवी थी। वह दुलार ज़ाहिर करती थी, हाथियों से ही नहीं अन्य जीवों, पेड़ों और मनुष्यों से दोस्ती निभाती थी। उसके पास बहुत ध्वनियाँ और पुकारें थीं अलग-अलग अवसर के लिए।

लोग सोचते हैं मैं हाथियों की भाषा जानता हूँ। नहीं बस पुकारें समझता हूँ जिन्हें मैंने अलकनन्दा से सीखा। अलकनन्दा जब झुण्ड को इकट्ठा कर चलने को कहती, पत्थर लुढ़कने जैसी गड़गड़ाहट निकालती थी गले से। जिसके उत्तर में अन्य हथिनियाँ सामूहिक गड़-गड़ करतीं और वे सब बच्चे बीच में लेतीं और सुरक्षा घेरा बनाकर अलकनन्दा के साथ चल देतीं। संभोग के मौसम में ये बहुत कोलाहल करते हैं, चिंघाड़ें-पुकारें और दूसरे हाथियों को चिढ़ाने और चेतावनी देने वाले गन्दे-गन्दे अपशब्द भी बोलते हैं। हाँ ये बदमाशी में भी मनुष्य से कम नहीं। तुम जानते हो? ये एक़-दूसरे को नाम से बुलाते हैं, जो ये प्यार से, नफ़रत से रखते हैं। इन्होंने मेरा भी एक नाम रख छोड़ा है। ये जब भी मुझे देखते हैं—ख़ुश होकर पुकारते हैं, ख़ास चिंघाड़ एक तुरही जैसी। कहते होंगे, आ गया हमारा ख़ैरख्वाह बुढ़ऊ! हाहा! या बड़ा आया 'जंगल का पिता वापी दादा'।

"आओन्घ, उँघ-उघ।"

"अहा! वही है, वही तो है। अनुराग!"

"कौन वापी सर?"

"देखो! वह फिर जंगल से निकालकर तोरसा की धार के पास 'नमक-चाट' पर अपने विशाल परिवार के साथ आयी है। यह अलकनन्दा की दोहिती है, उसकी बेटी तीस्ता की चौथी बेटी। इसको मैंने सबसे पहले हाथों से दूध पिलाया था छोटी-सी थी तब। अब देखो कितनी विशाल...कितनी स्वस्थ...।"

"आप पहचानते हैं?"

"हाँ, देखो उसका चौकोर चौड़ा मस्तक और उस पर पीले-पीले धब्बों से बना तिलक का निशान, उसकी सूँड़ की अनोखी लम्बाई, यह माया ही है। ये तुम हो? तुम ही हो ना!" बर्मन वापी चिल्ला उठे...

"माया! माया!" एक गहरी, बूढ़ी मगर बुलन्द आवाज़ जंगल के इस कोने से उस कोने तक पहुँच गयी।

माया ने सोपान का दिया पीला फूल मुट्ठी में भींच मुड़कर देखा।

माइया ने नकुल भट्टाचार्य से कलाई छुड़ाकर मुड़कर देखा।

माया–कुलमाता वापी बर्मन की पुकार पर सूँड़ आसमान की तरफ़ उठाकर चिंघाड़ी।

"आओन्घ, उँघ-उघ।"

□□

"मैं जीवन और जंगल के इस विशाल लैंडस्केप में एक मज़बूत खम्भा हूँ। मैं माया हूँ। एक प्राचीनतम मातृसत्तात्मक समाज की ज़िन्दा प्रतीक। मेरा जन्म जलदापारा में हुआ था। कभी यहाँ तरह-तरह के पेड़ थे। तमाम तरह की वनस्पतियों और छोटे-बड़े जीवों से रचा-बसा यह एक आदिम स्वर्ग था। मेरी याददाश्त में सब कुछ वैसे का वैसा है जैसे बस अभी कल की बात हो। मैं इसी आदिम स्वर्ग में जन्मी थी अपनी माँ की तरह और उनकी माँ भी।"

"एक दिन, जब पितृसत्ता विफल हो जायेगी और हम भीतरी-बाहरी युद्धों के चलते अपनी ही दुनिया नष्ट करने लगेंगे तब हमें एक नयी विश्व व्यवस्था स्थापित करने की आवश्यकता होगी। तब मैं हाथी समाज का अनुकरण करने की अनुशंसा करूँगी। इन सौम्य दिग्गजों ने हमारी उम्मीदों और सपनों के यूटोपियन मातृसत्तात्मक समाज का निर्माण किया है।"

"चलो बहस छोड़ो अब नायरों में मातृवंश तो रहा नहीं ना! उसे लौटा लाना भी सम्भव नहीं है। मगर यह तय है कि नायर स्त्री के जीनोटाइप में से अल्फ़ावुमन का असर नहीं जाता है।"

"खासी कहावत है, 'लॉन्ग जैद ना लोआ किन्थेई'—वंश की गिनती माँ से ही शुरू होती है। और ऐसा नहीं है कि औरतें महारानी बन के रहती हैं बल्कि उन्हें ज़्यादा काम करना पड़ता है। तुम्हारे पापा तो शिलॉन्ग आ गये, छोटे भाई, माँ-बाप की देखभाल किसने की? मैंने, खेत सँभाले, खेती की। रिश्तेदारियाँ निभायीं यहाँ तक कि मेरे दोनों पति मेरी ज़िम्मेदारियाँ देखकर मुझसे दूर भाग गये। मगर मैंने पुरखों की ज़मीनें नहीं बेचीं। पूरे परिवार को सहेजा।"